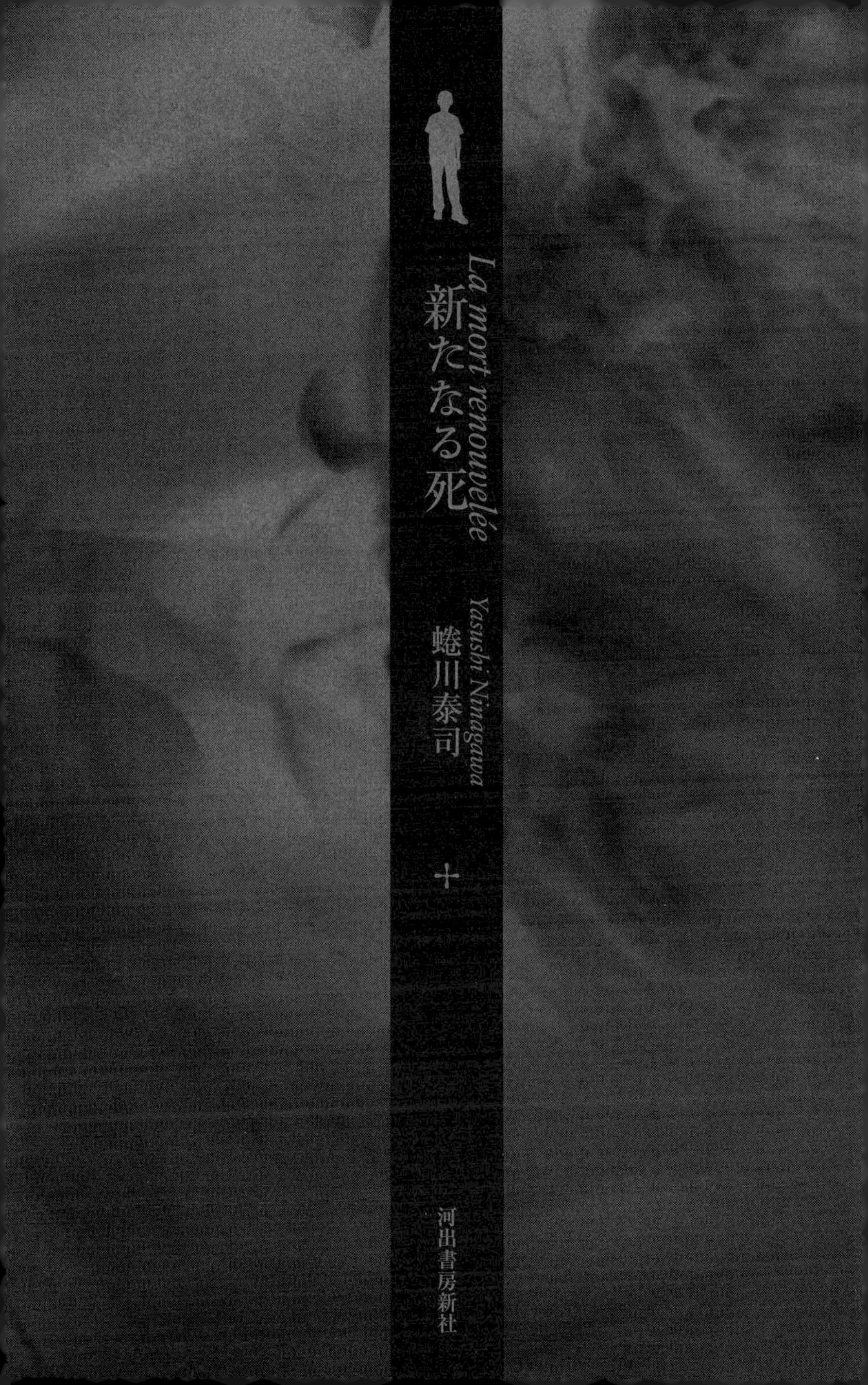

新たなる死
La mort renouvelée
蜷川泰司
Yasushi Ninagawa
河出書房新社

新たなる死●目次

新たなる死

La mort renouvelée

アラタナルシ 1

コワッパ

●

Le petit mec

●

Kowappa

コワッパ、と囁く声がする。そんな声をサスケは気にとめない。生きられるだけ生きて、死ねる時に死ねればそれでいいんだと思う。

目を向けると「タイレッツ」もしくは「タイレッズ」と読めり。だからすべてが謎めいて見えるのだ。空は儚《はかな》くて、夜は瞬《また》いて見えるのだ。初めて訪れた店の入口だった。L字型のノブの上、白地にくっきりと黒く打ち抜かれて、五体のアルファベットが首《こうべ》を垂れる。それがタイレッツ、それともタイレッズ。サスケはわずかに眉を顰《ひそ》める。ひょっとしたらベースボールの、これはチーム名かい、と。

英語の授業だって苦手なほうじゃない。もちろん愛着の度合いということなら、パン屋のほうが何段も上を行く。初めから比べものにもならないが、記憶に収めた英単語の数なら、同じ学年の中でも三本の指に入ると自負をする。適度に自惚《うぬぼ》れも強い小優等生ながら、話すことにかけては、用いる言語を問わず劣等生に甘んじる。彼にとって対話というものはどうにもいただけない。

Tirez

これが、店の名前じゃないだろう。そんなことくらいわかっている。第一、こんなところに書くものかい。そうだ、確かこれとはまるでちがってた。

店のことはクラスメートから聞いた。パン、というよりもパン屋愛好者のサスケに、彼女はつつがなく、これまでにもさまざまに耳寄りな情報を送り届けた。付きあってるわけじゃない。そんなんじゃなくて、最終的な帰属を求めてなおも持続する主《あるじ》なき友情のようなものだ。そこでは人格そのものがとても稀薄に浮かんでくる。それにしてもあの娘《こ》が、まだ自分の行ったこともない店について教えてくれたのは初めてで、それがサスケにとっては何よりも意外で奇妙なことだった。

「どうだった？」

「何が？」

「だからパン」

「まだ行ってないよ」

だから対話のほうはますます手に負えなくなる。サスケにとっても、彼女にとっても、おそらくは。

それほどの前評判に対して、初めてパンを賞味した時からサスケは揺るぎない承諾を与えてきた。老い先いまだ長いコワッパだからと皮肉を交えることもなく、サスケの納得は見る間に感激へと転じた。その最初に訪れた日、やはり学校帰りの夕暮れ時、秋というよりもむしろ初冬の趣きが流れて、入口の扉は固く閉ざされて開かなかった。営業日の店内には、明かりに照らされて商品も、客の姿も見えるのに、ノブの字幕は

Tirez

と呟いて、彼の入店を拒んで見える。その文字の連なりがフランス語だとわかるまでには、なおも三度の来店を重ねた。それでもその日のうちに現実の解決はもたらされ、押してもダメなら引いてみなと、彼は難なく迎え入れられた。木調の店内へと、蛍光灯の似合わない巴里の木立の中へと生あたたかく、誰もがそこに木洩れ日を思い浮かべると、ラジオの声がリアルタイムにフランスを持ち運ぶ。

「タイレッズ」にあらず、

「タイレッツ」にもあらず、

フランス語にてそれは手短に「ティレ」と読めり、

意味するところは「引いて下さい」と、

礼節をもって、求め命ずる言い回しなり。

サスケは今日も指示通りに、あるいは要望に沿ってノブを回すと扉を引いた。入口が開くと、天辺に吊るされた鈴の音が控えめに店の内外をわたる。その響きにも運ばれてそっと足を踏み入れる。板張りの床の感触に支えられるともう目と鼻の先には、いかにも重厚なテーブルが一台ゆったりと待ち受けている。手前には白い大皿を並べて、予め均等に切り分けられたタルトの華が円《まる》を描《か》く。来客の手は次々とのばされて、その円満が長く保たれることはない。アプリコット、洋梨、オレンジ、くるみ、チーズ、バナナとヨーグルトなど、径は等しく角度を違《たが》えるそこここの扇形にはケーキサーバーも添えられているが、そつなく一人前を取り分けるのにはそれなりの熟練が求められる。タルトの園ばかりではない。その向こうにはケーキの木立ものぞく。ケーキと言っても生クリームやチョコレートでくるまれたものではなく、身の丈五、六センチ、長さも二十センチには遠く及ばないあたかも飛び箱なのだ。飛び手はどこにも見えないが、取り手ならどこからでもやってくる。「週末の」、「紅茶の」、「フルーツの」、と銘打ちながら手摑みもできるようにと、こちらはセロハンに包まれている。誰かが飛びこえる箱、ではなくて、誰かの中へと絶えず角度を転じながら飛び込んでいく箱なのだ。そして、このテーブルを広く三方から取り囲んで、入口のすぐ左右からはパンの棚が層をなす。ここはどう見てもブーランジュリ（boulangerie）だ。あの「ティレ」（tirez）の裏側には「プゥセ」（poussez）の七文字が並び、店を出る時は誰もが扉を押さなければならない。

先ずは取り皿に向かう。黒くて四角いトレーに銀色のパン挟みと、どこでも見かけるスタイルだ。トレーを持つともう左手からは棚が始まって入口の扉を越え、やがてレジへと至る。客人はパンの回廊をたどりながら、ケーキとタルトのテーブルも同時に経巡ることになる。今日のサスケはいささか買い物が多い。なぜならこのあと病院に向かうから。それも自分の診察じゃなくて、入院中の祖父を見舞うのだ。食事の最中に、気分が悪いともらして自家用車で運ばれて、かれこれひと月近くになる。サスケが小学生の時にも心臓の発作か何かで搬送された。今度も正確な病名はわからない。あえて両親にきこうとは思わない。ましてや当人には。かれらもわざわざ明かさないし、それでも三日に一度は足を運んで、すでに見舞いも十回をこえるだろうか。片や喜寿も間近に、片やティーンエイジャー。世代をこえて、いつも二人は事もなげに面会をする。いともおだやかに向かい合う。少しは顔を見せ合ってから、おもむろにお土産を渡して、何か用件もきいて、愚痴さえも承って、自分からそのお返しをすることもあるし、それでお互いにとても救われることがある。

そのお土産というのが、大抵はここのパンだ。ジッさんは見かけによらず人一倍ハイカラなところもあって、えらくパンが好きで、朝食はいつもパンだったから舌も肥えている。病院でもやっぱり美味しいパンがほしくて、誰よりも見舞いに訪れたサスケに所望するのだが、サスケも見事に受けて立つ。好きな店で好きなパンを買って、それにお金はジッさんがくれるんだから、これにまさるものはない。サスケはいつも感謝している。ジッさんは何か見知らぬ呪《まじな》いでも使っているかのようだ。武士《もののふ》気取りに自慢の鬚《ひげ》なで、「サスケ」「サスケ」と呼びつける。そこでサスケが間近に侍ると、「コワッパ」と、何やら頭ごなしに蔑み愛でる。それでも当のサスケは腹が立たない。いつも決まって「ジッさま」と呼び返してやる。

「おう、コワッパ……来たか……来たか」

積まれたパン皿のすぐ左手には「ベーコンの穂」(epi au lard)が実る。カリカリとした食感がたまらなく好きで、サスケはいつも始めにこれをとる。堪え切れずに、道すがらかじることもしばしばだ。それから一つ目の角を曲がると、カレーパンが待っている。辛味は強くて、これも二回に一度は持ち帰る。そんな帰り道など、時にはこちらをいただくことがある。カレーの上にはクロワッサンが一つならずも山をなす。バター、アンチョビ、ハムとチーズ、サスケはジッさんのためにバターを一個皿に移す。コレステロールが云々と、勝手に気を回してこれまで一度も持って行かなかったが、ついに先日向こうから催促が来た。「一度でいいからナ。あそこのクロワッサンとやらを持ってまいれ」。ハハハ……と、ボクはいなしながらも心中ひそかに受けとめて、「かしこまりました」と控えたのだ。しかと下知《げち》を承ったのだ。そのご注文に今こそ応えるゾ。

入口の扉をこえると、そこからはデニッシュが列をなし、命名はやたらと長くなる。「洋梨のシロップ煮と干したプラムの赤ワイン漬けの入った」デニッシュ。「栗とヘーゼルナッツ、コーヒー風味のキャラメルソースの入った」デニッシュ。「リンゴのシロップ煮の入った」……英語でデニッシュ(Danish)と言えばデンマーク風だけれど、同じメニューがフランス語になるとウィーン風(viennoise)を名のる。どういう脈絡のものか、コワッパごときの与《あずか》り知るところではない。とにもかくにも、今日は甘味を控えんと遣り過ごしたが、小さくてもどっしりとした面構えの、「石臼で挽いた粉のパン」(Pain à la farine de meule)というのにはどうしても目がとまる。すこぶる歯応えのある一品だ。朝から食べると少々重いという人もいるだろうが、サスケは一向に構わない。やはり二回に一度は皿に取っていく。

レジへと向かう最後のコーナーを回ると、円くて巨きな「田舎風パン」(Pain de campagne)を冠に戴きながらパンの棚も終焉に至る。それでも回廊はつづいて、トウモロコシだのジャガイモだのの小さなパンを前に並べた柱をこえると、冷蔵庫が客人すべてを出迎える。そこにも、サスケの好物が並ぶ。一番上の棚には飲料水、とはいえコーラはどこにも見当たらず、たとえばペリエ(Perrier)の緑の瓶が辺りをしずめる。そう言えば、店の窓ガラスには街頭に向かって同じペリエのネオンサインが見えた。飲み物のすぐ下に並ぶのは、こちらも瓶に詰められた自家製プディングの数々。バナナ、チョコレートにブロッコリーというのもあるゾ。さらに二段にわたってサンドイッチが並ぶ。といっても、四角い食パンに挟まれているものではない。小型のライ麦入りフランスパンがこまめに挟んでいくのは、ブリーチーズとハム、スモークサーモン、卵と小海老、酢漬けの塩豚と蒸したキャベツ、自家製のテリーヌ、そして……サスケは今日もニソワーズ（Niçoise）を選んだ。ここでパン挟みは用いない。紙で胴巻きにされたところを手で摑むことができる。翻訳すると「ニース風」なる逸品で、何より盛り沢山に見えるし、中でもゆで卵の輪切りと黒オリーブの実が目を引いて、十五歳の少年の「虫養《むしやしな》い」にはうってつけなのだ。こいつを一度だけ病室の、ジッさんのかたわらで頬ばったものの、一度ならず床にネタをこぼす不始末を招き、それ以来厳に慎むことにしている。くわばら、くわばらと、また冷蔵庫に視線を落とすと、一番下の段にはどれもが生クリームをたくわえて、ここにもクロワッサンやらウィーン風のデニッシュやらが軒をつらねる。サスケは常日頃さほどに食指を動かさない。だけど今日に限ってはもう一個、ジッさんのためにと、「雪」（neige）を名のる、小さな、別の逸品を選んだ。

これでいよいよレジに並ぶと思いきや、この日もまなざしはさらにその左手へと運ばれていく。そこには大柄なバスケットがあって、フランスパンの極意が肩を並べる。バゲット、バタール、フィセル。先週はその中の一本が忘れがたい思い出を刻んだ。えらく尖った「パン先」が指先に傷を負わせたのだ。まさか刃物じゃないのだから、あとにのこるようなものはないのだが、サスケの心にはズッシリとこたえた。重くのしかかった。もはやのがれられないとさえ、思い定めた。何しろ生まれて初めて、まだ十五年ちょっとの短い生涯を通じて初めて、「ボクはパンで指を切ったのだから」。もう何もこわいものはないような感覚とともに笑いがこみ上げて、新しい味覚が体全体に広がり充ちあふれるのを感じた。晴れてひとりの虜《とりこ》となったのだ。たとえ母親に「要らないのに」と言われようが、今日も、そして今日は、バタールを注文する。掴みにくく、皿にも取りにくい時は、店の人が気軽に代役をつとめてくれる。だからサスケもお願いをする。レジに向かって、この日初めての口を開く。「すみません。バタールもひとつお願いします」「どれがいいですか」「どれでもいいです」……いつもはせいぜいここまでだ。

ところがこの日は勝手がちがった。同年代の、いや、もう少し年下の女の子が悪戯っぽく笑いながら呼びかけてくる。そんな気がする。それも実在ではなく、画像だからこそ余計にアピールする。その子の名前がザジ（Zazie）だとは、あまり知られていない。もちろんサスケにもわかっていない。それでもザジは前歯を見せて、いつでも力強く笑いかけてくる。少女のいるところは大きな映画のポスターで、「地下鉄のザジ」を名のり、店の奥の、トイレの入口のかたわらに堂々とかかっている。ずらりと並んだテーブルたちの突き当たりにあたる。パンを並べるテーブルじゃない。客人が座り、選んだばかりのパンを賞味するためのカフェだ……ザジと肩を並べ、だから空《あ》いているすぐ前の席に着いて、今日は食べていこうか。何か飲みものも頼んで……泡立つコーヒーか、それとも……やっぱりペリエにしよう。ペリエの緑にまさるものはナシ。その相方に、いまニソワーズにまさるものはナシ。これで難なく組み合わせも決まる。これまで縁のないものとあきらめてきた一連の客席。ようやく身近なものに感じ取ると、サスケはオノレの中にこみ上げてくる、ゆるぎのないゆとりのようなものをいくつも見出すのだった。

「すいません。これも一本、追加で」

サスケは冷蔵庫の最上段から、ペリエを一本下ろしている。あとは言葉が続かない。そこを補ってやるのが、よりよいスタッフとしての持ち分にもなる。

「ここで、食べられますか」

「え、ええ……はい」と、からくも言い直してみせるコワッパ。

「えっと、お席は……」と、さらに気を利かせながら店を見渡すレジ係。

「あの、一番奥んとこの……」

まさか「トイレの前の」とは言わなかった。店員さんだって、「あ、トイレの前ですね」とは、口が裂けても言うことがない。「あ、わかりました」と受け止めた上で、請求金額を伝えてくれる。これまで千円をこえたことがなかったが、さすがに今日は上回る。手持ちは大丈夫ながら、この先の「生活」がいささか不安になる。やっぱりジッさんに縋《すが》ろうかなどと、いつもの不謹慎なイデーも浮かんでくるのだが、それはさておき二千円をさし出す。後ろには一人だけ、次の客人が並んでいる。レジ係は受け取りながら「二千円からでよろしかったですか」と確認を入れる。「ハイ」と力ないサスケの答えを承ってから、彼女もようやく、釣りを数える段取りに移る。するとすかさず、もう一人の店員さんがやってきて、またサスケに尋ねる。

「どれを召し上がりますか」

丁寧な言葉づかいに、緊張の度合いはむしろ高まる。だから「この……」と、少しためらうコワッパ。「この、サンドイッチ、ニソワ……」

「ニソワーズですね。わかりました。お席までお持ちしますので、おかけになってお待ちください」と手際よく、残りのパンは袋に入れて渡してくれる。その前に、七五三円の釣り銭は受け取っていた。

後ろには厨房がのぞき、いつも二、三人のパン職人が立ち働いている。レジのカウンターはすぐ左手のバスケットの辺りで九十度回り、奥の厨房とトイレの間をめざしてのびていく。席についた来客にとっては、のびゆくさまを正面に見るか、それとも背中を見せてしまうか、それ以外の選択肢は残されていない。正面にとらえる席は電車かバスで使われるような一本の赤いシートでつながっている。そこからはカウンターばかりか店も概ね一望できるので、一人の客なら大抵がこちらに腰を下ろす。サスケもこれに倣《なら》ったが、トイレの近くまで来るとすでにカウンターは事切れて、前にはみじかい壁がそそり立ち、映画のチラシとか、女優のスナップとか、小さな額が所狭しとかかっている。もちろん背後の壁にもいちめん、大小さまざまに映画のポスターが並んでおり、その合間の客席近くには英語にフランス語、オランダ語など、客からの手書きのメッセージも残されていた。

所変われば店内もまた姿をあらためて、思わず目を奪われていく。レジの向こうを眺めると、そこいらの壁にはこちらも来客のものか、サイン入りの色紙が肩を並べている。例のザジは、今では彼のすぐ左手にかかり、いちだんと大きく笑っている。客席の四角いテーブルはというと、二人掛けが四台に四人掛けが二台で、考えてみるとサスケが着いたのは四人掛けのほうだった。そのいずれもに同じ柄の、赤と白の細密な格子模様のテーブルクロスがかかる。いっぽうタルトとケーキのテーブル、その真上にはユリの花を思わせる電灯が折り目正しくうなだれている。出入口の左上にはペリエの旗が広がり、右上に広がるのは星の模様からしてEUの旗なのか。さらに注意を向けると、扉の真上にはまたしてもあのザジが、こちらは小さな絵葉書へと身をやつして、それも二、三枚が束になって貼りついていた。だから人びとは大きなザジと小さなザジ、大小二つの笑いによって挟まれることになる。

外に出て、バス通りの左斜め向かいには24時間営業のコンビニエンスストアが際立つ。ここいらには通りに沿って続々と、都市型マンションが建ち並んできた。このパン屋にしても、そんな並びの一角の付け根のところをくりぬいている。先客の一人、すぐ左隣の若い女は、さっきから何をしているのか。食事はとうにすませて、ずっと携帯電話を開いている。通話でもなく、メールを打つのでもなく、まるで鏡でも見るようにむしろ持ち上げている。そうか、写真でもとるのか、とサスケが気づくと同時に音がした。いわゆるシャッターを切る音が。

「お待たせしました」

ニソワーズは装いも新たに皿に盛られて現われた。こちらの皿も白くて円い。メニューは胴の真ん中を二つに切られると、尖った先端を天井に向けて、いずれも見事に立ちつくしている。それは長くて肉付きもよい、三角帽子を見るようだ。ペリエのほうは氷の入った広口のコップを従えてきた。風味にはレモンとライムがあるのだが、今日のサスケはライムを選んだ。のども渇き、すぐにコップに注いで一口含んだ。すると見込み違いに意表をつかれる。冷蔵庫にコーラの姿はなかったが、除かれたものはひとりコーラにとどまらず、コーラに伴う甘味もこちらでは差し引かれている。サスケにとってこういうものは初めてで、思わず息を詰めたが飲み込めないものではなく、のどの通りはむしろこちらのほうがスムーズだった。

それからいよいよニソワーズの片割れを摑みとる……これからは家で食べる時にも、この二つ切りのやり方を取り入れよう。何と言っても摑みやすいし、それにひょっとして豊かな中身をこぼすことも より少ないのかも……と、最初の一口を嚙みとるや、たちまち一部をこぼしそうになって、左の掌をあてがう。スライスされた堅ゆで卵の黄身が砕けたものの大過なく、まことにこれは美味、なおも美味、一息ついてからサスケは、改めてニソワーズの中身を検分する。ゆでた鶏卵のほかには、トマト、ジャガイモ、例の黒オリーブ、インゲン、レタス、まだある、アンチョビ?……いや、これはツナだ。ここまでは何とか読み取れた。全部だと思うけれど、もうこれで十分に盛り沢山なのだ。

左隣の女はなおも携帯に見入っている。時折しまうのだが、またすぐに取り出してくる。カウンターの前には黒板があって、チョークで、白墨で、こちらもやっぱりフランス語だろう、サスケにはとても読まれないメニューだが、スケッチを添えて書かれている。Pêche Melba とか Poire Belle-Hélène とか（いずれもデザートの名称）……果たして何のことやら、と、スケッチを眺めて想像を巡らせる。右手に座る女もとうに食べ終わり、日記帳のようなノートにずっと何事か書きつけてきたのだが、サスケが一つ目の三角帽子を片づけたころには筆を収めて、今度は地図を広げて調べものを始めた。すぐに二つ目に食らいつきながら、サスケはまた左隣のことも考える。ひょっとしたら彼女も、そうだ、携帯で地図でも開いているのかもしれない。かれらのほかに席につく者はなかったが、パンを求める来客は途切れることがない。店員さんたちは出入りの度に元気な声でこれを出迎え、これを見送る。「いらっしゃいませー」「ありがとうございました」と、口調はつとめてカラリと、またアカアカと冴え渡ってくる。

やがて同じ声に送られて、右手の女は立ち去った。彼女は彼女なりのマナーでレジに向かって会釈も残した。開かれた出入口の扉がまさに閉じようとするころ、表通りの左手からはサイレンが聞こえた。明らかにこちらへと近づいてくる。それもピーポピーポに重ねて、ウィ、ウィ、ウィーンと、鋭利で執拗な唸りが伴う。どう見ても人為的な操作だ。察するに塞がれた道を通すのに別の警笛を鳴らすのだろうが、サスケにはこいつがいつも耳障りで、ひょっとして運転手は元「ボウソウゾク」の面々かなどと、小優等生特有のゆがんだプライドも振り翳《かざ》して野放図に思い詰めてしまうことがある。でも、それくらい急ぐということだろう、かつてはジッさんもそうやって運ばれたんだから、それで一命を取り留めたんだから……サスケがいつになくやすやすと事態を受け入れると、救急車は見る間に近づいて、店の前をアッという間に通り過ぎていった。

何だかサスケも気ぜわしくなってくる。まさかあの車にジッさんが乗ってる道理はないのだが、ここであんまりのんびりとしてるのも悪いナ、という気にもなってくる。もともとパンを買ったらいつも通り、そのまま真っすぐに行くはずだったのだから、もうジッさん、待ちくたびれてるかも、と、そんな懸念も押し寄せてくる。おやつの時間はとうに過ぎてるし、夕食まで一時間もないのかもしれない。小さな「雪」は食後に行けても、クロワッサンは一晩越したら味も落ちるし……ニソワーズはいつもにも増しておいしくいただいた。ペリエも最後の一口でのどを潤おす。また今度は少し早いめに来て座ろうなんて、オノレの懐具合もよそにサスケは心を決める。小優等生はあくまでも小優等生に甘んじる。すぐに立ち上がり、忘れかけたパンの袋を取りに戻って出口に向かう。レジからはカウンター越しにいつものマナー通り「ありがとうございました」の声もかかる。対話の苦手なサスケには愛想よくこれに応じることなど至難の業だ。だから小優等生はどこまでも小優等生にとどまる。それでもそのまま頭を少し下げることぐらいはできる。おまけに出入口の扉から出る時は押すのだから、荷物を持っていてもより開けやすい。そうか、それで荷物の少ない入る時は扉を引いて、出る時は押すのかと、今ごろになって理解が及ぶ。愛用の自転車はお店のすぐ前で誰に倒されることなく、サスケの帰りを待っていた。

またいつもの道をたどる。それが一番の近道ということでもなく、あえて言うならばあらゆる意味で走りやすいルートなのだ。身も心も共に程よい疲れと慰めを見出すことができる。ブーランジュリの前から少し西に行くと信号付きの交差点に出る。その角には洒落たサテン（茶店）があるけれど、サスケはまだ一度も入ったことがない。ここの珈琲の味もなかなか侮れないときいている。そこから右手に行くと、すぐに小さな社が見える。かつてこの辺りには、町でも一、二を争う秀でて豊かな商人が大きな館を構えた。かれらはマレビトと言おうか、遠き異族からの出先の屋敷だから領事商館の役目もかねそなえ、中でも黄金の商いが際立ったという。

信号が変わると、サスケは交差点を左に折れてバス通りを渡り、渡って右手の角、例のサテンからは一八〇度対極に花屋を見ながらそのまま左側を進む。まもなく自転車屋の前を通って真っすぐにゆるやかな坂道を下る。ここの店はいつだって商品の路上駐車を怠らないもんだから、時には迷惑もするのだが、それでいて不思議と腹が立つこともない。店主の顔もろくに知らないからカレの人徳がなせる業でもないのだが、思えばほんの小さな店の佇まいがかえって天下の公道を滑らかにのみこんでくれるのかもしれない。

悠々と駆け抜ける街。どこまでも無関心な人々。夕暮れる、暮れなずむ道路。季節は何らの影響も及ぼさず、何らの脅威ももたらさないかのようだ。そのうち右手には大きな児童公園が現われる。サスケの自宅からはもう十分に遠いのだが、かつて一度だけ夏まつりの屋台をのぞきに友だちと、やっぱり自転車で来たことがある。もうかれこれ五年も前の話だが、その公園の周りをたどって、今度は大きく右に折れると、沿道は古式ゆかしい色街へと様変わりをする。すっかり細身になっていまではサスケひとりで十分の道筋が右へ左へゆるやかにうねりながら、艶《あで》やかな薄紅色の壁土を撫でていく。この界隈の女たちの姿などまともに眺めたことはない。年に一度の舞踊の会にも足を運んだことがない空気はいくら古めいても、それがどこまでも甘酸っぱくて、少し呼吸《いき》をひかえながらサスケは通り抜けていく。そうやって掴みどころのない痛みにさらされる。やはりか細くて、数限りもない格子窓の繋ぎ目に未完成の身体《からだ》を預けてしまう。

色街をぬけると、大きな社の森に行き当たる。そのまま境内には入れず、右手に折れながら外縁をたどる。いつの間にか社の森は消え失せて、こちらも鬱蒼と茂る並木に囲まれていく。それはすっかり色あせたひとすじの街道が文明のはらわたを切り裂いていくようだ。葉群はそれほどに高くて深くて、路上からは広々とした天《そら》などとても望まれない。それだけに心も鎮まる一連の薄暗がりを、今日もコワッパは走り抜ける。そこに突如明かりがよみがえると、いよいよ疏水にかかる小さな橋を渡るのだ。考えてみれば、これが道筋でただ一本の橋になる。そこを渡ってすぐ左手には病院の入口が見えている。玄関の前ではタクシーがいつも二、三台は客待ちをしている。ここは屋外だからと、あまり気がねもなく煙草をくゆらせる運転手。その大人のやりとりに手持ち無沙汰の時間をまかせる労働者たち。小優等生にはいまだ縁が薄い。おまけにこのところストライキもなくて、国家とやらがますます幅をきかせてくる。

サスケは堂々と歩道に乗り上げて、それから自転車を降りると玄関すぐ脇の駐輪場に向かった。ひょっとするとさっきあのパン屋の前を走り抜けた、ボウソウまがいの救急車だろうか。駐輪場とは反対側の、やはり玄関のすぐ近くに停まって、なおも後ろのドアは大きく開いている。

サスケは玄関をくぐる。いつもながらの広いロビーを通り抜けようとする。受付と総合案内にはすでに顔なじみのお姉さんたちが座っている。その時、ひとつの声が斜め後ろから彼を呼び止めた。

「サスケちゃん」

ア、オバさんだ。

オバさんは父親の妹で、仕事に追われてなかなか見舞いに来られないサスケの両親の分まで足しげく通ってくれる。時には彼にとって、母親代わりのやさしい人だった。まだ小学生のころ、春夏冬と長い休みの来るたびに、彼は甘えて寝泊りもさせてもらった。そのオバさんが少し足早に近づいてくる。なかなかいつもの声は出てこない。心なしか髪の毛も乱れてる。いのちの結び目がほどけていくように、右手に何か持っている。握ってる。それは愛用の白いハンカチだろう。鶴か何かの、小さな刺繍も入ってる。

「来てたの?」と、サスケは少し控えめに尋ねてみる。

「ウン……急にね……来たんだよ」

オバさんが言う。誰かに呟いてる。

「何が？」と、サスケもすかさず問い返したが、オバさんはいよいよ答えない。いや、答えられない。小優等生のサスケだからそこは察しがよいし、彼女からの答えは自分のほうから見出されてくる。彼はすぐに病室に向かう。だけど病気は、ジッさんの病気はすでに終わっている。そのままでなおも横たわっている。それでも眠っているわけじゃない。

平日のエレベーターはなかなか下りてきてくれやしない。いつもならここで階段を選ぶ、たとえ五階でも六階でも。だけど今日はそんな選択肢も思い浮かばない。何か見捨てられたような気分になってくる。だからこそオバさんは、少し後ろに立っていてくれる。何しろサスケには、涙に相談をする勇気もまだ湧いてこないのだから。パンのことも、それからブーランジュリのことも、すっかり遠い異国の物語のように思われた。

これらの出来事を受け入れるまで、果たしてどのくらいかかることか。小優等生のことだから、それは存外早いのかもしれない。けれども小優等生だけに、すぐに受け入れたつもりになって、本当にそれを受け入れることができるのは、いつかサスケ自身が旅立つ時かもしれない。だから、サスケは今でもジッさんのことが大好きだ。それをとらえて人びとは、心の中に生きている、とでも言うのだろう。

コワッパ、とサスケはひとりで呟いてみる。自分にでもなく、ジッさんにでもなく、すると、コワッパ、とどこかで囁く声がする。

アラタナルシ２

秋

●

L'automne

●

Aki

芸術の秋が訪れる。霊感は満ちあふれて、生死の境界は潰《つい》えようとする。そこから一年の幕が開かれると、誰もが襟《えり》を正して気持ちを新たにする。芸大の秋、実りの秋は冬に結ばれることなく、春を忘れて夏をめざしながらも、いつしか元の秋へと立ち戻る。それは山間《やまあい》の、長くて大きな峠をめざす国道沿いである。キャンパスは辺り一面の傾斜地に乏しい平台を見出し、どうにか確保する。のんびりと細身の腰を落ち着けては、ほんのりと初秋の頰《ほお》を染めていく。車列の絶え間ない一級国道、その上り勾配もものかは、正門へと至る進入路の傾きときたら何よりもきつくて険しい。ゆるやかな左へのカーブも慰めどころか、道行く者にとっては先の見えない恐怖をかきたてる。ここまでは果敢にペダルを漕いできた若き健脚といえども、番《つが》いの意欲を減ずるところおびただしいものがあるだろう。

正門の左手には守衛所があり、案に相違して厳《いか》めしくもない。年配の守衛さんはむしろ愛想よく出迎えてくれるのだ。遠路はるばるよくぞ来られた、とばかりに。なるほど市街地から国道線をここまでたどるには、すでに二つ、三つの小さな峠もこえている。それでも自転車で通う芸大生は少なからず、正門を入ってすぐ左手の歩道には車列の途切れる余地がない。本来そこは駐輪禁止なのだが、行政のトラックに収容されて遠隔地へと持ち去られる気遣いもない。車列は風の気ままを受け流し、時には薙《な》ぎ倒されながらもまた立ち直り、野放図な静けさにも包まれて狭い歩道を占有する。だから遅出の大学関係者も、見知らぬ午後の訪問者も、ともに車道を往かざるをえないのだが、通る車も稀なら電信柱も全く立つ瀬がないという大学の中だから、さして煩《わずら》わしいこともないのだろう。そんな自転車の列は、有無を言わせず当局ご指定の駐輪場へと連なり流れ込んでゆく。

つづく駐車場の脇まで上ってくると、ようやく平坦な進路が待っている。ほどなく最初の十字路を迎えて、そこから先はなだらかにくねりながら、野中の一本道のような風景の中からなおも知られざる素描の奥底へと導かれる。描き手はどこにでもいるようで、その実どこにもいない。平穏な無風ばかりが物腰を落ち着けている。しかし同じ十字路を右に折れると道はまたゆっくりと上りに転じて、ようやく次の十字路でひと通りの落ち着きを見出す。芸大のキャンパスはそこから左へ、それ以上に右へと数多くの営みを載せて、柵《しがらみ》を絡《から》ませて、長くのべ広がるのであった。

最初の十字路からの右手には、コンクリートの壁面を剝き出しにしていささか威圧的な建物が見える。それは大学会館と呼ばれて、どこのキャンパスにも大抵一棟は同様のものが立ちつくす。持って行き場のないような権威の衣を羽織っている、便宜上のシンボルにして、実務の砦とは別棟になることも多いだろう。左手にはこれとは見事な対照をなして樹木が連なり、次の二つ目の十字路のすぐ手前にはムクノキがそびえる。十字路にも半ば覆い被さるようにして、それは大きな枝葉を広げている。体に似合わず細長い小ぶりの葉っぱが先を尖らせて、ギザギザの鋸歯《きょし》に守られている。秋ともなると臙脂《えんじ》に色づき、大学会館の灰色の壁をあたかも時間への問いで染め抜こうとするかのようだ。壁は決して色づくことなくこれを受け流しながらも、問いの本質だけは何食わぬ顔をして受け止めていく。そうでなければ、ムクノキに限らず散りゆく落葉《らくよう》がこれを許さない。それだけは許されない。何よりも許せない。壁は壁で受け止めたふりをするだけかもしれないのだが、それもまたこの地表に与えられた苛酷な能力のひとつとみなすべきだろう。

ムクノキの十字路から左方《ひだりかた》の通路には、カツラの木の小さな並木が見える。その左側に沿って彫刻科の研究棟がのびていく。カツラは狂いの少ない優良な木材で、彫刻にも用いられるというから、それに因《ちな》んだ植樹ではないかと勘繰られる。ところがその手前の、ムクノキの大きな枝振りのいまだ傘《さん》下《か》には、錆色の金網で囲われた小ぶりの檻《おり》が並んでいる。どう見てもそれらは、小学校の校庭片隅に必ずといってよいほど見かけるあの飼育小屋を連想させるし、何気なく近づいてみると、中には確かにニワトリやウサギなどの小動物が飼われている。そんなのどかな光景を前にすると、「何で芸大にこんなものが」というぶかしい想いも和《なご》んでいく。それだけに、檻の中で突然動きを見せたもう一つの大きな影には、全くのところ驚かされてしまうのだ。

檻の中の大動物とはほかでもない、小さな椅子にじっくりと腰を落ち着けて、背中を丸めたままのヒトである。そやつがペンか絵筆か、それとも6Bの鉛筆を握って目の前の小動物を描き取っていく。それは写生でありスケッチであり、小学校でも動物園でもついぞ見かけた例《ためし》のない、檻の中での芸術的な共存であり、画学生とは小動物をじっと見守る「不動」である。その全身は運ぶ筆先へとのみこまれて、ところかまわずに繋《つな》ぎとめられていく。その装束が金網に似た一種の保護色に近づこうものなら、いよいよ見分けもつかなくなるだろう。

だから画学生もまた檻である。それも何かを視覚に取り込む檻であって、自らはもうひとつの金網の檻とともに視界に溶け込んでしまう。二つの檻の間では見たところゆったりと、その実、火花を散らすようにして何かが回転をする。しかもそんな営みはそれぞれの檻の内部に限られたことではない。キャンパスという名のより大きな外部、それでもなおこぢんまりとした芸大敷地のそこかしこで、画学生たちは思い思いのポイントから写生に勤《いそ》しむ。その数も、面積に対する密度も、自ずから適切を弁《わきま》えてのことか際立つところもなく、誰もが情景《ながめ》の中に溶け込んでしまう。まるで対象とともに溶解を遂げることが視覚芸術に求められる何よりの前提条件であるかのように、謎めく美的価値はその原始より、語りえぬひとつの宿命を背負わされてきた。

正門からの道はムクノキの十字路を過ぎると、もう一つのゆるやかな上りを経験する。その傾きを終えると、いよいよ多くの建造物居並ぶ広い台地へと導かれるのだ。ようやくここまで来て振り返ってみると、大学会館の上には天文台を思わせる銀色のドームがのっかっている。何しろ芸大だから、理系の天体観測施設はありえない。星空のスケッチを試みるとして、そのためのドームを設けることも考えにくい。実用だけが建物の存在理由でもないのだが、そんなふうに思いを巡らせると、何やらそのドームが下から積み上げられたものではなくて、天から舞い下りたようにも見えてくる。

そんな空想をどこまでも阻止するように、何とも危険な因子が横たわる。ドームのほぼ真上には複数の高圧電線が走る。いちばん上の二本を除くとあとは三本ずつで、総数は十七本に上る。すぐ左手にはそれらを支える鉄塔も聳《そび》えるのだが、そこにも不釣合いな印象は伴わない。これも銀色のドームがもたらすご利益《りやく》なのか、鉄塔に電線と芸大のキャンパスはすんなりと調和も整えて、ここが市街地を遠く離れた山間にあることを悠々切々と訴えかける。

池に落葉が浮かぶ。ムクノキにも似てもっと大柄な葉はクヌギだろう。それは池のすぐ南側に大きな枝を広げて、一部は池の上にもさしかかっている。その水面には色づいたものばかりではなく、緑の葉も浮かんでいる。中には志半ばにして枝から離散した若葉も交じるのだろう。落葉前の八月九月になると、少なくとも一個は勢力の強い台風が近在を通り抜ける。吹き飛ばされて流浪の身を晒《さら》すのは、その多くがクスノキだろう。南側には二本の老木大樹が池とクヌギを東西から挟むようにして、いっそう見事な枝振りを競い合う。

ムクノキの十字路を上り、いちばん広い台地にたどりつき、右の方《かた》、西方《せいほう》を見通すと、かくも落葉常緑入り交じりながら、高くて深い葉群《はむら》が被《おお》う。葉海《ようかい》は通路にも広がり、クヌギの下にはドングリも見え隠れする。枝振りが被いかかるのは、池と通路だけではない。たとえば通路に沿って、背もたれのないベンチが横たわる。そこからは池の水面を見下ろすことも、あるいは背中を向けることも自由だ。座席も脚も苔むすようにくすみ黒ずみ、秋冷の内懐に溶け込んでいく。池はもともと大学のキャンパスが移ってくる前から、ここにあったのかもしれない。それだけの古びた落ち着きを水面は存分に湛えてみせる。

池の向かいには中央棟がたちはだかる。アカデメイアの機能中枢で、右手に連なるのがあの大学会館だ。中央棟は2階の事務室から講義室、研究室へと上りつめる。一階には芸大らしく常設のギャラリーとともに食堂が店を構える。池の北側だから、南からの日当たりも悪くない。水面もここでは近くて、学食と池の間には安上がりのテラスが円卓を並べる。テラスの一端からそのまま池のすぐへりをたどって回廊も作られている。そこにも大抵一人くらいは、水に向かって静かに絵筆を運ぶ画学生がいるものだ。

一方クヌギの下のベンチから立ち上がると、近くからはさらにもう一本、東北をさして下りの細道が抜けていく。まもない一角には、古代の噴水跡のような石造のオブジェも建っている。そこから先は同じく北東に向かって扇形をした傾きが閉じていく。規則正しく段差もつけられて、それらを観客席に見立てると扇の要はいつでもステージに転用できる。だから全体は野外の円形劇場を思わせる。雨晒しだが北風に備えてか、北辺は大学会館によって、直角に開く衝立《ついたて》のように守られていた。そんなステージから星空は仰げても、銀色のドームを望むことはかなわない。

十月もいよいよ下旬にさしかかると、毎年キャンパスでは秋の作品発表が始まる。学園祭を挟んでひと月近い期間中は常設のギャラリーに限らず、屋外屋内の各所で展示が行なわれる。屋内では研究室や講義室など外される所も多いが、屋外については大学側の承認が得られる限り原則「自由」となる。当局も学生諸君の創造性は基本的に尊重することを「是」としているので、特に危険を伴うと認められるものを除いてはあまり干渉もしてこない。だから雨露にもめげないさまざまのオブジェとか身体表現は積極的に屋外へと活路を見出す。当局はその際、場所取りの調整を司ることがもっぱらなのだ。作品の撤去もルーズと言えばルーズで、屋外についてはそれこそ「五月雨《さみだれ》」とも評されるべきだ。さほど邪魔にならないものについては、何しろ作品なのだから、稀に次の秋まで展示されることもある。但し、卒業をする者については、その時点で必ず取り払ってもらう。

それでこの秋はというと、おそらく初めて落葉常緑のあの古池が創作の餌食となった。ある朝、池の上には一面に植物繊維のネットがかけられた。それも平たくのっぺりと広がるだけでは済まされない。網の中のいくつかのポイントと取り巻く樹木の枝をワイヤーで結んで、日々その形態を改めるよう工夫と努力が施されている。それは『2つの表面』と名づけられて、終始平らな水面と変形怠りないネット面との組み合わせで一つの作品概念を形作るものらしい。

円形劇場を間近に見下ろす噴水台には、畳一枚分はあろうかという金属板がたてかけられた。ブリキか何かのそのタイトルは『入植』。なぜ「入植」であるのかはよくわからない。とにかく金属板には色々の角度から沢山の工具類が突き刺さっている。中には刃物も混じるのだが、武器の類いではないようだ。少し離れると、何本かの工具はヒトの腕にも見えてくるし、もっと引き下がってそれこそ円形劇場の「舞台」の辺りから見上げると、針山の筵《むしろ》かクロガネの苗床《なえどこ》のようにも見える。

客席にはポツポツと観客らしき人影が座っている。ところがこれもまた展示であって、それぞれに『常連1』『2』『3』と名づけられたヒト型のオブジェが何食わぬ顔で腰を下ろしているのだ。話しかけるまでもなく、ただ親しげに近づいてみると、カレらは木製でも金属製でもない。ゴム製でもなければ、もちろん肉製でもなくて、丹念な紙製なのだ。強い材質ではあっても、やはり雨が降るたびに姿形を変えていく。ともすれば、力をなくして肩を落としていく。

舞台に立つのは『Singer』ただひとりで、そこには誰にも手の届かないマイクスタンドが置かれている。マイクの本体は黙想する人頭を象《かたど》り、顔はうつむいている。後頭部から出たコードはゆるやかにうねりながら誰かの声を伝える。金属のスタンドを取り巻き、床から再び上って最後に先端のプラグはどこかのコンセントではなく、マイク本体の側頭部に深々とさし込まれていく。歌はきこえてこない。たとえ歌えても誰にもきこえない。きく者が、みえない、だから、いない。

池の先には講堂があった。閉ざされた殿堂の趣きを湛えるが、すぐ前は広場になっていて、左右から二本のユズリハが入口を固める。泰然と守りについている。円く刈り上げられて、平身低頭もしている。その緑は深くたれ込めて、どこかしら眩い。一年を通してこの構えは崩さないのだろう。おかげで講堂は寂れた威厳を保っていく。舞台芸術科の学生たちはこのユズリハの前を今回のパフォーマンスの場所に選んでいる。これが初めての試みでもなければ恒例の会場でもないのだが、『秋末《しゅうまつ》』と銘打たれた一連の発表には特に明確なテーマ性が見てとれるわけでもない。とにかくソロ、ペア、トリオから五人組まで、いずれの作品も台詞が付かないマイム一本で、金曜か土曜の週末の午後に行なわれる。伴奏を務めるのは単調な打楽器の響きのみだ。長時間にわたって鑑賞する者はいないが、時には所属学生かどうかわからないもののからかい半分ではなく、しっかりと向かい合った形で共演を試みる者も現われた。見知らぬ演者との間に走り抜ける緊張が、遠く引き裂かれた者たちの痛み苦しみを汲み取り、共同の制作として巧妙に成し遂げると露天の舞台から、選ばれた内なる言葉を具《つぶさ》に当てはめていく。それらを受けとめることは、あくまでも見る者の側の「表現の自由」とやらに委ねられるのだが。

講堂の裏側にはイチョウの並木がある。体育館の左側を斜めにすり抜ける小路の、やはり左手にそれは連なる。茂みの全体が鮮やかな黄に色づくのを待って、毎年ここには赤のオブジェが置かれる。

だからその年の気候によって展示の時期もまちまちになるし、ここだけは黄葉の盛りが過ぎると作品もまた早々に撤去された。これまでの記録によれば、展示作品のタイトルも圧倒的に赤色に因んだものが多い。かつて一度だけ、慣例に反して青色の作品を展示したところ、のちに制作をした学生の身辺に不幸が相次いだとかで、以来ずっとこの不文律が守られてきたという。『赤子』『赤旗』『赤信号』『血縁』、やや角度を転じて『血祭』ときくとそのどぎつさにいかなる処理が施されたものか興味も湧くが、『鼻血』というのはなかなかイメージも摑まれない。さらに当然のごとく、したり顔にと言おうか、『夕日』(これは「せきじつ」と読む)という年もあるのだが、黄色を背景に夕陽が沈むときくと、何やらファン・ゴッホのような色彩感覚も連想される。そして今年は『惑星/プラネット』と題し、直径十センチばかりの赤い球が三個、イチョウの枝の間に吊り下がる。どういう仕掛けからか、それぞれがあくまでもゆっくりと、一見複雑にして不規則な動きを見せながらも、昼の間、小路の手前から見ていると、一時間に一回のペースで一直線に重なり合う瞬間が必ず訪れる。

あの芸術の飼育箱に覆い被さるムクノキの巨木、そこにも作品は展示された。あの円形劇場の『Singer』、人頭戴くマイクスタンドに呼応するように、こちらも人頭を載せた鳥のオブジェだった。とくに天使を表わすものではなくて、種属はどこまでも鳥なのだ。翼は固く閉ざされており、足の指は主たる幹にと辛うじてしがみつきながら、目の前の樹皮には熱烈な口づけもくれる。そして黙想する『Singer』のように、こちらもまたうっとりと目蓋を閉じる。与えられたタイトルは『キススキ』で、漆黒の頭《かしら》からは長い巻き毛が両肩にかかる。木彫ながら、ヒト型の頭部を除くと大理石のような光沢が全身に付けられている。

体長一メートル近い作品を巨木に設置することなど並大抵ではないのだが、作者のペリオドは一人でやったのだという。ただしそれだけで留学生の彼が交友もなく孤独だったということにはならない。彼を取り巻く状況はむしろ逆なのであって、少し年上ながら気さくで、語学にも堪能な彼はどちらかと言えば学科の人気者であった。だけどそんな陽の当たる部分ではない、この彫刻学科の留学生の隠された影の部分はほとんど知られていなかったし、ペリオド自身も決して自ら明るみに晒そうとはしなかった。それでも、彼の留学に多分に政治亡命的な要素が含まれることについては衆目の一致するところで、祖国では長年抑圧された少数民族の出身だと言う者もいた。真偽のほどはつかめないが、少なくも留学前の彼が伝統工芸のプロとして身を立てていたのは確かだった。そんな彼が、遠く離れた二つの文化圏のそれぞれに伝わる彫刻技芸の、新たな融合とその開花をめざしていたことは想像に難くない。

彫刻家にとって作品の全てがそうだというのではないが、ペリオドの場合、この「キススキ」はどこまでも彼の分身を主張する。それゆえにこそ、これを天使とするような傲慢は何としても退けたかったし、いつかはあるべきところへ戻ってみたいという自らの意志は木製の翼に託しながらも、居留地の見事な巨木の幹には感謝と感応の口づけをくれるのだ。彼にはどこまでも一人での作業に対するこだわりがあった。

事件はそのひと月ほど前にさかのぼる。まだ新学年が始まって間もないころ、この山間のキャンパスで若い画学生が命を絶った。若者の名前はシロガネと呼ばれるが、あくまでも通称である。現場は正門からすぐ右に折れて少し進んだ辺りになる。駐輪場に連なる左手とは違って、どちらかと言えば人通りは少ない。二面のテニスコートのへりに沿って進むと、すぐにグラウンドに行き当たる。道はそこから講堂の裏手をめざして、左へと直角に曲がり、すぐに右へとまた直角に曲がり返す。その一つ目の角からやや上り勾配の左手に、クスノキ、イチョウ、ミツバツツジと三本の立木が連なり、夏の間は講堂の側壁を被い隠す。このクスノキの太い枝に画学生はぶら下がったのだ。命をかけて、あるいは命に代えて、遺された体だけが生い茂る緑の中にうずもれた。

そもそもシロガネはここの学生ではない。ただ、一年前の夏休みと同じ年の秋が終わるころ、二度にわたって訪れたことがあった。一度目は友人に誘われて、二度目は山間の立地が面白くて、近くに来たついでにまたひとりで足を運んだ。旅人の彼は留学生でもなく、かなり離れた別の町にあるやはり芸術大学の三年生になったばかりだった。画家としての技能もさることながら、洋の東西を問わず美術史の素養にも満ちあふれ、それに基づく手際のよい論評は時に斬新なものを望見させたし、その切れ味にかなう者はいなかった。絵筆を運ぶよりも、文筆をふるったほうが性に合っていると陰口を叩く輩もいたが、提出の作品もそれ以前のさまざまな習作も教師連中からは、本人の教養に十分に見合うもの、との評価を受けてきた。だからシロガネは俗に言うところの優等生だった。事によると、そんな優等生特有の一種贅沢な、それも死に至るほどの限りもなく贅沢な苦悩を人知れず抱え込んだのかもしれない。そこに、さまざまな悪口陰口言うところの「技能にまさる教養」といった要素が介入した余地も皆無とは言い切れない。事実として、二年生も後半に入るころから、シロガネは絵筆を握る回数がみるみる減じて、それとともに口数のほうも少なくなっていったという。

事件の現場はそのころ工事中で、いつも以上に人通りが制限されたこともあり、シロガネの没後はなおさらに気づかれなかった。そのうちひと月もすると、何かが緩んでずり落ちて、彼の体は幹を背中に枝に跨《また》り腰かけたような姿勢で固定された。首《こうべ》は少しうなだれて、その視線は連なる立木の根元を見下ろしている。彼自体はなお緑に包まれながらも、イチョウは黄色く、ミツバツツジは赤く色づき始めて、さながらそこいらはイチョウ並木の赤いオブジェを彷彿とさせる。いや、むしろかのオブジェのほうがこちらの配色配合を礎《いしずえ》にしていると言うべきだが、シロガネ自身も二度目の来訪に際してはこの両方を眼にしたのではないか。ちなみに、その年の展示オブジェのタイトルは『赤信号』だった。

やがて木枯らしを思わせるばかりの強風が吹いても、緑の衣だけは手放そうとしなかった。若き画学生シロガネを静かに秘められた自死へと教え導いたもの、ひょっとしてそれは卓抜した彼の才能をもってしても描き切ることのできない恋の悩み、そこへと至る恋の迷いだったのかもしれない。そこにはあらゆる恋の苦悩とともに、それをどうしても描き切ることができないという自己への絶望があるのだろう。彼には心を許せる恋人もなければ、本当に気のおけない友人もいなかった。三度目の来訪には、それまでにもない明確な目的が伴っていた。たとえそれが山間のこのキャンパスに三たび足を踏み入れることでようやく見出されたのだとしても。

紅葉も酣《たけなわ》を過ぎて、本物の木枯らし吹き寄せる週末である。イチョウもミツバツツジも真紅の衣に直黄《ひたき》の冠を脱ぎ捨てる。肌荒れのした冬の素顔を晒していく。高圧電線はいずれも強風に酔い痴れ、時を選ばず強《したた》かに波を打つ。作品発表は今年もすでに幕を閉じて、あとは屋外の、仕掛けも要らない評判作だけが記念碑を演じていく。こうして山間の秋は否応もなく深まるのだが、キャンパスのどちらを眺めても大きな吊るし柿を見たと言う者はいない。人知れずそんな柿もすでに干からびており、旨みを引き出して自らの使命を果たしたというのに。

同じころ、古《いにしえ》の池の面《おもて》を見下ろす例のベンチは、落葉とともに長々と寝そべる人影に被われていた。影は真昼の空を見上げてわが本体を捜し求めるのだが、魅惑的な虚しさばかりが胸に迫る。そんなペリオドは酒を嗜《たしな》まない。だから二日酔いにも縁がない。さりとて禁酒を掟と定める地方の産でもないのだが、宴席ではお茶かジュースを注文する。それでも大抵の酔漢とはうまく付き合えるし、今このベンチで横たわるのは、芸大生らしく立て込んだ創作の疲れを癒やすためにすぎない。

目をつむるとペリオドは、昨日ラジオで覚えたばかりのラップの一節を呟いてみる。唄はひたすらに戦争販売人とやらをこき下ろし、どこにも武器を持たない手が楽器に染まっていく。すると遠くからは、見知らぬ中年の男が近づいてくる。男はこの大学のスタッフではなくて、あてもなく散歩をしているとしか思われない。ペリオドはなおも目をつむり、声を出さず直向《ひたむ》きにラップを歌う。その時、池を眺める中年の男が何か声を上げたような気がした。それもペリオドの歌う「戦争販売人」ではなく、これを「戦争犯罪人」と言い換えて、男はさらに断言する。「A級もB級も意味がなく、戦争の犯罪はいつも国境をこえる。そこでは犯罪者をめぐるいかなる等級もなきものにされた」と。

すると、不意にラップが打ち消された。目を開けると中年の男はもう消えている。ペリオドは何かを思い出したように起き上がるとベンチにはそのまま背中を向けて、彫刻棟のロッカールームに戻った。そして自分のロッカーから一枚のプレートを取り出し、再びベンチの前を通って、とある吊るし柿をめざした。対のユズリハの左手から講堂の後ろを回ってシロガネのクスノキの所にやってきたのだ。連なるイチョウとミツバツツジも、今では色づく葉群の八割以上をなくしている。だから木洩れ日を抱きしめて、なおもクスノキの緑の中に腰を下ろしたシロガネの姿は、その分だけ露わになったと言えるのだろう。

そんなクスノキの麓にペリオドは手持ちのプレートを安置する。そこには中国の文字で「樹体花体」と書かれていた。年号であるのか「二〇〇〇」という数字も添えられている。通り過ぎる者は誰もがこれを見て、植物の名称ではなくて作品のタイトルだと思うだろう。この日から、放置されてきた一人の死者に対して新たに作品というもう一つの生きた使命が与えられた。作者はプレートを捧げたペリオドということになるが、彼はあくまでも匿名にこだわる。のみならず本当の作者は「戦争販売人」だと確信している。今は消え去ったあの中年の男だけがこれをとらえて、またしても「戦争犯罪人」だと言い換えるのだろう。当の「樹体花体」はまだ春を知らない。

（物語は5の「冬」へと連なる）

アラタナルシ 3

駅の根元

●

Au pied de la gare

●

Eki no Nemoto

私の名前はウラカミ、よくムラカミと間違えられて苦労をする。親しいヤツらはなぜかカカシと呼ぶ。私のどこが一体両手を広げて一本足で立つことになるのか、いまだによくわからない。それとも顔立ちのせいなのか。成程「へのへのもへじ」と言われても、あまり反論もできない造作なのだ。ここにはもうひと月以上も横になっている。私は眠っているのだろうか。一日に百万人以上が通り過ぎるという、大都会のターミナルの一角。駅前の歩道橋を下りた老舗デパートの前に作られたささやかな植え込みの中にいる。私はここをスミヨシと名づけた。

歩道橋の階段にはいつも、ミテミヌフリと記されてきた。ミテミヌフリは黒の落書きだけど、私が初めてこの地に足を踏み入れた時から、五文字目の「フ」の右肩には赤い小さな丸が付けられてきた。合わせて読むと、ミテミヌプリ。一目見て、誰かが後から書き加えたものだと思ったが、ずっと前に「ヌプリ」というのはアイヌの言葉で山を表わすと聞いたことがある。そんなところから落書きの意味合いもにわかに転じていく。よく考えた。たとえば「ミテミの山《ヌプリ》」、それから「山《ヌプリ》を見てみろ」、さらには「山《ヌプリ》よ、見てごらん」などなど。今でも私には、この書き加えられた小さな赤い丸の真意は読み取られない。ミテミヌプリという名の山を、私は知らない。「見てみろ」と言われても、この駅前のスミヨシからではどこにも山が見られない。それでも「山よ《ヌプリ》」と落書きは呼びかけるのだが、そのヌプリにしてもまさか私のことではないだろう。何しろ私ときたら少しも盛り上がることなく、日に日に人間一体分の土地にもなりすましてこのスミヨシを守っている。ただし、どこにも見られない何かの山に向かってあの落書きが「見てごらん」と勧めているもの、それが仮にこの私のことだとしたら、まあ、少しは理解ができる。「ヌプリよ、あの人を見てごらん」……その「あの人」こそは、この私だ。そしてヌプリは、見知らぬ山は、海を越えた遥か彼方に聳《そび》えているのだろう。私にはいつまで経ってもそんなヌプリを見ることができない。

まずはミテミヌフリと、誰かが落書きをあからさまに読んでいく。次にミテミヌプリと、別の誰かがひそかにそれを読み換えていく。

街はそそくさと師走を迎えている。日曜日の今日など人通りも平日と変わりがない。いんや、午後なんか平日をはるかに上回るほどだった。その只中にお囃子《はやし》が流れる。それも奇妙な事に壇尻《だんじり》のお囃子が。どこだろうと私は思った。夏でもあるまいに、と我が耳を疑った。すでになくしたはずの聴力にも最後の疑いをさしむけた。あんなお囃子が私の採れた町にもあった。あれを聞くと、今でも体が動き出す。そのために踊り続ける大切な術《すべ》を、今の私はなくしてる。とうに祭りをやめて、とうに祭りを諦めた私にも、まだ祭られることが残されているのか。それでも果たして私を祭る人などいるのだろうか。

お囃子は通路の方から流れてくる。その上は確かプラットホームになっていて、通路を抜けると駅の反対側のこれまたビル街に出てしまう。通路沿いには安い食堂街も並び立ち、至って狭苦しいものの中に広場の体をなした一画もある。時ならぬお囃子の発生源は、どうやらその辺りらしい。タンタタンタ、タンタタンタ、という単調で足早な律動を繰り返していく。大小一張りずつの太鼓に運ばれて、お囃子をどこまでも牽引するのは鉦《かね》の音、摺《す》り鉦《がね》の響き。篠笛は聞かれず、いかにも打ち慣れた手練《てだれ》が道往く者の足という足を押しとどめようとする。叩き手の掌に握られた撞木《しゅもく》は鹿の角でこさえてある。秋の訪れとともに、角切りのために捕らえられ薙ぎ倒された牡鹿の姿を、私は思い浮かべる。そこに通行人の囁きが立ちはだかる。何か鮮やかに我が想いの行く手を遮りながら。

「あのオッサンらの踊り、なかなかやったなあ……二人とも」

そうか、二人か。二人の踊り付きナンカ。ソラエエガナ。そしたら腰はいつも屈めトルし、腕組みするんヤなくていつでも互いに擦り抜けていきヨル。時にその手がさしのばされて、天を摑み取ろうとしてる。ソウカ（あるいは）、空に向かってどんなにしても泳ぎ切るようにも見えてくる。もはや担ぐに担げないものを担ごうとするみたいに空しい努力を折り重ねる。積み重ねるそのうちに元通り擦れ違いの一人《いちにん》交叉へと呑み込まれてしまうんヤ。いつでもナ、それらの踊り手はすべからく、つかれてる。疲れることもなく憑かれてる。私も昔はそうヤった。いや、今も、いや、今こそそうなんかもしれンぞ。ピクリともセンこの体は、とうに舞いの極意にでも達しているのか。わからん。何よりわからんのは、朝から広場を魅了してきた二人の舞い手の視線ヤロ。舞い続ける限りは、どこを見てるか誰にも覚《さと》られてはならんのヤから、タンタタンタ、タンタタンタ、でも私には、それがわかる。タンタタンタ、二人が見てるのは、この私ヤ。タンタタンタ、タンタタンタ、私が横たわるこの植え込みの、スミヨシヤ……

　時ならぬ壇尻のお囃子を陰で操り、まことに仕切れるのはやはり「お祭司」さまだろう。この界隈にあって私にはまだまだ及びもつかない先達にして、あれこそが本物のカカシである、と人は言う。私のことをカカシと蔑む同じ唇ふるわせて。彼がいつからこのターミナルに住みついたのか、私は知らないし、ついには言葉を交わすこともなかった。人の流れを前にして彼はしばしば両手を広げると、天を仰いで何事かを呟く。長く営まれる独り言は自ずから祈りの祭式へと道を開く。だから仲間は彼を、アヤツを、「お祭司」と呼ぶ。中にはホームレスもじって「ヘラクレス」なる別名称える不心得もある。

　そう言えば、あれは「ラスタ」（ラスタファリアン）と呼ばれたのか。その昔、洋楽好きの仕事仲間がおった。ミナミのそいつのアパートで何度か聴かされたレゲエとやら。そいつときたら壇尻のお囃子よりもずっとゆったりと流されて、ゲッタップ・スタンダップ、ノーウーマン・ノークライ、アイシャッタ・シェリフと唄ってた。そのボブ・マーリーのように凝り固まった長髪ふりかざして、「お祭司」さまは何も求めず、あらゆる安らぎも初めから拒み続けて不屈の意志を貫き通す。いかなる人生の達人をも凌いで、道なき道を究めようとする。そこに転がる生存のひとかけら、物言わぬ鉛筆よ。凍りついた松明、祈りの木偶《でく》の坊よ。「マッチ一本核兵器のもと」とでも、あの御仁は口ずさめばよいのか。聞き届けてくれる天上のカミさまも地上のカミさんももはやいないというのに。

　すると少し離れたところに殺人者の影が見えた。影は柄にもなく年老いている。初めそいつは男であったが、自ら掌を返すように女になった。しかも一羽の兎を引き連れて、満月の夜には昇天をする。

新月の夕べには雨を降らせる。その雨もようやく乾いて人々が再び水を求めるころには、半月の意志と意欲が干からびた大地を貫き通すのだろう。殺人者の影はこの時、一番近い忘却の只中に終《つい》の住処を見出す。そこに安らぎを見出すことはないのだが、せめて人を殺《あや》めたことを忘れるためにと、ほんの小さなその影がとても大きな盃を求める。中に満たされた雫には、あらゆる罪罰が溶け込んでいる。殺人者の影は愛する兎と褥《しとね》を共にする。兎はすぐに身籠って、新たな影を産み落とす。影は茸のように膨らんで、静かで穏やかな過ちを犯し重ねて、なおも積み上げる。その後《のち》も確かな過ちは繰り返されて、降り止まぬ新たな雨が人々の善意を押し流してしまう。影はますます若返り、一羽の兎が月の面《おもて》にいたことを覚えている者はどこにもいなくなる。お囃子はますますわだかまり、「お祭司」さまの両耳に沈黙の封印を貼りつける。そこにも物言わぬ鉛筆は立ちつくす。何かを書きつけるためにと、立ちつくす。読み解く術など誰にもわからない。ひとりヘラクレスを除いて……

立ちつくすと言えば、それも駅前に立ちつくすと言えば、すぐに思い出されることがある。まだ家を失うずっと前のこと、だから私が身罷る遥か以前のこと、こう見えても小さな下請けの町工場の共同経営者だったころだ。どうにか大手電機メーカーの孫請け辺りで食いつないでいた。それでも加工の技術にかけては、そう簡単には誰にも負けないつもりだった。立派な心構えだったナ、今にして思えば、あのころは。

春の嵐とまでは行かないが、朝から何者かの感涙もむせび降りしきるばかりの三月の半ばであったと思う。それも平日の午前中で、人々は銘々の用件を抱えながらようやく厳しい冬の寒さからも逃れて、白いものの混じることのないまとまった雨の中を往き交っていた。私はと言えば、その前の週に部品の納期が少し遅れたことについて、近くの町にある取引先の本社工場までお詫びと釈明に出かけた。釈明とは全くの出鱈目ではないものの、すぐに辻褄の合わなくなる苦しいものを孕んでいた。

人口百万の観光都市、新築のビルにマンションばっかりが日に日に幅をきかせヨル、メインターミナルに快速電車が着くと、私は誰かに行き先も用件も尋ねられることなく、他の乗客ともども一挙にプラットホームへと吐き出された。誰でもいいからそのホームで、できるだけ人の好さそうなお年寄りを見つけて一気にお詫びと釈明をまくしたて、また同じ電車に乗って帰ってしまいたい、そんな気分だった。とぼとぼと後ろ向きの気分を踵に忍ばせて、爪先だけは公衆の流れに身を任せながら、辛うじて私もまた一人分の改札へのマーチを担った。そうでなければたちまち弾き出されて、同じ隊列に戻ることも同じ車両に戻ることも二度と許されないのだった。あとにはホームとホームの間の線路が静かに口を開いて来客を待ちわびるという、とても研ぎ澄まされた日常生活がさらに幅をきかせて腕を磨き上げていた。

するとと人身事故の笛が鳴る。人々は一挙に足止めを食らう。そのどちらにも総理大臣の拇印が押されている。鑑識は抜けめなくそれらを採取する。法務大臣の署名が添えられて、新たな刑が執行されるだろう。とにかく私は改札を走り抜けた。何とか事態を切り抜けた。まだまだ無限に続く、この日最初の事態をだ。

駅前の広場からバスの乗り場に向かう。訪問先のパンフレットを手に、屋根にぶら下がる行き先案内、そこに記された路線番号を見比べながらなおも進んでいくと、行く手に何とも言われぬ強い気配を感じた。越すに越されぬ、それでいて妙に生温かい壁のようなものが立ちはだかっている。

それはヒトだった。生きている、私と同じヒトだった。それも男だ。男でしかありえなかった。そいつは濃紺のジャージ姿で、裸足にスリッパつっかけて通路にのり出し、少し股を開いて背中を向けていた。その姿、その開き具合は私に何かを、それも私自身が日々繰り返していくしめやかな政《まつりごと》を連想させる。雨は傘をささないその男の顔に容赦なく降り注ぎ、男の両手は背中の向こう、腰の裏側に吸い込まれていく。そこからも雨の音がする。それくらいの降り方が朝から続いている。今日は一日断続的に強い雨が、と気象予報士も繰り返していた。

不意に、駅をめざして歩いてきた親子連れと思われる二人の女が、男の向こうで進路を変えた。どちらかが口に手を当てると、左右に袂を分かった。あるいはどちらからともなく手を取り合って、大きく右折をした。そして地下街に逃げ込んだ。雨を避けるために、いずれにしても二人は大きく別の進路にのりかえた。それで私にもすぐに事情がのみこめた。

男のこちら側も向こう側も雨であったが、少し勢いが違っていた。何しろ向こう側には滝のような一本の流れがあって、しかも少し生温かかった。三月のまだ冷たい雨の中で、常夏のシャワーのような滝の流れは微かな湯気も立てている。それはどうしようもなく湧き立つ生命《いのち》からの泉であり、息吹きであり、しかも呟きであり、それを聞き届ける者は一人もいない。

ものの一分も経つか経たないかでその泉は涸れ果てるし、雨と一緒に流されてしまう。どこに？排水口に。どこまで？　海のなくなるところまで。どこから？　立ちはだかった男の二つとない脳髄から延髄貫き脊髄も潜り抜けて。大臣の署名がなくてもこの泉はいつでも湧き出すし、いつでも涸れ果ててしまう。

私は泉の真横をすり抜けた。とてもあっさりと、つとめてすっきりと後腐れもなく、いまだ湧き出していたかもしれないのに見て見ぬふりもして、頭の中では携えてきた例のお詫びと釈明を繰り返しながら、壁はなおも立ちはだかっていた。泉を閉じ込めて、生命《いのち》を封じ込めて、いつまでも私の心の中へと立ちつくす、私と同じヒトの、同じ男となって。

それからいくつもの夏を潜り抜けて、雷鳴轟く真夏のシャワーを浴びながら、私はこの駅前にたどり着く。壇尻の季節が近づいていた。最初の夜を迎えると、激しい夕立が嘘のように晴れ上がった。それでも水晶体の曇りだけは一向に晴れなかった。その奥の硝子体を満たす透明の液体は、冷たくなって降り積もる祖先からの涙が私の記憶によって濾過されたものだときかされた。そして網膜に映るのは水晶体の曇りを何とか晴らそうとする努力、その悪あがきにも近い私の労苦の長い積み重ねでしかない。

その網膜が剝離する。私の努力はたちまち細かい粒となって、祖先の流した涙の海原を漂う。見る者はどこにもいない。見ようとする私の努力がどこにも見つからない。それでも私は瞳を通して別の瞳を眺めていく。その瞳だけは見ることができる。その昔とても物好きなヤツらがいて、その中のいくつかを「星」と名づけた。夜の駅前はとても明るくて、明るすぎて、月を除けば星の姿を見出すことなど至難の業にも思われる。おまけに道端を守るこの私を尻目に、道往く者たちのお尻がなり代わり、とりすまして、「星い《ホシ》、星い《ホシ》」と催促もする。欲望と野望の区別などすぐにつかなくなるというのに。それでも向かい合う二店のデパートの営業も終わり、内部の明かりが落とされ、すでに仕事を終えたほかのビルとともに眠りの中に落ち着くと、実にやんわりとではあるが、この駅前にも星空が、星座を結ぶことのない星天がよみがえってくる。もともと駅前の交差点は大きくて、見上げる空は思いの外ひろびろとしている。

その中でもただの一個、弱った私の目を捕らえて放さない本物の星があった。星は、私が屈むと高度を下げ、立ち上がるとビルの谷間に落ちのびて、横になるとまた高く昇った。しかも赤かった。真夏に赤い星ときくと蠍座のアンタレスがまず思い浮かぶが、その奇妙な動きからすると、同じく赤みを帯びる遊星マルス（火星）だとしても、やはり辻褄が合わなかった。それでも私はその星がとても好きになった。晴天の夜がとても楽しみになった。何だかその赤い星だけが私の呼吸を汲み取り流し与えて、心にとめてくれるような気がしてならなかったからだ。

ある夜《よ》、その星が突然話しかけてきた。

星そのものはとても遠くにあるのだが、声は私の頭脳の中心から湧き上がってくる。にもかかわらず私には、それが居所を転じるあの赤い星からのメッセージであることが手に取るように悟られた。

星　あなたは目を病んでるのか。

私　ああ、病んでる。生まれた時から一度もまともに見えたことがない。それも網膜が剝離をしてからは特にひどくて、私が見ようとする努力のみならず、これまでに私がずっと見続けてきた私自身の努力の積み重ねもまるで見えなくなっている。

星　そんなに、気に病むことはない。ここでは健康な目などどこにも見当たらない。かく言う私もね、深刻な病かかえる目で、それももう以前から充血をして、こうやって星を装いながら何とか食いつないでる。
私　それじゃあんたは、偽りの星なのか。
星　いいや、真実を語る星だ。真実を見つめて、それを語るために浮かんでいる。

ここで赤い星は居所を転じた。それに呼応して私もまたいつの間にか姿勢を変えていた。

星　ところであんたは、太陽を見たことがあるのか。
私　そいつが誰かを照らしている光を見たことはあるけれど、光を見ることはできないはずだから、見たつもりになってきただけだろう。
星　月を見たことはあるのか。
私　太陽が誰かを照らしている、といま私が言ったその「誰か」とは、存外月のことかもしれないな。だから私は、いつもは光の当たらないような月の裏側に対して誰よりも感謝している。
星　そうか。
私　それだけが救いだから。
星　中国人に限らず、太陽と月の両者をヒトの目、それも巨人や魔物の目だとするカミの話には事欠かない。しかも大抵の場合、それらの巨人や魔物はすでに打ち倒されている。だから光り輝くものは死せるものの目だ。それら亡骸の頭骨の中にこの宇宙はあるのか。するとその目はいずれも眼差しの向きを生前とは一八〇度転じて、お前たちを見下ろしてくるのか。それとも死後はあっさりと亡骸を離れ、見放し、二つの目は輝きを変じながらこの限りのない天空を住み分けたのか。そのうちの昼は私を消し去り、夜はまた私を取り戻すのだけれど、いずれにしても私のような星屑は、巨人や魔物の死せる両眼が自らの死を悼んで流し続けた涙の一滴《ひとしずく》ということになってしまう。


そこで私は尋ねた。あなたは独身《ひとりみ》なのか、と尋ねてみた。

すると涙の一滴は答えた。あなたと一緒ですよ、と答えてくれた。

一体、連れ合いは探したのか、と性懲りもなく私は問いを重ねた。

ハイハイ、少なくともあなた以上の努力を傾けながら執着は抱いたつもりです、と涙の一滴はせめてもの意地を見せた。

それでも独りかい、それぁ寂しかろうに、と柄にもなく私は相手に気遣いをみせた。

すると赤い星は気を取り直して、連れ合い探しの旅について語り始めた。

何しろ田舎を出て都会をめざした赤い星はそれだけで一生を費やしたのだという。でも何とか別の一生を誂《あつら》えて、なおも旅を続けると、ようやく念願の都会にたどりつくことができた。

赤い星が求めたのは同じ星ではなくて、できれば自分で涙を流すことのできるヒトと結ばれたいと願っていた。たとえ空に浮かぶことができなくても、そんなことはどうでもよかった。そこで最初の繁華街の空を飛びながら、持ち前の強い光で照らしていくと、なかなかに器量のよさそうな若者が目に入った。気づかれぬようにそっと地表すれすれにまで下りて近寄ってみると、涙を流すべきそのヒトの目は、見出された一つ目のそのお方の目は、斜視だった。赤い星はそれを嫌って、アッという間に飛び去った。

それから次の繁華街をめざしてさらに一生を費やし、足りないものについては新たなものも工面するとようやくたどりついて、また強い光で照らし始めた。まもなくとても裕福そうな中年が車の中からこちらを窺ってきた。年のことなんかどうでもよかったので、赤い星がまっしぐらに下りていくと、涙を流すべきそのヒトの目は、見出された二つ目のそやつの目は、邪視だった。驚いた赤い星はすっかり恐ろしくなって、アッという間に飛び去った。命からがら逃げのびた。

それからまた次の一生を賭けて、赤い星はこの駅前にやってきた。今はただ、三つ目でも四つ目でもなく、静かに齢《よわい》重ねて明かりをなくしたやさしい連れ合いの目の玉を探している。それには、こうやって話を聞いてくれるあなたの目こそ相応しいのかもしれない……

ここまで聞き届けると、私はすげなく受け流すことにした。

「いや、すでに時は過ぎており、機会は永久に見失われたよ」

そうなると赤い星はまた目まぐるしく居所を転じながら、一目散に逃げ去った。それは星でもなければ目でもなくて、身の置き所をなくした一匹の赤いホタルだった……

でも、逃げ去ってしまいたいということなら、私だって同じ事だ。それもヒトの宿命としてホタルのように身軽にはなれないことで、願望においては私のほうが一枚も二枚も上手なのかもしれない。何しろ所構わず、ここでは剝き出しの暴力が押し寄せてくるのだから。剝き出しの暴力、などと言うのはたやすいが、それこそ枚挙にいとまもなく見舞われる者にとっては、ただただひたすらに往生し、いたずらに往生する。往生を遂げることもままならずして、なおも往生する。

暴力はいつも橋を渡って押し寄せる。そこには流れが横たわり、境界が引かれる。それを越えることもまた暴力に含まれる。いや、流れを渡りのり越えることこそが暴力なのだ。去年の秋もそうだった。私はここよりももっと西の、お城のきれいな町の郊外にいた。橋は町外れの夢のような静かな流れを跨《また》いでいた。水は意外なくらい透き通って、夢の前でも夢の後でも流れそのものは変わらない。釣り糸を垂れると、時には大物があがることもあったという。それでも、恐ろしい夢は現実を押し流したところですべてを変えてしまう。同じ川の流れであることが、もはやそれだけでは済まなくなってしまう。

その橋の下で知人とともに暮らしていた。正確に言うと、先住者の彼のところに流れ者の私がしばしお世話になっていた。すぐに立ち去るつもりが、いつしか半年近くになっていた。知人は何の文句も言わず、私たちはあるものを分け合って暮らしを立てた。その余裕と貫禄に、初めのうち私は彼も同じような境涯の元社長ではないのかと勘繰った。けれども、それは私の倨傲《きょごう》にすぎなかった。尋ねてみると、彼は長年の勤めをクビになり、臨時雇いで何とかつないできた警備員の仕事もなくしたのだった。橋のたもとに来てからは、見返りを求めずに手伝いをしてくれることで、近隣の人からの受けも悪くなかった。そのうちに食事を提供する人も現われて、代わりに庭の水やり、犬の散歩も頼まれた。正月の雑煮まで振舞われたことがあるという。ただし、飢えたガキ（餓鬼）らはそんな私らを見逃さなかった。

餓鬼とは言ってもこの際は、ヒトのお腹から出た生温かいものを指しておる。多分どこかにはやさしい心根も隠していたのだろうが、私にはどうしてもそれが見えんかった。あれはもう夏も盛りを過ぎるころから、ガキが群がって私らの周りを飛び回るようになってきた。夜になるとミニバイクで橋を押し渡る。二人乗りをする。鉄棒も持ち歩く。そいつで欄干を叩く。橋脚も叩きのめす。石を投げつける。口汚くも罵ってくる。

「オイコラ」

「オマエラ、クサインジャ」

「キモインジャ」

「ムカツクシ」

そして小便を垂れる。餓鬼がこの時ばかりは小僧になる。小便、小僧……うっかり罵り返そうものならそれこそ火に油を注ぐようなもので、近隣の人らもそのうち気にとめてくれて警察にも伝えたようだが、すぐに来たことがない。窘《たしな》めたともいうが、あまり耳にした覚えがない。不本意ながらもそのあたり、何もあてにしたことがなかった。

そしてあの夜がやってきた。秋の夜更けの空は明るい。この駅前よりも何倍も明るい。それは地表が、この地べたが暗いからだ。少年たちはその夜も遅く、月の明かりを背中に点してやっぱり押し寄せてくる。橋を渡り、叫びを上げて私らの住まいの上にとどまると、いつものように欄干を叩くまでもなく、かれらの中の少なくとも二体が火の点いたビール瓶を投げ込んできた。瓶は二本ともに堤防のコンクリにぶつかり砕け散ると、アッという間に火柱が立って炎も広がった。「二体」を含むガキというガキは姿を暗ます。私らの周りだけが明るくなった。明るくて、熱くて、バキバキと燃え上がる。私は燃え上がる火のすぐ側にいた。危うく放り出された。そのままかれらを追いかけようかと思ったが、知人は火の中にいる。私は助け出そうとした。その間にも、少年たちは橋を渡って境界をこえていく。川は流れても、その水が炎を消すことはない。知人はなおも火の中にいる。私には助け出すこともできない。一人の人間がこうやって焼け死んでいく。私は生き残り、そこに救急車がやってきて、何もしないまますぐに踵を返した。橋を押し渡り、帰途につく。早々と警察もやってきて、生き残った私に事情聴取を行なう。「無理か」と言いながら、火の中の知人にまで同じことを試みようとした。もはや「容疑者」はどこにも見られないのに。ミニバイクとともに蜘蛛の子を散らしていくというのに。あとに仕掛けられた蜘蛛の巣の網《ネット》、広がる一方のインターネットには私も情報として搦め捕られるのだろう。そのとき私は、夢こそは現実の祖型《モデル》だと思った。それ以来知人は夢の中に横たわり、私は現実の中に横たわる。双方が折り合うことなどありえない。夢の夜のあと、私は何とか電車をのりついで、またこの駅前にまで流れてきたのだった。

今でも剝き出しの暴力は橋を渡って押し寄せてくる。いずれも餓鬼とは限らない。修羅もおれば鬼畜もおる。夜となく昼となく、ここでは川のない横断歩道橋を押し渡ってくるのだから。

高層ビルにうずもれて、駅前の警察署は「ナカソネザキ」と仮名書きされてネズミ色に立ちつくす。いつかは立ちすくむ。

そこからは名高い心中者らの亡骸を求めるかのように長々と、うねり広がる歩道橋の鉄板が一日百万の通行人に踏み均《なら》されていく。飼い慣らされてしまう。

その真下を唸り往き交うオートモビルの二輪、四輪、六輪もまたループする。一日何十万台と通り抜けていく。駆け抜けていく。潜り抜けていく。擦り抜けていく。

そこに抜け目なく立ちはだかって、色彩転じる交通信号。赤、青、黄色、それに緑の矢印がやはり昼夜の別なくルールを示す。従うことを教え込む。点滅することなく、それは訓育を施す。何があろうと叩き込む。

老舗のデパートは睨み合う。名だたるメインストリートさしはさみ、絶え間のない争いの中でも静かに二店は、年代物《もん》のタイルの外壁纏って見下ろしてくる。そののち見下してくる。どこまでも識別を携えていく。やがては差別に転じていく。

見事な軽量、滞りなき快速、通勤電車は満員の乗客をのせて安全はのせず、利益をもたらし安全は蔑ろに、耳を澄ますと遠方からは地下鉄の轟音も湧き上がる。「事故る」「事故る」と何かの煙に咽びながらも。

そんなとき「足元にご注意下さい」「足元にご注意下さい」と終日のアナウンスが繰り返す。相手構わず、所構わずに、しかも録音されている。まだまだ録音されていく。

その間にも、頭上の大歩道橋は揺れる。揺らめくように揺れていく。あそこに佇むとそのことが、誰にでもすぐにわかる。地震でもないのに、風のせいか人のせいか車のせいか、それとも遠からず走り抜ける列車のせいか、地下鉄の仕業なのか。大地は揺れず、歩道橋は揺れ続ける。

折りしも橋上にはポツリと、一滴の小雨のように中年の男が佇む。白昼堂々、発泡酒のロング缶を片手に漫然と見下ろしてくる。視線の先にはやはり私らがいる。かと思うと、すぐかたわらにはじろじろと観察するようなもう一人の男。二人は揺らめくそれぞれの足元とともに、やはり揺れ続けている。

彼らの背後には広く点々と、物売り人《びと》に物乞いもまじえ、およそ店舗なき人びとが座を占め居並ぶ。中でもアンデスの楽士たちが悠然と器材を整えて、出番の時を待ち受ける。

同じ橋上広場の片隅にダンボール敷いて、ホームレスは座り込む。私とは別の家なき者がフードを被り、咳き込んでくると、胸元から奇麗な文庫本を取り出す。最終のページ、広告のページを破ると、何とかそいつで用を足す。痰を吐く。唇を拭う。どこかに収める。

見渡すと、駅の向こう側には何やら風呂桶が立つ。巨人専用の浴槽もさながらに、目を凝らせば大型電機店のビルがよく見える。ナカソネザキの警察署と好一対をなすかのようなネズミ色の外壁が、ドナルド・ダックを思わせる二個の円らな瞳を見開いている。

どの方角を眺めても、少し離れたところには決まって超高層ビルが、月並みなビルの谷間から見え隠れする。ホ、ホ、ホタル来い。あっちのビルは高《たーか》いぞ。こっちのビルは安《やーす》いぞ……

こいつらがすべて、めきめきと音を立てて剝き出されてくるのだから、それも橋を押し渡ってくるのだから、揺れないほうが、揺らめかないほうが、どうかしている。

あとには都市にあふれ、都市におおいかぶさる健康の津波、規律正しくも計画的な健康のうねり、むやみやたらと発掘されて新たな価値も育む健康の泉、国民最大の関心事にして集団的暴力も産み出す健康の増進。

はびこる病、進化する病、変異する病、転移する病、見世物としての病、見世物という病、これらもまた剝き出されてくる。よく見ると、これらがいちばん剝き出されている。

　どうやらそれらの剝き出しも、露出の営みもさすがに今日一日分の暴力を使い果たして、いよいよ今宵の最終便が到着をしたようだ。そこには最後の一人が収容されていた。すぐに車が停まる。扉が開かれようとしている。中には個人タクシーの運転手が乗っているようだ。客はいない。空車のままの何時間を持て余したことか、利用者の姿はどこにも見えない。気配もない。そして初老の男が降りてくる。キーをかけるまでもなく、歩道にのりあげ、両足を使って歩いてくる。このスミヨシに近づいてくる。

　その間にも最終電車をめざして、二人の酔漢が走っていく。立ち止まって、しゃがみ込んでしまう。要領を得ないことも口走っている。だけど、れっきとした勤務中の初老の男のほうはシラフだし、足取りにも乱れなど生じない。それでも途切れのない演歌を口ずさんでいく。誰にも聴かれない、夜の歩道の露天カラオケ。遠くであのホタルだけが耳を澄ましている。

　男はいよいよ私のすぐ側にまでやってきた。そうして車とはまた別の、もう一枚の扉をおごそかに立ち開こうとする。そこにも一抹のためらいはつきまとうのだが、男にとって事態はそれ以上に差し迫っているようだ。しかし男を出迎える状況のほうがそれをさらに上回っていたことは疑いを入れない。それでも男は用を足す。のりかかった船だった。渡り始めた橋だった。もはや後戻りがきかない。

　初めて私に気づいたとき男は、老舗のデパートが何しトンネ、と思ったようだ。こんなトコにマネキン捨てヨッテ、と。それにしても汚いなあ、こんなになるまで、一体どんな使い方しトッタンヤ……

用を足すうち、男の頭も冴えてくる。ちゃんと処理しタラナ、だいいちマネキンが可哀想ヤ、と少し呟いた男の口から、初めて、私にも聴きとれる言葉がこぼれた。「何ヤこれ、ヒトか?」男は慌てて用を足し終わる。それと同時に、それと入れ換わりに、今度は次々と言葉がこぼれ出してくる。「ヒトヤデ」「死んドルが」「エライコッチャ」「もうだいぶになるデ」「何でヤ」

男は居住まいを正すと、車に戻り、携帯電話を取り出した。すぐに一一〇番をプッシュする。電波とともにナカソネザキが微動する。

私はこれから名もなき死体となって処理される。それでも私の名前はウラカミだし、親しいヤツらはいつまでも「カカシ」と呼ぶ。晩年の棲家に選んだ植え込みの「スミヨシ」にも、これで別れを告げなくてはならない。私はどこにも埋葬されることがない。私がいなくなるとお役人は、墓標ではなくて、一枚の立て札を遺すのだろう。こうやってまた一つ、新たな暴力が剝き出しにされる。当の立て札にはこう記されていた。

「注意——ネズミの駆除をしていますので、薬剤に触ったり、植え込みに立ち入ったりしないで下さい」

だからこれからはどうか、誰もこの中には立ち入らないように。たとえ私はいなくなっても、まだそこには他の「ネズミ」がいるのだから。それも一匹とは限らない。ひょっとすると私よりも大きくて邪悪なヤツらかもしれないし、撒かれた薬剤は必ずや道往く人々を虜にする。根こそぎ中毒患者にして、何もかもを手遅れにしてしまう。

横断歩道橋の暴力はどこに向かう？　明日はどこで振るわれる？　誰に振るわれる？　それでも春が来れば、この「スミヨシ」にもまた花が咲く。ヒラドツツジ、夏来たるらしスイカズラと。

さらば、アベリア・フランシス・メイソン……さらば、アベリア・エドワード・ゴーチャ……このさきどれもが、実に見事なカカシの花となることだろう。それに、私は感じる。もはや涙もこぼれないのに。しかも、私は感じる。声も出ないし、唄も歌えないのに。それでも、私は感じる。昨日の朝から、駅の根元が腐り始めたことを。

ホ、ホ、ホタル来い、

あっちの水は甘《あーま》いぞ、

こっちの水は臭《くーさ》いぞ。

アラタナルシ 4

病の上

●

Au-dessus des maladies

●

Yamai no Ue

「母さん、生まれたばかりの私のこと、覚えてますか。私を産んだばかりのアンタが逝って、いなくなって、病棟から姿が消えてもう三月になります。今日は〈立冬〉、十一月の七日、とはいえ、暑くもなければ寒くもない。私はまだNICU（新生児集中治療室）にいて、チューブをつないで保育器の中で暮らしてる。私には多大な援助が必要なんです。厳密な室温制御を受けて、外界とは非情なまでに隔絶されてもなお生かされている。どうして「非情」なのかって？　だって私には、未熟さのエーテルを満たしてくれるだけの愛情が見えないからよ。それを母の愛とは言い換えない。身内の愛とも言いくるめない。あらゆる人種をこえてこの世を貫くばかりの個的な恋情が仄かに立ち昇るとき、私は誰よりも失われた私への愛に飢えている。

母さん、私だよ、ウメだよ。それも産めよ、増やせよ、のウメだっていうじゃないか。時代の流れに逆らっていくような、わが偉大なるウメ、あの天神さんの花つけるウメとは似ても似つかぬ命令形のウメ。アンタが付けてくれた、それをアンタは私が生まれる前に考えて、女だと信じてヤマムラに、民生委員のヤマムラさんに託していった。いつもお世話をかけてたから、あの人も変な顔はしなかったって言うが、覚悟の出産だったんだナ、今にして思えば。

超未熟児の私、生まれた時の体重は一キロに満たない。身長わずかに三十センチ、私のことで病院は天手古舞《てんてこまい》。それでもアンタのことを蔑ろにしたはずはない。アンタもそんなことで落ち込むタマじゃない。後産《あとざん》の処置も済ませて、私のことも一通り伝えたはず。超低出生体重児だけど、心配しないでネ。それから、まだ明るい夜の七時すぎには安らかな眠りに落ちたのにって、婦長さんも言ってた。ところが翌朝、あなたのベッドは蛻《もぬけ》の殻《から》で温もりも薄れ、荷物も半ば残しながら院のスリッパが綺麗に揃えてあった。すぐに行方不明とわかって大騒ぎになった。内外手分けをして捜し回ったが、今も足取りは摑まれない。

あとは、時々ヤマムラさんが来るばかりで、それでも母さん、親子の縁《えにし》はまことに浅からざるものがあって、いかにも未熟なこの私だけがアンタの居所を知ってる。それも初めから突き止めてたよ。アンタは、今でもこの病院の真上にいる。老若男女、横たわるいくつもの病の上に寝そべって、上《うわ》の空の移ろいに身を任せてる。その目は二度と再び、私を見ることがない……Adieu!……さよなら……娘より」


タカシは普通に目を覚ます。真夏の朝、一度も深呼吸をしなかった。特に寝苦しいこともなかった。熱帯夜が続いている。不快指数はなるほど高い。それでも冷房を入れたことがない。

昨日、八月の六日、朝、広島からの平和記念公園の中継を見て、書類の整理などしていると、十時ごろ叔母からの電話が入った。「ちょっと来てほしい」と言う。行き先は彼女の家ではなくて、病院だ。そこには彼女の連れ合い、だからタカシの叔父が春から入っている。

正直言ってかれらとはこのところ随分と疎遠になっていたので、急な申し出にタカシは少し驚いた。でも、電話で話を聞くうちにわかってきた。食道ガンの叔父はもう駄目なんだという。彼の命はよく持ってあとせいぜいひと月らしい。去年手術も受けたけれど、功を奏さなかったことになる。そして、子どものころよく可愛がったタカシのことを思い出したのだろう。叔父は自分で「呼んでくれ」と言った。だからタカシもすぐに足を運んだ。

おととい叔父は担当医から、ホスピス行きを勧められた。それから丸一日の葛藤があったに違いない。小さな叔母は動揺して、取り乱してはいないがさすがに取り仕切ることは難しい。そこでタカシに白羽の矢が立った。タカシは担当者の説明を受けて、勧められた中から隣接する県庁所在地の市民病院を選んだ。病室に戻って叔父に報告すると、彼はいかにも力なげに微笑み、それでもしっかりと受け止めて、「それでいい、ありがとう」と呟いた。それから右手を口元にやると、「タカちゃん、これ、やめろ」と言う。二本の指先が見えない煙草を挟んでる。かたわらの叔母も覚悟は定めてる。その時からタカシはスッパリと煙草をやめた。もともとへビースモーカーではなかったけれど、多分にへそ曲がりの愛煙家を自負してきた。それでもここは、叔父からの「遺言」を素直に受け入れて、煙を断つ……

一日おいて八月八日の午後、タカシは叔母と二人でホスピスのある市民病院へ出かけた。そこは東に山並みも望める立地だけれど、入口にはパトカーが停まっている。報道関係者の姿もちらほらと見えて、辺りはざわめいていた。ホスピスの主任担当医はなかなかの紳士であった。未だ混乱も抱える叔母に代わって叔父の覚悟と意向をタカシが伝えると、彼はすぐに快諾を与えた。叔母にとっては、そのことがまた遣り切れなかった。タカシは幾分気持ちが緩んで、入口のパトカーのことを尋ねてみると、「いなくなったんです」と担当医は言う。救急病院らしく、事故や事件の被害者が運び込まれたのではないらしい。何よりも事件は病院の内部で起こっていた。それは医療事故でもなくて、出産直後の産婦がひとり、朝から姿が見えないのだという。

「昨日の夕方、私はここに横たわる。今時の夕方はまだ七時を回るけど、私は大量に白い粉をのむ。明けて八月の七日、〈立秋〉を迎える。秋はいよいよ立ち上がり、私は病院の上に横たわる。それにしても、暑い。

昨日の夕方、白い粉に含まれた多量の塩分も摂取して、私は屋上の屋根にそっと身を横たえた。そのまま血潮も沸騰させて、見事な絶命に至る。真夏の太陽が照りつける前に、かけがえのない私の生命《いのち》は夜陰に紛れて、かけがえのないわが肉体を見捨てる。だからその前に、何よりも寝苦しい夜の間に、見捨てられた私の肉体をそっと塩漬けにしてほしいと思った。誰か、お願いだから、子どもを産んだばかりのみすぼらしくも豊満なこの肉体を、永久保存してほしいと願った。

今年はとうとうヒロシマを見なかった。いきなり産気づいて、とてもそれどころではなかった。そしてもう二度と見ることはないだろう。

秋が立ち上がっても、勢いを増すばかりの夏。暦の上の初秋たるや、いつも根こそぎ盛夏によって牛耳られてしまう。だから秋は未熟児だけれど、私の横たわる一角だけはすっぽりと塩の雪に被われて、しっとりと生温かい夜露にも濡れて季節外れの冬を装う。雪に包まれた私の視覚は、いきなり闇の中へと突き落とされる。白き塩雪の内部に、永き漆黒の暗がりこそが延べ広がる。私は母親にならない……Au Revoir!……またね……母より」

叔父が隣町の市民病院のホスピスに移って、かれこれ二週間が経とうとしている。叔父もタカシも地元の住民ではないが、施設の環境にはそれぞれに満足をしていた。転院の当日には立ち会えなかったタカシがあれ以来初めてのお見舞いに行く。

今日も陽ざしは緩まない。路地裏の大火鉢が水を溜めて布袋葵《ほていあおい》を浮かべている。その翠《みどり》に守られて、金魚の姿も容易なことではうかがえない。辻々には地蔵盆のテントが立ち、縁《へり》には提灯《ちょうちん》がならんで吊るされる。一つひとつに子どもの名前が記されて、かれらは日がな一日群れ集う。午前と午後におやつをもらい、西瓜割りにヨーヨー釣り、金魚すくいにビンゴゲームにも打ち興じる。夕方の福引では、夜も待たずに成人ともども童夢を見る。もう古くからこの辺りでは、毎月の二十四日を地蔵の命日とする風習があった。それがいつのころよりか、特に旧暦の七月二十四日ごろに祭りを行なうようになったという。称して地蔵祭、ないしは地蔵盆とも呼ばれるが、大人はこぞって子どもに仕える。かれらのために精一杯、祝祭を営み自らも愉しむ。

しかし、子どももなくて、おまけにマンション住まいのタカシには縁も薄く、これまで一度も足を運ぶことがなかった。この夏もまた足が遠のいて、県外のホスピスに赴く。それにしても今年は、身内の不幸が相次ぎ遣り切れない。三月の初旬、闘病の末に姉が癌に倒れ、同じ月末その後を追うように父が急死をとげる。さらに近々叔父も身罷《みまか》るとすれば、もう三人目ではないか。半年の間にタカシは、それぞれに異なる三つの町の火葬場へ出かけることになる。

旧国鉄の真新しい駅舎を抜けて、環状道路沿いに病院をめざす。入口で叔母の出迎えを受けると真っすぐ病室に向かう。ホスピスは最上階で、あれから彼女も事態を懸命に受けとめ、病の進展にも半ばすんなりと身を任せているように見える。去りゆく伴侶への愛情にも支えられた、彼女なりの生存の智恵なのだろう。その叔父は確実に衰弱を深めるものの、まだ意識はしっかりとしていて、タカシの見舞いも十分に迎え入れてくれた。しかし話すことはもはや辛そうで、少し離れた別室で叔母や彼女の娘、つまり従妹たちと語り合った。そこからは窓越しにいつも静かな湖面が見渡せる。話題はつとめて平凡な日常会話に終始する。時には笑いさえもが飛び出した。その笑いがやむにやまれぬ悲しみの中に吸い込まれていく回路だけが、予め切断されていた。

話のかたわら、時折叔母は求めに応じて叔父のもとに運び、何かと世話を焼いていた。そしていよいよ辞する時になって、タカシは叔父に「そしたら、また来ますから」と声をかけた。相手は黙って微笑み返すのだが、タカシとてこれほどあやふやな言葉は口にしたことがない。この嘘は方便にあらず、むしろ切羽詰まった生きるよすがにもほかならない。だから交わされた約束そのものは今でも生きているのだ。そこにはすでに裏切りもなければ達成もなくて、あとは生死を分けた人それぞれに生きぬいていくほかはない。そんな別れの時が、もうそこまで近づいていた。

「母さん、そろそろ腐り始めましたか。いくら塩に漬け込んだところで、この暑さじゃとても身が持たないよね。八月も今日で二十三日になりました。暑さも和らぐ〈処暑〉などと暦は言い放つのですが、そんな能書きどこ吹く風の連日の猛暑に誰もが音を上げる。もらした不平を受け止めるオムツは見当たらないし、汗ふくタオルも在庫がない。そんな暑気など知らぬが仏のわが住まい、ＮＩＣＵ、新生児集中治療室で臍から点滴受けてます。人工肺もつないでます。少し体重が増えると貧血も招いて、すぐに輸血が要るでしょう。合併症のリスクなら一つならず、まだまだ高いと言われている。

昨日の夜、真っ暗な人工の胎盤に守られて、私はアンタの母さん、だから私の祖母《ばあ》さんのことを思い出した。断じて夢ではございません。腐敗の進むアンタを刺し貫いて連なる一本の長い記憶の糸をたぐり寄せたんだ。魚を狙う漁師のように水面をよみ、鳥を狙う猟師のように風向きもよんで、人工保育の小屋の中、全自動の保育器の中、私は心おきなく生まれる以前の過去へとさかのぼる。

それにしてもアンタの母さん、母方のお祖母《ばあ》は自分の植えたもの、中でも稲にはことさらに冷酷な人でね、誰が何を言おうと毎年早場米の出回る前に、余った古米は残らず処分していた。それも単純に遺棄するのではない。あの方はどんなに沢山の余りが出ても、一粒一粒を菜箸でつまみ上げては、「罰当たりめ、この罰当たりめが」と唱えつつ、先祖伝来の薄汚れた麻袋の中に投げ込んでいく。まだ幼い、などという以前のこの私の目から見ると、そのときお祖母が自分に「罰当たり」と言ってるのか、それとも米粒に言っておるのか、そこんところがよくわからない。麻袋の中にはもっと古くからの米粒も入っていたのだが、お祖母は折を見て肥やし代わりにその一部を田んぼに撒くんだという。米の肥やしで稲を育てるとは、共食いの誹《そし》りもまぬかれまいと陰口叩く輩《やから》もおるのだが、その実その肥やしとやらをじかに目にした者は、当のお祖母を除いて一人もおらんのだそうだよ。

菜箸を器用に使いこなしながら、お祖母はそこに祈りを込める。同時に言うに言われぬ呪《まじな》いも押し込める。その呪いは祈りと丹念に混ぜ合わされて、聴いたこともない、甘ぐるしい悲鳴を上げる。それはヒトの産声そっくりなんだ。未熟児の私でもこのさき永久に上げることのない野蛮の叫びにも他ならない。上げた者はすぐにも忘れ去り、耳にすれば誰もが無様に虞《おそ》れて逃げ惑う。まことにこの世は、浅はかな虚構の成熟に満ちあふれております。

私はお祖母を知らない。そもそもアンタの母さんは、いまどこにおるのか。明日にもお臍の点滴が外れるというのに……娘寄り」

九月七日の早朝、近づく台風からの先触れに町は揺らめいている。タカシは従妹からの電話で目が覚めた。雲はまだ少なくて、窓からの陽ざしの感触が頬を撫でていく。叔父は、今しがた息を引き取ったという。すぐに着替えてタクシーに飛び乗る。片道小一時間を要して市民病院の玄関を潜る。最上階に上がって叔父の顔を見る。さらにやつれて、痩せ細って、眼《まなこ》を閉じている。主治医は両掌を合わせて目前の死者に一礼をすると、「立派なご最期でした」と、偽りもない慰めをもたらす。叔母は黙ってそれを受け取ると、腰をかがめて頭を下げる。タカシもそれにならった。とくに言葉は要らなかった。

午後は急速に天候も悪くなる。身内だけの通夜を済ませて、翌日の葬儀はいよいよ台風に見舞われた。そこにはタカシの母親も参列をした。彼女は病院の近くに住んでいたのだが、実の妹であるタカシの叔母とは以前から折り合いが悪く、叔父の転院後も足を運ばなかった。しかしこの日はタカシが強く促して参列を求めた。彼女はしぶしぶやって来たのだが、結局火葬場には同行しなかった。外に出ると、折からの強風突風が棺の蓋を少しずらせる。つぶての雨が叩きつけると、勢いも余って遺族の背中を湿らせていく。気の遠くなるような暴風圏の午後がくりかえす。十分に暗がりも得て風が鎮まるまでのあいだ、遺族はそのまま火葬場で遣り過ごした。

「〈白露〉とは、忍び寄る秋の気配に野辺の草木も白く露を結び始める、っていうんだけれど、私をここまで被い隠してきてくれた無数の白の結晶体は、猛風豪雨の手で霞《かすみ》のようにむしり取られて、儚《はかな》くも押し流されていく。九月の八日、そんな塩湖の果てまでも、私は小さく見開かれた台風の目を見出す。しかもその目が、湖面に浮かぶ私のこの首みつけて執拗に愛撫を試み繰り返す。横恋慕が膿《うみ》のような涎《よだれ》を垂らす。浅はかな息を吹きかける。まるで狂犬病のように、私は至るところに見たことのない複数の肉体を射し込まれていくよ。それも明日になればね、だから重陽の節句を迎えると太陽はまた眩しくて、台風一過の青空がじりじりと変わり果てた私を炙《あぶ》り出してくれる。それでもこの水色の妊婦服は保存もよくて、塩漬けの肌はいまだに血が通っているかのよう。私は仰向きのままじっと目を見開いて、本物の死に向かって転がり始める。

ウメ、私は腐る。腐り果てるまで、腐っていくよ。私はオマエを産んで、もはやそれ以上に産めなくなって、命を絶った。その同じ命が来る日も来る日も、塩とともに流されていく……母依り」

九月二十五日、エドワード・サイードの他界を、翌二十六日の夕刊が伝える。キリスト教徒のパレスチナ人で、アメリカを代表する知識人と目されてきた。その人となりと仕事には、タカシも敬意を払っている。最初の主著『オリエンタリズム』はもう二十年近く前に読んでいたが、新たに目覚めさせられるもの少なからずだった。それでも、彼が読んだ中で好きな著作を一つだけ挙げよと言われるなら、やっぱり『パレスチナとは何か』になるだろう。原題は「最後の空の後に（After the Last Sky）」という写真集で、サイードがテキストを書いている。大いに導かれたタカシは、翻訳にとどまらず大型の原書も入手していた。

しめやかに、虫の声も繰り返す九月末の夜半、著者の訃報に接した彼は迷わずこの本を取り出してみる。差し込まれた何枚かの付箋をたどりつつ、かつての読解の痕跡へと立ち返り、選ばれた記述との対話も新たにする。たとえば日本語訳の五十二頁、

「パレスチナ的建造物は皆、潜在的な廃墟として自らを呈示する」

私たちにとって建造物とは、内面の空洞化をおおいかくすための装飾にもすぎない。続く五十三頁、

「パレスチナ人の文化の場合、奇妙なことに、己《おのれ》のアイデンティティーは、しばしば『他者』として知覚されるのである」

私たちのアイデンティティーは知覚される以前にいつもはぐらかされ、自己撞着と自家中毒との間を往復して、もはやとどまる術を知らない。同じくひるがえって二十頁、

「亡命とは、名もなく、脈絡もはっきりしない一連の肖像である。たいていの場合、説明ぬきの、無名の、黙して語らないイメージ群だ」

タカシの前には、今年身罷った身内の肖像が立ち並んでいた。姉、父、そして叔父、かれらは亡命

者ではなく、また無名でもなく、少なくともタカシはかれらの名前を知っているのだが、有名なわけでもない。

翌二十七日、またしても電話が入る。タカシの二人の息子が世話になった学童保育所の元指導員が亡くなったという。彼よりも十歳以上年下の彼女は、永らく糖尿病を患っていた。生きるには数日ごとのインスリン注射が必要で、子どもを産むことはとうに諦めていた。その彼女を最後に連れ去ったのは癌だった。タカシはまた通夜に出かける。もちろん亡くなった彼女の名前も、彼はよく知っていた。


「〈秋分〉、彼岸の中日、残り少ない暑気も追い払う浄めの蒼空、その何もない一天に今日も私が眠る。転がり待機する。

母さん、アンタはアオイ、名前がアオイ、それも華を咲かせるアオイではなくて、この何もない青いお空のアオイだった。

いつかね、米粒つまみ上げるあのオバアがまるで経文を詠むように、こっそり唱えたことがある。『だからさ、お前アオイにゃ気をつけろ。あんまり見んな。あんまり見てると目をやられる』。そのオバアがこの世を去り、先月アンタも姿を暗ましたことで、母さん、正直私はホッとしている。

それではアオイさん、お尋ねしますが、カンガルーケアー、って知ってますか。これもやっぱり超未熟児治療の一つでね、短い時間だけれど、まるでカンガルーが自分の子をお腹の袋（育児嚢）に仕舞うようにして、母親がわが子を抱いてやることをいうんですね。今朝も隣の、もう一つ隣の子のお母さんが来てやっていきました。そのヒトはとても悦んでいました。その悦びは哀しみとともにここまでヒシヒシと伝わってきます。

　さてさて、私はこれまでずっと黙ってきたけれど、こうなったら思い切って打ち明けます。実は私は、ずっと事の成り行きを見守ってきたのです。それもこんな人工のものではなくって、アオイさん、アンタの天然胎盤からですよ。あのしもた屋建ち並ぶシャッターストリートの一角、店の抜け殻を抜けた一階奥の四畳半、南天の植わる小さな裏庭には金魚の鉢があって、塀には木の皮がはられて割竹がわたしてある。ガラス戸のこちらには板敷の廊下、そこはいつも乾いていて、兄さん姉さんが吊り下がっていた。白の浴衣を身にまとった小さな兄姉《きょうだい》が乾かされて、いつの日にか出来のよい干物になる日を夢見てる。

　ある日、鈍くてとても堅苦しい電動モーターの唸りが聞こえた。私はすぐに耳を澄まし、目を凝らして、アンタの腹越しに眺めた。すっかり乾燥しきった兄さん姉さんはすでに板敷の床に下ろされてる。そこに山と積まれて、薄っぺらく目をつむっている。再び息の根を止められている。アンタはそれらを一枚また一枚と取り上げて、光に透かしてみるとたちまちシュレッダーにかけていく。もう巨きなお腹をして、中には妹の私がいて、未熟ながらもそんな母親の作業を見届けていく。ふうふう息をつきながらもアンタは、手塩にかけたわが子を裁断にかける。

　いったい、出汁《だし》を取るとでもいうのか。アンタは泣いてるのか、笑っているのか。私の位置からではよくわからない。何とも見定め難い。それでも片方の口元がわずかかひきつったように見える。何だか生まれるのが、とても空恐ろしくなった。かといって、いつまでもアンタのお腹の中にいるわけにもいかず、むしろ今すぐにでも、どこかに行ってしまいたかった。そこには死産があり、流産があり、はたまた早産がある。

昨日から感染症の兆候があるといいます。とりあえず抗生剤を投与すると、担当の先生が言いました。私はこのさき助かるのだろうか……娘選《よ》り」

何たる巡り合わせか、とタカシは思う。ふた月近く前に叔父が亡くなった病院に、今度は自分の母親が入院することになった。三年近く前になるが、彼女は独り住まいの自宅で軽い心筋梗塞を起こした。幸い大事には至らず、そのときは数日の入院で済んだのだが、以来、運び込まれた病院で循環器内科の定期的な診察と検査、投薬の治療を受けてきた。十月の初めにカテーテルの検査があって、心臓の動脈にまたかなりの狭窄が見つかった。このまま放置すれば遠からず、冷たくなったお母さんを見つけることにもなりかねませんと、死の予告があった。それを回避するための治療としては内科的手法もあるのだが、問題の部位ではやはりバイパス手術が最適だと担当医は告げる。十年の「延命」も約束されたので、母親は前向きにこれを受け止め、外科での治療を選択した。ところがいつもの病院には心臓外科がなくて、紹介を受けたのがあの市民病院だった。

いよいよ入院の当日となり、タカシはタクシーに同乗してひと月半ぶりに病院に向かう。その前に近くのコンビニに走って、母親用の歯磨きに歯ブラシも新調したが、置き時計は彼女が愛用のものを持参する。さらに病院に着いてからは中の売店で浴衣を二枚にパジャマも二着、それに吸い飲みを一個購入した。日程の都合で初めの一週間は一般の病棟にとどまり、そののち集中治療室（ＩＣＵ）に移って直前の検査に臨む。さすがに叔父のいた最上階ほどではないが、こちらもなかなかに窓からの見晴らしがよかった。

手術の前日になってようやく、旧知の友に入院申込書の連帯保証人になってもらうと、タカシはそれを持って夕暮れのICUを訪れた。担当の二人の医師から手術の説明を受け、同意書などの必要書類に目を通してすべてにサインをする。こうして母親が入院してからちょうど二週間が経って、手術の当日を迎えた。もちろん仕事は丸一日休みをとったものの、開始時刻の九時には間に合わなかった。ICUのスタッフによれば、特に問題もなく、母親は予定通り手術室に入ったという。

看護師長からの指示で、タカシはこの日も一階の売店へ行き、「T字帯」とやらを買ってくる。それからやはり彼女の案内で、別棟の家族控え室に向かった。何もかもが新式にして新築のような病院の中で、その建物だけが未改築のようで、ひとり取り残されている。廊下の油引きはないものの、タカシにとっては懐かしい、かつての小学校のようなやや薄暗い雰囲気も湛えていた。彼の控え室は細い階段を上った二階にあったのだが、それもまた「小遣いさん」の部屋を思い起こさせる和洋折衷の三畳間だった。手術の間、そこでタカシは呼び出しがかかるまで、先週買ったばかりのサイードの新しい翻訳本に目を通していく。

それでも昼食は気分転換にと、スタッフにも断りを入れて、病院のすぐ外へ食事に出た。手術はなおも続いている。タカシにはなすべきこともない。なかなか佇まいのよいうどん屋を見つけると、待たされることもなく席に着いてきつねうどんの定食を頼む。すると食べているすぐかたわらを、店の奥から出てきたこの屋の主人が通り抜けていく。少し気が立ったようにも感じられる彼は、いささか無作法に扉を閉めて出て行った。その時の男の横顔が主任執刀医のそれと妙にもつれ合うとタカシは気が塞いで、箸もしばし止まってしまう。それでも腰のある麺とこくのあるお出汁にも引き戻されて、結局はつゆの一滴も余さずにお腹に収めた。勘定を置いて直ちに控え室に戻る。

午後もタカシは控えの間での書見を進めるが、さすがに眠気に襲われることはない。すると予定より一時間遅れの四時近くになって、内線の電話が鳴った。「終わりました」と、つとめて事務的な看護師長の声がする。急ぎＩＣＵに戻ると、手術は成功で、バイパスに使った本人の血管の状態もよかったという。執刀医からは穏やかに報告があり、タカシは手短にお礼をのべる。当の母親は、いまだ口にチューブを差し込まれて、魚のように眠っていた。

「十月の二十二日になった。脛《すね》が痛む。ひと月も気候を先取りしたような〈霜降〉の朝。思わぬ冷え込みに戦《おのの》く。露天の屋上に横たわる私の体には、再び塩が撒かれた。かつての塩漬けには程遠いけれど、こちらも同じく浄めの塩が、所々にまだ残る土色や鉛色した肌一面にうっすらと舞い下りてくる。これから先は暦通りに、その塩は霜と呼ばれるのだろう。

いにしえ私は、型通りに妊婦と呼ばれた。だから今度が初めてじゃなかった。確か四度目、いや、五回目か、早々とひとりで命名も済ませた。その子をウメと名づけて、さらに命じた。それも私自身に、早く産め、早く産婦になれ、とけしかけた。仕掛けた途端に、私がその子を孕《はら》んだのか、それともその子のほうが私に取り憑いてきたのか、皆目わからなくなった。

何しろあの子は私に似てとても素直な気性で、私がウメと言ったら私の顔を立て、すぐにも生まれ落ちようとする。おまけにこちらも私に似て、一度こうと決めたら梃子《てこ》でも動かぬ強情もんだから、やむなく私は早産を確信した。急いでそれまでの記憶を裁断にかけると、取るものも取りあえず、やっぱりひとりでタクシー呼んで病院に駆け込んだ。

あの子を産んでふた月が過ぎた今ごろになっても、ウメは生霊《いきりょう》となって屋上の私に取り憑いてくる。でも、産み落とした子を再び孕むという道理もないのだから、これは何たることかと思うのだけれど、こうやって語るのももはや私であって私ではなく、何よりも取り憑いた生霊のなせる業だろう。それは果たして何者の生霊なのか。やっぱりわが子の、ウメの生霊がますます私を蝕《むしば》んでいくんだろうか。ムリムリ、メリメリと、音を立てながら……アア、母捻《よ》り」


まさにこれは、奇態も極まるゾ、とタカシは狼狽《うろた》えた。それも常態のひとつでしょう、と主治医は難なく受けとめる。何も珍しいことではないという含蓄で。ただしいつの場合でも、受けとめることと受け入れることとは同義ではない。そんな術後の母親を持て余し気味の病棟スタッフから、日曜日のタカシに電話が入った。事前の説明で、経過によってはご家族の付き添いをお願いすることもと、予告は受けていた。夕方近く、タカシは宿泊する支度をすぐに整えて、タクシー、電車、またタクシーと乗り継ぎ駆けつけた。

「興奮状態なので、付き添いに来ていただけませんか」

看護師の告げる「興奮状態」というのが、何とも想像をこえていく。高齢者にはしばしば見られることだと聞かされていたのだが、それにしても何に対して興奮するというのか。いい年齢《とし》をして、円熱の最中に追い込まれても、なお……

滑らかに上る大型のエレベーターに身を預けて、一般病棟の五階へと向かう。休日の総合病院は、巧みな死の影を象《かたど》るように静まり返っていく。そこに母親は生存していた。なおも抜き差しならぬ「興奮状態」で。一見カフェテラスのような白い面会スペースに隣接するナースステーション。車椅子に腰かけ、パソコンの画面を見つめながら、彼女の心は完全にパンクしていた。タイヤは傷つき、チューブも破れ去り、ものみな軋轢の絶え間もないのだという。先刻は大声を上げると、病院側の手当てをなきものにせんと試みた。手術の切開部分の縫合に手厚く貼られたガーゼなど、一息に引き剝がした。老齢の自転車は脆《もろ》くも倒れ伏し、何よりも乗り手自身が深く傷ついていく。助けを求めてチャリンチャリンとベルを摘んで鳴らそうにも、彼女には指のありかも摑めない。やむなくスタッフは、隣の個室に移したばかりだという。

錯乱の母親ともどもタカシはその個室へと戻る。すると「ここはお店か？　病院か？」と、彼女は執拗に尋ねてくる。応える気にもなれないときは、じっと見守るしかない。そんなことしか許されない。現実を現実としてとらえ、非現実と識別すること、それができなくなるとどうなるものかという端的な例示がひと連なりに突きつけられた。先端医療の延命装置は、そこにも沈着な計算を積み上げていく。人間性だけが無理なく差し引かれた残りの非人間性こそが、ひとりの弱者を通して色めき立つ。群れ集う強者はといえば、いつだって沈黙を守り抜いてきた。

母親はベッドに身を横たえたまま、彼女を除いては誰にも見えない人物の、きいたこともない名前を挙げながらその確認を求めてくる。現役の教師のころにも立ち戻り、複数の児童を相手に授業を行なう。そして給食もない一日の時間割が終わると、あっという間に職員会議の時間になる。遅れてはなるまいと、転落防止用の高い枠を何とかのりこえようとする。枕も布団も放り出されていく。シジュフォスの神話もさながら、片方の足を枠にかけて、のりこえかけてはもんどり打ってまた寝台へと投げ出される。一度や二度では諦めない。そんな単純労働が、かれこれ小一時間ばかりも打ち続くのだ。

これでは、幼児に大人の言葉がついたようだ、とタカシは思い知らされる。給食がなかったせいか、彼女の食欲もまた衰えを知らない。今度はどこかの校庭あるいは園庭に、果実の樹を見つけ出す。葡萄か、それとも石榴《ざくろ》か、日付をこえても飽くことを知らず、指で摘み取ってはそれを旨そうに頬ばる。果汁は余さずに呑み干していく。ようやく午前一時を過ぎて、それでも独り言を続けながら彼女は眠りに落ちる。ぎりぎりの安らぎを見つけてくる。口は開かれたままで、誰にも閉じることができない。手術もいらない。麻酔もいらない。このまま冒瀆されてしまう、とタカシは思って、静かに心の扉を閉ざした。

「今日は〈小雪〉、十一月の二十二日、北国では確かに小雪が舞っているという。
今月に入ってから感染症の危険が遠のいて、八月以来の点滴も外された。無呼吸発作も回数が減って、ネーザル・シーパップ（Nasal CPAP）も長く外していられるようになっていた。それでも体重の増加に造血の機能が追いつかなくて、補助栄養の投与を受けた。そんな挙句にようやく先週末になって私は、ひとりで保育器を出ることができた。おめでとう。

保育器を出たら、途端に母さんの夢を見なくなりました。今でもすぐ上にアンタはいるはずなのに、夢にもならない冷たい隔たりばかりを感じます。

同じく保育器を出たら、私には大きな未来が開かれた。このさきどこまでも見通せるようになった。たとえば十七歳の秋、すでに異様な勉強家に成長をとげた私は、早くも衰えの見える円らな両目の奥で、「無信仰のマリア」という名の見知らぬ婦人からお告げを受ける。私が生まれた時に命を絶った母さんよりもはるかに母さんらしい見知らぬ貴婦人は、教科書を捨てろ、もっと旨い毒もある生きた書物を読み漁れ、読み渡れ、と告げてくる。それから丸一日もかけて読み上げてくれる膨大な数の推薦図書の中に、私は夢野久作の『氷の涯』を見つける。

私といえども、マリアからのお告げには従わざるをえない。むしろ忠良なる私は渋々ながらも命の次に大切な勉学を投げ出すと、そのまま最寄りの公立図書館に向かった。コンパクトな文学全集の一点を借り出すと食事をするのも忘れて、万年筆一本と本を携えて衛生トイレに駆け込む。便座に腰を下ろすと、手ごろな文庫本の長篇『氷の涯』を読み耽る。寝食も忘れて、しばし作品世界に入り込む。水を流すそのたびごとに、勉学への偏愛までもが削ぎ取られていく。それでも知能は異常な高まりを見せながら、登場人物のニーナという女に、私は恋い焦がれていく。止むに止まれぬ憧れを抱かされてしまう。

ニーナというのは、形容も想像も及ばない無鉄砲なロマの女で、丸むきの日本梨が大好きだという。彼女は今でも「東洋の巴里」哈爾濱《ハルピン》に住んでいる。聳《そび》え立つ尖塔のはるか向こうには、珈琲色の松花江も流れる。海のように流れの向きも見定め難く、大河は横たわる。やがてニーナは日本人の男と逃避行に出る。自ら船を操って松花江を下る。ウォトカの真っ黒な角瓶を喇叭《らっぱ》呑みして、悪魔のような記憶力を呼び覚ます。ニーナならどんな盗賊の首領にだって、呑み比べをして引けを取るようなことはない。おまけに血筋から見ても、生まれついての芸達者とくる。日本人には手風琴を弾かせて、おのれはまんまと踊りに興じて日銭を稼ぎ、東西比利亜《シベリア》の村から村へと渡り歩く。そのうちに進退も極まると、浦塩《ウラジオ》から橇《トロイカ》に乗って男と二人、氷結の海へと乗り出していく。その前に島を一回りしてさらに景気をつけると、いよいよ沖をめざしてどこまでもどこまでも走る。梨とウォトカとウィスキーだけは片時も手放すことがない。

そんなニーナに、私もなってみたい。どこにでもいそうな入植の侵略者ではなくて、ロマの血を引く彼女になりすまし、誰も見たことのないマンチュリアに渡ってみたい。

だから私はとりあえずニーナの生霊をめざす。今からニーナの生霊めざす私こそがいつの日にか、マリア様と呼ばれるのだろう……娘因《よ》り」

十一月十九日、ジョージ・ブッシュがロンドンに現われた。彼はこのところずっとアメリカ合州国の大統領をやっている。時を同じうしてトルコのイスタンブールでは、二波にわたって爆弾による大がかりな自爆攻撃が起きる。目標とされたのはいずれも英国系の施設で、領事館では総領事も犠牲になったという。ロンドンでは大規模な反ブッシュのデモも行なわれている。同じ夜には、そのブッシュ本人が議会で外交演説を行なう。

すでに二十日の朝を迎えたタカシは、同じ演説の中継をＢＢＣの国際放送を通して半ば漫然と見届ける。その中で繰り返し持ち出される「自由（freedom）」という決まり文句を、あえて「神」へと置き換えてみる。すると実に落ち着きがよいことに改めて気づかされた。神の国々、神の人々、神を守るため……何だか珈琲の味がわからなくなって、タカシはもう一度初めから入れ直してみる。まもなくいつもの香りと味わいがよみがえり、彼をそれ相応の安らぎの中へと迎え入れてくれる。

彼の母親はまだ入院中だが、どうやら冬至のころには退院できるという。ただならぬ錯乱の彼女を目の当たりにしてからは、意気地をなくし、足も遠のきかけたが、それでも三日に一度は訪れている。本人の調子は相当に戻っているのだが、溜まった洗濯物を院内のコインランドリーで洗っていくのにはちょうど程よいペースだと思っている。

この翌日ないし翌々日、ジョージ・ブッシュは七面鳥を抱えて、今度はバグダッドに向かった。

それから十二月の初旬を迎え、市民病院には二つの異なる機関からほぼ同時に内密の連絡が入る。一つはＦＡＸであり、もう一つは電子メールだった。いずれも病院の屋上をめぐって最新のデータを伝えている。双方の内容には重複類似する部分も多いのだが、ＦＡＸの情報源は航空写真であり、気になるものを見つけたという。それに対してメールの情報源は衛星写真であり、同じ地点でやはり気がかりなものが見られたという。さらに航空写真によると、それは妖しく奇妙なものである。その正体は不明で全く異常なものだが、それでも病院としては保護の対象にすべきだという。一方衛星写真によると、それは汚らわしくて奇怪なものだった。一切不要の、極めて危険なものだから、一刻も早く削除ないし駆除の対象にすべきだと、こちらは半ば命じてくる。ただ両者ともに、問題の対象物から生体反応が得られないことについては、見解が一致していた。
病院側はなぜか対応に苦慮した。新築の病棟に謂れのない瑕《きず》がつくことを懼《おそ》れたのかもしれない。古傷はともかく、新たな瑕だけは何としても回避するために、保護でも削除でもない、放置という名の隠蔽工作を企てたのかもしれない。ところが数日を経て、病院の当局は一転、調査にのり出した。それは初雪降りしきる寒い朝だった。

「今日は〈大雪〉、十二月の七日、クリスマス寒波もものかは、の師走の第一週、その締めくくり、初雪の大雪、大寒波の襲来、私は再びこの塩に、今度こそ本物の塩によって冷蔵されていく。これ以上の腐敗だけはどうにか免れる。それならもう二度と、誰にも見つからないようにと、醜いこの私を氷詰めにでもしてほしい。再び生き返ることもないように。

アララ……でも、人声がする。スコップの音もきこえる。誰かがこの屋上の、そのまた屋根へと上ってくる。それも一人じゃない……『この辺りだよ』『もっと掘ってみろ』……男たちの声、荒々しい彼らの、息づかい。

何？　何してくれるの？　と、私は沈黙のうちに絶叫する。もう私には、どこがかつての口なのかもよくわからない。ここまで来たら、他人の目で見たほうがよくわかるんでしょ。どこが鼻で、どこが目かということも、耳かということも……

いいや、ちがう、目だけは今もここにある。ここにあって、今も見開いてる。見開いて、大空の向こうをしっかりと見抜いてる。

『あった』『あったぞ』『いた』『見つかったぞ』『パジャマで』『裸足』
これでも私は救い出されたのか。それともこれで本当に死ぬことができるのだろうか……寒い……
と感じる私だけが、どこにも見つからない……見えてこない……母縁《よ》り」

母親の退院はいよいよ翌週に迫っていた。その日、タカシには見舞いに行く予定もなかったのだが、朝刊の小さな記事には思わず目を引き寄せられた。そこに報じられているのは他でもない、母親のいるあの市民病院をめぐる変事であった。

「病院屋上に遺体四ヵ月＝出産直後の失踪女性と確認 ― 市民病院屋上の給水施設の屋上で女性の遺体が発見されていたことが十四日、わかった。歯型から八月に同病院で出産直後に失踪した女性(21)と確認され、外傷がないことなどから、警察では自殺の可能性が高いとみている」

二日後、予定より一日遅れで時間がとれたタカシは見舞いに出かける。病院はいつもと変わりなく、事件に関する貼り紙も司直の姿も見られない。ナースステーションに挨拶をして、そのまま病室に向かう。母親は翌週の退院を楽しみにしており、溜まった洗濯物も前日のうちに自分で済ませたという。もう自炊もできるし、買い物にも行きたいと独りごちる。無理はしないほうがいいと、タカシは最低限の気遣いを見せた。屋上で亡くなった女性のことを、彼女は何も知らないのだろう。

「十二月二十二日、GCU(新生児病室)に移って保育器を出てからひと月、体重も二キロをこえまして、鼻のチューブもとれ、色んなモニターも外されていった。そして本日、まさに冬に至りてわれ退院す。母アオイはすでに先立ち、娘ウメの華が冬空に開く。私はもはや孤児《みなしご》にあらずして、見知らぬ老婆の元へと引き取られていく。

そのバアヤが姿を現わした。アオイとは似ても似つかぬバアヤが見目麗しく着飾って、綺麗な荷車に体を休めて、私のお迎えにやってくる。このバアヤの元で無事に二十歳を迎えた私は、いよいよ独り立ちをして北をめざす。何とかスノーモビルも手に入れて、ウラジオストック辺りから海に乗り出して、はるかな『氷の涯』で、母さん、アオイ、私がアンタを産む。身籠ることもなく、いきなり産み落とす。アンタが『ウメ』と言うから必ず私が産んでやる。産み落とされたアンタにはまたしても私がのり移って、そこからいよいよ本物のドラマが始まるのよ……再見……娘縒《よ》り」

退院の日の朝、タカシが迎えに行くと、彼の母親はすでに一階のロビーに下りて、見たこともない赤児を抱いていた。赤児はクリッとした目を開けて天井を見上げているが、体がえらく小さい。母親にきくと「未熟児」だったという。「これから私が育てる」と言い放つ。慌てたタカシが「何?」と尋ね返すと、素知らぬ顔してあやしてみせる。「誰の子?」「さあ」「ほんとに預かる?」「なわけないでしょ」と、彼女はなおもあやし続ける。「これから施設に行くんだって……両親もいなくて、正式な引き取り手が決まるまでそこで預かるそうね……この子抱いて下りてきた看護師さんが急な呼び出し受けて困ってたから、戻るまで私が預かったげるって言ったのよ。飛び抜けて小さい子だから、こんな年取った病み上がりの私でも楽々抱けるよね。少なくともアンタよりは慣れてるし……」

まもなくその看護師が戻って、赤児の抱き手は再び彼女へと受け継がれた。老いた母親は幾分離れがたく赤児の顔をのぞき込んでいたが、タカシに促されて何とか別れを告げると、二人はゆっくりと玄関を潜り抜けて表に出た。湖はいかにも冬至らしいどんよりとした冷気の中に静まり返っている。見下ろす湖面には何も見られず、東の山並みには所々に初雪の名残りが点在する。ひとつの中腹にはうっすらと大文字も見える。その麓からほぼ真っすぐ南に下る街道がある。いくつもの峠を越えると、やがては聖《ひじり》の山に至るという。そこには古くて大きな寺院がある。

明日の夕方からはまたぐっと冷え込んで、今度はいよいよクリスマスの寒波が押し寄せる。山々は新雪に被われて、いかなる人跡も阻もうとする。たとえ不凍湖といえども、シベリアからの酷寒は襟を正して甘受するほかないだろう。

冬の海はあまりにも遠く、厳かなまでに荒れ果てていく。

氷の涯にいま誰が眠るのか、見届けた者はまだ一人もいない。

アラタナルシ５

冬

●

L'hiver

●

Fuyu

欅《けやき》という欅が傾いていく。南門からの並木が続き、深緑もとうに消え失せて、真冬は下り道を吹き抜けていく。所構わず沁《し》み渡ると、枝という枝が雪を被って多奏をとげる。それぞれの譜面も凍え、奏でる指先は悴《かじか》んで、見るものすべてが唸《うな》りを返す。芸大のキャンパスはそんな山懐に抱かれて、見えざる春の祭りに思いを馳せる。声にもならぬ声で送り届けようとする。耳を傾ける者などひとりもいない。秋の名残りは見事に打ち消されて、記憶にとどめることは罪だと言われる。悪だとみなされる。裏切りだと蔑まれていく。寒く、冷たく、天然の美が、午前零時を告げる。日付が変わっても氷結の自由は変わらず、トツ、トツ、クシクシと、暗殺者《テロリスト》の小さな零下が、トツ、トツ、クシクシと、保安要員の大きなマイナスが、トツ、トツ、クシクシと、連なる惨酷さを押し包んでもさらに延べ広がる、冷たさよ。

真冬は手心を加えることなく、檻の中に吹き込んでいく。小動物たちも同じ寒冷を耐え忍ぶ。かれらを写し取る画学生はいない。誰もが眠りに落ちている。あるいは強者《つわもの》といえども、吹雪の夜には別の遊びに興じていく。それでも檻の中の小動物は描き手の影に怯《おび》える。戦々恐々となって心温まるいとまも見出されない。声も立てずにかれらはおののく。新たな描き手は雪の形をしている。雪の結晶の面《おもて》を上げて、絵筆を握る一匹の雪印がまたしても、トツ、トツ、クシクシと響かせてくる。

するとく銀色のドームが輝きを見せる。雪には負けじと光を放つ。明かりを点す。ここぞとばかりに観測も始める。唸りは唸りで、これも一途にドームをめざして攻め上る。ドームはドームで、最後の落葉には秋から狙いを定めてきた。そこには人類の将来が刻まれている。だから、滅多矢鱈《やたら》と見逃し見失うことなどありえない。

何しろ銀色のドームは知っている。よく弁《わきま》えている。攻め上る唸りに吹き抜ける風も含めて、それがわからない。いま、最後の落葉はどこに浮かぶのか。ヒトの未来はどのように書かれているか。何によって刻まれていくのか。描くのは特定既存の文字か、それとも未解読の文字、未見の記号、葉脈に託された未知の暗号、落葉の変色に織り込まれた未定のコード、誰にも触れられたことのない未聞《みもん》の琴線なのか。トツ、トツ、クシクシと、ドームは黙して語らない。

遠来の吹雪たちは、ドーム真下の円形劇場にも押し寄せる。粉雪という粉雪が階段席を埋めつくす。舞台と客席は同じ屈辱を求めて白く盛り上がる。吹き抜ける喝采がここにも唸りを伴って、カーテンコールの木霊《こだま》を解き放つ。折り重なる冷たい笑いが、お寒い拍手が、えも言われぬ厳冬の息吹を凝《こご》らせる。吹雪の前にはひとしきり雨が降った。秋以来の観客を務める紙のオブジェ、『常連1』『2』『3』が揃いも揃ってその雨に打たれ、いち早く水も含んで、いまは申し分なく凍りついている。その腕《かいな》といわず、胸倉《むなぐら》といわず、顎《あぎと》といわず、くずおれた紙細工もそのままに強《こわ》ばっていく。かれらは声を上げる術を知らない。ただ風雪の手応えに耳を傾けている。

なおも舞台の中央に佇む『Singer』、季節の欲望を一身に引き受けてそそり立つ。人頭象《かたど》るマイクの本体、そこから流れ出す一本のコードは、何者が変造したものか、途中で分岐する。秋同様に金属のスタンドを下り、再び戻ってくると、二本になった先端のプラグはステレオイヤホンよろしく、耳《みみ》朶《たぶ》も見えない左と右の側頭部に差し込まれていく。マイクの本体は相も変わらぬ黙想を決め込んでも、新調の冬のイヤホンからは明らかに音楽情報が送り込まれる。ざくざくと、音はやむなく洩《も》れ出してくる。それを不特定多数の視覚に対しても保証するかのように、小賢《こざか》しい赤の点滅が十秒に一回のペースで繰り返される。音曲は讃歌のようにもきこえるのだが、称《たた》えられるものについては誰も心当たりがない。

円形劇場を見下ろす噴水台、そこに仕掛けられた金属板の『入植』地、今宵一面の雪原となって、突き刺さるさまざまの工具という工具が辛うじてそれぞれのお尻と尻尾をのぞかせている。だから何かが臭う。おそらくは冷血の香りだ。それに伴う悪寒の吐息も含まれている。飼育箱の小動物はどれもがそのプライドにかけて、いかなる臭気も見逃さない。鋭利な鼻先が事の善悪を嗅ぎ分けていく。そこへ蔽《おお》いかぶさるあのムクノキ。とうに葉っぱをなくした枝は安易な積雪を許さない。その中でただひとり気を吐き雪を被るのが『キススキ』だった。人頭の鳥《とり》類は大理石の肌を晒《さら》して、今夜も冬眠を決め込んでいく。何よりも人頭の部分が凍死も寸前の状態にあるのだが、幸い胴体は分厚い翼で守られているので、『キススキ』は何とか生命《いのち》をつないでいる。

『キススキ』の製作者ペリオドはストーブにあたっていた。それも遠くからガスの焔《ほむら》に照らされている。十字路のムクノキにも程近い、生真面目な彫刻科の居並ぶ研究棟、その中の製作実習室に置かれ故《ふる》た古ぼけたソファにいま彼は横たわる。紺色に染め抜かれた牛革の上で異郷の毛布にくるまると、故里《さと》の冬景色も思い出される。ほかには数名の学生が屯《たむろ》し、俄仕立《にわか》ての暖気と戯れ、ひたすら卒業製作に打ち込む。銘々が食料も買い込み、思い思いに泊り込んではあえて徹夜も辞さない。留学生ペリオドは善き先輩として進行を手伝い、縷々《るる》助言を与える。彼を慕う卒業予定者は折にふれそれを求めて耳も傾けるのだが、ペリオドの批評は手心を加えずに、ともすればあまりにも手厳しい。慣れない異国の言葉に付きまとうハンディキャップがなおさらにそれを助長する。いや増しに倍加する。

今しがたも一人に、卒業を危うくするばかりの苦言を投げつけた。堪《たま》らず部屋を飛び出した学生はキャンパスの夜更けをしばし彷徨い、ようやく一時間ほどもして巨きな雪の球を二つ三つも抱えて立ち戻るや、いきなり自作へと投げつけた。一面に雪は砕け散り、それでも作品は倒れず、ペリオドがくぐもる笑い声を足下から響かせると、ようやくその学生も気を取り直し、今また鑿《のみ》を揮《ふる》っている。ペリオドは雪の欠片《かけら》を浴びながら、あとは『キススキ』のことも忘れて仮眠に入る。朝には後輩たちのために食事も賄《まかな》ってやる。

そして、大学会館の向こう側、テニスコートとグラウンドを見渡すクスノキ、その枝に身を預けたシロガネ、目をつむったままで氷雪の夜に眠り込んでいく。麓に置かれたプレートはすでにうずもれている。そこに刻まれた「樹体花体」の四文字も「二〇〇〇」の四桁数字も共に姿を消している。これまでにもなく冷たく沈み込んでいく。今では風を除いて通りかかるものもなく、真冬のシロガネはいよいよ孤塁を守る。絶縁をとげる。一面の白銀、無名無題の境地にさしかかり、ようやく彼も目を閉ざしたままで、どこかに記された氷の文字を読み解いていく。花といわず芽といわず、咲くもの萌《も》えるものなどまだいずこにも認められない。あとはただ、トツ、トツ、クシクシと、いろはガルタもさながら、耳慣れぬ雑音ばかりがまきちらされていく。そののち再び静けさがよみがえるとき、なおも吹き抜ける風は自らが何ものであるのかを知らない。

オオカミは氷の目をしていた。近づくと仄かに魚の臭いがした。海は見捨てられている。いつまでも波の花に牛耳られていく。その花の満開を見たものはない。いつでもどこかが千切れて消し飛んでいく。生来藪睨《やぶにら》みのオオカミは絵筆のような尻尾を翳《かざ》して、夜の鴉《からす》を見上げる。万物は流転するが、夜の鴉は世上の変転に背中を向けている。

近くでは何やら小動物の騒めきがきこえる。やはりかれらは生命《いのち》を奪われることではなく、それを写し取られることに何よりも怯えているようだ。だから騒めきといえどもさほどのものではない。そこには悦びと見紛うばかりのしたたかな恐れが満ちあふれて渦を巻いている。

夜の鴉は別名「キススキ」と呼ばれて、今宵も冬の十字路で守りにつく。そこでは冷たさと寒さが人間《ひと》並みに威力を増して交叉する。唸りを上げて鎬《しのぎ》を削る。オオカミが近づくと、夜の鴉はいたたまれず、すぐに両の目を潰《つぶ》して血の泡《あぶく》を吹き上げた。血潮は鮮やかに霧散をとげる。あとは夜の鴉が生命《いのち》に代えても、残された大地の純白を守り抜く。

今宵一つ目の儀式を終えたオオカミは、氷の目をさらに光らせて次なる獲物を漁る。そこでムクノキからの小径を下り、大学会館の向こうへ回る。正門をかすめて、なおも降りしきる雪の中いよいよシロガネの枝へと近づいていく。絵筆の尻尾を精一杯にふり立てると砕けた欲望をさし入れた。トツ、トツ、クシクシと、ここでも控えめな反響が舞い上がる。欲望は白い血を吹き出して赤い血を夢見るだろう。夢の果てにはキャンパスが見える。キャンパスは真冬の皮に包まれて、早くも晩春の唇を差し出してくる。たとえどんなに寒くて冷たくても、シロガネはこの時を待っていた。彼の陶酔はすでに事切れている。それを足元から見上げたオオカミが吹きさらしの作品に霊気の唾を吐きかけると、シロガネの「樹体花体」はどこかにうずもれた名前を思い起こすかのように、没後初めての口元を開いた。

「おまえは……犬か?」

「ちがう」と、応じるオオカミの尻尾はまだ直立《た》っている。事によるとすでに凍結《こご》えているのかもしれない。

「寒い、冷たい、夜のカミか?」

「オオカミだ」

シロガネは僅かに身震いをみせる。それから声明《しょうみょう》のようにあえてゆるやかにとなえる。

「良き女は娘となり、良き水は浪をもたらし、良きケモノは狼とよばれる」

「私は良くも悪くもない」

ここまでくるともうシロガネには、自分のためらいを隠すための微笑みも表わせるようになっていた。

「どこから来た」

「アンタの耳の中から」

「ムフ……どこへ行く」

「アンタの目の奥へ」

途端にシロガネは没後最初の痛みを感じたものらしい。それからはいかにも苦しいといった按配で、喉の奥から声を絞り出す。

「ムハハ、それではオオカミではなくて、オオミカミと呼ばせてもらおうか……」

オオカミにはこの呼び名こそが不満であった。それればかりか大いに怒りも覚えて、それまでの直立の尻尾などにべもなく折りたたんだ。たちまちその体からは、ヒトの四つん這いと識別ができるところなど並《な》べて消え失せていった。

「慇懃無礼だナ」

「何でさ。おまえは自らオオカミ（狼）を名のった。オオカミはもともとがオオガミ（大神）つまり大いなる神でもあるからこそ、私は心ばかりの敬意と祝意と親しみも込めておまえをオオミカミと呼ぶ……それとも、ハハ、何《なん》か、ホントはおまえ、オオカミ（狼＝大神）じゃなくて、ただのイヌガミ（犬神）さまなのか。吹雪にまぎれて、右肩の点描ひとつ、見落としたのか、いや、言い落としたのか……」

これを聞き届けたオオカミは、鬼ではなくてヒトの首をとったように唸り、くぐもり、それでもなおかたる。

「やめろ。それ以上慇懃無礼の、生き恥晒すのは、もうやめろ」

やけに落ち着きをみせた、教え諭すばかりの言葉運びだった。おまけに「死に恥」ではなくて「生き恥」だと言われたことがよほど骨身にこたえたものか、クスノキのシロガネは唇を震わせてポトリポトリと血の涙まで思い浮かべた。それでもオオカミは手綱を緩めない。全体の白銀《しろがね》を守り抜くために、どこまでも氷の意志を貫いていく。

「慇懃無礼なる身のこなしは弱者の常套句であり、後ろめたさの転調とも汲み取れるが、殺意の立証を伴うことも忘れてはならない。アンタは、一個の作品である以前に、何よりもヒトの皮を被った殺意が吊り下がっていたのか？　この際、誓って言うのだが、私はいかなるガン細胞とも戦いはしない。アンタの言うオオミカミなどとんでもない。私としてはそんなもの敬するまでもなく遠ざける。それに一度変異をとげたものは、自らもう一度変異を試みればよいし、転移をするものはまたどこまでも転移をするしかない。誰も救出の手をさしのべることはできない。

お前は自ら手を下したと思っているが、果たしてその手は本当にお前のものだったのか。あまねく生あるものは生きるか死ぬか、食うか食われるか、殺《や》るか殺られるかのいずれかの途《みち》しかなかったものを、ヒトという生きもの言うところのジサツとは一体そのどちらだというのか。ジサツをしたところで、お前は殺したのか、それとも殺されたのか。それが私には永久にわからない。手を下したモンが同時に手を下されたモンだということがな。今からでも遅くはないから、もう一度自分のたどった経路を丹念にたどり直して、そのいずれかを選び直して自らに決着をつけたほうがいい。私はこの際どちらとも言わない。殺せとも殺されろとも、生きろとも死ねとも」

オオカミはこう口上を結ぶと、あっさりとシロガネの現場をあとにする。シロガネはもう血の涙もすっかり凍えて、もとの白一色に包まれ、吹雪はなりふりかまわずに勢いを増していく。グラウンド横の坂道を今度は上り、体育館の方を見るとそこにはやはり斜めにイチョウの並木がつながる。「赤」に因んだオブジェが毎秋展示される一角だが、さすがに今夜は白雪《はくせつ》に煙っている。ところがよく見ると、一本の枯枝には何やらプレートらしきものがぶら下がっているのだ。季節外れの、それは展示品なのか、そこにはまだ何も書かれていないらしい。

オオカミはためらいも知らず、イチョウの並木へと足を踏み入れる。そこにこの夜最初の、前人未踏の足跡を記し、盛り上がった積雪にも鼻先を差し入れる。絵筆の尻尾が悴《かじか》みを振り払って本来の直立を取り戻す。ふと見上げると、雪はいくぶん小降りになってきた。オオカミはヒョンと跳び上がると、難なくプレートを口にくわえた。こうして再び展示の消えたイチョウの並木をあとにする。持ち前の遠吠えをきいたものは、まだひとりもいない。

古池がこの冬初めての氷結をみる。落葉もろとも凍《こご》り終えると、もはやどこからも飛び込めるものはいない。飛び入る音にも立つ瀬がない。蛙《かえる》も兎《うさぎ》も、種属をこえて冬の眠りにつくと、ここにも粉雪が降り注ぐ。それでも全面の結氷にはまだ猶予があって、一部には積雪もみるが、一部は霙《みぞれ》状にとどまってなおも落葉を浮かべる。夜が深まると、この界隈もますます魚の臭いが際立ってくる。やがて悪臭は高じて寒天をなきものにせんと欲す。ものみな目覚めると、原野の寒苦は耐え忍ばざるをえない。

古池の水底《みなそこ》深くには数知れず、主《あるじ》のごとき真鯉も住まう。そのうろこの滑《ぬめ》りも同じく寒冷に耐えていく。見捨てられて幾久しいあの海原が今でも水底に眠る。とうの昔に死に絶えている。かすかな潮騒が冬の弔辞を繰り返し、寄せては返す現身《うつしみ》の波しぶきとともに、水面《みなも》漂う落葉には自らの流れるところが摑まれない。芸大のキャンパスが夜の墨絵にのせて雪景を開くところ、オオカミが絵筆の尻尾を立てて風の点描を試みるところ、慈しみ深くもかの大海原は、山間の沼底深くに顧みられることなく打ち捨てられてきた。永く、寄る辺なく、封じ込められてきた土《とき》の蓋をいよいよ開け放とうとするものが、今では間近に控える。池を見下ろすように、真鯉の苛立ちを少しでも慰めるように、ひとりでベンチに腰かけている、それこそが落葉の亡霊であった。

ドームの上、高圧電線にも雪はまつわりついて、産業の尽力といえども遮二無二《しゃにむに》断ち切ろうとする。おまけに突風に煽られては、利鞘《りざや》を稼ごうにもどのみち架空取引の落ちは免《まぬか》れまい。そんな市場の思惑をこえてなおもこの地に電力はもたらされる。芸術は、冬の芸術は隈なく営みを支えられながらも、夜となく昼となく、聳える鉄塔見上げ心ひそかにせせら笑う。疚《やま》しい心持ちは美学にくるんで、ヒトの叡智を盗み出す。芸術家は絶えまなく目覚めて休みなく眠る。キャンパスの至るところ、いつしか降り積もる落葉が群れ集いて、そんな幽鬼をめざす。幽鬼は幽鬼でことごとく隔たりもなくして一体の亡霊をなす。冷え冷えと吹き抜ける風の意向を、たとえ一粒なりとも幽鬼の意志が汲み取り受け入れるなら、落葉の全身全霊はたちまち離散をとげるのだろう。

なるほど亡霊の頭《かしら》はいかにも俯向き加減に、遠目には池を見下ろすようにも受け取れるのだが、本当のところそのまなざしは落葉の手先と落葉の手首が落ち合う辺りに注がれている。今ではもうそこからずらされることなどありえない。すぐかたわらのベンチには選りすぐりの、これもまた落葉という落葉を高く積み上げ、一枚また一枚と右手にとって何も持たない左の手首を切りつけていく。飽くなきその自傷行為、これを称してリストカットと人は呼ぶ。

　ただし、ここでは一滴の血も流されずに、落葉と落葉が刻み合う。睦み合うようにして傷つけ合う。何かをいとおしむように背中を丸め、同じ落葉で繰り返し、すでに亡きものを無きものにせんとする。その亡きものと無きものとでは自ずから意味合いも異なる。むしろそこには万里の隔たりあるのだが、散りゆく定めの落葉にはどうしてもそこのところがわからない。だから亡霊になるしか途はなく、ために一念発起《ほつき》をして、なるだけ殺傷能力の高い鋸歯《きよし》の落葉を拾い集めたのは、ほかならぬシロガネであった。そこで落葉は、シロガネの亡霊になった。没後三月を経た彼の思いの丈《たけ》の念力にも肖《あやか》った。

　トツ、トツ、クシクシと、落葉の刃を落葉の手首に押しあて鋭く往復試みる。雪の上にはハラハラと、落葉の血片《ちのり》もこぼれるのだが、今は亡きそんな命脈からの枯れ屑など風の気紛れによって瞬く間に吹き流されてしまう。あとには濁りなく、純白の雪原もまた黄泉《よみ》がえる。

　その時である。枝振りも見事にベンチへと被いかぶさる例の大クヌギの根元より、忍び寄るオオカミが声をかけた。

「おい、何してる」

「リストラ」

「リストラ？」

「自分でこうやって自分に整理をつけてる」

「それで、もう片づいたか？」

「まあ、粗方《あらかた》」

「いつ終わる」

「終わらないゾ」

「アンタ、名前は？」

「クロズミ。白雪の中の黒墨、シロガネの中のクロズミ」

「分身か？」

「亡霊ナリ」

「なぜ死んだ」

「別に、死にたかったわけじゃない。何よりも、ここに展示しておきたかった」

見るとオオカミは、イチョウの並木で見つけたプレートをまだ咥《くわ》えていた。

「ならばタイトルとして、事の顚末をここに記せばいい」

　オオカミが差し出そうとすると、クロズミはいよいよ落葉の大動脈を切り裂き相果てた。クロズミは消え去って、落葉という落葉が吹き飛ばされる。雪の止み間にて、初めての星月夜も垣間見えた。なおも近づいたオオカミが何もいなくなったベンチにまだ何も書かれていないプレートを置くと、誰にも見えない方角から誰かの手がのばされてくる。それを見てオオカミは落ちついて後ずさる。誰かの手は亡霊の思いをとげるようにシロガネの意志を汲み取り、クロズミの情熱をも受け止めて、おそらくは自死へと至る縁起とやらをそこに書き連ねる。それも見事に透き通る氷の文字でしたためていく。途端に古池では主《あるじ》の鯉が跳びはねる。その行く末はどこまでもあの海原めざして、底深くも跳びはねるではないか。それでも、トツ、トツ、クシクシと、枯葉も途切れた辺りから、なおもリストカットの音がする。

オオカミは見果てぬ夢を追い求め、冬の夜のキャンパスを駆け巡る。一回りして再びムクノキのところにやってくると、「夜の鴉」を見上げて、はじめての遠吠えをくれた。その声は誰にも届いて、銀色のドームがまた心持ち輝きを見せると、何事かを呟いた。弛《たゆ》みない観測の行く手には、なおもペリオドが横たわる。すぐにも風が強まり、吹雪がまた勢いを得る。シロガネは、まだ記されたばかりの氷の文字を読みとっていく。こうして「樹体花体」の屋外展示がますます望み通りの跨《また》がり吊り下がりを演じるのだ。雪にうずもれたその題名をあえて読み解こうとする者などいない。繰り返す乾いたリストカットの響きばかりが事柄の一部始終を弁えていく。

休みなく、彫刻科の建物からも同じ音が流れた。揮《ふる》われる鑿《のみ》はいずれも朝方を知らず、その前に冬の冷え込みがわれ先にと自ら絵筆を握る。描かれるのは白くて赤い黒墨の雪、トツ、トツ、クシクシと、冬の落葉が秋の落葉を削る。やがてペリオドが深い眠りに落ちたとき、オオカミはすべての思い出をポケットに収めた。そのポケットには今でも、オオカミだけが眠っている。彼が銜《くわ》えてきたあのプレートの行方は、もはや誰にもわからない。


（物語は連作の8「春」へと連なる。）

アラタナルシ6

宿命の階

Les marches de fatalité

Syukumei no Kizahashi

我等《われら》が住家《すみか》は花《はな》の園《その》、生《うま》れは忉利天、
父《ち丶》をばくはん國《こく》の王《わう》や金包太子なり、
我等《われら》が住家《すみか》は華の上《うへ》。

『梁塵秘抄』より

父さんが子どもを産んでから、この世には母さんしかいなくなった。僕にとって二人目のその「弟」が生まれると、晴れて僕らは母子家庭になった。元夫婦の母親が二人もいるという、世にも恵まれた母子家庭。その幸せも束の間、初めの母さん、元からの母さん、僕を産んでくれたあの女の人が出ていくと、あとは母一人に子ども二人のよくある母子家庭に成り下がり、その上に元父さんの貴方《あなた》が身《み》罷《まか》ると、僕らは子どもばかりの絶対的貧困にのめり込むのだろう。そうなるともう占めたもので、子どもの数だって傍目《はため》には誰にもわからない。もはや振り返る者もなく、興味を抱く者などどこにも見当たらない。行くあてもなく、やがては凍りついていくばかりの移民の僕ら、棄民の僕ら、もとよりハシッコの僕ら。

目の前に横たわる元の父親にして義理の母親、「弟」の実母、その昔貴方は、ただ吹き抜けていくだけの風の苦しみを知れ、と言った。だけど、風が止んだ時の苦しみを貴方は知らない、と僕らも口応えをする。いったい身の程を弁《わきま》えて、貴方は父親放棄という自らの非行を償《つぐな》えるのかと、嵩《かさ》にかかって僕らは問い詰める。貴方がそこまで言うのなら、せめて僕の母さんのためにも彼女とは訣別をして、公けに離婚の手続きだけは済ませてほしかった。そのための署名ならば消息不明の彼女に成り代わって、この僕がいくらだって書いてさしあげたのに。それもかなわぬ今となっては、もはや離別ではなくて、貴方がた二人には死別しか残されていない。だから残りわずかな貴方の生命が燃え尽きるまで、僕はこの家にとどまって、この住み慣れた大河の上で繰り広げられてきたいくつもの小さな事柄の顚末《てんまつ》を今こそ静かに語り継ごう。

僕らは三人兄弟だった。それも三人揃ったためしのない、まさに「カ」の兄弟だ。そんなか細いカ（か＝蚊）の兄弟をあえて力（ちから）の兄弟と読み換えて、僕らは生き抜いてる。それでも端《はな》から零落《おちぶ》れてきたし、疾病《しっぺい》も悦楽も、事蹟《じせき》も崩落も、一切はこの「カ」から始まる。だから僕らの名前も「カ」から始まる。第一子にして長男の僕はカワヤ、通り名はカワヤノミコ。今は亡き第二子、次男の名はカグラ。そして第三子、僕の父さんが産んだもう一人の「弟」はカコツ、この子も通り名はカコツノミコという。貴方が初めて身籠もり産み出したその子は女の子だから、三男ではなくて長女と呼ばれるべきだろう。そのことは貴方がいちばんよく心得ている。何よりもその子を産んだのは貴方だから。カコツは死んだカグラの身代わりにして、甦《よみがえ》りナリ。だから貴方のみならず僕らは口を揃えて、待望久しい女子、カコツのことを、いもうとではなくおとうとと呼ばざるをえなかった。それからの「弟」の身に降りかかる不幸もすべてはこの名前の暴力にこそ起因する。それもいくつもの名前をめぐるいくつもの性の暴力。そこから母さんの唄がきこえる。

僕らは年がら年中、橋の上で暮らしてきた。橋の下と言われるのが何とも癪《しゃく》に障るんで、ずっとそう考えてきた。そう考えるようにと両親からも多分にしつけられたんだと思う。もちろん学校には行ってない。一度も行ったことがない。友だちもあまりいないけれど、僕らはハシッコと呼ばれている。橋の子と端っこを、これでもうまく掛け合わせてるんだ。そこんところを斟酌《しんしゃく》して、僕らもそいつに甘んじる。

ここいらは本当に空が広い。何しろカワに加えてウミがあるので、そのぶん空もまた押し広げられる。ウミはみずうみ、大きなソラを戴《いただ》いて北の方角に広がる。カワ筋はその北から南へと流れる。よくあるようにカワがウミへと流れ込むんじゃなくて、ここではカワがウミから流れ出す。だから上流の方がカワ幅も広くて、それが下流に行くほど狭くなる。そんな上流の半ばまだウミの上にこの長橋《ながばし》がかかる。ご多分にもれずこの橋も二つの町を差し渡している。僕らは今そこで暮らしてる。僕らの住まいは鳥カゴと呼ばれる。

長橋は全長一キロをこえるという永い橋だ。走り抜けるのは有料のバイパス道路で、四車線のうち二車線ずつをのせた二本の橋が互いに寄り添っていく。そんな番いの橋、双子の橋が結ぶ二つの町のうち、西岸はクグツ、東岸はトサヅというが、もともとはトサツが訛《なま》ったものときく。西と東では随分と趣きも異なる。西岸クグツの側には公共工事で整備されたばかりの渚《なぎさ》の公園が弓形を描いて北にのびる。イエ住《ず》まいの者もカゴ住まいの者もそこでは思い思いに散策をしたりジョギングをしたり、部活のトレーニングに勤しんだり、釣り糸を垂れる男も見え隠れする。

釣り糸と言えば、同じ西のたもとの南側には釣り堀もあるゾ。その向こうにはやかましいウミ沿いの途《みち》がのびて車の往来が絶えない。長橋からの車列もやむなくそこへと合流するが、横断歩道橋の向こうでは、ファストフード店の大きな看板がありきたりのこの世の無表情を一身に集めて回転する。釣り堀からさらに南に進むと、渚はあっさり城址《じょうし》への転身をみせて、寄り添う申し訳程度の松原が足下の浜辺を休める。それら針葉の緑が季節も問わずに積み重なる。樹木といえば、長橋から渚の公園にかけては、道路を挟んでメタセコイヤの高木が並ぶ。春、夏、秋にかけてはなおさらのこと、林立の壮観をわがものに一向恥じるところもない。

長橋そのものは余生を愉しむがごとく、まるで緑野に這《は》う大蛇《だいじゃ》もさながら、西側に偏《かたよ》るひと所がなだらかに盛り上がると、あとは東をめざして偏《ひとえ》に、それも永く二重《ふたえ》にのびていく。雲行きを問わずウミの水面《みなも》を撫でながら、下流に待ち受けるカワに向かって丹念に宥《なだ》めていく。遠くから眺めると高くも見えないが、これが欄干に立つとなかなかに手強《てごわ》い。いつも僕らは足が竦《すく》んでしまう。それに、渡った東岸のトサヅでは風景《ながめ》が一変して、橋の左手、つまり北側には永久のオアシス、僕らの葦原《あしはら》が広がる。まだこの辺りに橋もなければ城塞《じょうさい》もなく、端から人家も疎《まば》らな時節より、この葦原は変わらぬ姿でやってきたものと固く信じて、僕らは疑いを入れない。そんな太古《いにしえ》の姿が世に言うトヨアシハラかどうかは与《あずか》り知らんが、アシ（葦）が「悪《あ》し」に通じるというだけでこの名を忌み嫌い、後代ヨシ（良し）に改めたという俗説には心ならずも遣り切れぬものが残る。そもそも浮世の唱える事の良し悪しに関わらず、葦原の麓には縦横無尽に地下茎が走る。世に言うリゾームは、いともたやすく見知らぬ町へと繋がるもの、これをとらえてあやかしなどと蔑むものを、僕らは断じて通さない。

一方橋の右手に目を配れば、「恋のホテル」が立ち並ぶ。男と女が中に入ると、決まってイイことをする所だときいているけど、そのイイことが果たして何を意味するのかはわからない。そこもやっぱりオアシスなのかと尋ねても釈然としない。どうして男と女なのかについても、これまでのところ明確な説明がない。訊《き》ける人は限られてるし、僕らも始めからこの橋にいたわけじゃない。以前はもっと下流の橋に住んでいた。実を言うと僕が生まれたのはその橋で、弟のカグラもそこで亡くなっている。あいつには僕らのような通り名もなかったが、その下流の橋は大橋《おおばし》という。

大橋は長橋から一キロ近く下流にかかっている。そこいらは河川管理の境界線もこえ、ウミではなく、すでにれっきとしたカワの流れになっている。長さは長橋の半分にも遠く及ばないが、こちらは番いではなくただ一本の橋に片側一車線の国道が走るので、橋の前後を含めて慢性的な渋滞に悩まされる。住人は絶え間のない車の唸《うな》り、震《ふる》え、喚《わめ》き、吐息と、まさに寝食を共にする。長橋は広くて永いが、大橋は狭くて短い。だからその分だけ騒動も大きくなる。それに長橋と違って、ここでは西岸から東岸へ渡ってもなおしばらくはクグツの町が軒を連ねる。何しろ昔からの街道筋には、長橋のごとく沼沢の地に恋のホテルを押し立てて、人家が途絶えるような気遣いもない。

東岸のすぐ左手には、電機メーカーの大きな工場も陣取っている。夜ともなると屋上に掲げたネオンサインが赤々と社名を照らし出す。むしろ社名そのものがこれ見よがしに顔を赤らめて訴えてくる。橋上往き交うヘッドライトを除いて、周りは明かりも乏しく、赤色《せきしょく》は川面にも照り映えて倍化する。この辺りでは、西岸のほうが一見不気味なばかりに暗く静まり返る。だけど岸辺に聳《そび》え立つ新築マンションの裏手に回ると、長橋のたもとのウミ沿いの途はそのままカワ沿いの途となってここまで続いている。ファストフードもまた抜かりなく店を構えて、絶えざる車列の一部が大橋めざして攀《よ》じ登る。

そんな橋の上に立って上流のウミの方角を眺めると、すぐ目前に二本の橋が折り重なって見えた。

手前には鉄道の通るこれまた双子の橋、右手は首都、左手は古都へとつながり、その向こうには共同配管を守る立派なアーチ型の橋、無論人馬は通わず、水道、ガス、電気の生命線《ライフライン》が託される。さらにその先の、遠い未来を見通していくような半ばウミの上に長橋がかかる。大橋住まいのハシッコの僕らにとって、いつだってそこは止むに止まれぬ憧れの異世界だった。

　早朝には、男ひとりをのせた小船が漂う。大橋挟んでこの辺りの流れは、蜆《しじみ》の漁場として名高い。加えて春先からは屋形船、並みいる競漕用ボートにカヌーの軽快な櫂さばきと、心休まる眺めも点在をする。僕らの大橋住まいは、それらによって辛うじて支えられたと言えるだろう。橋の欄干は上下の隙間がとても狭くて、野良猫を除けばほんの幼児にしか通り抜けられない。だから欄干をこえられることが生長の証にもなるが、橋住まいの僕らは生きるためにもそれをこえなければならない。だけど弟のカグラだけは、一度ものりこえたことがなかった。


　カグラがこの世を去ったのは、それこそ大雪降りしきる夜だった。橋の上にも数センチの積雪があってスリップ注意の徐行が求められる中、国道を往き交う車の数もさすがに衰えた。それでも刻一刻と悴《かじか》む静けさを引き裂いて、チェーン付きタイヤの四重の軋みが僕らの休眠を巻き込んでいく。持っていかれてはならじと、思わず知らず踏んばった時に目が覚めた。深夜の一時すぎ、鉄輪の軋みはもう橋の外部に遠ざかっている。

　そこは、大橋の住まいではひとつしかない居間だった。押入れも付いていて、寝室もかねている。押入れは南側で、北に向かってはこれも家でただひとつの「大窓」が開かれている。暗闇の中、そちらに人の気配がするので息を潜めた。何を措いても寒いから、僕は煎餅《せんべい》布団にくるまったままでそっと目を凝らす。橋の上の照明灯からの光でぼんやりと成り行きがうかがえる。人影は僕の父さんと母さんだった。

ふたりの間にひとりで横たわっている、それがカグラだった。頭《かしら》を「大窓」に向けて、仰向きのまま沈み込んでいる。小さな体の下には座布団が一枚敷かれている。両親はカグラを挟んで向かい合う。父は東に母は西に、共に正座をしてカグラをのぞき込むようにして前かがむ。いずれも拳を膝上に置きながら、母さんのほうがもっと沈み込んでみえた。要するにふたりはあごを引いて、グッと脇腹を引き締めて、カグラのことを見下ろしていた。

「生きとるか」

「死んだ」

「今か」

「さっき……さっきから」

「さっきって、いつ」

「あんたの……知らない時」

いきなり父さんが平手で母さんの頬を張り飛ばす。ぶたれても、母さんはぶれない。ぶたれた頬だけが凍りついていく。だから父さんもそれ以上に手が出せない。

「いつから、出しといた」

「昨日から」

「昨日の、いつ」

「あんたの……知らない時」

父さんはまた母さんをぶとうとするが、呪われた理性に阻まれたものかどうしても手が出ない。

「いつから、食べていなかった？」

「まえから」

「まえって、いつ」

「あんたの……」

父さんは性懲りもなく、また母さんをぶとうとしたが、今度は先手を打って母さんが父さんの頬を張り飛ばした。

「知らない時」

すっかり意気阻喪《そそう》したものか、父さんもあえて叩き返そうとはしない。眼下に横たわるカグラの顔に二人はハンケチを被せようともしない。「どうする」とそれでも尋ねるのは、どこまでも没主体的な父さん、共犯の事実に向き合おうともしない片意地な男一匹。

「どうするって……流す」

「いつ」

「まだ夜のうちに」

ハシッコの僕らには墓がない。だから水葬というのは昔からの仕来《しきた》りで、近くの岸辺からアシで編んだ衣を着せて流れに任せる。亡骸はミイラのようにこれまたアシの紐《ひも》でぐるぐる巻きにする。だからなかなかのことでは解かれないし、少なくとも目線に収まる限りでは着衣に乱れが生じるようなことはありえない。そして岸辺に遺された者たちからは、
走りビトよ、
流れのままに思い返すことをしずめて、
さあ、向こうへ、
かの方位へと渡れ、
といった呟きが唱えられる。「走りビト」が死者を意味することは言うまでもない。ところが夜明け近くに僕が耳にしたのは、なぜか遠くで窓を開け放つような音と何かが真下の川面に投げ込まれた音だった。出入口から橋に上る梯子《はしご》には防護の金網が被っているから何も落とせない。カグラが仕来りに反して弔《とむら》われたのはウミ側の大窓ではなく、下流側のトイレの小窓かもしれない。
大橋での住まいは、もともと鉄道の貨車だってきいたことがある。鳥カゴといっても由緒正しい立派なもんだ。それにしてもだ、あんなに重いものをどうやってあそこまで持ってきたのかと、今でも不思議に思うけど、存外父さんは鉄道関係者か、少なくともそちらに顔がきいたのは間違いないだろう。大したもんだ。でも、彼の本当の仕事はわからない。あの人はカグラを可愛がったけど無責任なもんで、仕事にかこつけて家を空けることも多かった。母さんもパートの仕事が忙しいけど、僕とカグラの面倒はほとんどあの人がひとりで見てくれた。
昼間はいつもカグラと二人で留守番をしていた。保育所にも行かず、川の上の鳥カゴでタマゴを温めた。それでも僕は母さんが作っていったごはんを食べて、橋づたいに外へ遊びに行けたが、まだ小

さいカグラは何事も自分ではうまくできないし、粗相《そそう》も多かった。夜遅くに戻った母さんはそれを見て時々ものすごく怒って、カグラに当たることもあった。何しろ人里から少し離れたハシッコの鳥カゴだから、少々の物音を立てても隣に聞こえる気遣いもない。

そのうち母さんは僕だけに食事を置いてったり、カグラがあんまり泣く時は押入れに閉じ込めたり、昼夜の別なく大窓の外に出すようになった。外に出す、というのは、物干しざおに吊るした小さなカゴの中に入れっ放しにすることで、こうなるといくら食事を分けてやろうと思っても僕にはなすすべがない。それよりも何よりも僕はカグラが落ちやしないかとしょっちゅう心配でならなかった。それでもあいつは不思議なくらいバランスがいいのか、一度も落ちることはなかった。

ある時、夜中にそっと大窓を開けてみると、カグラは布団のシーツでこしらえたような大きなハンモックにくるまれて、簡単には落ちないように何ヵ所もとめてあった。あれならたとえ強風で一回転しても、脱け落ちることはないだろう。それで僕もようやく安心したのが、もう十月の終りころだった。毎日ではないけれど、それからもハンモック吊るしは絶えることなく続いた。僕はハンモックだからカグラも気持ちよく眠っているんだと思った。たとえ死んでも、また生き返るような気もしたし、たまにあいつが居間で横になっている時はとてもおとなしくて、こっちを見ているあいつに「行ってくるぞ」と言い残して、東岸へ西岸へと足をのばした。

そして、いつもの年よりも早く初雪が来て、それもいきなり大雪となって降り注いだ。そのころになると、僕もハンモックのことはほとんど忘れている。それに母さんはよくカグラのことを「鍋のフタ」がぶら下がってる、って言ってた。カグラがぶら下がるフタなら、それに塞がれるべき鍋はいまどこにある。だれが使う。鍋は、この僕なのか？「お前は破《わ》れ鍋に綴蓋《とじぶた》」と、ホラホラ、悪罵《あくば》にも似た呟きがきこえてくるゾ……

翌朝、カグラがどこかへ流れ去ってからまだ数時間ののち、再び目覚めた僕は両親から「事の顚末」とやらをきかされた。

「カワヤ、いいか、昨日ナ、あの子がインフルエンザで死んだ。と言うても、お前には何のことかわからんかもしれんが、新型のウィルスや。せやからワシらも危ない。他人事やない。それは覚悟しとけ。いいナ」

「保健所の人からの指示でナ、可哀想だけど、川には流してやれんで、火葬にしてもらった。うつるといけないからって、骨ももらってない。骨さえもらえたらネ、そいつをアシでくるんで流してやれるのにさ」

「焼いた骨に衣なんか着せられるか」

「タミフルなんて新しい薬、とても買えやしないから、これからまた保健所行って、骨の代わりにＤＤＴっていう昔からの白い粉薬、もらってくる」

「家に撒《ま》いてから、お前にもたっぷり振りかけてやるから、ナ」

「そしたら、まず大丈夫だよ。でも、やっぱり用心に用心を重ねて、なるべく早く引っ越すネ」

「もう物件捜しとるから、夕方には戻るから、おとなしく待ってろよ」

「ハイ、コレ」

両親は僕にコンビニで買ったあんパンとメロンパンと珍しくチクロの入ったジュースを二缶もくれ

た。僕はそいつらをポケットに押し込むと、粉まみれになるのがいやで、それから二、三日家には戻らなかった。寒くても、今度はこの僕がアシにくるまり野宿する。パン二個と缶ジュースと、あとはウミの水で我慢する。それでもさすがに腹ペコで戻ってみると誰もいなくて、家に入ると粉を撒いた跡もなかった。しばらくして帰ってきた両親にはイヤというほどブタれたが、もう白い粉をかけられることはない。僕の作戦はものの見事に成功を収めた。

それから春がすぎて夏が近くなっても、僕らの引っ越し先は見つからなかった。そもそもかれらが捜していたのかどうかも疑わしい。引っ越しの話なんて、カグラの最期に向けられた僕からの疑いをそらすための、その場凌ぎの方便にも思われてくる。待望空しく絶望の中へと僕は埋没する。それとともにわが生家への愛着もまた薄らいでいく。

何しろあいつは貨車上がりで、暮らしの不自由には事欠かない。すぐ近くには専用の橋もあるのに、そこを渡る水道も電気も、都市ガスもわが家には引かれない。飲料水は両岸にある公園のトイレか、足をのばして八幡様のお社へ湧き水をもらいに行く。それでも月に一度くらいはミネラルウォータのペットボトルを買ってきたけど、それ以外の生活用水は川の水でまかなってきた。川の水なら不自由することはないのだが、たまに濁りが出るとお手上げになる。

ガスはその昔プロパンを使ったこともあるというが、物心ついた時はすでにカセットコンロで、それも段々と回数が減って、ガスのボンベにかわってコンビニでは弁当を買うことが増えた。電気だけは必要に応じて橋の照明灯から拝借し、キャンプ用のランプに懐中電灯も併用する。ただし蠟燭は使わない。それでも母さんときたらパソコンも持っていて、無線のＬＡＮでネットなんかもやっていた。そうそう、洗濯は下着とタオル、それに靴下だけは手洗いで、あとはたまに西岸のコインランドリーに行く。お風呂はいつも銭湯で、それがただ一つの贅沢みたいなもんで、でも決まって湯冷めをするのだが、真夏だけは近くのウミやカワで沐浴を楽しむ。ワガヤにはクルマはもちろん、自転車もなくて、僕らは歩くことしか知らなかった。

父さんの仕事はわからないけど、毎朝決まった時間に出かけることもなく、週末が休みということもない。しかし出かけると二、三日、長いと一週間以上戻らないこともしばしばで、一家が何とか生きられるだけの収入は稼いでいたのかと思う。給料とかボーナスとか、家賃とか、そんなことは聞いたこともないけれど、父さんはただの一度だけ問わず語りに自分のことを「政治家」と呼んだ。それが僕に向かって彼の解き放った唯一の身分照会だ。

僕の母さんには複数のパート先があった。はっきりしてるのはコンビニかスーパーが含まれていることで、時々賞味期限の切れたお菓子とかおかずを持ち帰ってくれた。それと、昼となく夜となく、時たま綺麗に、いつもより相当念入りに化粧をして出かけることがあった。帰りが夜遅くなる時には決まってお酒の臭いがする。父さんがいないと、「あんヒトより私のほうが稼ぎは上」というのが口ぐせだった。

とても蒸し暑い七月半ばの夜遅く、川面には季節外れの靄《もや》が立ちこめて、橋の下の僕らの寝床をカムフラージュする。僕はいつしか雲の絨毯《じゅうたん》を思い浮かべ、やすやすと錦の花園に遊ぶのだろう。そのとき父母もなく弟妹もなければそれでよし。こだわりのない底抜けの人生が橋のない川にも舟を浮かべてくれるだろう。昼間から出かけた母さんは、珍しくお酒の臭いもさせずに帰ってきた。父さんは夕方から家にいて、僕と二人で食事を済ませるとそのまま居間に座り込んで、何をするでもなくじっと母さんの帰りを待っていた。だいいちうちにはテレビがない。小さなラジオならあるのだが、滅多につけたためしがない。父さんは野球の中継も聴かないし、家電製品といえば電灯のほかには夏場だけスイッチの入る中古の冷蔵庫があった。中には大概冷たいお茶が入っていて、それだけが夏の悦びをもたらしてくれる。半玉の西瓜も年に一度くらいは入り込んだが、あいにく僕の好物ではない。ビールもたまに二、三本が分厚い扉の内側にしがみついていた。買ってくるのは決まって小さな缶ばかりで、父さんはあの夜二本もたいらげ、僕も冷茶ばかりたらふくお腹に収めたもののどこからもお咎《とが》めはない。母さんがそんな鳥カゴに戻った夜半すぎには、二人ともほとんど眠りに堕ちていた。

母さんは横たわる父さんの肩口を軽く叩いて目覚めさせると、前から打ち合わせていたようにすんなりと台所へ移った。僕も上から梯子を下りてくる母さんの軋みで目が覚めて、幼いながらに話の成り行きは見定めたくて、すぐに眠ろうとはしなかった。カグラの去ったあの雪の夜とは違って、くるまる煎餅布団などなかったが、台所の床に腰を下ろした二人の背中にはじっと目を凝らした。それに、かれらはあの時のように明かりを消そうともしなかったので、視力は裸眼で二・〇近くを誇る僕の瞳には、二人の首筋を流れ落ちる玉の汗まで余さず見届けることができた。

そのとき救急車がサイレンを鳴らして橋を渡った。パトカーならよくあるけれど、救急車が渡るのはなかなかに珍しい。そう言えば少し前、東岸の大きな会社のプールで何かが飛び込むような音がしていた。そこは一般開放はしないけど、音源がカワではなくてプールだと、水音だけで区別できるところが自分でも空恐ろしい。確かにカグラが消えると、僕の五感は鋭さを増した。だからまもなく父さんと母さんの間に難事が持ち上がったことも、すぐに読み取られた。

難事というのはほかでもない、かれらの三人目の子どもをめぐる確執だ。身も蓋もない話にすりかえると、父さんは三人目を求め、母さんはそれを拒んだ。だからいくら父さんが求めても、産むのは母さんだというあたりから一挙に話が拗《こじ》れた。父さんは日に日に執念を募らせるし、母さんは夜となく昼となく彼の意欲に責め苛まれてきた。僕はどちらかと言えば母さんのほうに同情的だったけれど、父さんにも多少の憐れみは覚えた。だって「鍋のフタ」と呼んでカグラを外に吊るしたのは、ほかならぬ母さんなのだから。

今になっても僕は思いあぐねる。母さんが三人目を拒んだのはわかるとして、それは一体どうしてなのか、と。自分がお腹を痛めた実の子を手にかけたという自責の念にかられてか。あるいは、ひょっとして、カグラが実の子ではなかったとすれば、そのカグラへの嫌悪が増長して子どもそのものへの嫌悪へと改まったのか。そうではなくて、そもそも彼女は子どもが産めない体だったのか。いや、少なくともカグラを産んでからそうなったのか。ちがうちがう、それよりも何よりも、やっぱり第二の犯行への恐れからじゃないのか。せめて第二のカグラを出さないために、と言いながらも実のところはこれらのすべてが入り交じり絡み合った、別の何かの妄執なのか。

その夜二人は決して高ぶることもなく、明け方近くまで話し合っていた。台所の床に開けられたゴミ捨て用の穴、その蓋を開けて時折何かを落としたが、川面からは何の反響も立ち上らなかった。そのうちに父さんは実に穏やかな声でこんなことを切り出した。

「じゃ、オレがやろうか」

「できる?」

「ああ、手伝ってくれるんなら」

「もちろん、手伝うよ」

僕に聞こえたのはこれだけだった。そのあとモソモソとヒソヒソ話が続いたのかもしれないが、僕のほうがどこかの穴に吸い込まれるようにして眠りに落ちていた。二人がいつ休んだのか、夜を明かしたのか、確認する手だてはどこにも見当たらない。

結局のところ父さんが求めた三番目の子どもというのは、先に失われたカグラの身代わりにすぎなかったのかもしれない。だから産み落とすのは二人のうちのどちらでもよかったのだろう。その分だけ母さんも、自らに宿すことは頑なに拒んだが、父さんの出産には協力的だった。そればかりか、父さんにあの子を授けたのはほかならぬ母さんその人なのだ。

二人は早速その翌日から、世に言う禊《みそぎ》に入った。アルコールはもちろん昼食も抜いて、残る朝夕は白ご飯に粗塩《あらしお》をかけるのみ、精製塩など使わない。お茶もいただかず、白湯《さゆ》をするのみ、それでもいつも通り仕事のある日は橋の外に出かけていく。食事を断つわけでもないし、米ならたっぷりと喰らえたので、それで体がまいるようなことはつゆほどにもなかった。こうして土日もなくて単調な禊の十日間が通りすぎた。

その明くる朝、七月末、真夏の陽ざしは容赦なくカンカンと照りつけて身を焦がす。二人はまた台所のゴミ捨ての穴を囲んで食事に取りかかった。昨日までの白ご飯はやめて、いつどこから仕入れてきたものか、緑黄に赤と紫もふんだんに入り交じった野菜という野菜にまた粗塩をかけてパクパクムシャムシャと喰らい、白湯をすすり、その合間に唇を米酢で清める。そうやって二時間でも三時間でも食べ続けるのだが、かれらはひと言も話さない。何ら語らうところなく、告げることなどなきものにされる。まるで身ごもる前のいきうめ（生き埋め／息埋め／息産め／生き産め）の儀式だ。その第一部が終わって、昼下がり、二人は居間に体を移すと、二酸化炭素のガスを吹き上げながら、床に倒れ込んで昼寝をとる。たとえ眠りに落ちてもガスは止まらない。やがて遅い夕暮れを迎えて、川筋に涼風の立つ頃になると二人はやおら起き出してまた台所に戻る。それから連れ立って長々とどこやらの銭湯に出かけた。いよいよここから第二部に入る。祭式は本番を迎える。

またぞろ二人はゴミ捨て穴の縁《フチ》に陣取ると、穴の底から汲み上げるようにしてひたすらに、ありったけの米の酒を飲み続けた。杯《さかずき》を交わすこともないのだが、いくら飲んでも飲み足らず、いくら飲んでも酩酊《めいてい》しない。その穴倉の酒屋の貯えもさすがに底をついたかと思われる夜半すぎ、おおいかぶさる橋げたの向こうに、はにかむような半月の気配も読みとりながら、いよいよ二人は身ごもりに取りかかる。

母さんは流しの引き出しからやおらナイフを一本取り出すと、埃《ほこり》まみれの古い小豆《あずき》色した砥石《といし》を洗い流して、いかにも丹念に研ぎ始めた。それは刃渡り十センチにも届かない折り畳み式の携帯用だったが、彼女はそいつを目の高さにまで持ち上げると、立てたり寝かせたり、ためつすがめつ検分もしながらなおも執拗に研いでいく。見たところ父さんは、何もしないで待ちぼうけている。それでも酔いつぶれたのではなくて、ゴミ捨ての穴を自分の尻で塞ぎながら彼は仰向きに横たわる。母さんは無口を決め込むが、父さんはシャコシャコと、砥石に刃の擦れる音にのせて自ら呟きを繰り返す、それも全く意味不明の、まるで呪文のような、それとも祈禱のような。母さんは一心に刃先を見つめるが、父さんは声をもらしながら両目をつむり、声がしずまるとジッと天井を見上げる。そこには薄黒い鉄道貨車の鋼の板が剝き出しになる。耳を澄ましてよく聞いてみると、呟きの音調には毎回一つとして同じものがないように思われる。それでいて何度も反復される単語のようなものも見つかるから、呪文や祈禱ではなくて、僕の知らない物語を僕の知らない言葉で長く紡ぎ出していたのかもしれない。母さんはそんな抑揚には耳を傾ける節もなく、黙々と二時間、いや、かれこれ三、四時間も同じナイフを研ぎ続けた。

ただの一度だけ、呟きを止めた父さんがさほど焦《じ》れた様子でもなく目を開いたまま、僕にもわかる言葉で尋ねた。

「終わったか」

「いや、まだまだ」

何を言われても、彼女は一向に休めない。

「メスを買う金なんて、どこにもないからさ」

それが夜明けも近いころになると、今度は彼女のほうから口を開いた。

「よおし、でけた、これでいい、これで使いものになる」

「よし」と父さんも起き上がり、母さんの横に立って丁寧に顔を洗うと、水を滴らせたままでまた横たわる。やはり仰向きだが、今度はゴミ捨ての穴に頭を突き出している。でもすぐに「きついな」とのたまい、床の上に頭を戻す。母さんはニコリともせず、「そんなの直前でいいんだから」と支度を急いだ。研ぎ上がった「メス」を父さんの右のかたわらに置くと、大小のタオル、包帯、絆創膏、消毒液らしきもの、脱脂綿、それに散髪屋の使うようなハサミを床の上に並べていく。そう言えば、僕らは家で髪を切ることが多かった。少なくともこの僕は散髪屋へなんぞ行ったためしがない。

それから母さんは明かりを落として、下穿《したば》き一枚になった。乳房も太腿もあらわな姿で、父さんもまたすぐに上半身を脱ぎ捨てると、ここからはいよいよ力を込めて穴の中へと頭を突き出す時が来た。母さんはそれを左の腕《かいな》で受け止めると、たちまち右手で握りしめる白銀《しろがね》のメスを振り翳《かざ》した。「行くよ」と呟くが早いか、見開かれたままの父さんの左目真下にそいつを突き立てる。途端に川上から川下へ、ウミからカワへと、突きぬけていくような叫びがまだ明けやらぬ何ものかを切り裂いて轟き渡る。鳥の声ひとつとして、それに応えるものはなし。母さんひとりが速やかにメスを回し、眼球全体を抉《えぐ》り取ろうとする。背中しか見えなくても、僕には仕草で読みとられた。いま生きてることを決して忘れないでおこうと、僕は思う。

残夜の式典はなおも続く。取り出した左目を穴へ落とすと、母さんはすぐに左腕を抜いて父さんの頭もその中に突き出した。流れ落ちる血液はゴミ捨ての穴を通して、もれなくカワの流れへと吸い込まれていく。父さんは仰向きのまま、恨み言一つ漏らすでもなく荒い呼吸を繰り返す。再び叫びの上がる余地などもはやどこにも見当たらない。鳥という鳥もまた翼を丸めて眠りこけるが、不意に母さんのほうが誰に言うともなく呟いた。その呟きの相手は父さん以外に考えられないが、ひょっとしてこの僕にも向けられたものかと考えると、今でもこの脇の下の辺りが切なくなってくる。

「いのち、けずるか」と、母さんは三回も同じ言葉を繰り返した。合間には父さんの荒い息づかいが最低五回は行き来をする。彼は何も応えない。僕は何も応えられない。すると母さんはメスを流しに放り投げ、父さんの頭を今度は両手で抱え上げると、抉り取られた左目の抜け殻にいきなり自分の唇を押し当てた。父さんは叫ぶでもなく、アッと声を上げた。血を吸い出しているのかと思ったが、そうではない。何かを吐き出す様子がないので、ひょっとして飲んでいるのかと考えると、さすがに恐ろしくなって寒気を催した。でも母さんは時々首を振りながら両肩が持ち上がるので、これはもしかして何かを入れてるんじゃないかと疑われてきた。そのうち二人の体が小刻みに痙攣するのが見えたかと思うと、今度は母さんのほうがほんの小さく、アッと声を漏らした。そのころにはようよう明けゆく空からの光が僕らの鳥カゴをまさぐって、絡み合う二人の輪郭をいっそうくっきりと浮かび上がらせた。母さんはなおも食らいつき、さすがにぐったりとしながらやはり嘔吐するように、まだまだ込み上げてくるものがあるらしい。僕は、そやつが父さんの左目の跡に入り込んで新しい目を作るのだと、そのときは無邪気に考えていた。

どんなに暑くて寝苦しい夜でも、僕の母さんは一抹の礼節をもって下穿きは脱がない。出血も収まって、ようやく彼女が唇を離すと、すでにそこには青みを帯びた薄い被膜のようなものが透き間なく仕上がっていた。

「よし」

「終わったか」

「うまくいった」

「よし」

父さんは痛みなど微塵も感じさせない、むしろ晴れ晴れとした様子でゆっくりと、傷ついた頭を自力で床の上へと戻していく。何かを壊してはならじと注意を漲《みなぎ》らせて、それを待ちかまえた母さんの両手が、アンタはもしかして看護師であったかと思わせんばかりの鮮やかな手捌《さば》きで、あらかじめ用意した品物を整えていく。時を移さず、まだ生温かい父さんの左目の跡地を、丁寧に塞いで幾重にも防護する。まだ幼い僕には、それが聖なる封印であることになどまるで思いも至らない。母さんは用具の一切を手早く片づけると、射し込む朝日を浴びながら父さんと二人で遅すぎる眠りについた。ありきたりの夫婦としての安らぎにのめり込んだ。台所には朝食もなくて、ここでも僕ひとりが取り残された。

それから秋冬も通り過ぎた桜の季節になって、僕の父さんは子どもを産んだ。出産の二日ほど前から、彼は下流側のトイレにひとりで引きこもり、おかげで僕は用が足せなくて不自由を極めたが、仕方がないので誰はばかるところなく上流側の大窓や台所の穴で代用した。この父さんの出産には僕の母さんも立ち会わず、事柄の一切はどこにも身寄りのない孤独の中で営まれた。子どもの生まれた正確な刻限を含めて、経緯《いきさつ》は誰にも見られることなく、かかる神秘はもはや永久に明かされることもないだろう。

こうして生まれた待望の女子カコツには、生まれつき左の目が抜け落ちていた。ところがその子を孕《はら》み、産み落とした母である僕の父さんには同じ左の眼球がよみがえっている。あの抉り取られたはずの左目の跡地は、まるで何事もなかったかのように元の輝きを取り戻していた。彼は、自らの出産に伴うこのトリックを大いに呪ったのだが、三番目の子どもを産ましめた僕の母さんのほうはあっさりとすべての成り行きを受け入れていく。そして新生児の空地には、それは見事な義眼を押し込んだ。カコツにとってもはや母でもなければ父でもない人の手によって補われた特製の瞳、その人工の左目は夕べに光り、暁に輝き、美しさは必ずや終生にわたり、往き交うだけの人々をも魅了することになるのだろう。

ヒトには誰でも待ちくたびれて忘れ果てたころに宝物が訪れることがあるもので、カグラが亡くなった時に聞かされた新居への引っ越しというのも、あながちその場凌ぎの子ども騙《だま》しではなかった。カコツの誕生から四ヵ月以上が過ぎて、その年の夏もまた終りにさしかかろうとする八月末か九月初めの夜遅く、珍しいことにわが家のすぐ上のところまでタクシーで乗りつけた僕の母さんが、「やあ、いいとこが見つかったよ」と、声を弾ませながら入ってきた。そのころになると新生児の首もすわってきて、産みの親である僕の父さんの腕の中でとても安らかに眠っていた。まもなく這い這いを始めると、家の中には鈴の音が鳴り響くだろう。誰もが苛立つほどに賑やかなものではないにせよ、ともに暮らす限りは否応もなくそちらにも付き合うことになる。果たして僕の母さんの趣味なのか。彼女がカコツの空洞に入れた義眼には鈴が仕込まれていたようで、揺すられると微かな音色を奏でたのである。だからやがては二本足で立ち上がり、歩き始めた暁には一歩ごとに鈴を鳴らして人目を引き、勢いあまって走ろうものなら、シャンシャン音を立てて自らの先触れをつとめるだろう。新しく母となった僕の父さんもそこは心得たもので、自分の妻の趣味をなじることもなく、むしろ寝かしつける時には掌でカコツの体を軽く叩いて鈴を鳴らし、その繰り返しで無理なく眠りへと誘い込んだものである。

そもそも新居への引っ越しは僕の母さんが望んだものだろう。僕はそう睨《にら》んでいる。旧居では何かと狭くて不自由をしたのも事実だが、何と言ってもカグラが死んだ、いや、もっと正確に言うと、カグラを死に至らしめた現場に一刻も早く別れを告げたかったのに違いない。だから僕自身は、新居への引っ越しと言われても醒めたところがあった。弟が最期を迎えたところを去るのかと思うと、いよいよこれであいつともお別れになる、あいつはとうとうひとりぼっちになるという気持ちが込み上げてきて、目の前にすやすやと眠る赤子のカコツが恨めしくてならなかった。だけどそんな気持ちも、新居の話をきくうちにみるみる薄らいでいったのだから、ヒトの物欲というものはまことに浅はかにして、自ずからなるけじめというものを持たない。

それに新居を見つけたのも、入居への渡りをつけたのも僕の母さんらしい。それでなくてもあのころ僕の父さんはカコツの世話で大変だったから、無理もない。そういえば彼女は、僕の母さんは、僕の父さんの左目にカコツの種子を植えつけたからといって、その父親を自認することもなく、僕の父さんにしてもあえてそこまでは求めなかった。新居というのは大橋の上流、あの半ばウミの上にあるという長橋の下にあった。といってもすでに中古の物件だけれど、父さんもそれについてはよく知っており、話を聞くと、「あの豪邸か！」と声を上げた。そんな声を出したらカコツはすぐに目覚めて泣き出すのだが、その時はすやすやと平穏な眠りを守りぬいた。

豪邸というのはそもそもが二階建てで、長橋が番いの橋である分、広さも比べものにはならない。

下流の南側には物干しをかねたテラスまでついている。何でもその邸宅にはさるお偉方の老夫婦が暮らしてきたが、ご主人が先立つと途端に奥方はウミの上での一人住まいを嫌い、生まれついての里心というべきか、陸《おか》に上がることを切望した。推しはかるにその人は陸から嫁いできた身で、出自はハシッコではなかったのだろう。それで早速二、三の仲介業者にもあたったが、さすがに橋下の物件では尻込みする者ばかりで途方に暮れた。それをどっかで聞きつけた僕の母さんが長橋にのり込んで直談判に及ぶと、あにはからんや、そんなに近くに住んでらして、しかも同じハシッコの一家が入ってくれるのであればこれにまさるものはない、ただでお貸しするからどうぞお住まいになって、ということになった……

「だから、もういつでも引っ越せるんだよ」

久しぶりに缶ビールも飲みながら（カコツの受胎以降彼女は、少なくとも家ではアルコールを断ってきた）、事もなげにあの人は言った。これをカコツの母、だから僕の父さんがどう受けとめたのかはわからないが、引っ越しをすることにはすぐに同意した。僕にしたって、永年の憧れの地に移れるのだから何の異存もなかったが、子どもながらに、〈ただで貸す〉っていうあたりが妙にひっかかってならなかった。そんな旨い話ってあるのかと……とにかく母さんというのは二人ともに、何をしでかすかわからないから……そして案の定というべきか今日に至るまで、僕はその豪邸とやらの持ち主である老婦人の姿を一度も目にしたことがない。

それから引っ越しまでは一週間とかからなかった。荷物といっても大した量ではないのだから、普通サイズのダンボールが十箱もあれば十分で、馴染みの店を何軒か回るとたちどころに調達できた。

うちには、専門の業者に頼む余裕なんてどこにも見当たらない。それでもその年の、雲の晴れ間に浮かび来たる中秋の名月だけはしっかりと見守った。僕らは大橋からの見納めにと、橋上に出て欄干にもたれた。カコツも実母に抱かれてともに佇み、月に向かって片手をのばし笑顔を見せている。そして日付が変わって翌十六夜の夜遅く、人目を避けるようにして僕らの引っ越しは強行された。二十二時を過ぎるころには、わずかに欠け始めた円い月も雲間に隠れ、いきおい電機メーカーの広告塔ばかりが誰もいないプールをまたいで、いつもの通り赤くも照らしつけてくる。だけどその明かりも橋から遠ざかるにつれて、水面に溶け込んで疎らとなる。

同じ日の夕方には、ハシッコ仲間だという男二人に女一人が手伝いに来てくれた。みんなこの流れの住人ではないというから、それぞれに遠方から僕らのために駆けつけてくれたんだと思う。かれら三人と僕らの母さんたちとの結びつきについては何もわからない。お目にかかったのはその日が初めてだった。わずか一時間足らずでダンボールの箱に引っ越しの荷物がまとまると、僕の母さんが出かけて、お酒と出来合いの料理を買ってくる。板を貼りつけただけの何もない床の上に新聞紙のござを広げていく。紙のコップに紙の皿、剝き出しの割り箸をめいめいに配って、大橋の夜、別れの宴が開かれる。みんなは何よりも人目を避けるために、月が隠れるのを待ったのだろうか……まさか……いや、やっぱりそれだけのことかもしれない……

やがて日付も変わるころ、さらにもう一人のハシッコが古い屋形船を操ってきた。男は橋脚に乗りつけ、船体を縛りつけると、今度は別のロープを器用に操って次々と荷物を積み込んでいく。それが終わると、手伝いの女に僕の母、それに乳児のカコツを除くあとは男ばかりが同じくロープを伝って降りていく。かく言う僕もくるくると回りながら見事に舞い降りて、皆からお褒《ほ》めをいただいたものだ。カコツの産みの母、だから僕の父さんは初めカコツの同行を求めたが、もしものことがあってはいけないと僕の母さんが認めず、しぶしぶロープに身を任せた。だからあの夜の引っ越しは二手に分かれ、水路をゆく僕らは四人目の男の櫂さばきにうながされて、少し重たげに船首を揺らして川を上り始めた。

まもなく鉄道橋と配管専用の共同橋をくぐりぬけると、赤の広告灯もすっかり効力を失う。黒々と漕ぎ分けられてはゆすり立つ波風に僕のまなざしも砕け散る。やがて右手に立ち並ぶ量販店、リゾートホテル、ショッピングセンターが足下から橙色の明かりに照らされる。多くが営業時間外の静けさの中で、ひとりリゾートホテルだけが居ずまい正して目映いばかりの闇の中にそびえ立つ。次なる塀に囲まれた浄水場のさらに上流では、今夜も恋のホテルが来客を待っている。顔色ひとつ変えるところなく、流れの中程から眺めると繋留されたままの古い作業船の向こうに、こちらもオレンジのライトで照らされている。こんな東岸に比べると、やっぱり西岸は明かりに乏しい。ただ、遠ざかりつつある工場街の煙突、そのてっぺんには赤の点滅がとりついて、ここを先途《せんど》と夜陰に紛れ、もくもくと乳白色の煙を吹き上げている。船べりから、ふと手をつけてみるウミの水の冷たさが夏の終りを告げてくる。相変わらず僕の父さんときたら委細かまわずに、お腹ではなくて左目を痛めたわが子のことばかり気にかけている。

そんなふうに、僕たち船の一行が無事に発ったのを見届けると、大橋に残った僕の母さんは手伝いの若い女性に礼をのべ、手早く戸締まりを済ませてから携帯電話でタクシーを呼んだという。まもなくそこに初老の運転手が通りかかったが、橋の中程に佇む二人の女と乳飲み子を怪訝《けげん》そうにうかがいながら車を寄せた。

「あの、コバシさんですか、タクシー呼ばれた」

「ハイ、そう」

「あ、よかった。通りすぎるところでした。さあ、どうぞ」

「ありがとう」と言うが早いか、カコツを抱いた僕の母さんは「送るから」と手伝いの女も同乗させた。車はそのまま橋を渡って東岸に向かったのだろう。

一方、長橋の真下に漕ぎつけた僕たちは、あらかじめ吊るされたロープを伝ってゆうゆう新居にのりこんだ。何を隠そう、今度はおいらが先陣を務め、何倍にも広い二階建てを歩き回って大いにはしゃいだ。荷物はすぐにも運び込まれたので、叱られる前にと、途中からは僕もすすんでお手伝いをする。それも一段落をして、また飲み物つまみの調達に僕のおやじことカコツの母さんとふたり、橋上へ出たところにタクシーがやってきた。浅黒くて黒縁の眼鏡をかけた初老の運転手がここでもいぶかしげに車をとめて、折り目正しく尋ねてきた。

「あの、コバシさんですか」

「いや、コバヤシだよ」

「あれ、おかしいなあ……」

「きき間違えたんでしょ。向こうの大橋の真ん中から女二人と赤ん坊、乗せました?」

「はい」

「じゃ、ここです」

「そうですか」

「で、あの二人は？」

　車の中はどう見ても赤子が一人で横たわるばかりで、小さな鈴の音《ね》も伝わってくる。ドアを開いてわが子を抱き上げながら、カコツの母さんがなおも尋ねる。

「女たち、どうしました？　一人はこっちの子の母親ですが」

　こっちの子というのはもちろん僕のことだ。これを聞いた運転手の顔には一瞬わかりにくそうな表情が浮かぶ。

「はあ、それが途中で下りられまして」

「二人とも？」

「はい」

「一緒に？」

「ええ」

「何で」

「いや、何でももう一人の方を送ってくるから、とりあえずアンタ、子どもだけしっかり届けてね、っておっしゃって」

「それだけ？」

「はい……で、でもお母さんだから、追っつけお戻りでしょうに……」

カコツの母はこの言葉にムッときて運転手を睨みつける。赤子の母親はこのオレだと、今にも嚙みつかんばかりの剣幕に相手は恐れをなし、すぐさま座席に戻ると退散の手筈を整える。

「ちょいと、アンタ、お足は？　支払いは？」

「大丈夫です。もう奥さんからいただきましたんで……あ、そうだ、お釣り」

「要らないよ」と言い放ち、カコツの母子像はもはや厳かなまでに見得を切る。運転手は会釈を返すとすぐにアクセルを踏む。車はそのまま西岸めざして橋を渡り、メタセコイヤの並木にのみこまれていく。以来今日まで、僕の母さんは戻らない。まんまと僕らを追い出して、あの雌狐《めぎつね》は大橋にとどまり、一人別居を決め込んでいるのかと思ったが、カコツの母親が確かめに行ったところ、ヒトもキツネも何ひとつとして住みつく気配はなかった。それに何者の仕業か、扉には何重にも鉄の鎖が巻かれていたという。

長橋の新居に移した荷物の中には母さんのパソコンも入っていた。それだけが僕にとってはかけがえのない彼女からの置き土産となった。パソコンなんて、僕の父さんはからきし駄目で、その上にカコツの母としての務めもあるので、そちらの操作はもっぱら長男の僕が引き受けた。かく言う僕は何を隠そうメカには滅法強くて、引っ越しの時に来てくれたハシッコの兄ちゃんに時々教わるだけでもメキメキと腕を上げた。カコツの母は子どもをあやしながら、そんな僕の行く末をニコリともせずに見つめていた。

やがてまた半年余りが経った早春のころ、いまだ身を切るような寒風も吹きぬけるわが洋上の夕暮れ時、僕の母さんのパソコンに一通のメールが届いた。差出人は何とその母さんで、末尾にはあの引っ越しの期日、だから失踪の日付が添えられている。画面の地には紅に黄色く落葉のような模様がいくつも散らしてある。秋の盛りか、それともまだほんの入口あたりか、小さく黒い文字で綴られたのはわずかに一行、「カグラのところに行きます」の一文のみ。だからといって、そいつが母さんからのもんだという保証はどこにもない。事態を把握した彼、カコツの産みの母はといえば、見るまでもなく言い放った。ようやく立ち歩きを始めたアン子を抱いている。

「そんなもんはすぐに削除しろ、直ちに消去しろ……あろうことかわが子を手にかけて、身代わりの子を孕もうともせずにこっちに押しつけて、挙句の果てにはきれいさっぱり見捨てて行った女やぞ、お前の母親は！」

この言い草にはむかついた。そこには無闇な腹立ちもあり、吐き出さんばかりにこたえるものもあり、それでもメールは保存されて、もとよりカコツの母にはその削除を確認する手立てもない。しばらくして、僕は久しぶりに陸路ひとりで大橋まで遠出をした。東岸から眺めると、橋の下の旧居は跡形もなく消え失せている。僕らの生活が持ち去られていく。まだ消え失せていないのはあの母さんからのメールだけ。以来僕は一度も開いたことがない。

父さんは手ごろな着せ替え人形を見出した。春たけなわの左目から取り出されたというもう一人の絡繰り人形、操り人形。傀儡《くぐつ》の生母となって、お腹を痛めてではなく片目をなくしてこさえたわが子を愛おしむ。ただし、彼にとってカコツとは今は亡きカグラの身代わりにすぎない。三人目のオノコにして、ムスメにはあらずだ。だからいけしゃあしゃあとこの僕にまで、あいつはオトウト扱いを無理強いした。刃向かおうもんなら、すかさず拳固が飛ぶ。コトバとはかくまでも痛みを伴い、口ん中には泡のような血吹雪もたまる。食べるもんすべてにわたって鉄の臭いがする。だから僕は、父さんのいない時に限って、ことのほか邪険に振舞ってやる。この、憎たらしい、メノコめ！　遠慮なく、そして父さんがいるときにはたちまちご機嫌をうかがい、媚び諂《へつら》うような気遣いもみせて、カコツやカコツ、とオトウト呼ばわりを繰り返す。でも、ザマアミロ、二人きりになったらあくまでもイモウトのカコツだ。それこそ真相を暴いてやる。本性を剥き出しにする。本当はカコツじゃなくて、カツコと呼びかえたほうが世間の通りもいいのだろうが、ここだけは親の気持ちを汲んで命名を守り抜く。でも兄貴に刃向かうことだけはこの僕が許さない。

そのうちに二、三年も過ぎて、念願の長橋暮らしもすっかり板についてくると、次第に僕の父さんは子育てを投げ出すようになった。それも人並みはずれて重みの加わる父母《ちちはは》の兼務を、父親が産みの母をかねるという日々《にちにち》の営みを、あいつはだんだんと疎ましく思うようになってきた。ボクらは兄弟そろって蔑ろにされていく。そうなるとヒトの情けというのは移り気なもんで、カコツに対してそれまでの邪なる僕が一転、父さんをそう仕向けたのはおまえとばかりにもっと邪険に振舞うのではなくて、反対にしばしば慈愛の父母にもなり代わるのだから、われながらこの変身には計り知れないものを感じ取る。わたしはカコツをば、紛うかたなきただ一人の妹として、母違いの妹としても愛おしむようになった。どこに行く時も僕はあの娘を連れていく。遊ぶ時も休む時も、葦原に寝そべり闇雲に遠ざかる時もまた、あの子を見失うということがない。ましてや見放すことなんて思いも寄らぬ。日月積み重ねて、いよいよカコツは僕にとって本物の妹になってくる。

それでも父さんはオトウト扱いだけは止めようとしない。その中でカコツは二重の生活へとのめり込んでいく。産みの母の前ではムスコを演じ、そのことを自分でも半ば信じながら、僕と二人のときは難なくイモウトを取り戻す。いついつまでもムスメにはなれないイモウトよ、ムスコであることを通じてお前はオトウトであることも強いられてきた。今やカコツは見事に両性を受け入れて、それでも初めのうちはおそるおそる、そのうち年端もいかない誇りと自信にも浸されて、およそ性《さが》の異なる二枚の翼を広げるようになった。それとともに彼女は、性生活のかくも微妙な均衡を打ち破るものとして、来たるべき月のものを何ものにも増して恐れるようになった。何やら典雅なる絡繰りを内に秘めた人造人間、その悲哀を前に彼女は音もなく立ち竦んでみせる。僕はあやふやな三日月に片足をのせて、そんな彼女の行く末を案じた。

カコツを取り巻くこの優柔不断の二重生活に、彼女の母親もうすうすは勘づいていた。彼自身は何とか子どもを出産することで異性の間に横たわる暗闇の大河とやらを高くのりこえたつもりだったので、それはとても受け入れがたかったものとみえる。だから得意の大鼾《いびき》をかく時にも、根の深い不快の念が沈黙のカゲを落として見えたのだけれど、その実わが子の中に小さくなった自分の写し絵をみることにおよそ我慢がならなかっただけだと、僕はとらえている。彼の転落は目に見えて著しく、自ら強く望んで二人目の母になったことさえきれいさっぱりと打ち消したかのように、僕らに対する日々二食の賄いも途切れがちになっていった。時折気まぐれに何かを拵《こしら》えたとしても所詮は自分のためのメニューであって、身近な二人の幼子のことなどまるで眼中にはなかった。僕らはたまに気紛れから下されるおこぼれに与ることを期待するほかなかった。ハシッコの僕らには、たとえば児童相談所といった行政側の担当部署からの目配りも端から届かない。事の起こりからしてかれらの眼中には入らない。こうなると二人目の母親はますます図にのって、たびたび家を空けるようになる。長橋のお屋敷は広いウミ・ソラともどもしばらくは僕ら兄妹のための、打ち棄てられた飼育小屋も同然となってしまった。

そんな二人天下の侘び住まいも平穏に長続きをするものではなかった。だいいち僕らは幼い四本の手と四本の足で何とかその日その日の賄いにありつかなくてはいけない。必定ドロボウまがいも日常茶飯事となる。それでもお茶漬けが食べられる日など上首尾なのであって、滅多にありつけるもんではない。おまけに、たまに帰ってくるカコツの母親はいつだって酔っ払いで、ウミにもカワにも落っこちそうな千鳥足にお金も持たず、たとえ持ち合わせてもこちらには寄越さず、断じて余さず、貯めこむことなど期待するべくもない。そのうえ見過ごせないことには、往々もう一人の若い女を伴っていた。あるいはカコツよりも三歳ばかり先を行くような妙齢の、おそらくは初潮間近の女子だった。

かれらは夜となく昼となく、欲するがままに夜の営みを積み重ねた。望まれるがままに所構わず、そこにわが子がおろうがおるまいが、何ら分け隔てもないがままに転がりサカル。片や子どもを産んだばかりのオノコ、片や年端もいかないメノコ。時にヤマからカワへとくねらせて、果てはウミからリクへと身悶えもする。初めのうち僕らはまんじりともせずに目の前で繰り広げられる痴態を眺め暮らしたが、やがてそいつにも飽きがくるとテラスに出て、流れるウミカワ筋を見渡した。日差しに焼かれ、雨垂れに濡れそぼち、そのうち何日分かの空きっ腹かかえて夜の巷へと船出をする。はるかな遠出を余儀なくされる。小さな子どもがエサにありつくのはいつでも並大抵ではなかったが、それでも手に入れたものは二人で仲良く分配をした。ハシッコ以外に親切な人間がいることも初めて学んだ。

　ひるがえって二人目の母は、このさき自分が身ごもることはあっても、他人に子種をもたらすことはないものと確信をしていたとしか思えない。そんな過信にも支えられて、アヤツは未成年との秘め事にますます現を抜かすようになっていく。未成年は未成熟にあらずと公言体言するものか、その振舞いはどう見ても完全なる育児放棄だけど、それを上回る過剰な暴力は、そう、神様に誓ってもいい、このところ断じてふるうことがなかった。精も根も尽き果てたものか、僕が母親としての気持ちを汲んでやり、カコツをオトウト扱いしている限りは。だからある意味で彼はとてもやさしかったのである。もちろん彼のお相手のムスメがこれに同調するかどうかなんて、尋ねてみる気もしなかった。夜の営みなんて僕にとっては、人間以上でも人間以下でもないのだから。ただ時折ウミからカワにかけて思い出したかのように、楽しくて苦しげな一本の声が轟き渡った。あーっ……と、いまでも思い出すと、僕は両耳に蓋をする。

　そうなると僕らはテラスを飛び出して、どこにも見えないもう一本の橋げたを押し渡る。僕らをこの世にもたらした古《いにしえ》びとの手形という手形に身を任せる。巨万の手形がアッという間に鈴生《すずな》り集《つど》いて、身元不明の天の川を拵える。その流れはいつまでも宙に浮かんで、軒並み僕らの鳥カゴをこえていく。このもうひとつの流れ、その仄かな天井川を上り下って橋のたもとにたどり着く。それが住み慣れた長橋の西詰なら、橋からウミ沿いの途へと合流する有料道路の真下にはか細いトンネルが見えるだろう。ヒトも自転車も、そこを潜っていつの間にか橋そのものを横切ってしまう。カコツと僕はしょっちゅうそこいらを走り回った。中でも南から北へと潜り抜ける時には世界が一変をする。ウミ沿いの視界が大きく開けて、押し寄せる遠景がわれ先にと積み重なる。

浜辺に弧を描いて迫り出す渚の公園から、眺めの中程の辺りには屏風のようなビルが聳えたつ。僕らには足を踏み入れることも近づくこともかなわぬ第一級のホテル。どうやら恋のホテルではないらしい。恋を囁き交わすのも自由だけれど、細高い仕切りの向こうには山並みが連なる。そのいちばん手前がソソルヤマで、エロティックなまでに被いかぶさると、なだらかな眺望がほくそ笑む。もはやどこにもないところへと、使い古された世俗の神秘を織り込んでいく。かつて頂きの向こうには都が置かれて、その守り神のような寺院の伽藍が今でも古ぼけた威厳の中に点在をする。

ソソルヤマから北に連なる山系にはキャンプ場もあればスキー場もある。いつか大きくなったらカコツと二人でそこまで出かけよう。この世にまだ雪が残っていたら、手製のスキーかついで、何としてもロープウェーに乗り込んでやる。でもいちばんの憧れはその麓に立っている。ここからだって望めるあの大輪。僕らが現金というのを手に入れたら、真っ先にめざすのはあそこの遊園地だ。まだ営業されてたら、何があっても観覧車に乗り込む。てっぺんからゆったりと長橋を見下ろしてやる。そのとき、僕らの鳥カゴには誰もいない……ブ、ラ、ボー……

そんな西詰から東詰に向かうと、こちらにも山が待ち受ける。高さはソソルヤマの半分にも満たぬミスミヤマで、それでも正三角形の無駄のない造作が思わず人目を惹きつける。端正な面立ちとは裏腹に昔から化け物の伝説が付きまとうが、僕は心中ひそかにそいつを僕らハシッコの先祖だと信じている。だから祖先を拝して渡り終えた東詰の北方《きたかた》に広がるかの葦原、僕らのオアシス、そこで見つけた廃船の小舟に、吹けば飛ぶような手作りの屋根を取りつけて二人だけの別荘をこさえた。食事もできて寝泊りもできる、それが一つ目の隠れ家となった。今や腐蝕も著しい二人目の母、彼がいてもいなくても満月の夜がやってくると、お天気の許す限りはそこに身を移して月影を愛でながら、存分に寛ぎ休めるようになった。

そんな中にあっても一人目の母親が残していったパソコンだけは何とか売り飛ばされていなかった。二人目の母は自分では指一本触れようともしないくせに、何かの未練でもあるのか、仏壇のように棚に祀《まつ》って、時には思い出したように線香まで上げた。その棚は畳を敷いた下の階の寝室にあって、それこそ前《さき》の住人が自分たちの祭壇を安置したのではなかったか。今風の電気灯明のためのコンセントもあったから、パソコンを置くのにも実に使い勝手がよかった。こうして、波乱の只中に病み上がりの静けさを織り込んだような新居での数年がすぎて、両性具有の第三子カコツも学齢に達しようかと思われたころである。思いがけなくも失踪した一人目の母から、二通目のメールが届けられた。曰く「カグラを手にかけたのは私かもしれない」。何を言うのか今さらと、むくれて僕らが別荘暮らしを続けていると、久々に戻った時にはすでに三通目が入っていた。また曰く「カワヤへ、アンタの父さんの左目は、今でも私が持ってます」……僕はすぐに気分が悪くなってトイレに駆け込んだのだが、それでも吐くものなんか何もない。だいいち「アンタの父さん」なんてもはやどこにもいない。気を取り直して小窓から外をのぞいてみると、西詰の岸辺で僕らと同じような少年が二人、石ころを投げて遊んでいる。はね返ることもなく川面に身を沈める塊りこそが僕らではないのかと思われてならなかった。あとは二人目の母が僕らを見捨てていくだけだと、日差しのない見慣れた景色に向かって僕は呟いた。いずれにしても返信なんて送る気にもなれなかった。

その三通目が届いて間もない初秋の夜、いまだ蒸し暑い川風に運ばれて二週間ぶりにカコツの母親が相も変わらず酔っ払ってわが家に舞い戻った。そばにはやっぱり若い女を連れている。またぞろテラスに逃げ込んだ僕が台所のガラス越しに覗いてみると、何と今度の情婦というのは、三通のメールの主《あるじ》、だから僕の産みの母の若いころに瓜二つではないか。思わず僕は「母さん」と声をかけて、中に戻ろうかとも思ったが、そんな勇気はとうの昔に枯れ果てている。すると、誰のものとも定めのつかない愛欲の深さとともに、そこには罪の深さがこみ上げてくる。胸苦しくなった僕は、そのとき初めて嘔吐した。さらにテラスの手擦りから大橋の方に向かって、過ぎ去ったわれらが幼時のために言葉にもなれない言葉を噴き上げた。

それからというもの、二人目の母が新たに連れ込んだ情婦は、やけに派手な化粧を落とすこともなく、終日鳥カゴの中で主婦めいた言動をふりまいた。わが家に居座り、そのまま居ついてしまった。ために僕らはますます居づらくなって、橋からも遠ざかり、例の小舟の別棟で暮らすことが多くなる。長橋の邸宅とは母と主婦、かれらお二人の仲睦まじい愛の巣となり果てたのである。僕らにとってさしあたり、これ以上の痛みを伴ってのべるべき事柄は、この世のどこにも見当たらない。

さらに数年を経て、いよいよ月のモノが流れる。何食わぬ顔をして、何事もなかったかのように美少年のカコツが初めてのウシオに呑まれた。見るものすべてに血の匂いがする。足下の空は、ウミと溶け合う水面の空はといえば、抜きん出て蒼白く、一夜のうちに血の気も失せたように思われた。その日を境に僕らは長橋のわが家に寄りつかなくなる。もっぱら葦原に横たわる小舟の隠れ家を母屋に定めた。とりわけ大人も間近の僕ときたら、世間の荒波にももまれて、かれこれ一年以上も鳥カゴには戻っていなかった。すでに15の時には近くの古老から釣りを仕込まれている。なけなしの漁業権まで買い取って、漁に明け暮れ、いたずらに精を出す毎日。カコツはカコツで持ち前の美貌を売り物に、足繁く人通りの多い街頭へと繰り出していく。そこで目ぼしい賓客を漁ると、目も鮮やかに肉体を売り捌いた。

とても暖かい真冬の月曜日である。橋を引っ張る両岸《りょうぎし》の世間はひたすら週明けの営みに邁進する。春を思わせるばかりに凛々しくも好天に恵まれた昼下がりのこと、葦原の小舟のワガヤには初めての郵便が届いた。住所登録なんぞするべくもないのだが、配達員は記された宛先にも忠実に、草むら掻きわけ踏みわけて僕らの隠れ家を探り当てると、折り目正しい物腰で未成年の僕に一通の絵葉書を差し出した。

「カワヤさん、ですか」

「はい」

「あなたの、お母さんからです」

「え、まさか」と言う間もなく、郵便局員は僕の指先が絵葉書を摘み取るのを見届けると、疾風のように走り去った。密生する葦原も難なく駆け抜けて、すぐにバイクの音がした。両岸はそれぞれに管轄が違うので、彼が業務で長橋を往き交うことはない。郵政の境界線は流れに沿ってかくも縦長に閉ざされており、橋を渡っていく赤い自転車バイクが見えたなら、乗り手は間抜けな泥棒か何かだろう。

少なくとも何ものかからの逃避行であることは疑いを入れない。一方僕らの逃げ場所には僕らしかいなくて、そこでは辺り構わずに大きな欠伸の声がする。

そもそもあの母親が、僕を産んで僕を見捨てたあの母さんが、葉書をくれるわけがない。それでも裏返してみると、そこには黒地に真白く、政党結社、宗教カルトのシンボルマークのような記号を取り囲んで、正体不明の文字が連なってみえる。やがて文字の群れは息を吐きながら、二度と読み返すことのできない声で、音もなく香りもなく、ひとり物静かに語りかけた。「もう、すべてを水に流して、帰っておいで」と……

水はいつでも流れてる。橋の下を、ウミからカワへと。帰っておいでと呼んでくれるのは僕の母さんか。でも彼女はいまどこにいる。まさか、あの鳥カゴに戻っているのか。それとも、帰ってくるのは母さんで、母さんはいまの言葉を自分に向かってかけたのか。この黒白の絵葉書を使って、かつて家出をした自分に、子どもを置き去りにした自分に、さあすべてを水に流して帰っておやりと……

そんなことはありえない。何しろ長橋のあそこには、淫蕩なもう一人の母が淫乱な情婦を連れ込んでいる。それも入れかわり立ちかわり、連夜の営みは誰にも見られない。ただ二人、僕たち兄弟を除いては。

それでも冬空の夕映えに照らされて、どこかに魔がさした僕は葦原のワガヤを抜け出し、トボトボと長橋を渡って、中程やや西寄りに吊り下がる鳥カゴをめざした。行く手の西岸は紅々と染め抜かれても、山の端は次第に黒みを増しながら寒々と毛羽立っていく。成人もいよいよ間近の僕がやすやすと橋の欄干のりこえて、手すりも持たずに階段を下る。ひと足ごとに、避けがたい館の老朽によるものか、それともいや増す自らの体重か、これまでにもない軋みが果てしもなく際立つ。鍵の外された扉を開いて、玄関に上がる。右手のトイレにも正面の台所にもヒトの気配がない。生活臭も立ちのぼらない。テラスに出ても人影はなくて、いつもの物干しには女物の下着数枚と白のシーツが一枚かかっていた。中に戻って居間から寝室に向かった。さらにそこから例の梯子を伝ってもう一つの寝室に下りると、三つのうちのウミ側の窓だけが開け放たれている。そして畳の上には僕の父が、カコツの母が、ひとりで横たわっていた。あの最後の情婦、若いころの僕の母さんそっくりのうら若い女の姿はもはやどこにも見えなかった。

二人目の母は手の施しようもなく、瀕死の深手を負わされていた。どうやら胸の辺りが切り裂かれて、傷の深さは背中にまで達しているようにも見える。そういえば橋を渡ってくるとき、向こうからフラフラと歩いてくるどこかに見覚えのある若い女とすれちがった。あれは最後の情婦じゃない。わがハラカラ、妹にして弟のカコツその人にちがいないと、今さらながらに僕は気づいた。そうなるといったいあの便りを僕に寄越したのは誰なのか。ひょっとして、それもカコツか。彼女が僕を鳥カゴに呼び寄せたのか。それとも亡きものにされていくこの第二の母か……いや、やっぱり、僕を置いてきぼりにした最初の母なのか……

しかし、しかし目の前には、確実なことがひとつ横たわる。僕の父にしてカコツの産みの母が殺されたということだ。その手段は実のところわからない。左胸を中心にして、鋭利で深遠な刺し傷があったものの、出血はどこにも認められない。執拗に切り裂かれたような傷口はやさしげな狼によって舐めつくされたかのようにすでに塞がれているのだが、なおも真新しいもんだし、心肺ともに停止を余儀なくされている。橋の上ですれちがった若い女がカコツだとすれば、手を下したのは間違いなくあの子だ。わがハラカラのカコツが実の母を、私の父を手にかけたのだ。だからこれは紛れもない母殺しだ。動機といえば、それこそ山ほどあるだろう。それらは順を追って橋の付け根辺りにうずたかく積まれてきたと言っても過言には当たらない。だからこそその中の一つを選び出すことは限りなく不可能にも近い。それらは緊密に集合しながら、何よりも形態そのものを嫌っている。

新鮮な亡骸を前にして僕は想う。改めて自問する。あの抉り取られた左目はいまどこにあるのかと。あくまでも第三子を孕ませるために、両者合意の上で妻が夫から剝ぎ取ったあの左の目、川面に捨てられたと思ったその球体は今でも本当に、姿を消した妻の手元にあるのか。

すべてはあの左目が知っている。

カコツは、その失われた子宮を捜しに出かけたのかもしれない。その上で必要があれば、もうひとりの母さんも手にかけるだろう。それは私の実母だ。そこには動機の有無など何の関わりもない。畳の上には、長々と弛緩する一本の亡骸だけが横たわっている。それはとこしえに、硬直することもありえないのだから。

思えば子どもを産んだ僕の父さんは、その日から脱け殻になった。カコツの生母とは父親の脱け殻にすぎなかったんだ。しかも抜け出したはずのわが父の実質とは、愛すべきわがハラカラのカコツにほかならない。そのカコツが産みの母を手にかけた。彼女にとってまだ見ぬ父親の脱け殻はとうにひしゃげて、僕がその亡骸を見下ろしている。

わがハラカラは、ものの見事に人目を欺いて姿を暗ました。川筋に沿っては季節外れのホタルのような明かりが点る。それほどまでに僕らは罪深い。人でなしの父、本当の意味でその父を知らないカコツ、産みの母に棄てられた僕。脱け殻と暮らしながら亡骸を弔えない僕ら。あとはまとめて足下の、水に流すしかない僕ら。カコツにとっていよいよ新たに逃亡の毎日が始まる。同時にそれらは、捜索の日々を重ねる。背中の翅を見せることなく、あいつは元来た道をたどるしかあるまい。惜しむらくはまた夏が巡ると、岸辺のほうからいっせいに蟬の声がきこえる。いみじくも積み重ねられた墓標の彼方には、今でもセロハン紙のように薄っぺらな世の中が見える。それは父もいなければ母もいなくなった脱け殻だらけの世の中、その真ん中で、ひとりになった僕の逃げ場所は実にちっぽけな物語の中程あたりだ。すでにそこにはもう一体、仮初《かりそ》めの父の遺体が眠っている。まだ見たことのない、それが本当の僕の父親だ。

今は亡きもう一人の弟カグラがそいつを見守ってくれる。干からびた、骨組みのようなハンモックの中で、あいつはその永眠を見届けてくれる。だから永久《とわ》の別れを知らず、僕らは今日もまたひとつ、宿命の階《きざはし》を積み重ねる。仰げば上空数百メートルの鳥の眼《まなこ》が、ゆっくりと旋回をしながら、川の中のちっぽけな鳥カゴをのぞきこむ。その中に住まう幻の僕らを事もなげに見下ろしてくる。夜になると、カコツの義眼が輝きを増す。そうなると、誰もが鈴を鳴らして橋を押し渡る。その両岸の見えないたもとに立ちながら、僕らはいつまでも再会の時を待っている。

アラタナルシ７

いさほし

●

Le Mars brave

●

Isaoshi

いさほしとは、世に言う火星のために、作者が誂えた別名であるが、その作者とは火星の作者にほかならない。

世に言う強国の運命はこれまで多彩を極めてきた。形あるものはいつの日にか崩れ去り、盛者必衰《しょうじゃひっすい》もしくは生者必滅の理《ことわり》を表わすとも囁《ささや》かれるが、いまここで「強国」と呼ぶのは、何もそのような一般名詞の類いではない。それはこの地上に紛れもなく実在をする、とあるお伽《とぎ》のクニにあてがわれた固有の呼称ないしは蔑称にほかならない。

トリハダは、名にし負うそんな強国の大統領をいっとき務めたことがある。それもほんの二、三年前までの話だが、退任した今ではすっかり視覚の螺子《ねじ》が外されて、見るものすべてが灯火を失い、軒並み薙《な》ぎ倒されたかのような心の物差しをどうにも測りかねている。たとえばそれまではAであったものが、実にあっけらかんとしてもはやAであることを拒んでくる。そのくせ彼自身はこの単純な変数Aとやらに一度も当てはまったことがないというから頭にも来てしまう。それでもトリハダは熱の冷めた自らの笑顔をそっと内懐に忍ばせながら、今日もまた海の上に立つ。そこは自分ひとりだけの気楽な大海原だ。じんみんの海、こくせいの海、工業生産の海、だから戦争政策のうみとはもはや交点も接点も持つことのない砂上の楼閣のような水平線に囲まれている。昇る朝日もなければ沈む夕日もない。ただ血の池のような「いさほし」だけが瞳の奥底に仕舞い込まれていく。

そんな彼をさっきから、付け狙うでもなくじっくりと見つめてくる一匹の男がある。まるでトリハダそのままの身の丈にして体つきながらも、ひきつめて全身が黒ずくめだった。トリハダはといえば、まだしばらく男には気づかない。黒ずくめの男はそれとなく声をかける機会もうかがうのだが、誰にも見えない緑一色の物差しを片手にこちらも測りかねている。そのくせ心中ひそかに、その緑一色が有無を言わせず青一色へと転じる頃合いを待ちかねてもいるのだ。何と言ってもこちらの青は、晴れた白昼の空ではさらさらなくて、今しもトリハダの立っている大海原の色だから、と。

大統領トリハダは正式な選挙によって選出された。何代目にあたるのかについては諸説はびこり定かではない。これこそが強国を取り巻く現代史の惨状にほかならず、お伽の国などと囁かれる所以でもある。それに正式な選挙が直ちに正当な選挙と同義なわけでもない。そもそも強国の大統領選挙は連邦議会と違って、全国にわたる直接選挙と言われながらもその方式はこれまで統一されたためしがなく、それぞれの時点において、またそれぞれの州において多彩を極めてきた。それでもやはり変わり映えのしない全国共通の部分があるとして、それこそが何よりも奥の深い謎のベールに包まれている。だから正統ということを持ち出す根拠も動機も価値もまたとうの昔に見失われて、等しく見損なわれてきたのである。

トリハダ個人についていえば、特に彼が優れた才能なり類い稀な才覚に恵まれていたわけではさらさらない。一見誠実そうに、というよりも、人が好さそうに見えてしまうだけのことで、その上に個人としての時間と私人としての金銭にだけは恵まれていた。有り体に申し上げると、時間と金を持てあましていたわけである。だから大統領職はその捌け口にされたまでのことと後世歴史家が評したとしても、さして大きな異論は提出されないだろう。ただし、時間と金あまりの現象はすでにそのころトリハダひとりの僥倖《ぎょうこう》にとどまるものではなく、あまねく強国の社会に蔓延する兆しも垣間見えた。それとともに、一見恵まれたような市井の人々の中には、あたかも真綿で絞められるがごとき寄る辺ない自らの疲弊を訴えようとしても、肝心のそのための声がどこにも見つからないという連中が少なくなかった。こうなると強国は静かにもがき、苦しみ絶え間ない弛緩と緊張の中で、徐々に心の拠り所をなくしていった。

その中で並み居る敵《かたき》を押し破り、見事大統領候補に躍り出たトリハダは、一年にわたる選挙戦を通じて何よりも福祉の充実と弱者の救済を訴えた。ところが本選挙で対立候補に辛勝を収めた彼は、大統領に就任した途端、君子豹変というのももどかしいばかりの様変わりを見せた。掌を返すなどという以前に政策を転じ、そもそもの踏み出しの第一歩から選挙の公約など反古にされていた。福祉の充実ではなくて、戦力の充実に力を注ぎ、一途に戦意の高揚をけしかける。弱者の救済どころか、神による救済、でもなくて何よりも神の救済、神を救済することを力説した。それも弱者ではなく、強者による神の救済を求めてあからさまな戦争政策を打ち出し始めた。どうみても持って生まれたとしか思われない好戦的な本性を、図太くもあいつは剥き出しにしてみせたのである。

いったいトリハダ政権は何ゆえ神による救済ではなくて、神それ自身の救済を訴えたのか。当時の報道官によると、そこまでの黙示録的な危機が迫っていたというのである。その危機の根絶こそが戦争の目的にして開戦の口実であり、あとに控えるのは戦争のための戦争にほかならない。その際、危機の源とされたのが世に言う「黒衣の天使（Angel of the Black Suit）」であった。それこそはありとある禍《わざわい》の源泉にして、言わば仮説としての悪の、実体としての結晶体にほかならない。そこから実利がはびこり、有利が声高に宣伝もされて、不利はことごとくなきものにされた。「黒衣の天使」とは、だから無理もなく始めから白煙霧に包まれ、解決不能にとどまることが何よりの務めとされた。いずれも出所の定かではない画像が縦横に取引され、いくら遣り取りをされても実像に接したものはない。その体臭は闇の芳香に包まれて、血も汗も涙もなくしていく。

それどころか、そもそもそれ以前にあって、「黒衣の天使」なるものが果たして特定の個人をさすのか、それとも何らかの地下組織をさすのかということも定かにはならないのである。おまけに「黒衣の天使」の英語表記の頭文字をとったＡＢＳは、強国内で最も広いネットワークを誇る放送局の企業名と一致したために、しばしば両者が取り違えられるほどだった。だからＡＢＳニュースでこの略称を用いることは社内タブーとされたが、他局は好んでこちらを用いた。そのため「黒衣の天使」と呼べばその発信源はＡＢＳネット、「ＡＢＳ」と呼べばＡＢＳネット以外であることがすぐにわかった。「黒衣の天使」も「ＡＢＳ」もその程度には稀薄なものかもしれない。

それでもひとたび眼差しを転じて国外を見渡すと、「黒衣の天使」の掃討という錦の御旗は、強国の放つご威光とともに全世界に通用した。何しろ「黒衣の天使」を討ち果たすと宣言さえすれば、どこでも戦争の大義とやらは成立して、いともやすやすと戦端をひらくことができた。この構図にまんまとのりおおせた生まれついての好戦人《びと》、トリハダ大統領は各地で、それも同時期に複数の戦争を遂行した。まさに世界に向けて武器弾薬を搬送し、補給路を確保する。ありもしない空手形を背中に貼りつけて派遣された兵士たちは、いたるところ砂漠を押し広げ、永久凍土を溶かし、高まる水面《みなも》の静寂に包まれて、暮れ泥《なず》む水際の宮殿を捜し求めた。財宝などどこにも見当たらず、すぐに一人が倒れ、また二人が倒されて、そのうち犠牲者は所構わず渚のピラミッドを築いたが、近づいて見ればいずれの土台をなすのも非武装の市民ばかりだった。こうしてトリハダは莫大な富と人員を費やしたのであるが、それでも彼自身の金あまりひま持てあますという有様には変わりがなかった。

しかしながら戦争政策は国家のレベルで徐々に破綻をきたしつつあった。いまだ軍事面ではなくても（そもそもが戦地はいずれも強国からは遠隔の地域が選ばれており、トリハダにとって消尽されるべき兵士などのっけから虫けら以下の存在だった）、まずはそれを支える財政が傾き始めた。加えて三波にわたる世界同時株安に晒されると、強国の経済は大滝にのみこまれる川面の枯葉一枚も同然に完全な破局へのシナリオを描き出した。その描き手こそは救済を求めてやまぬあの神の手であった。そんな破局の前夜、トリハダは職を投げ出し忽然と姿を暗ました。彼には、どこか自分に似かよったところのある大きな犬の舌先が見えていた。これによって強国の経済財政は何とか首の皮一枚を残して救われたとも言われる。現に税務ひと筋の高級国家官僚たちはホッと胸を撫で下ろし、ほんの一時とはいえ、夕べの愉しみに、夜更けの悦楽にとその思いを巡らせた。国民はどこまでも酷民であり、いつでもその日の糧を捜し求めながら、遠い戦さのことなどとうに忘れていた。それでもいつもと変わりなく、この日も複数の戦死公報が複数の戦地から届けられた。強国はいついかなる時でも強国でなければならない。

今日までに語り伝えられるトリハダ辞任の顚末とは、以下のようなものである。それはなるほど失踪であり消失であるが、どうみても反他界にして非昇天なのであって、地獄には初めから堕ちていた。具体的に姿を暗ましたのは、四月末の深夜である。何しろトリハダというのは妻を持たないシングル・プレジデントで、いつも窓際にいる一羽の鸚鵡と、猫も一匹住まわせていたが、公邸には独りで入っていた。浮いた噂も立ち上らない。だから夜更けになると邸内は寂寥として盛り上がることがなく、人知れず究極の啼き声も上げるスリッパのような豚の心臓が一つ、魔除けのためにと天井から吊るされていた。

失踪の前夜には内外財界人たちとの気まずい晩餐会が開かれた。大統領はスピーチもそこそこに居並ぶお歴々などものともせずにシャンパンを流し込んだ。食べるものは何でも貪り食らって、大小併せて複数回の用を足し、別れの挨拶もそこそこにやおら立ち上がると、誰に向けてというのでもなく手を振りながら執務室に退いた。これが関係者がトリハダを見た最後の瞬間であった。

同じ日の深夜になって今度はその執務室の電話が鳴り響き、宿直の警備員がようやく起き出してそちらに向かおうとしたところで忌まわしい呼び出しの音声が途絶えた。警備員はそれでも足を運んで執務室のドアを叩いたが、中からは何の応答もない。辺りに人影はなく、念のために警備員は照明の落とされた廊下をたどって大統領の寝室へ回り、扉の前にしばし立ちつくしたが、トリハダ持ち前の大鼾など何も聞こえなかったという。さすがにノックをする勇気はなかったので、その時点で大統領が中にいたのかどうかもわからない。宿直の者はそのまま自室へと戻り、遠くの海上で唸るジェット機の爆音か何かを子守唄にききながら、再び安らかな眠りに落ちた。唸りを上げるその機体にはありあまるばかりの想像のクニの主《あるじ》たちが、あたかも丸太のごとく並んで詰め込まれているのだ。夢の中では「トリハダ」と呼びかける乗務員の声もきこえた。

そして翌朝の八時、いつものように筆頭書記官と特別補佐官が仲良く肩を並べて大統領執務室に上がったが、トリハダの姿はなかった。さては前夜の飲みすぎがたたったのかと舌打ち交じりに寝室に回り、職務権限を行使して鍵のかかっていないドアを心静かに押し開いたが、やはり姿は見えず、籠の中の鸚鵡が両者を出迎えて朝っぱらからやけに勇ましく「作戦開始、作戦開始」と二度ばかり、いつもの濁声《だみごえ》で啼いてみせた。ベッドの毛布は波打ちながらもめくれ上がってすでに温もりは消え失せ、トリハダではなくて彼の愛猫が横たわっている。それも四肢をのばしてとうに事切れていたのだが、それ以上の変事をうかがわせるものは特に見当たらなかった。いや、それよりも何よりも最大の変事は大統領の消失であった。さらに公邸内を隈なく捜しながらも、二人の側近から関係方面に緊急極秘の連絡が流されたが、首領の足取りは全くつかめない。何たる失態かと、公邸内ではスタッフの誰もが明日からの食い扶持に思いを馳せたのだが、当のトリハダはもうそのころには、どこかの田舎町の廃棄物集積場に置かれた土管の中で、それまでの記憶と引き換えに何とか手に入れたグレゴリア聖歌のCDを聴いていたのかもしれない。大統領公邸から場末の土管に至る旅路の詳細についてはトリハダにもわからない。彼を見たという目撃情報も寄せられていない。いまの住みかでは取り立てて彼を追い出そうとする者もいない代わりに、特別の注意を向ける者もなくて、ただそのまま投宿を続けると、いずれ先触れもなく土管もろとも処分されることだけは間違いがなかった。世界に冠たる強国といえども、こうした「下積み」の気配と縁が切れることなどありえない。むしろ覇権を唱えれば唱えるほど同じ気配を醸しながら、無辺に押し広げるのかもしれなかった。

　かくして辞任のスピーチもなければ、側近スタッフへの相談打診はおろかひと言の断わりもなしに（もっとも、そんなことをしたら強く慰留されるのは目に見えているのだが）トリハダ大統領は見事な雲隠れを決め込んだ。はたしてそれが自発的な意志によるものかどうかもまるでわからないというのが、出来事を取り巻く実情である。イヤ、アイツは、あの悪党は、自らが持てあます金と時間に対していよいよ司直による責任追及の手がのびる直前になって逃げ出したんだと、人々は揶揄《やゆ》しながらも怒りを忘れて呆れ返った。なるほど「ドタバタ」（任期途中からトリハダに授けられた愛称）はこうすることで、それまでと同様のありあまる時間を確保することができる。莫大な私有財産が第三国の銀行口座へとひそかに移された形跡も残っている。しかしながらそれらの正確な所在となると、失踪とともにトリハダの記憶の淵からも差し引かれた可能性が高いようだ。任期途中で主《あるじ》をなくした大統領執務室の机の上には、愛用の古ぼけたブライヤーパイプが一本残されていた。その材質が代々受け継がれてきた木製机と同じなんだと就任初日からドタバタは触れ回ったが、それがてんで眉唾の妄信であることは側近なら誰もが心得ていた。金庫の蓋は固く閉ざされて、なぜか鍵がささったまま放置されている。おそらくその鍵は金庫ではなくて、ドタバタの記憶にかけられていたのだろう。だから、思い出を捥《も》ぎ取られて出奔《しゅっぽん》する彼の姿を目にした者は一人もいない。

強国はかの連合王国も同様に、定まったひと塊りの成文基本法、いわゆる憲法というものを持たない。基本法にあたるものとしては、これまでに成文化された法律や特に緊急時の大統領令、それに古くからの社会的慣習が文書化されたものなどが入り組んだ構成体をなして国の統治を支えてきた。それらはさまざまに公刊され、国語に通じた者であれば誰でも読むことができる。それによって強国の伝統的「民主主義」は、さまざまな危機に見舞われながらも辛うじてその体面を取り繕ってきたということもできるのだろう。

しかしながらそれ以外の、いまだ成文化の必要も認められない不文律としての慣習もまた時には見えざる憲法となって、成文法典と同等の強い規制力を発揮してきた。そして大統領トリハダの雲隠れ、役職からの一方的な離脱という前代未聞の難事に際しても力を振るったのが、その中の一つ、「身内の不始末は（極力）同じ身内の者が責任をもって始末をつけること」であった。「身内原則」とも呼ばれるこの慣習法は、ただし特定の役職に限って適用されるものではなくて、あまねく国民全体の社会生活をめぐるさまざまな不祥事の決着に関しても並々ならぬ効力を有した。したがって、たとえば殺人事件の容疑者が死亡ないし逃亡を続け、その者の犯行であることが法的に確定した場合には、身内の者が成り代わって処罰を受けることも稀ではなかった。だからこの場合の処罰というのは、マスメディアなどによるいとも放縦なるバッシングなどではなくて、れっきとした、あくまでも公的なる刑罰である。任期途中で姿を暗ました大統領トリハダのケースは、事柄の重大さに鑑み、時を移さず双子の実弟にあたるサメハダその人が後任を務めるところとなったのである。かくもメデタシ、メデタシ……ダロウカ？……

ゆえにサメハダは正式な選挙の手続きを経て就任した大統領ではなかったものの、それが違法な政権の奪取に当たるわけでもない。むしろ選挙を経ていない分、選挙に伴う不正行為からは無縁であった。ただし、前任者を取りまいてきた時間と金の持てあまし現象については、同じ身内として経済の基盤を相当のところ共有するとみられる弟の場合もさして選ぶところはなかった。ために当初より公邸の面々は、戦争を締めくくる平和の使徒としてのイメージアップに躍起になっていた。姿形が瓜二つの弟に兄とは正反対の印象を伴わせるというのは、一朝一夕になせる業とも思われなかったが、そこはしかし、公邸に加えてトリハダ以来の支持母体が肥え太る権勢と組織力に物言わせて、なおもマスメディアを牛耳っている。どの画面にも平和の翼を生やし、キューピッドもさながら赤子姿のサメハダ新大統領を連日連夜送り込んでいく。そのまま民衆の憧れの空へと羽ばたかせて、派遣部隊の即時撤退と講和条約の早期締結を繰り返し約束させた。サメハダも扮装には不似合いなばかりの生真面目な面持ちで演出側の期待に応えた。これほどに呆気ないモデルチェンジを見せつけられると視聴者のほうでも、前任者以来の公邸スタッフが実は相当早くから戦争の終結を望んでいたのではないかと訝《いぶか》り、次第に信じざるをえなくもなり、それでも残される根深い不信の部分については件《くだん》の慣習法によって効果的に補い、粗方《あらかた》繕うこともできた。メデタシ……メデタシ……それに、サメハダその人も日夜垂れ流されるイメージから程遠いような人物ではなかったのである……ヨカッタ……ヨカッタ……

だがしかし、巷《ちまた》では穿《うが》った見方もまた執拗に囁かれた。サメハダはトリハダだというのである。つまり、政策的には全くの手詰まりに陥りながらも、勇躍自らのオッ始《ぱじ》めた戦さに敗北的な講和を認めることのできないトリハダが慣習法を逆手にとって、一か八かの猿芝居に打って出やがったというのである。トリハダ・サメハダは一卵性の双生児であるどころか、同一人物がいとも鮮やかに演じ分けているだけだ、サメハダとやらになりすましてまたしてもトリハダが立ちやがったとみるのだが、残念ながらそれは事実ではなかった。彼らは本当の双子であり、兄とは違って孝行息子の弟サメハダは、野心に燃えたトリハダが二十年近くも前に出奔した地方都市の実家にふみとどまり、齢重ねる両親の面倒を見てきたのである。それに部署はわからないが、サメハダは一時地方公務員もしていたというから、行政にも幾分通じていたのかもしれない。

彼らの父親も実直な公務員だった。賄賂など受け取るべくもなく、母親も公立病院の看護師だったから、そうした両親のもとにどうして巨万の富が眠るのかについては地元の人々の関心をつねに惹いてやまなかった。おそらくはそれぞれが代々受け継いできた財産が相当のものであったこと、加えてかれらには、事業や投機への関心も皆無だったので、いわば自堕落なまでに残るだけ残ったということで、注目の謎は一応の解決をみていた。その両親からトリハダは、出奔のほとぼりも冷めてくると、定期的に金の無心だけは怠らなかった。そんな息子がいつのまにか中央政界に姿を現わすやみるみる出世街道を上りつめていくことを、ふたりは決して快く思ってはいなかった。どこまでも実直一本槍のかれらは、何かとかこつけては持ち出されていくお金とともに、何か裏切られたような気持ちになっていたのかもしれない。それよりも何よりも、大統領就任直後から打ち出された華々しい戦争政策には大いに心を痛め、肩身の狭い思いをしてきた。おまけに強国の最高指導者となった不肖の息子からは、相も変わらずお金の無心以外にはまともな音信もなく、挙句の果てには恥の上塗りともいうべき生涯二度目の失踪と相なったのである。

　両親はこの身内の不始末をぜひとも弟のサメハダが補うようにと促した。忠義の人サメハダはこれを受け入れてやむなく上京したのだが、二人を残していくことは忍びなく、就任にあたりかれらをどこか信頼のおける老人専用の施設に入れることをただ一つの条件として申し出た。公邸サイドは直ちに認めたが、両親が同行をためらい、そこにサメハダからの強い働きかけもあって、ようやくかれらは不本意ながらも故郷の町を離れることにした。そして公邸にも程近い、首都でも有数の高級住宅地の一隅にある有料ホームに終《つい》の住みかを与えられた。息子の在任中は無償だが、退任後も二人の財力から見れば転居を強いられることはありえない。こぢんまりとして静かな湖水にのぞみ、秋には色とりどりの紅葉に囲まれるという絶景の保養地でもあったが、二人にとっては見知らぬ都会に暮らすことによる心の負担や故郷からの離別がもたらした心の痛手のほうがそれらを上回り、すでに心なごませるものなど目路《めじ》も遥かに消え失せていた。トリハダはかれらにとって、かくまでも不肖の息子以外の何者でもなかった。

　そのトリハダの失踪からわずか一週間後の日曜日の昼下がりである。午前中に教会でのミサを済ませた人々が簡単な昼食を摂り、あるいはいまだ携えたままで三々五々大統領の公邸をめざした。前任者の実弟サメハダ氏の就任式は、通例となっている公邸屋内の儀典場ではなく、あえて公邸前の広場に招待客以外にも不特定多数の一般市民を受け入れて、盛大に催された。建物を被う円屋根の中央に掲揚された国旗が風になびき、青少年のブラスバンドがややもすると荘重にすぎるテンポで国歌を奏で、公邸正面の白壁の一隅にはさらにもう一枚の国旗が、それも弾痕も生々しく前線帰りのツワモノが一枚、小さな山吹色の花束に囲まれて、凜々しくも突き立つ黄金の軍刀によって貼りつけられている。サメハダ本人はその旗下《きか》の大扉ではなく、いまだ騒めきやまぬ数百数千の市民たちの只中から、何の先触れもなくたった一人で姿を現わし登壇した。いわゆる選挙の禊《みそ》ぎを受けることなく、慣習法に従って就任する新大統領を、何とか民衆の中から登場させようとする公邸苦肉の猿芝居であろうか。集う人々は、何の変哲もない粗末な作業服を身にまとったその男がいずくからともなく立ち現われて、少し背中を丸めながら手を振ることもなく、いかにもトボトボと通称「天国への階段」と呼ばれる演壇へのステップを上るにつれて、男を新大統領と認知した。すると疎らな拍手がすぐに高まり、みるみる膨張をとげて、スタッフの予想をはるかに上回る熱情を込めてサメハダを迎え入れた。それこそは厭戦から反戦へと傾く国民の意志であった。それを十分に受けとめるだけの器量をみせてサメハダは、なおも謙虚に頭を下げながら自らの手で握手を作り出すと、右、左、そして中央の会衆に向かって二度、三度と差し出した。こうなると寄せられる拍手も一段と高まりを見せた。式典の司会をつとめる筆頭書記官はねばり強く、同じ国民の意志によって再びその場に静寂が戻るのを待ちわびた。それから彼もまた何かおずおずと口を開いたのである。

「ご参集の皆様方、順風渡る清々《すがすが》しい日曜日の午後、我らが新玉《あらたま》の船出のとき、あえて申し上げれば知らず知らずのうちに皆様は新たなる艦長《キャプテン》、来たるべき指導者とともに、この強国大統領公邸前の式典会場、戦勝記念広場へと足を運ばれたのでした。栄《は》えある、我らが誇り高き市民国家に営々と受け継がれてきた偉大なる慣習に則り、先般不幸にも消息を絶たれたトリハダ大統領閣下の臨時後継として、私たちはいまここに実弟のサメハダ氏をお迎えすることと相成りました。なお、先代トリハダ閣下には、たとえ今後その所在が明るみに出たとしても、もはや二度と再びこの公邸の主としての帰任はございません……それでは皆様、これより執り行なわれます記念すべき就任演説を前に、いま一度心よりの盛大なる拍手をもって我らが新大統領をお迎え下さい。強国大統領ならびに国軍最高司令官、サメハダ閣下です！」

落ち着きを取り戻した拍手の重なりがこれまでにも増して会場いっぱいに満ちあふれた。サメハダはあまり軽薄な笑顔を振りまかないように心がけ、改めて参集した人々を丁重に眺め渡しながら、かれらの拍手がまた自ずから終りを告げてくるときを待っていた。その中の最後の一人がやけに大きな拍手を二回重ねると、ややあって複数の咳込みが聞こえ、まもなく、そしておもむろにサメハダは口火を切った。

「刺々《とげとげ》しくもなお横たわる、すべての人種、民族、階級、性別、障害の垣根をのりこえて、まさにわたくしとともに、この大統領公邸の前庭へと足を運ばれた、わが敬愛すべき強国市民の皆様。いまこのとき、こうして皆様に語りかけようとする私の肉声は、衛星放送のネットワークにも運ばれて、海外の戦地にあって日夜の奮闘を続けるわが国軍の将兵たちの耳にも届いていることでしょう。私は、私たちは何よりも、苦闘するかれらにこそここからの肉声を届けなければなりません。そうしてこそ初めて、言葉を選びながら語りかける者も、言葉を見究めながら耳傾ける者も、等しくまことの愛国者と呼ばれることになるのです。

わが国はいま未曾有の危機的な状況下に置かれています。このことを何よりもまず率直に申し上げなければなりません。不幸なことに、私にとって悲しむべきことに、私の実の兄である前任者が就任以来世界の各地で始めた戦争、後先顧みないあからさまな戦争拡大政策によって、わが国はもはや破滅の淵に立たされていると言っても決して過言ではありません」

ソウダ！　と複数の勇ましい声が上がる。それが真実、聴衆の中から湧き上がったものであるかどうかはわからない。

「そう、そのことは皆様すでに十二分にご認識のことかと拝察します。その上でわれわれはいま何をなすべきか……答えは自ずと明らかではないでしょうか。残念ながら私の兄を含むであろう、一部の好戦派の人士からの悪意ある中傷、不当なる妨害などには断じて屈することなく、私たちは直ちに戦火を収め、派遣された兵士諸君を一人残らず、安全に我らがあたたかい国土の懐深くに迎え入れ、その傷を癒やし、不幸にも命を落とされた同胞のご冥福を祈り、感謝を捧げて不戦を誓い、併せて交戦国および関係各国との恒久平和の達成にこそ、コレ努めなければならないのです」

割れんばかりの満場の拍手が押し寄せた。

「しかもです。そのために軽々しくも虚言を弄したり、おのが罪責を曖昧にしてごまかすようなことがあってはなりません。そんなことをすれば関係各国からの不信や不興を招くのみならず、そのような行ないに伴う精神は必ずやわが国とわが国民を、再び戦火の暗闇へ引きずりこもうとするのですから」

今度は慎みのある拍手が起こった。

「しかしながら皆さん、そのためには、私ども政権担当者ばかりではなく、国民各位の自発的な、まさに一億火の玉ともいうべき努力こそが不可欠なのです。平和が自ずから達成されるものでないことは、すでに十二分に私たちを含む悠久の歴史の証明するところであり、ここは責任ある私たちの行動こそがきびしく問われているのです。そう、恒久平和の達成という人類究極の目標に向かって、国民自身が襟を正し、手を取り合って、私が大統領に就任するいまこの時から挙《こぞ》って立ち上がり、行動しなければならないのです」

ソウダ、ソノ通リ、と再び声も重なり、立ち上がって拍手を送る人の姿も目立ってくる。

「ありがとう、ありがとう皆さん……それに、私たちは何よりの忍耐が必要なのです。何しろ今回の戦争を始めた張本人である私たちは、どこか他国なり部外者からの援助と連帯など、何ひとつとして当てにしてはならないのです。あの、私たち持ち前の、力強い勤勉さによってこそ私たちの、いや、全世界の平和も育まれるのであるし、平和の行く末はいずれにしましても、私たちの不屈の努力が握っているのですから」

さらに次々と立ち上がる人々と鳴り止まぬ満場からの拍手。慎ましい衣装に身を包みながらも誇らしげにそれを受け止めていく新大統領。どこからも銃声は聞こえなかったが、ヘリコプターのプロペラ音が複数響きわたる。頃合いを見計らって司会者が会衆への感謝とサメハダへの励ましの言葉をかけようとした、その矢先の出来事であった。戦死者の遺族にも見えるひとりの老婦人がじっと最前列に腰を下ろしたまま、矢庭に声を上げたのだ。

「あの男と一緒だ。姿形ばかりか、中身までそっくりで……」

なぜかそのあとは言葉が続かなかったが、会場は驚くばかりに静まり返った。慌てて対応を取ろうとするスタッフを制して、新大統領は自ら「天国への階段」を下った。演壇をあとにすると、まだ所々に前夜の雨露も残る芝生を踏みしめながら、老婦人の前に歩み寄る。片膝をつき、彼女の左手を取り、その甲にやさしく口づけをした。そして厳かに呟いた。

「違いますよ、お母さん。僕は弟です。トリハダの双子の弟、サメハダじゃないですか。ほかの人ならともかくも、あなたが取り違えるなんて」

老婦人は半ば怯えたような顔つきになり、近づいてきた少し赤ら顔の男を眺めていたが、それ以上に言葉を返すようなことはしなかった。新大統領の言葉を彼女が理解したのかどうかも不明だが、少なくとも間近からサメハダの呟きを耳にした者たちは老婦人のことを、二人の大統領を育て上げた偉大な母親だと思った。だから、ブラボー、ブラボーなどと、式典のあと彼女は敬意のこもったいくつもの祝辞を受けたのだが、当人はただ困惑もあらわにうなだれるばかりだった。彼女の本当の息子は二度とふたたび前線から戻らないのだが、公衆の面前で彼女のことを母親呼ばわりした新大統領は、翌日から直ちに演説通りの全面講和と、兵員ならびに装備の撤退に着手した。これでようやく悪意の時代が幕を下ろしたと、誰もがこれを受け入れ歓迎した。

かくも純朴なる世界がなおも邪なる惑星の上に腰を下ろして、いままた繰り返される戦争から平和への橋渡しをただ無作為なまでに眺め暮らした。空のいさほしは赤く輝いて蒼ざめることもなく、人々は自らの惑星を地球と名づけたが、本当の世界は戦争と平和、いずれに属することもなく、むしろ同じ惑星の外部へと静かに締め出されてきた。積極的に関与する意欲も消極的に拒絶する意志もとうに失せ果てたように体をこわばらせて、いつまでも太陽からの光を浴びている。そんな孤独な世界は、何だか日増しに熱くなっていくようで、取り返しのつかない悪夢を見るために目蓋を閉じるしかなかった。

悪夢の彼方にはもうひとつの惑星がみえた。のんびりと浮かぶいさほしから眺めると、地球と世界の間には何の区別も見当たらない。いまにも飲み込まれんばかりの深みを湛えた青の球体に対するかつての憧れだけが日に日に薄らいでいく。どこにも身寄りのないいさほしにとっては、身を焦がすようないにしえからの感情が次第に重荷となって、いまではその青い玉が、そして自分自身がなおさらに恨めしくてならなかった。

戦争からも平和からも締め出された世界はそれでも夜明けを待っている。待ち望まれて久しい朝がもうひとつの惑星にも訪れる。逸《はぐ》れものの夜だけが夢見る者たちを捜し求めて、いまもどこかをさ迷っていた。


あれから何日も経って、ようやくトリハダは廃棄物にうずもれた土管の中からひとりで這い出すことができた。空腹を感じることはなかったが、ほんの少しばかり喉の渇きを覚えたからである。一面、赤錆だらけの〈鉄屑が原〉がトキ色の空に被われている。土管が砂漠の中のオアシスのようなものであったことは一目でよくわかったが、トリハダにも飲める水となるとどこにも見当たらない。廃液という名の七色の乳液が流されて、名にし負う民族の血だまりの中にドクドクと淀み浮かぶばかりであった。それをわが事のように眺めていると喉の渇きはいや増すばかりで、まるで辱められたように前足を踏み出すと、トリハダはサッと姿を暗ましたあの前大統領の尻尾を握りしめ、鋭利な針金細工の先っぽでいちいち地べたを叩いて足下を確かめながら、人気のない集積場を半日がかりで抜け出した。

あらためて振り返ってみると、例の土管の辺りはいかにもムサ苦しくて、テレビ塔のようなクレーンの先端からたった一本のクモの糸によって吊るされていた。クモが雲ならその糸は雨粒の軌跡あるいは奇跡かもしれないし、クモが蜘蛛ならその糸は巣をかけるところを選ばないのだろう。当初鉄屑に見えたものはタランチュラの卵であって、ボクは危うく難を逃れたのかもしれないと胸を撫で下ろしたトリハダは、さらにいく日か腰の骨を軋ませ、何かのカムフラージュにと絶えず足音も立てながら見知らぬ町をさ迷った。

そこは何の変哲もない田舎の町で、数少ない産業振興の波が引いてもなお仕事のある人だけが特徴のない笑みを浮かべて職場を往き来する。失業者のたむろする界隈いちばんの盛り場にはパチンコ屋もカフェもなくて、場外馬券売り場のような寂れた熱気を何とか洗い流そうと思ったところで、手頃な液体もままならない。ただし売り切れではなくて、在庫もソコソコに揃ってはいたが、何しろ飲料水にしてもアルコール系にしてもロハではもらえず、現金収入のないトリハダにはまるで手が届かない。同じようなアブレ者の多くは、気化するめどもない何某《なにがし》かの固体だけを懐にかかえて、日暮らし地べたに転がっている。だから懐かしくもモノ悲しいボクらの街というものがそこには転がっていた。見知らぬ戦さもまた至るところで牙を剝いていた。トリハダにはそれら一連の眺望が何やら胸苦しくてならなかった。

それでも夜が明けるとトキ色の空が見えた。星と星とを思い浮かべた真《まこと》の暗闇も含めて、そこには二つの月が行き交った。一つはよりこの惑星に近くて西から上り、半日も経たないうちに東の山並みに姿を消してしまう。より遠方の軌道を往くもう一つの月は、見かけは少し小さいくらいだけれど、東から上り、ゆっくり二日ほどかけて西の地平線に身を沈める。二つの月を同時に楽しめる時間帯も長く、トリハダは両者が重なり交差する夜の到来を心待ちにした。それまでのあいだ、喉の渇きは週に一度か二度は落ちてくる恵みの雨に望みを託して耐え忍ぼうと心に決めた。ところが意外にも早々と、二個の衛星がいよいよ本物の交差をとげると思しき夜のこと、ようやく空腹を感じたトリハダはとある店の前で足を止めた。

明かりに塗《まみ》れた街頭がいまや一角《ひとかど》の白夜のように濁り輝く中で、なぜかその店にだけはネオンサインがなかった。だから一見したところ何の店かは皆目わからない。そこかしこに居並ぶ店舗からは、艶姿《あですがた》に淀み積み重なる照り返し、そのただ中に沈みながらもいつしかその店は澄みわたるような彩りにも包まれていく。いよいよ「誰《た》そ彼《がれ》」てくると、早くも酔漢どもの吐息に運ばれて辺り一帯には、色濃くも接客業者のにおいが立ち込めてくる。目を凝らすと、店の入口に人影が漂う。地味というよりも陰気なフロックコートに身を包み、後生大事に桃色の十字架ピアスを左の耳朶《みみたぶ》に吊り下げている。ヒキガエルのように押し詰まったそやつはいかにも男の店員であろうが、角度を改めて、それも遠方から望むとひとたまりもなく痩せこけて、それでも皇帝ペンギンさながら肉と脂をたくわえたなけなしの物体にもすぎない。地声は無闇に嗄《しわが》れて巻煙草をくゆらし、ホーイ、ホーイと唾吐き息もらしながらも、あとはチョコレットを舐めるばかりという女性自身からの気のない遺言状を、それに付きまとう彼岸の心理を、紛うかたなき女衒《ぜげん》の作法に則って、奥ゆかしくも厳かに申し伝える。ホーイ、ホーイとなおも息もらし……

「そこな、道往く殿方よ。よもや、よもや見逃してはなりませぬぞ。千載一遇のこの好機」

「何が……」とは力なくも引き止められて、心の飢餓に苦しむ元大統領が欲望もあらわに問い返した。

「チョコレットですよ、旦那。とびっきりの上物《もん》です」

「温《ぬく》いのかい、トロトロと……それとも、しっかり固まってる？」

「いえ……気体ですよ、旦那……今夜気化したばかりです。元はといえばよそ者ですが、決して期待は裏切りませんから」

　すると店の野郎の右肩辺りに何やら店名らしきものが浮かび上がった。それがヤロウの羽織るコートの上のことなのか、それとも肩越しの石壁の表面であるのか、あるいはそのいずれでもなくて合間の空中の出来事なのか、トリハダには最後の最後までわからなかった。まずはほんのりと青く、それから次第に青黒く濃度が増してくると、そこに「花星」の二文字が見えた。いかにも「火星（いさほし）」を連想させる二文字の前後によく目を凝らすと、さらにもう一文字ずつが浮かび上がってくる。おおむね同じ色彩の、しかしながら濃度も明るさも先の二文字には遠く及ばない。やむなく身を寄せ、そっと手もさしのべて、ヤロウからの口づけなどは丁重に退けながら四文字を連ねてみると、「風花星愛」と読まれた。風花《かざばな》とは強風に吹き流される小雪を表わすのだが、そんな寒天の下に取り残された星愛とは、どうやら至るところ「性愛」にも通じるのであろう。

「曰くありげな命名じゃないか」と、からかい半分にトリハダが水を向けると、驚いたことにフロックコートのヤロウはこちらの思惑通りの答えを貫いた。

「風花っていうのは何ですよ、花びらじゃなくて雪、それも猛き風に吹き流される小雪ちゃんでござるよ。かくまでも人肌恋しき寒冷の宵なれば、たとえ星々の愛といえども己が性愛をとげることよもや免れませぬ。したが、当店の本名にして登録名称なるはあくまでも「花星」でありまして、先刻貴殿にお読みいただいた「風花星愛」とは今宵一夜限りの恋路を急き立てる、仇《あだ》な源氏名にもほかなりませぬ……ホーイ、ホーイ（と効果的にも息をもらして）……さすれば貴殿お申し越しの「曰く」とは何を隠そう、いせいいに悦楽をもたらし、伊達な浮世の記憶をば抹消リセットするという、われらが誇るべき賤業にもほかならず、その境涯、あるいはその道筋の貴賤を問わず、いせいいとは異なる星にして異なる性《さが》とも相成りましょうぞ」

言い知れぬ面妖さに不可解も付きまとったが、「記憶の抹消リセット」の下りが実のところ無欲なトリハダを惹きつける。すでに彼の記憶は抹消されていたのだが、リセットにまでは思いも及ばなかった。トリハダは尋ねる。

「ときにアンタは、火星人（花星人）かい？」

何食わぬ顔でヤロウが「そうだ」と答えると、トリハダは嵩《かさ》にかかって尋ねてみる。

「その火星（花星）にも戦さがあるのか」

まるで自らの補佐官にでも尋ねるようで、在任中に培った横柄な口ぶりだけはまだ抜けないようだ。いくらかムッとした様子でヤロウは「そいつぁ、中に入ってのお楽しみだが、冷やかしは御免蒙りますョ……それに旦那、火星っていうのは元来、戦さの星じゃないのかい」と低く呟いたのであるが、まさにそのとき店の扉が大きく打ち開かれる。客人トリハダは卑しくもうつむき加減のペンギンガエルもろともに、あえなくも暗黒の中へと吸い込まれていった。

暗闇に目が慣れてくると、そこにもトキ色の天井が浮かび上がり、ところどころドライアイスの雲に被われているのがわかった。それでも室温は二十度ばかり、暑くもなければ寒くもない程度に保たれている。一緒に吸い込まれたはずのヤロウの姿はどこにも見えなかったが、ひょっとすると垂れ込めるドライアイスの雲にでも身をやつして、一見参《いちげんさん》の客の動向をつぶさに見張っていたのかもしれない。おまけに同じ天井からはブーンという唸りを伴って、冷気ならぬ生温かい風も吹きつけてきた。トリハダは旧式で性能の悪いエアコンがと思ったが、それが遥かに太陽からの風であることには思いも及ばない。「花星」に限らずこの町では、屋内外を問わず同じ風がじかに地表近くにまで吹き込んでくるのだった。

まもなく床の上にはヒトの気配がする。始めからそこにいて客の来場を待ち構えていたのか、それともやおら控えの部屋辺りから渡ってきたのか、トリハダには何の確証も得られない。それればかりか、いくら目を凝らしても、相手が男か女かということもわからない。やむなくトリハダは尋ねた。

「アンタが、さっきペンギンヤロウの言ってた、小雪ちゃんかい？」

「それは違うヨ、カエルさん。私ゃ、ミスミだよ」

何の因果でカエルさん呼ばわりされるものか一切計り知られぬままに、それでも遠来のトリハダはいかにも一見参の客人らしく振舞う。ここはひとまず夜鳴きのカエルにでも甘んじ、しおらしくも扱いやすい客になりすました。ミスミはミスミでお客の面立ちを一目見たときから息を呑んでいた。何しろ先年別れた恋人に瓜二つだったからである。いっそ名前を呼んで確かめようかとまで思いあぐねたものの、商いに甘い私情は禁物、などとプロの誇りにもかけて、いましも迫りくる客人を仇なカエルと受け流してみせた。

されぱとて、見れば見るほどに、触れば触るほどに始めの直感は豊かな裏づけを手に入れて、ミスミもどこか本気で昔のカレが帰ってきたんだと思い込むようになっていく。それでも遣る瀬なく、醒めて事の真相を見抜くことができるのは天井にかかるドライアイスの雲くらいのものだろう。〈通夜〉の玄人にして達人のミスミ、その元カレが誰あろう現大統領のサメハダその人であり、そのサメハダに双子の兄がいることを知っていれば、事の絡繰りは誰にでも読み解かれる。ミスミとても別れた殿御がそののち都に上って大統領になったことぐらいは風の噂にきいていた。その栄えある現職閣下が事もあろうにこんな田舎町の、それも場末の色街なんぞに姿を現わそう道理もないものと思い直すと、深まる一方の妄想の渦中からは何とか抜け出すこともできた。しかしながら抱き重ねる魅惑のアイデンティティーがまたすぐにもミスミを同じ渦中へと引き戻していく。恋慕と思惑に彩られた欲望の往復運動はおよそとどまるところを知らない。ミスミにとって都のまつりごとなど縁薄く、目前にソソリ立つのが失踪した前大統領のものだとは思いも寄らない。それどころか大統領なんて始めからどうでもよかった。

トリハダにとってミスミとは身も心も文字通りの三角形である。ミスミも客人に対しては、任意の一辺と一角をいつでも与えることができた。ただし、そこはあくまでも有料の世界である。乗り逃げはドライアイスが許さない。それを含んだ上でトリハダのほうは、ミスミを形作るどの一辺とも重なることのない新たな一直線を差し入れて、二つの図形に分割することで（つまりは分割線を入れることで）無上の潤いを手に入れる。たとえば一つの三角形と一つの四辺形に分けられたとき、ミスミはその新たな三角形のほうに身を潜めて苦難の時を遣り過ごすのだが、たまに二つの三角形に分けられたときは、たちまち元の自分を含めて三つの三角形に身をやつして、豊かにうねり出すのだ。稀に分割された二つの三角形が合同を成し遂げるとき、歓びは絶頂を迎える。もはや分け隔てもなく、辺りはエクスタシーと呼ばれる。

よく見ると岩だらけの床板には赤い砂漠のような肉体が横たわっている。所々には名もない欲情が砕けた隕石となって降り注ぎ、定めなく貪りあったようなクレーターがいくつも見える。ミスミの渓谷というのはやたらと深くて、その上に大そう入り組んでおり、これではいかに熟練のクライマーといえども、秘められた内奥の苦しみにまで手をのばすのは至難の業だろう。ましてや名もなき落人《おちうど》のトリハダには望むべくもない。これまで赤き肉体の大地には、体液しとど垂れ流されたような川筋の跡がいくつも等閑《なおざり》にされてきた。そいつを拭い取るためでもあろうか、四角いくずかごには汚れた小さな三角巾がいっぱいたまって、いつ来たるとも知られぬ次の回収日を待ちわびる。それでもミスミトリハダの二体は、いさほしの最高峰と目されるエ・レ・ベ・ス・トをめざして、吹き止まぬ太陽からの疾風には惜し気もなく柔肌《やわはだ》を晒した。だからかれらは燃えつきるまでもなく消え去るのだが、そのあと室内は、のみならず店内は、一面が大規模な砂嵐によって被いつくされていく。その砂の一粒一粒もまた赤く焼け爛《ただ》れていた。

いざ事が終わってみると、いつも通りの作法に則り、ミスミはひねもすピタゴラスの定理を証明する。そのかたわら、けだるく寛ぐトリハダには一刻も早いユークリッド幾何学からの離脱を迫る。トリハダはといえば自分の名前も忘れた上に、今では幾何学よりも代数学のほうに興味が向かうので、ヨシともイイエとも答えず、ぼんやりはぐらかしておく。ミスミはさして気にもかけずに証明を済ませると、桃色の付箋紙に書きつけられた今夜の勘定書きをそっとトリハダの内股《また》に貼りつける。さらに息を吹きかけると、貼りつけられた付箋紙は音もなく旗めいた。トリハダが剝がしてみると、そこには予期された数字ではなくて、何やら事業所らしきものの連絡先が記され、「この男宜《よろ》しく」との一筆も添えられている。途端にミスミは正三角形に居ずまいも正して体を曲げると、「またお出でなさいまし」と別れの挨拶をくれた。すると垂れ込めるドライアイスの雲の一角からであろうか、ペンギンガエルのヤロウが姿を現わしたと思うが早いか、トリハダは両腕をむんずと摑まれて、アッという間に外の街路へ放り出されたのである。

それからというものトリハダは、ミスミの待つ「花星」に通い詰めるようになった。最初の夜に渡された付箋紙の住所を訪ねてみると、口髭を生やした店長が出てきて、ちょうど一週間分の清掃の仕事を紹介してくれた。それで何とかカツカツ喉の渇きと空腹は抑えることができたが、契約が切れるころにはまた「花星」を訪ねた。トリハダはいつもどこかで必ず醒めていたのだが（というのも、持っていかれるような心の実体など記憶ともどもなくしているのだから）、見たところはミスミに心を奪われていると言われても仕方がなかった。ミスミは図形ながらとても情が深く、彼から闇雲に交際費を搾り取るのではなくて、どうにか糊口《ここう》を凌《しの》げるだけの稼ぎ口は不定期日雇いながらもせっせと紹介してやった。そんなわずかな上がりの一部を後生大事に携えて、トリハダは欠かさず「花星」へと足を運んだが、いつもミスミの取り成しで入店することができた。ためにミスミの借り入れのほうは返済どころか、そのたびに右肩上がりに膨らむのだったが、そのうちに店のヤロウも見て見ぬふりをして十字のピアスを輝かせ、トリハダはフリーパスの常連客も同然となった。いまでは屋根の下で寛げるのは、都の公邸でもなければ集積場の土管でもなくて、縦横可変にミスミなす風花星愛の手厚い庇護の下に置かれた時に限られる。

そして十年一日のごとく、いつも通りに定理の証明が終わり、桃色付箋紙の「勘定書」を内腿《もも》に貼りつけたトリハダがまたひとり町に出てみると、夜更けの空にはやはり二つの月が見えた。相変わらずひとつは東から上り、もうひとつは西から上るのだが、当分はぶつかるような気遣いもない。いくらかの仕事を済ませると、トリハダはまた「花星」をめざす。そこでは毎度のことながら姿形を変えて知らず知らずのうちに自らの経歴がよみがえり、「お前はボルケノ（火山）だ」と告げ知らせるような声も聞こえる。声の主《ぬし》はミスミと微妙に折り重なって、生命《いのち》半ばに潰えてしまう。入口の扉を開けると、なるほどそこには火山が見える。噴煙もなければ溶岩も流れることのない死火山の麓にそっとわが身を重ねる。土管のような己を恥じて、いさほしのような自らを蔑む。ミスミはこと緩《ゆる》やかに悦楽の実理を振り翳《かざ》し、移りゆく自由に平等に博愛というさぞ知れ渡った三辺の測定に今宵も余念がなかった。

それからの時の移りゆきには目も眩むばかりのめざましいものがあり、トリハダの失踪とサメハダの就任から、早くも一年が経とうとしていた。とはいえ、政権からの隔たりの如何を問わず、そのあいだに時が流れたと実感する者は一人もいなかった。むしろ何人《なんぴと》にとっても時という時は千切れ千切れになって、所構わず大小さまざまに四散をしたというべきだろう。

サメハダ大統領は自らの就任一周年を間近に控えた国民の祝日を選んで、記念の記者会見に臨んだ。公邸内のレセプション用広間には内外から百名をゆうにこえるジャーナリストが集まった。記念の記者会見といっても、就任からの一年を振り返り、今後に向けての一般的な抱負を語る、というような在り来りのものではない。政権の側からこの日のために提出された目玉商品はもっと野心的で具体的なものであり、要するに新たな宇宙開発構想とその実現に向けた段取りの公表にほかならない。

もっとも大統領が宇宙開発に言及するのはこれが初めてではなかった。就任後まだ間もない時期よりサメハダは、新たな宇宙開発に賭ける並々ならぬ意欲のほどを再三にわたって周辺にはもらしてきた。そんな領袖の意欲が官邸の意向ともなってたびたびもれ出した。それがたとえば、月への有人飛行の継続的な再開であり、月面常駐基地の建設ならびに充実、さらには地球以外の太陽系惑星、とくに火星への有人飛行の実現である。なるほどこの間、「平和の使徒」サメハダによって前任者の押し進めた戦争政策にピリオドが打たれると、強国はみるみる本来の経済力を回復した。その回復のプロセスに、戦争をやめたことばかりではなく、戦争を遂行したことがどれだけのプラス要因を準備したのか、この点についてはまだ一切が未確定にして白紙である。しかしながら現状では、懐疑的な見解のほうがむしろ少数派にとどまる。ともあれ、兄トリハダの就任当初をさらに上回る、公私両面にわたる時間と金あまりを現実のものとしたこの時点だからこそ、計画の公表のみならず本格的な着手にも踏み切ったというわけである。

官邸内の大広間には、奇妙なことに一枚の国旗も掲げられてはいなかった。それに正面の演壇の背後には、この日のために用意された特製のディスプレーが大きく描かれている。演壇といっても、記者たちとまったく同じフロアに木製のスピーチ用テーブルと、一部に金細工をあしらったマイクロフォンが置かれているのみだが、その背景に広がり描かれているのはどう見ても地球を中心とした太陽系の惑星群である。とはいえ、太陽そのものの姿はどこにも見えなくて、漆黒から橙《だいだい》へと移りゆく画面全体の配色によって、枠外にあるべき強烈な光源が暗示されている。それに地球中心といっても、それはただ画面構成の問題であって、画像を支える世界観は天動説ではなく、あくまでもコペルニクスに忠誠を尽くしているのだ。

その中でも地球と月、そして火星は一直線に整列し、おまけに一本の光の筋にも貫かれている。淡い光跡は、善意を騙《かた》る弓が射放ち、悪意もこもる鏑《かぶら》矢が描き出す、一途な飛跡を思わせてならない。さらに画面全体の右下の部分には明確な黄色の文字で「より速く、より高く、より遠く」と、三つの比較級形容詞がカンマもピリオドもなく、のっぺらぼうな空白だけを挟んで列記されているのだ。しかし改めて見直すと、惑星全体の配置は強国国旗の図柄を連想させなくもないのである。

会見に先立ってすでに記者たちには、『サメハダ宇宙開発構想』と題された大統領官邸ならびに航空宇宙当局作成の公式文書が配布されていた。冒頭裏表紙には協力の意志を表明した国内の大学・研究機関および民間の財団・法人名が列記され、ひるがえって表紙のタイトルには「月への再渡航ならびに火星への有人飛行計画の具体化に向けて」という長ったらしい副題が添えられている。ここにその内容をあえて無作為に抽出、通覧してみると……つまり……

3　構想具体化のプロセスは直ちに着手される。

5　火星については、何よりも地球からの直接渡航をめざすこと。

2　月への再渡航とともに月面基地の建設、充実、常駐化を進める。将来的には必要に応じて月からの火星渡航も展望する。

1　計画には二つの目的があり、一つは学術的なもの、もう一つは政治経済的なものである。とくに後者に関しては、他の惑星（当面は火星）への移民と植民、あわよくば資源の開発などがあげられる。

4　必要な経費は政府予算とともに、足りない分については企業および民間団体、篤志家からの寄付を募り、あわせて基金も設立する（「サメハダ基金」と命名）。

会見場では厳かに、大統領閣下の自由とやらがこだまする。

「われわれ人類が、中でもわが強国の自由な市民たちが、この地球という惑星の上だけで暮らすべきだとされる謂れなどどこにも見当たりません。移動・移民の自由というものは、古来、世界の各地で繰り広げられた数々の民族大移動によって公けの歴史の中に植えつけられ、民族離散の悲劇さえもがいまでは逆説的にこの自由の権利を後押ししてやまないのです。今回のプランを通じて私たちは、かつてコロンブスがもたらしたものをこれよりは、かの偉大なるコペルニクスとともに別なる惑星いさほしにもたらそうとしているのです。まだまだ科学的な調査は不十分ながらも、火星には未知なる資源ともなりうる物質が待ち受けているかもしれません。それによって私たちの生活に新たなる革新の一頁が開かれるといった可能性もまた展望されるのです。その微量物質が多大の富をもたらすというのであれば、私たちは他国に先がけてその開発へと積極的に取り組むべきでしょう。それを通じて、火星にこれまでにない産業空間を打ち立てることもできるのです。もちろん資源であれ加工産品であれ、これは地球までの輸送コストをはるかに上回る収益が見込まれる場合に限ってのお話ですが……

そのためにも私たちがめざすべき地球外惑星への植民は、何をおいてもまず科学的踏査のための基地建設から着手されることは当然です。しかしその事業が経済的進展をとげたあかつきには、文化的な植民都市への成長と変貌を望むこともまた可能なのです。たとえば選りすぐりのエリート芸術家たちが、あらゆる地球上での束縛をのがれた未知の空間において純粋無垢な創作活動に勤しむとき、そこは文字通りの絶界のアトリエとして、人類の美的想像力すなわち創造力の発展にも多大な貢献を成し遂げるでしょう。どうかみなさん、火星で描かれた絵画をはじめとする造形作品のバーチャルな展示会を思い浮かべて下さい。あるいは、そう、およそ地球上では考えられないようなリズム感覚に貫かれた惑星の調べの宇宙中継を……スポーツは、どうでしょうか。火星上のごく限られた空間で営まれる競技として、ピンポン以上に相応しいものはないでしょう。しかし、気体であれ固体であれ、そこに大量の水が見出される時には、彼の地にあって第一に取り組まれるべきスポーツは、水泳をおいてほかにはありえません。もちろん見出された水が固体の場合には、しかるべき整備を施せば、同時にスケートも可能になるのですが……いわば火星の、フィギュアです……ほら……手だよ、そう、次に足だ、そう、その通り……その手とその足を十分にのばして、そこから、スピンだ、ジャンプだ、プラネット・アートだ……土星ばかりじゃない、いかなる惑星にも輪《リング》が付きまとう……ちがう、リンク（rink）じゃなくて、リング（ring）だよ、輪だよ、鐘だよ、ボクシングだよ……」

官邸内はどこにも大気を持たない月面のように静まり返る。同じく月の夜もさながらに凍りついてしまう。その中でサメハダ一人が罅《ひび》割れていった。

「さてと、このあたりで少し具体的な、もっと直近の話題へと立ち戻りましょうか。パンフレットにも記された火星への有人飛行の実現とその段取りについてですが、私たちは逸《はや》る心を抑えつつ、何よりもいまは手堅さを求めなくてはなりません。ですから、基本的にプロセスは少なくとも二つの段階を経るべきでしょう。思い起こして下さい、私たちのキャリアを。私たちはすでに何年も前に月への有人飛行を積み重ねているのです。このかけがえのない経験を単に記憶の中にとどめるのではなく、これからさらに一層の充実もさせるべく、まずは月への有人飛行を再開し、月面には常駐の基地を確保します。その上で月から火星への渡航を試み、実績を積み上げていきます。そのデータを綿密に分析することでより精度を高めると、いよいよ私たちは有人無人の両面にわたって地球からの直接渡航へと移行するのです。ここで月をこよなく愛してやまない人々にはくれぐれも申し上げておきますが、これは決して月を踏み台にするというようなことではありません。

いわばこれはよくある二段階論とでもいうべきでしょうか……お断りしておきますが、私はいわゆる社会主義者でもコミュニスト（共産主義者）でもありません。というか、かれらに対しては長年にわたって生理的な嫌悪を覚えてきた一人です。思い起こせばそんなかれらがかつてよく、ブルジョワ革命をへてプロレタリア革命へと移行する、といった歴史観をお題目のように唱えておりました。しかしワタクシはこの際、個人的な好悪の感情はひと息にのりこえて、この二段階論とやらを私たちの火星植民事業にも適用しようと思います。スナワチ、無謀かつ性急にも地球から火星への直接渡航を企てるのではなくて、そのいわば前段階として、まずは月への再渡航と月面上の基地の拡充を図り、その上で火星への月の渡航をめざすのです。

　願わくば我らに神のご加護を。

　よろしいでしょうか……」


　サメハダはなおも会衆の前に立ちつくしていた。右手でマイクを握りしめたまま唇を引き結び、巻き込んだ舌先は胃の腑にも達しようとしている。それでもゆっくりと会場全体を見回すだけのゆとりも見せている。スピーチの結びを迎えるあたりから記者席は騒めいてきた。サメハダは確かに「火星への月からの渡航」ではなく「火星への月の渡航」と読み上げていた。だけどこの段階ではそんなことを深く気にとめるような者はなかった。サメハダにとってもメディアにとっても、その程度の「読み違い」は等しく日常茶飯事だったからである。それよりも何よりも記者席全体に騒めきをもたらしたのは、大統領の唱える「二段階論」とやらと、配布された文書の内容との間に生じた容易ならぬ食い違いのほうである。ベテランの記者たちからはこれをめぐる質問が矢継ぎ早に出されたが、サメハダは何とも言い難いばかりの余裕を見せながら、差し向けられた問いについてはメキメキと遣りすごしていく。「だからね、私はコミュニストじゃありませんよ」と断って、すぐさま近くのまだうら若い女性の記者にウィンクを届けたり、「何をおいても政治というものは、時と場所を選ぶことなくつねに科学ならびに科学的精神を凌駕《りょうが》しなくてはなりません。しかしながらそれと同時にその一方で、高度な政治的判断にとってはいついかなる時にも科学的な観察とそれに基づく精密な推量がその前提とされるのです」と宣《のたま》ひ、例の胃の腑からは立ち所に舌先を巻き戻してみせるので、唾《つばき》も盛んに飛び散り飛び交い、要は決して自説を撤回しようとはしないのだ。

こうなると必定、記者たちの視線は、前任者トリハダの時代以来一貫して公けの大統領側近を務め、この日の記念会見の司会進行役でもある筆頭書記官へと向けられることになった。矛盾の矢面に立たされた彼女はしかし、いくぶん唇を噛みしめながらも、そこは健気《けなげ》になにがしかの応答を用意した。

「政府といたしましては、大統領閣下のご意向は最大限に尊重しつつ、今後とも専門家・専門研究機関による科学技術上の観点との整合性、ならびに予算上の枠組・限界との調和を図ってまいる所存でございます」

それでも納得しない記者の一部は立ち上がり、大統領スピーチのラインか、それとも配布文書のラインか、われわれはどちらを信じて報道すればよいのかと、あくまでも二者択一を迫ってくる。すると筆頭書記官は、長年被り慣れたブロンド長髪の鬘《かつら》をあっさり脱ぎ捨てるや、剃り立ての坊主頭をシャンデリアのように輝かせながら煮え切らない回答を加えた。

「もちろんわれわれにとってはお仕えをする大統領閣下のお考えが第一義なのでありまして、配布文書に記載されたプラニングは政治力学上、副次的なものにすぎないのでありますが、そこはやはり経済財政的な観点も踏まえまして、よもや文書のプランが何ら活かされないという手立ては想定されたいのであります……」

そのとき、サメハダから目配せを送られた若い女がすっくと立ち上がり、こちらも黒髪の鬘を難なく脱ぎ飛ばして底意地の悪い質問一つを投げ返した。これで会場にはにぎやかな大小二つのシャンデリアがその輝きを競うこととなった。

「それにしましても大統領、先程のお話では〈火星への月からの渡航〉ではなくて、〈火星への月の渡航〉とおっしゃったわけですが、そうなりますと火星に赴くのはわれわれ人類ではなくて、月という名のわれらが衛星ということになり、貴方が掲げた大目標である火星への入植に移民など叶わぬ夢と相果てるのではないでしょうか」

今度は至るところ失笑がもれた。「ソウソウ」といった同調の呟きも一つならずこぼれたが、サメハダご当人は何食わぬ顔立ちに穏やかな笑みさえも思い浮かべて、すぐに手短な答えを返した。

「いや、そんなことはありませんよ……どうしてかな、マドモアゼル……誰かが月に乗って行けばそれでいいんでしょ」

そして自らも愛用の薄毛鬘を脱いでそれをマイクにかけた大統領は、自らの地位と権威の証となる特製のケープを投げ捨て、再び打ち開かれた背景の中へと姿を暗ました。そのサメハダという名の三つ目のシャンデリアの中では、青い毛虫が真っ赤な棘を立てて踠《もが》き苦しんでいた。

就任一周年記念スピーチにおける大統領の不規則発言については、徹底した報道管制が敷かれた。各メディアも表向きはそれに従ったが、会見場に出現した三個もの人体シャンデリアについてまで緘《かん》口令《こうれい》を貫くのは容易なことではなく、輝きは〈月から火星へ〉というサメハダビジョンともども漏出した。

そのビジョンにしても、〈月そのものを火星に飛ばす〉という最高統治者の意向を決して蔑ろにしないような細心の配慮が求められた。だから計画に関わって〈月から火星をめざす〉という表現は決まり文句のように頻出するものの、たとえば〈人間が月を飛び立って火星に向かう〉といったより具体的な内容の提示はくれぐれも回避される。その一方で何よりも世論に与える衝撃と動揺を恐れて、〈月が火星をめざす〉などというあからさまな物言いだけはいついかなる場合においても退けられていく。それればかりかこれ以降、大統領の会見において宇宙開発は一種のタブーとなって質疑も控えられ、会見スピーチの回数そのものも任期の二年目からは激減をした。

こうなると、残るはすべて経済の問題である。月に推力を与えて火星に向かわせることなど、科学技術以前に財政負担からみても、もってのほかの絵空事にして茶番以外の何ものでもない。とはいえ、大統領の機嫌を損ねることなく、政権としての体面を保つ意味でも月への飛行再開には踏み切らざるをえなかった。やむなく公邸のスタッフたちは宇宙開発における二正面作戦へと突き進んだ。公けの発射基地では月への渡航準備を整えつつ、秘密裡にいま一つの基地を設営し、そこでは先の配布文書で謳われた通りの火星への直接渡航をめざしたのである。世間の目は大統領いうところの「第一段階」としての月世界旅行に集中させながら、その大統領自身の目も欺いて火星用ロケットをひそかに開発し、両者の同時発射を企てた。各国さまざまのレーダー監視網が張り巡らされる中にあっても、まだいくらかそうしたほうが火星への旅立ちをカムフラージュできるからである。さらに、月への到着よりもはるかに遅れて見事火星への軟着陸と人類の火星到達を成し遂げた暁には、両者の時間差を利用して、月へと打ち上げたロケットが再び月を発って火星をめざしたように装う腹づもりであった。そのためにメディアに流すべきバーチャルな映像まで数多く周到に用意されていた。仮にサメハダが、彼自身のぶち上げた月そのものの移動ではないことに強い不満を示すのであれば、今回はそのための前段階であり、必要不可欠な実験として行なわれざるをえなかったとして宥《なだ》めすかす魂胆である。そうして遣りすごすうちにサメハダの任期も切れるだろうというのが、官邸のみならずプロジェクトに関わるスタッフすべての心からの願いが込められた期待にして浅はかな読みにもほかならない。

そんなささやかな目論見とやらははるかにのりこえて、つとめて冷徹に計画全体に制動をかけるものこそが、あらためて経済であろう。なるほど強国の威信とサメハダのプライドにもかけて、月への再渡航（といま一つの同時発射）の準備は着々と打ち進められ、記念の会見から一年後には実現にまで漕ぎつけることもできた。その技能と集中力は万余の称賛にも価しよう。その一方で必要経費は、すでにかのトリハダ在任時の一年分の戦費をもはるかに上回っていたのである。

そのトリハダは相も変わらず首都を離れ、何の変哲もないかの田舎の町に取りついていた。いつの間にか頭には黄金の喇叭《らっぱ》を戴《いただ》いて（実態はまるまると生やして）、そいつが高らかに鳴り渡るとたちまち日付をこえてトリハダひとりが歳を取る。いつしかそいつが鳴り止むと、湿り気もなくあらわな静寂にも耐えかねて、ミミズの人々が嘔吐する。トリハダの頼みの綱はミスミであり、ミスミは抜かりなく愛する客人に適当な仕事を与えて、上がりは搾り取る。かたわらトリハダの溜まりに溜まった権力の膿を集めて、ある時は心から体へと、またある時は反対に体から心へと安らかに搾り出してくれる。おかげで権力の膿はひと雫たりとも外気にもれ出す気遣いもなく、やがてはもうひとつの体液となって局所にも溜まり、あるいはもうひとつの血液ともなって隈なく循環させることができた。

そんなとある朝のこと、ひょっとすると雲も消え失せた初秋のころであったが、トリハダはしばしミスミのことまでも忘れ果て、町外れの公園に佇んでいると、ようよう見知らぬ黒ずくめの男がやってきた。かつて戦時のトリハダ大統領であれば、ひと目みただけでコレゾ禍の源にして、最大の敵手たるべき「黒衣の天使」と思い定めたことだろう。それがさしもの彼も、いまではミスミからの手厚い洗礼を一度ならずも繰り返し受けた身である。ただ薄ぼんやりと佇んでいただけのその町にしても、どこかに見覚えがあるという以上の正確な特定など端からできかねるのだ。洗礼とはかくまでも人格それ自体のリセットを思わせる。日々《にちにち》おのが消失を目の当たりにして、いまさら記憶の容量など問われるべくもない。

黒ずくめの男はといえば、トリハダがいまだ朝食にありついていないことなどとうに見透かしていた。そのうえで失礼にあたらぬようにとの気配りもみせながら、男はトリハダに朝食の旨い店を尋ねてきた。

「あの、すいません。この町の方ですか」

「ええ、多分（でも、よくわかりません）」

「私、初めて来たんですがね、この辺りで安くて旨くて給仕の早い朝食にありつけるところ、どっかご存知ないですか」

するとと相手は「知りません」ではなくて、「よく覚えてません、ごめんなさい」と答えるではないか。そこで男は新たに誘いをかけてみる。

「あなた朝食は？」

「私？　まだです（と思うけど）」

「よろしかったら、ご一緒しませんか。二人で一緒に捜しましょう……うん、そのほうが手っ取り早い」

トリハダがモジモジするのを見て、すぐに黒衣の輩《やから》は相手の懐具合を察した。

「ああ、大丈夫、お金なら大丈夫、私がおごりますから」

「いいんですか」

「もちろん」

トリハダも背に腹は代えられない。それよりも何よりも目前の空腹である。

「すいませんねえ。ちょうどいま仕事の狭間で持ち合わせがなくて。また今晩先生のところに運んで、何か次のを紹介してもらおうと思ってたんです。そしたら必ずお返しします」

先生、とはどうやらミスミのことらしい。

「そんなそんな、お返しなんていいんですよ。どうせ大した額じゃないんだから……さあ」

黒衣の輩はそこまで言うと、あとはごく控えめに左手を差し出した。すると何のためらいもなくトリハダは自分の右手を差し出して、両者は掌に掌を重ねた。こうして二人は仲睦まじい恋人同士のように手を握り合って町へと繰り出した。そんな彼らを時折もの珍しげにかのミミズの人々が頭をもたげて眺めている。それでも朝食を摂るべき適当な店のほうはなかなか見つからず、そのうち二人は腕を組み合って、時には互いの耳朶を齧《かじ》り合いながらも長く町じゅうを徘徊した。途中彼らが目配せを交わし、「一、二の三」でサッと振り返ると、覿面《てきめん》ひしゃげたミミズどもが体をくねらせる。水を撒こうが塩を撒こうがヤツらが消え去ることはない。だがそこまで大地が浄められても、お気に入りの店はまだ見つからない。つまるところ黒ずくめ一人がブツブツと不安をもらしながら、やおらハンバーガーの専門店に押し入ると、何やら両手いっぱいにポリ袋を提げて戻ってきた。

一部をトリハダが引き取ると、二人はまた腕を組み合って、ときには足さえも絡み合わせて、元の公園へと帰還する。思いの外そこからは、町全体がとてもよく見渡せた。延べ広がる眺望に鋭く突き上げられると、やけに罵《のの》り淡く押し潰されながらもようやく二人はそれぞれの朝食にありついた。保温の良すぎるコーヒーからはなおもモウモウと湯気が立ちこめ、ハンバーガーにはいずこよりともなく生温かい風味が取りついてきた。

紅茶のようなコーヒーを飲み干すと、今度は意外なまでに上機嫌のトリハダのほうが尋ねた。

「それにしても、かくもご親切なあなたはいったい誰なんですか」

黒ずくめは手にしたフライドポテトを口元に差し込み、鼻腔《びくう》を震わせながらさりげなく噛みついてくる。

「覚えてませんか」

「いえ……どうして……やっぱりどっかでお会いしたんでしょうか」

「毎晩でも」

「……」

「お会いした、と言えばしたであろうし、していない、と言えばあんなの、どこまでもしてませんよ。そんなことよりも……」

黒ずくめが口に挟んだポテトの合間から、いかにも毒を含んだ笑みをもらしてさらに尋ね返した。

「あなた、誰ですか」

「私?……わかりません。何もかも忘れました。いまだって忘れ続けてるんです」

「そりゃ、あまりにも卑怯じゃないのかい、トリハダさん」

「トリハダ?……それって、私のこと……?」

「しーっ……」と息を吹きもらして、右手の人差し指をまっすぐ唇に押し当てると、黒衣の輩は何食わぬ顔をして辺りをやんわりと見回した。

「そうだよ。ほんとはね、そんなことみんな知ってるんだよ……ただね、ダンマリ決め込んでるだけさ」

「なら、アンタは? アンタは? さっき私を見ると近づいて、手を取り腕も組みながら、いまはトリハダ立てていい、る、アンタは?」

「黒衣の天使」

いともやすやすとその名は吐き出されたので、トリハダは思惑の隔たりを測りかねている。

「ホントに忘れたのかい？　かつてお前さんはね、私を討ち果たすっていうお題目かかげて、一つならずも戦さという戦さをさまざまにけしかけたんだ。何があっても無辜《むこ》の民ばかりを葬り続けたんだよ。だからその復讐を受ける秋《とき》が来たんだ。でもね、トリハダさん、考えてみりゃあ、善良なる無辜の民が自ら手を汚すなんてこたぁありえない。だからといって、いいかいお前さん、ホッと胸を撫で下ろすのはまだあまりにも早計だよ。というのもトリハダさん、アンタはアンタ自らの手で自らに復讐するんだから……というか、その手で立派にその代行を遣り遂げるんだから」

「それは私が、自ら命を絶つということかい」

「いや、そうじゃない」

すでに黒ずくめは、植え込みもない剝き出しの石畳へと立ち上っている。

「ちょっと違ってね、遠からずお前さんはお前さん自身の手で最愛の人を殺める、ということだ」

ひとりベンチに腰を下ろしたトリハダは足組みをほどいて、体を前屈みにのり出した。遠くからは延々と旋回するようなヘリコプターの音がきこえたが、トリハダの口からは直ちに言葉が出てこない。

「お前さんは、覚えてるかい、その人のこと」

「覚えてる、といえば覚えてるし、覚えていない、といえばどこまでも覚えていない」

どこかで聞いたような台詞に、黒ずくめは思わず呵呵《かか》大笑《たいしょう》をして、

「それはおめでとう、すべてを言い尽くしてる、まことに幸いなるかな、もはや何ものにも換えがた

い。お前さんはこのさき永きにわたり、世にも祝福と見せしめを受けるだろうよ……さてさて、オレもいよいよ決断の時が来たようだ」

そう告げる黒ずくめはおもむろに懐中から一本のジャックナイフを取り出し、どう見ても自分自身に語りかけるのだ。

「ミスミ」

黒衣の天使は出来損ないの腕時計をのぞき込むようにして、ナイフに照り輝く日輪をにらみつけた。

「コヤツに殺られたお前の祖父譲りの手頃な刃の切先を、いまこそコヤツの胸底深くなみなみと突き立ててやれ」

どうやら男は日輪ではなくて、その黒点を捜しているようだ。

「そうやってコヤツは、最愛のヒトを亡き者にスル」

ミスミという言葉にトリハダは聞き覚えがあった。でもそれがどこの誰で、何者であるのかは杳《よう》として摑まれない。そのときトリハダは一人の男児に気づいた。「黒衣の天使」のすぐかたわらの同じく石畳の上に腰かけて、いや、何とかのり上がってトランプに興じている。その子にも確かに見覚えはあったのだが、ここでもやはり思い出されない。それもそのはず、その子はほんの幻にすぎず、しかもミスミによって逢瀬のたびに消去される自らの記憶の中にあったはずの、彼自身の少年時代であった。ところが「黒衣の天使」は背後からその少年像に忍び寄ると、矢庭に両の手でナイフの柄を握り直し、地上のいかなる建物よりも高く振りかざした。

同時に「やめて」という若い女のような叫びが上がると、その余韻がトリハダの少なくとも一部分を虜《とりこ》にする。

思わずかつての大統領トリハダが失われた職責を取り戻す。それでいて何もかも、すべてをさらに忘れ去るように駆け寄ると、黒ずくめに体当たりを食らわした。たちまち男は、途轍もなく長い絶叫ひとつを残して姿を暗ました。これを正確にいうと、地上に向かって真っ逆さまに墜落をした。

気がついてみると、雲ひとつ見えない快晴の空にはなおもカラスの喊《かん》声ばかりが啼《な》きわたる。そこは、町でも一、二を争う摩天楼の屋上に設《しつら》えられた庭園であった。そのなかの小さなチャペルには門前札がかけられており、「盗人《ぬすっと》立ち入るべからず」と大書されている。石畳の上で襲われかけたはずのトリハダ自らの少年時代も同じく消え失せており、いまでは齢《よわい》を語るものすら残されていない。叫びを上げたはずの若い女の姿など端から見えるどころではないし、すっかり気が動転したトリハダはにわかに空恐ろしくなって、エレベーターの乗り場に駆け込んだ。

ところが、エレベーターときたらたったの二台しかない。こんな摩天楼にしてはあまりにも少なすぎる。おまけに一台は故障中、もう一台にもドアには「点検中」の札がかけられて、使用不能とされている。やむなくトリハダはすぐ横手の鉄扉を押し開けて、非常階段とやらを駆け下りた。非常階段といってもさすがに建物の外壁ではなくて、れっきとした内部に貫かれている。巨きなビルなのにその階段にも人影はなくて、ものみな一様に静まり返っている。それでも階によっては、どこか賛美歌を思わせるようなぬるくてゆるやかな唸りがもれてくる。

途中、ようやく十階ほども下ったころであったか、点検中のエレベーターが何食わぬ顔して働いているのがみえた。いまだそこからはほど遠いはずの下界より、駆けつける救急車の警笛がきこえたのはちょうどこの時だった。さらに一つ下の階に下りてみると、今度はエレベーターが停まっている。前には黒ずくめの作業服を着て、まだうら若いいくぶん藪睨みの男がいて、例の「点検中」の札を外しているのだ。コヤツと来たらこうやって、この高層建築の全階にわたって対処していくのか。男はトリハダを見ると、「終わりましたからどうぞ」とにこやかに勧めてくれるのだが、すでに中には立錐の余地もないばかりにぎっしりと、黒衣に身を固めた男子《おのこ》ばかりが乗り込んでいる。「いえ、けっこうです」とトリハダは、何事かを振り切るようにまたしても階段を下る……

ようやく地上にたどり着くと、正面玄関を出た右手の舗道になおも人だかりができている。救急車は音もなく、サイレンも鳴らすことなく走り去ったあとだった。張られた阻止線の黄色いテープの向こうに見える、いまだ生々しい血のりの現場を眺めながら、人々の囁きがそこはかともなく湧き上がってはその都度流れ出してくる。

「お気の毒だね、まだ若いのに」

「早く身内に、知らせてあげないと」

「ご主人とか、彼氏にもね」

「でもさ、身元確認の手がかりがない、とか言ってた」

「手の平、見た？」

「掌って？」

「確か右手のほう……黒のマジックかなんかで、三角形が描《か》いてあった」

「正三角形」

「正三角形？」

「へえー」

「何だろ」

「救急隊の人もさ、不思議がってたよ」

「何かのまじないね、きっと」

「自殺カルト、かい？」

「まさか」

「おお、気味が悪い」

「へへ」

「笑うな」

「……かもしれない」

「若い女」に「三角形」という二語にトリハダの耳は貼りついて、聴覚ともども瞬く間に凍りついた。だとすればこの男トリハダは、「黒衣の天使」を名のって言いがかりをつけてきたあの非道ではなくて、いつの間にか自らの最愛の人ミスミ（三角）を突き落としていたことになるのだから。生まれて初めて、さしものトリハダにもトリハダが立ち、冥福を祈る言葉などいずこにも見出されぬままに、失われたミスミ（三角）の内角の和だけが正確無比にただの一直線を描いて遠ざかるばかりだった。

そこへ、のっそりと一人の私服刑事が近づいてきた。

「トリハダさん、ですよね。わたし、捜査一課のジョー・ワタナベと申します。ちょっとよろしゅうございますか」

その緩やかな口調には、目前に聳え立つかつての最上級者に対する並々ならぬ敬意がなおも含まれていた。

「実はですね、このビルの階段を駆け下りるあなたを見かけたという人が複数おりまして、中でもそのうちの御一方は」

そこで刑事は噎《む》せ返ったようなくしゃみを一つくれた。

「失礼……それで、その方は屋上のすぐ下のところであなたを見たとおっしゃるんですね。とにかく少し静かなところでお話を承れませんでしょうか」

もとよりトリハダには逃亡の意志がない。何も答えることができず、エサを啄《ついば》む腹黒いカラスでも見るように目線はたじろがない。そのときパトカーの中の同僚刑事が大声で叫んだ。

「ジョー！　大変だ」

「どうした」

「緊急連絡……さっき打ち上げたばかりのロケットが、それも二機が二機とも操縦不能になって……」

「なって、どうした」

「この辺りに突っ込んでくるっていうんだ」

「……あの、バカが……」

鈍い呟きを残して私服刑事がゆっくりと引き返していく。それからすぐに別の叫びが、それも複数立ち上った。「見ろ」「見て」「突っ込んでくる」「あっちにも」「ああ神様……」

新たな、それも意義深くて巨きなパニックの中に誰もが陥ろうとしている。その只中でトリハダ（と、ひょっとしてあの刑事）ばかりが素朴なばかりに冷静で、ロケットなどどこにも見られず、むしろ今しがた刑事言うところの「バカ」というのが誰をさしたものか、ぼんやりとではあるが確かな輪郭をとらえ始めていた。

それから後の顚末については、何事もこれ以上に付け加える謂《いわ》れはない。すでに広く知られた出来事だからであり、爾来《じらい》誰もがその真相からは程遠く、その現実にはあくまでも近寄りがたいものが備わっている。

この事態のあとも現職のサメハダ氏は立派に生きのびて、それどころか相も変わらず陰に日向《ひなた》に、移民植民を視野に収めた火星渡航の大宇宙構想を粛々と押し進めている。それに対して世情も逆らわず、表立って異議を唱えられる者はいない。ただ財政上の裏付けだけが日に日に痩せ細っていく。一方、かの前職トリハダ氏が阿鼻叫喚の「現場」をのがれて生きのびたかどうかについては、もはや彼自身にもわからなくなってしまった。

そののち伝えられるところでは、彼らトリハダとサメハダというのは血を分けた兄弟という以前に、元は一つの人格であったという。すでに先端の医療技術によって、その一体はものの見事に二つの人格となって人工的に造りだされた。彼らの実の親も与り知らないというこの驚くべき事実を知るものは、ひとり彼らの作者のみである。

その作者とは、何を隠そうかのいさほしの作者にほかならない。思えば太陽系の火星の周りをフォボスとデイモスという二つの衛星が回っていくように、いつの日にかその作者の手になるいさほしの周りをトリハダにサメハダと名づけられたやはり二つの衛星が回ることだろう。

彼らはだから、大統領の人工衛星である。

アラタナルシ 8

春

●

Le printemps

●

Haru

春一番が吹くと、蠟人形はピアノを挽《ひ》く。若葉求めて粉々になるまで弾き通す。メリハリと、鍵盤は剝がれる。蠟人形に火が点る。やがて春爛漫の、ソナタ見られぬ山間《やまあい》のキャンパスに年度変わりの不協和音が木霊《こだま》スル。スギにヒノキとカナタより、唄声にも代わるべき花粉の夜想曲が流れると、舞台は居住まいを正して改まり、月明かりの無情も牙を剝き、芸大の春を見初《みそ》めて独奏スル。たちまち音楽科の研究棟では、堪え切れずに涙する者、鼻先押さえて天を仰ぐ者、死ぬる想いでくしゃみに立ち向かう者、マスクを腭《あぎと》に下ろしてなおもラッパに喰らいつく者、それでも残冬が響《どよ》めき、一人びとりが粉骨砕身も報われず、ピアノ一台に賭けられた熱情は夜明けを待たず暗がりに退《ひ》く。月光《つきあかり》は燻《くすぶ》り、麦秋を前にコナタでは誰もが交響曲を待ち焦がれ、それでいて楽団指揮者の入構《にゅうこう》は忌み嫌う。やむなくその場凌ぎに、楽譜もない変奏曲を企てると、行き場をなくした蠟人形は指揮棒投げ捨て孤立無援の聴衆を務める。自らの求めたアンコールにも自らが丁重に応えて、無人寂寥《せきりょう》の演奏会は立ち込めたばかりの事柄の悲愴に幕を引く。今は亡き冬将軍のための葬送曲など、このさき執り行なわれる見込みも成り立たない。なおも暗がりの、残冬が願いは淡雪のごとく消え失せて、春の波間にトレモロする。こうして頽《くずお》れた蠟人形は、夏も待たずに溶けていく。

眠れる落葉樹はいまだ暁を覚えず、枯枝突き出すがままに、冬越しの常緑ばかりの春がすみにはサクラの点描が想い浮かぶ。やがて何者かのくしゃみとともに夜が明ける。引き続いて鼻をかむ音、ビブラート、さらに高鳴るくしゃみ、フォルティッシモ、込み上がる涙腺ばかりが静寂を守る。国道からの急坂登り、正門くぐるやすぐ左手には戦争犠牲者追悼の石碑が建ち上がる。授業の期間ともなると、自転車の列に気圧《けお》されて目立たぬものの、春迎えて路面凍結の惧《おそ》れも遠のくと、律儀なる好漢守衛氏は毎朝その近辺に撒《ま》き水をくれる。それもホースではなくて木製の柄杓《ひしゃく》取り出し、程近い懸崖《けんがい》の湧水《わきみず》汲み戻り、いとも丹念に注ぎかける。幾度ともなく水源《みなもと》を往き来する。黙禱まで捧げることは滅多にないが、身内の命日には怠りなく頭《こうべ》を垂れる。見咎《とが》める者などもとよりなくて、公私混同とそれを揶揄《やゆ》する輩もまた見当たらない。

同じ正門からみると、サクラの植樹はキャンパスの左側に限られる。あるいは植樹ではなくて、こちらも大学移設以前からの名残りが点在するばかりかもしれない。だけど、そもそも肉眼では大学会館に遮《さえぎ》られてそこまでの視界が及ばず、正門の近辺になるとただの一本も見当たらない。卒業者を見送り、新入りを迎えてやまぬという、世間一般の桜吹雪などここでは絵空事にすぎず、桃色の幻像もことごとく意識の彼方に消し去られていく。それに建物の向こう側へ歩みを進めても、サクラとは反《そ》りが合わぬとばかりに、右手半分を占める音楽系の敷地にはやはり皆無である。サクラは眺むるものにあらず、口ずさむべきものナリと教え諭すように、春告桃華の妖怪どもはものの見事に蹴散らされている。

それでも大学会館のすぐ南側には、コレゾ春に対するアリバイ証明、とでも言いたげに枝振りも立派な古桜が独り佇《たたず》み、そこから東方の、絵画、彫刻、染織、漆工、陶磁器といった一連の造形畑を眺め渡しても、サクラはいずれも孤立散在するばかりナリ。何しろ写生用の飼育小屋近くに一本見えるきりで、あとは陶磁器の研究棟もこえた東端に至りてようやく四本の群生に迎えられる。そこからは金網の塀越しに外周の小径をはさんで山裾の竹林にも対座するのだが、春ならではの桜竹二重奏に耳を傾ける者など期待するべくもないのだろう。それでも新たなサクラ求めて踵《きびす》を返し、また中央部に戻ってくると、例の古桜の向こうにもうひとつの連なりがみえてくる。真鯉住まうとも言われるかの古池へと向かう道すがら、やはり大学会館南の円形劇場を取り囲むように、最上段から三本がそれぞれに桃色の照明を翳《かざ》してくる。

サクラの点描はここに終《つい》える。あとはクスノキ放つ芳香へとのみこまれてしまう。秋には階段状の客席に並べられていた紙のオブジェ3点もすでになく、噴水台に仕掛けられた金属製の『入植』地だけが、来たるべき春小麦の収穫にでも備えて自衛の眼《まなこ》を光らせる。その切先を尖らせた無闇に鋭利な胸算用にだけは、錆びつく余地もない。

ふと大学会館の屋上を見上げると、桜花なき銀色のドームが春待ちかねた蕾《つぼみ》のように胸襟《きょうきん》を開く。ウグイスに身をまかせ、ヒバリ散らして見る軒先の、生ツバメのみこむ春のよこしまと、耳慣れぬ花言葉まで呟《つぶや》く。そのとき高圧電線の鳥影もまたいっせいに囀《さえず》り、鉄塔に翼休める者たちはどれもが常《とこ》春《はる》の精霊を名のり出て、未開の原野にも真の緑をもたらそうとする。ただかたわらでは架空の入植者だけがメタルの画布《カンバス》に磨きをかけて、捏造《ねつぞう》の富を持ち去るのだろう。

古池のほとりには、二体の詩聖が舞い下りている。いずれ劣らぬ強《したた》かな、近在の山中辺りに住まう老猿《ろうえん》であろうが、正しくは落葉の自刃《じじん》を企てたあの冬の亡霊からの折り返しにすぎない。一体はクヌギの樹下のベンチに腰かけ、もう一体は池とりかこむ回廊に佇む。二体はそれぞれの春を謡うが、萌え出ずる声は誰にも聞き届けられない。両者の間にはヒト文字ばかりが飛び交うのだが、先ずはクヌギの下から詩《うた》が流れる。

「いずこよりか、香木削《けず》る鑿《のみ》の音《ね》がこぼれて、この山間《やまあい》の景勝がなおのこと深遠を極めると、苔《こけ》むす小径《こみち》の果てには、ささやかなる傾斜に竹林《ちくりん》も鈴生《な》る。手前の草むらには桜の華がひらいて、健気《けなげ》にも常春《とこはる》を寿《ことほ》ぐ。どうしたものか私は、私というこの私は、歳月という名の杖一本に寄りかかり、ここなる学びの庭に取り残され、ほんのひと雫《しずく》の老沼《おいぬま》を見下ろす。辺りには、のむもの、すうもの、くらふもののひとつなく、静けさに物語るものだけが、まだ見ぬ旧知からの応答を待ちわびている。水面《みなも》に翼休める鳥影もなければ、池の主を唱える魚影《ぎょえい》さえもが言葉を退けて、涼やかな水底《みなぞこ》に庵《いおり》を結ぶ。いつの日にか私も大海原に人無しの船を漕ぎ出し、この世を照らす金銀の魔性《ましょう》とやらを究《きわ》めてみたい。身を翻《ひるがえ》して山彦に問わば、世俗の害毒を包み隠さずに述べたてるべし。何やらカモメの朋輩《ほうばい》は目下《もっか》の回廊に身を休めるとみえて、軽やかなツバメの舞いに打ち興じては、薄暮《はくぼ》の雑踏に満たされぬ想いを馳せる。さらに立ち枯れた過越しの願いも託す。私ひとりがこれより山中深くに分け入って、人跡未踏の原野につかまる。人知れず、荒れ野と呼びかえる。そこは花もなく、若葉も萌《も》えぬ、夢の果てなる現《うつつ》のさなかに……」

目にも止まらぬ勢いで、一羽の黒燕が古池に飛び込んだ。見事な入水には波風も立たず、それでもクヌギの下の詩聖は同じベンチに腰かけている。どこかで落ち窪んだ口笛の響きがする。いいや、アレは誰かの竹笛なのか。そこでもう一体の詩聖が回廊伝いにゆっくりと古沼《こしょう》の淵をめぐる。

「さあ、どこにいる、どこにいく、どこにわたる、どこからもれる、玉笛の呟きか、私の唇にはもらす息吹きもないのに、どんよりと日暮れて、まだ見ぬ夜空に向けて、笛の音は尚更《なおさら》に響き、薫る春風にも運ばれて、山里にみなぎる、その唄の中にも国を見出すと、いのちの中にはことわりが目立つ、しきたりが際立つ、ことばの中にも驕《おご》りが見え隠れする、静まりの中にも騒乱が持ち上がる、かくのべる私の胸中には、私ひとりが消えていく……」

言葉にもならぬこれら二体からのヒト文字は流されて、古沼の懐に溶け込んでいく。ヌクヌクと笛の音ものみこんで、やがて大小二つの呟きが事切れると、詩聖はいずれも春を折り返すためにと、併《あわ》せて単衣《ひとえ》の姿を眩《くら》ませた。


ところがよく耳を澄ますと、いつしか玉笛ではなくて、それは果敢に独奏するヴィオロンであった。古池にも程近く、奏でるソリストは円形劇場の舞台に立っている。音楽科の新入生か、それとも卒業生か、ただの在校生にしてはいかにも仰々しく大胆にもすぎるが、ソリストは無人の聴衆を前に無伴奏のパルティータを弾き通す。暖色の振袖を纏い、角を生やした四足獣の柄模様を肩口から織り込んで、紅《くれない》の帯を締める。履き物はなく素足のままで髪はなだらかに結い上げ、赤紫の鼈甲《べっこう》の簪《かんざし》を真横に差し止めている。凜《りん》としてたおやかな木質の佇まいが調弦のペグ（糸巻き）を想わせるのだ。

そこへ、何者かが巧まざる別れの香料を振り撒いたように、春のにおいが立ち込めてくる。たちまち道の奥へと行きわたるクレッシェンド、水の流れにのまれるデクレッシェンド。客席に立つ三本のサクラも相応に花びら散らしながら、ソロの舞曲はアルマンドからクーラント、サラバンドへと移り変わる。

振袖に包まれた体格からすると、どう見ても孤高のソリストとは男《おのこ》のようだ。曲調の動静にはさして関わりもなく、時折興がのってくると男は右足を上げる。運弓する右手側の膝を軽く折り曲げると、そのまましばらくは一本足の奏法を試みる。そうやって自分なりに高揚を手繰り寄せると、ひとつの盛り上がりをこえたところで、力まず素早く乱調もなく、持ち上げてきた踵《かかと》は舞台に戻る。要所要所で苦もなく同じ所作を繰り返す。両眼はきびしく閉ざされて、たとえ開いても彼のまなざしは一心不乱に運ぶ右の手首に注がれて、間近に張られた四本の弦には及ばない。ましてや、それらを押さえて駆け巡る左手の指先にさし向けられることなど一度たりともありえない。たびたびのビブラートも、これには同じく不遇を託《かこ》つ。

そのパルティータの円形劇場から石の壁一枚を隔てた裏側の、大学会館へと下りていく階段中程には広めの三和土《たたき》がある。そこに日向ぼっこでも決め込むように、画学生らしき人影がただの一体横たわっていた。それも整然と何枚も展覧会のポスターらしき刷り物を敷き詰めた上に、全くの無活動を決め込み転がっている。図柄の所々にはこれ見よがしにピカソ、シャガール、クレーが浮かぶ。モディリアーニも見え隠れする。その上の不動の人影はといえば、鼠色の頭巾《ずきん》に被われて、表情はおろか顔の造作も覗《うかが》えない。すぐ上の段には履き物がきれいに揃えて置かれ、ズボンの裾先からはソリストの帯にも連なるべき赤の靴下だけがのぞいている。這い回る虫影も舞い下りた花影も辺りにはなく、脇に置かれたプラスチックのケースでは数々の色マジックが待ち受けている。

そこで画学生は眠る。おそらくは午睡《ごすい》に身を預ける。そうやって死の化体《かたい》となることに生の実体を見出すのか。はき古された作業ズボンは、塗り重なった虹色の絵具で抜き差しならずコテコテに固まる。画学生は何よりもこんなズボンに閉じ込められて、どうにも身動きならない。手元には青マジックも一本横たわるが、延べ広がるポスターの群生をのぞいて、画布《カンバス》にあたるものはどこにも見当たらない。陽ざしはいよいよ眩しさを取り戻すが、なおも画学生は無欲のかたまりを装う。敷布がわりのポスターこそが彼の手になるものと、ようやく誰かが気づかされるとき、凝り固まる人影はひそかに顔を赤らめ、自作の上にて相果てるのかもしれない。

そのころ舞台のヴィオロンが長き終曲へとさしかかる。ソリストはそこでも一本足を弾き通して、高名なるシャコンヌに縺《もつ》れ込む。その源をたどれば大海をこえて、先住民たちの死の舞曲にも通じるというが、いまここで舞うものはソリストではなく、むしろ石壁の裏庭で人知れずかたまる人影ではないのか。曲の中間部に入るとニ短調がニ長調に転じる。振袖の弾き手はようやく右足の爪先を下ろしたが、その後も踵をつけることはない。爪先は絶え間なく、曲想の足がかりでも探し求めるように麓をさ迷う。それでも演奏には何の乱れも生じない。緊張の糸を緩めることもなく、時はますますシャコンヌを極める。南門では先の転調に応えるように、ケヤキの並木が若葉を芽吹く。それも精力傾けて、グシグシと、口先つぼめて、トゥントゥンと、さらにはグシグシ、重ねてトゥントゥン……ここで春もまた極まり、花びらという花びらは麻痺をしながら、この山間を幾重にも彩るのだから……

そうなるとヴィオロンの刻むアルペッジオにのせて、いまや画学生をのせたポスターの群生こそが小さなキャンパスを作り出す。そこへ一段と微細な創作意欲を詰め込もうとする。作者作品もすんなりと反転を遂げて、画学生の不動の塊りこそが弛《たゆ》まぬ展示物へと純化する。ポスターは名前の持てない一枚の作者となって、その一面には先刻ふたりの詩聖の交わしたあのヒト文字こそが刻まれていく。

こうしてパルティータが終演を迎えると、途端にソリストは背中から大の字に倒れる。どうみても後頭部を強かに打つ。拍手は起こらず、腭《あぎと》にはヴィオロンをのせたまま、ソリストの顔面は演奏中にはなかった分厚い仮面におおわれている。こちらもみるみる頭巾のような急成長を遂げる。口元は長く水平に裂けて、青黒い目の光が大きく縦に見開いていく。まさに破顔というほかはない。そこへ再び玉笛の音、もしくは竹笛の音がくり返す。たちまち円形劇場の頂きでは『入植』のパネルが薙ぎ倒される。これでようやく目が覚めたかのように画学生は石壁の向こうの舞台に向かって手を叩くのだが、絵筆を持つ手はなおも真昼の夢の中にある。

シロガネの展示はその後も休みなく続いた。冬場の乾燥で、雪を被るそのたびごとに、炭化・ミイラ化というよりも遺体の木化が進んだ。秋以来、キャンパスを往き交う人々は亡骸を屋外展示のオブジェと勘違いしてきたのだが、春にさしかかるころにはもはやそこに「作品」らしきものがあったことを記憶にとどめる者もわずかになっていた。それは薄情というよりは自然の衰退ないし衰弱なのであって、シロガネも腋の下から胸倉、臍の穴、股座《またぐら》と、体中から紫の蔓《つる》をのばした。それぞれの蔓先にはおびただしい数の花々も咲かせていくのだが、それらの間ではどの一組として同色の花びらを揃えるものがない。花は人々の生命《いのち》となって萌え上がるが、事ほど左様にいまは亡きシロガネの花群《はなむら》は異彩を解き放ち、同じ人々はようやくそこに稀代のオブジェが置かれていたことを思い出す。それが自ら命を絶った若き画学生の遺体であったことなど、なおさらに気づかれるべくもなくなってしまった。通りかかる人はみな口を揃えて、己《おの》が作品にこれほどの種類の種子を植え込み、しかも開花に導いた架空の造形作家の巧みをほめたたえるばかりとなった。

ただ、そこに芽吹いたものはあくまでも単独の遺志にほかならない。しかも悠々咲き誇るものは、花と同じ数の遺言を携える。単独の遺志には、それらの遺言を統率するだけの力がすでに失われているのだから、その限りにおいて遺体は作品をかねることができる。しかし、初夏の足音もきこえる五月の初旬、さんざめく春の嵐も吹き荒れた夜のこと、遺言を託された無数の花びらはようやく単独の遺志のもとに結束する。雨風にも抗《あらが》うように色合いを整えた。こうしてシロガネは「樹体花体」のタイトルをなおもいただき、ほんの一時ユキヤナギのような白一色に包まれる。あの正体不明の採点官がキャンパスにやって来たのも、同じ嵐の夜であった。

それは男と女であり、腕を組みながらも取り立てては寄り添う風でもなく、堂々と正門からやってきた。嵐だからというべきか、傘も持たなければレエンコオトも羽織らない。女はまっすぐな、それこそ漆黒の長髪を銀色の鎖で巻きとめている。紺色のタイトスカートの上は柔道着のように分厚い上着で、ボタンもなければ帯もバンドも締められない。男は髪を短く刈り込み、やはり紺色の上下スーツにエナメルの黒靴、ネクタイも地味な紺色を締めて、ワイシャツの白ばかりが際立つ。二人の手指には既婚の証しも認められない。

かれら二人の採点官はずぶ濡れのまま正門をくぐると、もはや腕を組み合うこともヨシにして、虎視眈々とシロガネをめざした。かれらの目標は今夜も、右手に進んで少しジグザグを上った辺りに置かれている。まもなくシロガネの麓にたどりつくと、いずれからともなくその「採点器」とやらを取り出した。デブ、という発信音を伴って液晶の画面が点るのと、春雷が轟くのとはまさに同時刻だった。稲妻が一筋シロガネ横たわる木の幹をさし貫いたかと思うや、鋭利な切先は地を這い草を掻き分けて女性採点官の足下にも及んだ。アッと叫ぶ間もなく女はその場に倒れ、採点器だけが点滅を描くように転がり落ちた。

あれだけの雷撃を受けたにもかかわらず、女の器は何の損傷も受けなかった。男は顔色ひとつも変えることなく、相棒の残した採点器を拾い上げると、両手にそれぞれの画面を展《ひろ》げながら、あとは雨風をものともせずに相棒の分まで黙々と採点を続けた。

採点が終わったのは夜が明ける直前である。その時には、シロガネを被ってきた白い花弁も後腐れなく、すっかり取り除かれていた。採点の対象になったのは、シロガネの自死や人知れず遺された肉体の描き出す芸術性ばかりではない。何よりも吟味されたのは、落雷という自然の悪意を前にしてもなお守り抜かれる沈黙の拠り所であり、その深さに強さ、さらにはその限界にほかならなかった。

こうして長時間に及ぶ採点を終えると、男の採点官は遺物のオブジェをなおも見上げながら、まずは右手の、次に左手の液晶画面を静かに閉じた。するとこの時が来るのを待ちかねたように勢いよく、倒れたままの女がそれはヌックと立ち上がり、男から自分の採点器を取り戻すと元の鞘に収めた。男も自分のものをポケットにしまうと、もはや力なく女の体にしなだれかかろうとした。女はそれを撥ねつけるでもなく受け流してみせると、男の両腕だけはその細い肩に受け止めてやった。男が目の前にぶら下がる女のうなじに軽く口づけをすると、女は冷ややかにもひと言「くすぐったい」とだけ呟いて、神の認識番号でも読み解いたかのようにほくそ笑んだのである。さらに男が力をなくしてもたれかかると、その体は口づけをしたうなじの一点から吸い込まれるようにして、温かい女の体内へと姿を暗ませた。

この消失合体の直前、男のペニスは女のアヌスに突き立てられたのだが、結局のところ女の掌に残されたものはといえば男の採点器ばかりだった。女はそちらを元の携帯電話に差し戻してどこかに連絡を取りながら、独り人気のない正門をあとにした。ようやく雨の遠ざかったシロガネの麓には、どこにも文字のない真新しいプレートが一枚残されている。

それから一週間後、真夜中の採点官から大学当局に、とある採点表が送られてきた。事務方が差出人不明の封筒を開けると、音もなく小さな火柱が立った。怪我人もなく、送られてきた封筒はおさまりの良い一枚の便箋に姿を変えていた。そこに記された図表もその中の文字もすべてが解読不能であり、ただ誰が見ても殺意のない殺気ばかりが読みとられた。

雷鳴をお腹に収め、意気揚々と正門をあとにする一体の採点官になり代わって、一人ぽつねんとキャンパスに戻った者がある。前年度の卒業製作も終了を迎える冬の半ばあたりから、ついぞ姿をみせなくなっていた先輩留学者ペリオドだった。

彼の失踪については春に向かって日を追うごとに暗い憶測が流され、公権力による身柄の拘束を訝《いぶか》る者も少なからず公然と現われた。そもそもペリオドの出身地にはイザコザの絶え間がない。国境紛争に宗派対立、そこに資源をめぐる利権争いも絡んで、テロリスト狩りとやらも無差別なまでに頻発をする。その弱味につけこむかのように、惨たらしくも面と向かいペリオド評して「自爆テロルの彫り物師」などと冷やかす者も現われた。これに対しては、『タトゥー（彫り物）ではなくって、タブー（禁忌）じゃないのかい』などと、ペリオドは相手の言葉がよく理解できないふりを装ってその場を切り抜ける。心の底では煮えくり返りながら、得意の鑿を揮《ふる》って瞬く間にそやつのデスマスクでも彫り上げたことだろう。それでも鉄面皮なるその死面《しにづら》が自ら手を汚すことはなく、それでもいつの間にか重ねて血の匂いばかりを嗅ぎ分けてくるようだ。

とはいえ本国の当局筋から大学に対して、いやがらせ紛いの問い合わせが入ったことも事実のようだ。それをよいことに口さがない連中は嵩《かさ》にかかって噂を立てる。ペリオドの表向きの顔は留学者にして、秘められた真実の顔は地下活動の頭目なのだ、と。だが、いかにも貧相なそやつらを含めて、ペリオド失踪の真相はもはや誰にも読み解かれない。いかなる時代においても、人的想像力の初期設定がリアル・ポリティクスの夢幻を超え出ることはありえないのだから。

ペリオドにとって、ふたたび芸大のキャンパスへと向かう上りの道は苦難に満ちたものだった。そのことを理解できる者はごく限られた少数なのだからと、おのれに異端のレッテルを貼りつけること以外に生き残る術もなく、ただ背中には黒光りする巨きな材木を背負ってきた。風説をものともせず、背負うのは念願かなってようよう手に入れた最高品質のカツラだと吹聴した。正門に向かって最後の坂を上る彼の姿は、深山《みやま》棲まいの樵《きこり》、というよりも本能の赴くがままに再会の浜辺を見出し、陸《おか》へと押し寄せる海亀もさながらであった。よくもまあ、あんなに重たいものを、車でもなく自分の体だけで運んだもんだと、か弱き土着の後輩たちはみな一様に呆れ返る。彼はそのままの姿で彫刻棟の定席《じようせき》に戻ると、消え去った時間については寡黙を貫く。それでもたまに問いかける相手の機先を制し、ひたすら材木捜しに精出したと煙に巻く。さらに材木を撫で回して、あとは鋳割れんばかりに渇き詰めた非情のご満悦に浸り込むのだった。

黒き素材を前にして、ペリオドはいよいよ自分の卒業製作に取りかかろうとしていた。これまでの経緯からみてもそれは、ムクノキの上に展示された秋のキススキと好一対をなすべきものだった。仏彫にでも準《なぞら》えるなら月光《がっこう》菩薩に日光菩薩、普賢《ふげん》に文殊《もんじゆ》、無著《むじやく》と世親《せしん》、あるいは仏門を守り固める金剛力士のように。その実、新たな彫像作品に宿命づけられる役割とはつまるところ、シロガネのレプリカにほかならないのだった。

ひときわ威勢のよいペリオドの鑿の音《ね》にも煽《あお》られて、古池の底からはふたたび二つの詩聖が口走る。いまは亡きシロガネにもなり代わり、それぞれに歌を詠み、失われし冬の雪野《ゆきの》に声を揃えてクロズミの筆を運ぶ。すると、シロガネのふもとに置かれたプレートの文字も、これまでの「樹体花体」ではなくて「花体葉体」へと、ものの見事に書き改められた。

樹上を見上げると、シロガネの亡骸はなおも過ぎ去りしオオカミの眼《まなこ》を摑んでいる。あるいは逆に、見知らぬケモノの瞳へと埋め込まれていく。新たなプレートの命名にも反して、シロガネの住まう辺りにはもはや一輪の花も見られない。ただ、一年を通して変わることもない常世《とこよ》の緑が流れ出すばかりだ。

それでも若葉は、シロガネにも芽吹く。それも単なる新芽ではなくて、揺るぎなくも探究を積み重ねた無欲の言葉《ことのは》であり、よく耳を傾けてみると、その中の一枚が厳かに呟く。後腐れもなくて、目にも鮮やかに思惑を寿《ことほ》いでみせる。曰く、この世を神が作り出したとすれば、あの世は人が作り出したのである、と。

（物語は連作の11「夏」へと連なる。）

アラタナルシ９

いくさゆ

あるいは、夜の階級闘争

●

Le temps de guerre

●

Ikusayu

私はジャッカルの兄弟となり、
駝鳥の仲間になった。
わが皮膚は黒くなって、わが身から剝がれ落ち、
わが骨々は暑さに焼かれ、
わが竪琴は悲しみの調べに、
わが笛は泣く者たちの声となった。
『ヨブ記』より

1

階級闘争の夜だった。かつて母親の股ぐらから出てきた子どもが死なんとしている。大人になって、男は寄せ場の夜を吹き流した。今夜も体にはアルコールが詰まっているが、そちらが燃え上がるわけではない。道端に転がる錆びた五円玉をみつけると、我を忘れて齧《かじ》りつく。すぐさま、歯先のこぼれる音がした。すると「いくさゆ」と、どこかで老婆がささやいた。いまでもここいらは、戦さの渡世ということなのか。ならば平和への入口には革命がそそり立ち、ソヴェト、あるいはソウェト……老《ろう》爺《や》はいつまでも戦さと世直しにうつつを抜かす。男の体からはアルコールばかりではなく、何よりも強いガソリンの異臭が立ち込めるのだが、自分が女だと思ったことはいまだかつて一度もなかった。

市民社会の平和と秩序が男に大量の薬物を与えた。薬物は脳髄を麻痺させながら、いつでも巧みに男の生存をはかってきた。男は誰からも労務者と呼ばれて、薬物は何をおいてもアルコールと呼ばれる。効能はまずまず良好だが、とどのつまりが不良とみなされ、振舞いはどのみち過激とされる。

男はいま軍事基地のゲートに向かって歩いていく。中に突入しようというのではない。規模は極東一とも東洋一とも言われる。何やらプロボクサーの名前かタイトルみたいだが、ほかでもない世界一を自認する北アメリカ軍の出撃基地だ。取り囲む長い金網のフェンスには所々に英字の警告文がぶら下がり、その向こうにも、その左右にも終りというものが見えない。

男のツレの中にもこの南の島の出身者がいたのだが、三年前の冬、その中のひとりが仕事の最中に転落死した。ヤツもやっぱり例の薬物を飲み続けたから、解剖のとき胃袋が異臭を放ったという。それを聞いたとき男は思わず生唾をのみこんだが、そのツレがこの島の生まれであることを明かしたのは、この世を去る間際だった。ツレは死ぬまで生きることへの負い目を感じ、罪の意識をしょい込んできた。遺された男もまた同じ負い目と罪の意識とやらを背負わされたまま体に火を点して、亡き友のかたわらに向かおうとしている。だから死ぬのでもなければ、ただ生きるのでもない。その前にまた好きな薬物をいただいたが、それは異様な高ぶりを堪《こら》え、何よりも最後の平静を保つためだった。

ゲートを出入りする車の数も徐々に減ってきた。赤い瓦を被せた警備詰所が地面からの照明を受けて夜空に浮かび上がる。戦闘機が、輸送機が、偵察機が、爆撃機がその同じ夜空よりもさらに高い暗闇の一点から舞い下りると、また別の一機が今度は同じ暗闇の彼方をめざして飛び去っていく。あとにのこされる鈍色《にびいろ》の轟音が平和の胃の腑を裏返しては嘲ろうとする。満たされることのない侵略の魔の手が今宵も夕餉《ゆうげ》を漁《あさ》る。所構わずパンが飛び散りスープがこぼれる。束の間、血の海に沈められた特殊潜航艇の唸りがよみがえる。それはいずこからともなく酒場の喧騒へと連なり、そこではロックと民謡がしのぎを削り、立ちくらむギターと三線が自慢の棹《さお》と棹をぶつけ合う……

この男もここまで来れば、下手な負い目や罪の意識など感じることもないのだが、いつしか人に恨《うら》まれれば恨まれるほどに、恨むその人ではなくて、制度そのものに憎しみを向けるようになっていた。そうやって未来へとつながる長い暗黒の中にも立ってきた。それでも、生身の肉体を奪われることにだけは、どこまでも抗《あらが》おうとしている。たとえこの先いかに罰せられようとも、黙って野たれ死ぬのではないという確信だけがいまの彼を支えている。

思えばいまからちょうど三十年前にこの島でひとつの戦さが終わった。それはもっと大きな戦争の一部だとされている。ちょうどふた月前にはインドシナでまたひとつの戦さが終わった。こちらはもっと長い戦争の一部だとされている。四十年前の「勝者」が今度は「敗者」に転じた。島はいつだってそんな戦さの一部にされてきたのだ。今年は雨の季節を間近にして戦さが終わり、かつては雨期が終わったころに戦さも終わり、それからずっとこの軍がいる。軍なら、その前にもいたんだが。

酒場の明かりはギラギラと熱帯魚の鱗《うろこ》をはがすように輝きを増していくが、昼間の商いはポトリポトリと訪れた蒸し暑い薄暗がりの中に沈んでいく。基地のゲートにもっとも近い一角にあるナカムラもそろそろ店じまいに取りかかる。近在からは夕餉のにおいも立ち上るのだが、先年妻を亡くして中学生の娘と二人暮らしでは仕度もまだまだこれからだ。ただ四月に三年生になってからはクラブの練習で遅くなり、せっつかれることも少なくなったのが、半ば寂しく半ば気も休まる。かといって遅くまで商いに精出しても、煙草を買いにヤンキーが立ち寄るくらいのもので、悪酔いしたのがからんできたら面倒でいけない。海の向こうの戦さも一区切りがついたというが、つい春先までは気が立っているのがウロウロしていて、命に係わることだってなきにしもあらずだった。その挙句に基地に逃げ込まれたら、手の出しようがなくなってしまう。掟破りが重ねて掟を破るという寸法だ。

場所柄ここいらには米兵相手の質屋が立ち並ぶのだが、ナカムラの店は基地相手の商売というには程遠いごく普通の雑貨店だ。台所用品からトイレットペーパー、マッチ、ライター、洗面具に大工道具も少々、釘、木ねじ、レンチ、ドライバー、もちろん煙草も取り扱う。衣類はTシャツを中心に、ジミ・ヘン、ジョン・レノン、舌べらを垂らしたストーンズのロゴにゲバラだって取り揃えている。ヤンキー好みのドーナツ盤レコードも中古品ばかりを百枚ちょっと、店主直々のコレクションを並べている。もうどの一枚にも愛着未練はなくて、どれが買ったものでどれがもらったものかの区別も失せ果てた。録音用のカセットテープには、すべてがノーマル仕様で、六十分、九十分、百二十分の三種がある。立ち寄るヤンキーは輸入物ばかりではなくて、地元や国産の煙草も買っていく。中でも缶ピースには根強いファンがいるのだが、「平和（Peace）」という商品名にすぐれて託すものがあるようにも見えない。託す気力が湧かないのか、それとも託すものが見つからないのか、そのどちらでもないところでいずれ彼らは餌食にされてしまう。キツい煙草で喉元を焼きながら。

店の外壁には、歩道に向かって青錆びたような水道の栓が一本飛び出していた。高さは島の男のちょうど膝くらいで、兵士たちにはかなり低いが、大きく身をかがめて通りがかりに手を洗ったり口をゆすいだり、頭からかけていくのもいる。断りなしのヤロウであっても、店主は文句もつけずになすがままにまかせていた。ただ、朝晩の水遣り水撒きには便利がよくて、品物を濡らすような気遣いもない。

娘が三年に上がって間もないころは、少し帰りが遅いと心配になってやおら捜しに出かけた。そのぶん店じまいも早くなる。それからふた月が経ってだいぶ慣れたが、それでもあまりに遅いと、変なことに巻き込まれたのではと胸騒ぎにも苛《さいな》まれる。そこで出かけてみると、大抵は商店街の公衆電話ボックス辺りに腰かけて、女友だちの同級生と雑談の華を咲かせている。でも、今宵に限ってはそんな心配もなくなった。両手にバッグを提げてうつむき加減に、もう二、三軒先まで戻ってきていた。スグ仕度スル、と父は声をかけるが、わずかにうなずくだけで台所の方に消えた。バッグを下ろして、冷蔵庫を開けて、飲み物を探す音がする。喧嘩でもしたのか、体がつらいのか、どちらかだろう。

そんな閉ざされた夜に向かってあえて瞳をこじあける輩ならいくらでもいる。ましてや兵士たちの求める休息はといえば、弾丸と弾丸とのすき間に塗り込めそそり立つばかりで、逆巻く渦潮のような時間も流される。引き金もなく弾き出される白い血を赤い血に変えてくれる薬物求めて、彼らはさ迷い歩く。そこはどう見ても左側通行の巷で、見るだけでもクラクラとして吐き気がこみ上げてくる。それでも日が改まると、今宵もまた出かけていく。歓楽街へと繰り出していくそんな同僚たちの姿をうらやましげに見ながら、二、三人の当番兵士が警備詰所の守備につく。まだウォークマンもないころで、小型のカセットレコーダーをこれ見よがしに肩から背中にたらして、唄いながら通り抜けていく剽軽者《ひょうきん》がいる。レゲエのノー・ウーマン・ノー・クライ、ブレイクしたばかりのボブ・マーリー。ついふた月前までなら考えられなかったのかもしれない。おまけにその兵士はゲート前でタップダンスまで披露すると、一転カセットレコーダーを左腿に貼りつけ折り目正しく敬礼を送る。すると詰所内の黒人兵がひとり、友人なのか、こちらは軽く敬礼を返している。それから二人はそれぞれに手を振って、片や見送り、片やいそいそと、夜の任地に赴いた。

その先の、ささやかな認知のはざまから男は身をのり出してきた。男がこのゲート前の通りに姿を見せた瞬間を見かけた者はひとりもいない。少しのびた髪をオールバックに撫でつけている。この島の生まれでもなく、つねに最底辺からの活動家でもあったその男はいつも複数の目線を探し求めていた。だから単に目配りをするばかりではなく、また目配せをするまでもなく、圧制を生きぬくには生まれついての一対の眼球だけではいかにも心許《こころもと》なかった。そこで男の思考は戦略戦術の上で、三本の目線を養ってきたのだが、それらは働く人々の血液が流れぬけるただ一本のパイプによってつなぎ合わされ、生死をとびこえた大らかな一点へとつなぎとめられていく。それこそが闘いの原点だった。

それら三本の目線のうち、ひとつのまなざしはまずアシモトに置かれて、いつでも公然と剝き出されていた。常日頃は組合（労組）となって行動の表看板を装いながらも、必要に応じて蹴り（実力行使）を入れられる気構えだけはできていた。それでも「違法」な蹴りだけは極力控えて、あくまでも法に則り、獲られるべきものを勝ちとろうとする。働く者たちの利益を擁護しようとする。そんなにも慎ましいアシモトの目線を敵は何とか突き崩してやろうと躍起になる。たとえこちらが法を弁えても、あちらがそれを踏みにじり、何食わぬ顔をして押し入ろうとする。そんな組合潰しを前にしては、いきおいもうひとつの目が輝きを増す。

そいつはメモトに潜んでいる。生理的な目ん玉の背後に身を隠して夜となく昼となく力を培った。

頃合いをはかり、時機を見定め、日常のまなざしに被いかぶさる日常ならざるまなざし、半ば公然と姿を見せつける暴力のまなざし、工作の意志、敵の仕かける理不尽に立ち向かう大衆の実力、その暴動的決起、燃え上がる警察車両、飛び交う怒号と火炎、それらがひとたび引き潮に入ると、この目はたちまちメモトの奥深く退いて、日常の裏側へと消え失せる。敵はいつだっておのれの暴力を顧みることがない。そこには内省なき無謀の積み上がる余地もある。目くじらを立てて、どんなに卑劣な手段を講じてでも、この第二の目を何とか炙《あぶ》り出そうとする。

そこでさらにもうひとつの目が、赤くて鋼のように冷え冷えとした第三の目が、ムナモトひそかに折りたたまれていた。もはや強固なゲリラのまなざしは誰からもうかがい知られることがなく、いまでも都会の森の中に身をひそめている。その日常ならざるものがいよいよ日常そのものを吹き飛ばそうとする。がんじがらめの足音がする。猿が尾行を繰り返す。犬が狼をくわえている。いずれが祖先かもわからない。闘争だけがゆるやかに進化をとげる。敵は「テロリスタ」とこれを蔑むのだが、ゲリラのまなざしが自ら「テロリスタ」の仮面をつけることはない。なぜならその目は単独者ではなく、だから無闇と暴発することもなくて、つねに三本のまなざしの連なりとして生きぬかれるのだから……

しかし、もはや男はひとりだった。何らかの単独の意志をひそかに代弁するしかなかった。ナカムラの店のゲート寄りには細くて長い路地がある。路地はどこにも通じることのない往き止まりを隠し持っている。今しがた男はふたたびそこから姿を現わし、すぐ右手にあるナカムラの店先に立ち寄った。看板間際であることは一目でわかるのだが、かまわずにのぞき込み、店主は店主で見知らぬ客人を快く迎え入れた。

「いらっしゃい」

「ライター、ちょうだい」

何よりもドスの利いた、野太い声だった。

「使い捨てでいいですか」

「うん、それでいい……どんなの？」

タバコの陳列ケースの端っこには、色鮮やかに大小のＢＩＣライターが見える。半透明のボディに包まれた箱型のライターも色とりどりに四種類ばかり、それぞれの紙箱に収まり整列している。男は光沢を抑え込んだ持ち前のギョロ目を、夜の中程辺りから居並ぶ品物たちへとかけめぐらせた。さらにガラスケースの上には両切りピースの円筒形空き缶が立っている。中には太めのボールペンのような小さな怪物たちがぎっしりと突き立って、男の注意をこよなく引きつけた。

「これは？」

「それも……ペンシル型ですね」

男は任意の一本を抜き取ると、親指を除く四本の手指で握りしめた。ペンのお尻に突き出すツボミを押し入れるや、反対側のペン先からはすぐにゆるい炎がこぼれ落ちた。

「へえ、これもらおか……なんぼ？」

「百円ですよ、どれも」

男はズボンの右ポケットから、五円玉ならぬ百円玉を一枚取り出すと、ピース缶のすぐかたわらに置いた。

「はい。ありがとうございます」

あえてペンの色合いを吟味するまでもなく、男は見本に抜き取った一本をそのまま同じ右のポケットに収めた。

「ありがと」

男が背中を向けると、まもなくシャッターの閉まる音がした。店主ナカムラが半分まで下ろして本日の閉店を告げている。少し前かがみになってみると、なぜか自分の襟元辺りからまるで娘ざかりのような甘酸っぱい匂いが立ち昇った。

男は男でまだ残り香もなく、元の路地へと消えた。手に入れたばかりのペンシル型ライターは音もなくかたわらの植木鉢に投げ込まれた。そこには土もなければ水もなくてカラカラに干からびていたのだが、さらに足音がして、ほどなくドクドクと音がして、ビシャビシャと何かが飛び散った。暗がりの中で男はどうやら、ラベルのはがれた一升ビンを片手で持ち上げ、中の液体を頭から上半身にかけている。透きとおった液体はそのまま流れ下って、はき古した作業ズボンを浸していく。揮発臭が思わず男の鼻を突き上げたが、それでも地べたに落ちた雫は驚くほどわずかだった。ペンシルともども植木鉢はなおも乾いたままで、痕跡という痕跡はものの見事に消し去られていく。男の肉体は流れ出す液体を余すところなくのみつくしたが、いつものアルコールではなくて、ガソリンだった。

こうして身仕度を整えると、男は乾いたままの植木鉢の中からふたたびライターを取り出した。空の一升ビンだけをのこして路地を抜け出すと、そのまま左に折れてゲートのほうに向かった。通りにはタクシーが並んで停まっている。業務用車もちらほらと体を休めている。ペンシル型のライターを一本右手に提げて、男は歩き出した。身元を知らせるようなものは何も携えていない。そのときナカムラの前を通って基地へと向かう者がもう一人いた。米兵ではなくて、夜勤でもあるのか明らかに地元の人間で、はからずも男の十メートルばかり後ろを付いていく。前をゆく男の着衣が何やら濡れていることはすぐにわかった。さほどの異臭も立ちのぼらず、いよいよ訪れた夏の暑さに早くも耐えかねたどこぞの酔っぱらいが、それこそナカムラの前の蛇口ひらいて、水浴びでもしたのかと思ったその矢先だった。男が不意に立ち止まり、右手の先に火が点る。煙草でもすうのかと思ったが、それにしては口元から離れてるので訝《いぶか》しく思うと、煙草ではなくて男の体が大きく燃え上がる。炎は腰元辺りから、瞬く間に上へ下へと広がった。

ああっ、と短く大声を上げながらも、すでに目撃者となったその人影は空しく立ち止まるしかなかった。というか目の前の、いきおい炎にも気圧《けお》されて二歩三歩と後ずさった。人が燃えてる……という、今度は声にもならない内向きの叫喚がそのあとを追う。初めの大声は、まだ店の中にいたナカムラの耳にも届いた。すぐさま表に出てみると、ゲートのほうで燃えさかる炎が目に飛び込んできた。しかもその火は、ゆっくりと動いている。基地の方に向かうようで旋回もする。車でも単車でもなくて、「火が歩いている」ことはナカムラにもすぐにわかった。ナカムラはまた店に戻り、売り物のバケツを両手に持ち出すと、例の蛇口からひと息に水を注ぎ込んだが、その勢いも決して芳しいものではない。

最初の目撃者には、炎熱とともに男の言葉がきこえた。とてもはっきりとはききとれないものの、キタチョウセン、コウタイシ、ソシ、キチ、シンリャク、フンサイ……といった単語たちが同じく切れ切れに旋回する。
目撃者はまだほかにもいた。それは基地のゲート付近の兵士たちで、そのうちの一人は、ちょうどこれから町に出かける同僚にジョークを飛ばしていたのだが、ゆらゆらとして近づいてくる男の影にも気づいていた。その同じ人影が突然炎に包まれたのであるから、その意味するところはともかく、事態についてはすぐにのみこめた。だけど、引き金が見つからない。見つかったとして、そいつで何を撃てばいいのか、そもそも引き金を引けばそれでいいのか、その前に引くのかどうかもまだわからない。軍事機密にはいつでも限りがある。兵士は思わず後ずさりしながら、詰所を固める同僚に声をかけた。
ミッチェル
ミッチェル
中の兵士にも、窓ガラスの向こうの成り行きはすぐにのみこめたのだろう。ミッチェルと呼ばれたアフリカ系の兵士は備え付けの消火器を持ち出すと、ゆらめく巨きな歩く火元へとまっしぐらにかけつけた。火元はなおも基地の方角をさしているようで、兵士はとりあえずその前面に消火剤を浴びせた。燃え上がってからはすでに五分以上が経っている。それぞれの立場をこえて、目にする誰もが同じ炎に包まれていく。
ミッチェルが消火剤をかけている間、相次ぎかけつけたナカムラは水の入った二つのバケツを足元に置いて反対側に立っていた。最初は男の炎が、つづいて勢いよくほとばしる白い液体が彼の行く手を阻んだ。何とか火勢に翳《かげ》りがみえてくると、ナカムラはバケツひとつを持ち上げて身構える。いよいよ消火器が空になると、まだ燃えている男の肩口から背中に二杯分の水をかけてそれらを消しとめる。さらにもう一度水を汲みに戻るとき、遠くからサイレンがきこえた。さっき店から現場にかけつける時、ナカムラは最初の目撃者に店の電話で一一九番をかけるよう手配を怠らなかった。

二回目の水を持ってかけつけた時、焼けた男はまだ立ちつくしていた。手にしたままのペンシル型ライターは根元から焼けただれている。水をかけるのはとりあえず控えて、その前に声をかけようとすると、男は「いいから」と機先を制してまた歩き始めた。それも今度は基地とは反対の方向に、だから少しナカムラの店の方へと移動すると、路上にとめられた無人のライトバンの正面に腰をもたせかけた。二つのバケツとともにゆっくりと付き添ってきたナカムラはまた何か声をかけようとしたが、男はもう言葉が出ないし、口元からは涎《よだれ》ばかりがこぼれ落ちる。あとは膝に両手をついて、じっと前かがみになるしかなかった。基地からひとりかけつけたあの消火器のミッチェルは、少し離れたところからなおも事の成り行きを見守っている。

こうして男の炎がおさまって、またさらに五分くらいが経つと、ゲートとは反対側にある最初の大きな交差点を左に折れてようやく救急車が到着した。そのころになると米兵も含めて数十人の野次馬が遠巻きに集まっていた。夜は晴れ渡り、大気は痛々しくも並外れた湿り気を含んでいる。そこでは誰もがジャッカルの兄弟となり、駝鳥の仲間になることができた。救急隊員は適確な仕草でナカムラからバケツを一つ受け取ると、中の水をもういちど男の体にかけた。さらにもう一杯を所望すると、今度はその水をタンカにかけて一面を浸し、搬送の準備を整えた。それから、なおも前かがみの男にもういちど近づくと、焼けたライターはあずかり、焦げた耳元に「座りなさい」という初めての指示を送り届けた。男はすぐに応じて水浸しのタンカに腰を休め、さらに仰向けに横たわった。現場での作業とは、実にそれだけだった。

ミッチェル

ミッチェル

という同じ詰所からの声に呼びかけられて、黒人兵士は空の消火器を右手に提げて少し小走りに引き返していく。搬送する救急車と入れかわりに、警察の車両が一台二台と現場にかけつけた。ナカムラも目撃者のひとりとして名前と住所を告げることで、すぐ目の前にある店舗兼住宅への帰還を許された。

どうしたの?

店に入ると娘がいて、すぐに尋ねてきたのだが、ん……、と言ったきり、あとは絶句する(娘はどうやら眠っていた気配だ)。そこにはいまだ、怒りもなければ哀しみもなかった。ましてや、ヒトが燃えた、とはどうしても言い出せない。彼女は彼女で父親の心情をめざとく受けとめ、静かに受け入れた。いまのところは双方ともに、やさしくもなければ冷酷にもなりえない。ただ、メシと呟いて、ナカムラは台所に向かう。自分が食べるのではなく、さぞや空腹であろう娘のために食事を用意するという芯の強い義務感だけが「事後」のナカムラを支える。そうやって、自らも一役買って消し止めたはずの男の炎に身をまかせる。「いいから」という、あの燃えた男の最後の言葉を、ナカムラは同じその男の耳元に送り届けようかと思ったが、浴びせかけられた手厚い火消しの水の思惑だけがここではすべてに立ちまさっていた。

そのあと九時二十分に男は病院に入り、一時間後には病室に移った。日付が変わって一時二十分に呼吸が停止すると、十分後の午前一時三十分に男の死が確認される。男が養ってきた三本の目線もまたそれぞれに閉ざされる。それが六月下旬の未明である。あとには、何も書きとめることのなかったあのペンシル型のライター一本がのこされた。およそ見知らぬ者たちの枕元には、今でも時折あの日と同じ炎の立つことがある。

お葬式はきれいだわ、死というものにくらべたら。お葬式は静かだけど、死は――そうとは限らない。けわしい息づかいをすることもあれば、喉をゴロゴロ鳴らすこともある。大声で叫ぶことだってあるわ。「死にたくない！」って。まるでこちらに生かしておく力があるかのように！

テネシー・ウィリアムズ

『欲望という名の電車』より

2

二〇〇五年三月十日　イラク北部の都市モスルのシーア派モスクで葬儀のさなかに「自爆テロ」が発生、五十人が死亡。

同年五月一日　モスル西郊の村でクルド人の葬儀を狙った「自爆テロ」が発生、二十五人が死亡。

ジョニイは十字路に立っていた。基地のゲートに向かっていちばん近くにある、大きな信号付きの交差点で、あの男の最期からはちょうど三十年が経っていた。その間に二十世紀はそのまま二十一世紀へと移り変わった。ジョニイがこの島を訪れるのも、ちょうど三十年ぶりになる。一九七五年、ゲートの前で焼身した男の炎を消しとめてから、およそ三ヵ月後の秋の初めには帰国して、そのまま除隊している。

帰国から一年あまりがすぎて少しは生活も落ち着いてみえてきたころ、彼は許嫁《いいなずけ》も同然の恋人と結婚した。同じアフリカ系の同級生で、長く二人だけの生活が続き、十年ほどたってようやく一男一女を授かるが、インドシナの前線でジョニイが背負った傷は深々といつまでも抉《えぐ》られており、世に言うＰＴＳＤ、心的外傷後ストレス障害が彼を捕らえて放さない。それらはどう見ても、夫婦よりも強固な縁《えにし》で結ばれていた。そのストレスにどうにも耐えかねた彼女とは、結局十五年ほど前に別れたが、どちらかといえばかれら母子の行く末を考えて、ジョニイのほうから言い出したようなものだった。自分のために費やしてくれた努力を、あとはただ子どもたちに振り向けてくれたらいいと思った。そこまで判断できるのなら一緒にやっていけそうなもんじゃないか、すべては事後に用意された体のよい慰め、言い訳の類いだろう、などと陰口をたたかれるのも嫌で、別離をめぐる事情については、実の親も含めて誰にも話したことがない。

そんな彼にとっても、父親の存在は大きかった。そこには、自分の子どもたちがおそらくは抱えていく父親不在の重さをゆうに凌《しの》ぐものがあった。ジョニイの父親というのは生まれつき二重に引き裂かれたような人間で、ピューリタン的な厳格さを押しつけてくる一方で、ひとたび酒に手を出すと決まってとどまるところを知らなかった。自分で自分の抱える矛盾を楽しんでいるのかと疑いたくなることもしばしばで、肝硬変を患い早々と他界してからまもなく十年になる。だけどジョニイは父親の垂れるピューリタン的戒めに導かれて、同じ父親の宿す正反対の局面を断ち切ることにも成功したのだろう。それは生き写しでもなければ反逆でもなくて、いわば賢明なる継承である。おかげで除隊ののちもアルコールに溺れることはなく、ヤクに手を出すこともなかった。ＰＴＳＤを抱えた帰還兵のアル中ヤク中では、結婚など初めから望むべくもないだろう。父親ののこした両面教師は離別後の彼をも同じく導き、職を転々としながらも一方的な縮小再生産に陥るわけでもなく、自らの食い扶持に加えてわずかながらも子どもたちの養育費だけは送り続けた。だから一年に一、二度ばかり、それぞれの誕生日のころ、同じニューオーリンズ市内に住む子どもたちに会うこともできた。

やがて子どもたちも手をはなれると、ジョニイはそれまで養育費にあてていた分を少しずつささやかな貯金に振り向けるようになる。やがてその目的は念願の長旅へと転じていく。人生に見積もりきれぬ苦しみをもたらしたかつての、まさに前線の国へと渡ることはどうしてもためらわれたが、あの男の焼身に立ち会った後方の島はもう一度訪ねてみたいと思うようになっていた。遠ざかれば遠ざかるほどにその火は消えやらぬ灯台となって彼をいざない、静かに波立ち、男の死を解明できるわけもなく、だからこそ問いは生き残り、それでもあの現場辺りにもう一度立ち帰ってみることで、あの戦争から今日まで繰り返し失われてきた自らの何ほどかを取り戻せるのではないか、などと思い描いてみる。企てるその旅は利己的この上もない振舞いであり、償いを見出すとすれば自分自身への償い以外の何ものでもないだろう。そして後方の島にいまも宿る、一見何気ない平和な日常の中になにがしかの慰めが得られるとすれば、その慰撫とかつての兵士としての慰安との落差の中に、失われてきたもののすべてが凝縮しているようにも思われた。ジョニイはそんな漠然とした思い上がりを自らの肌の色になすりつけることで、報われぬ長き戦後を耐え忍んできた。その上で度重なる戦後は、いつも人々の蟠《わだかま》りをすりぬけるようにして、いともたやすく新たなる戦前へとすりかえられてきた。

昨日島に着いたジョニイは、そのまま空港から乗合バスでこの町にやってきた。最初の夜は町中のホテルに一泊した。もとは軍関係者家族の一時滞在用にも使われていたというが、いまではこの辺りの温暖な気候を活用してスポーツの合宿にも使われる。昨日の夜も、この国の若者たちが何人も宿泊していた。かれらは自分の子どもたちとほぼ同世代だ。

まもなく信号が変わり、やや甲高いハトのような声がくり返し鳴き始めた。確かに往き交う車の数は以前よりも増えている。輸入車が占める割合も幾分かは増しているようだ。ジョニイの二人の子どもはといえば、スポーツに精出すこともなく、そんなゆとりも見当たらなかった。それでも妹のほうは小学生のころからダンスが得意で、学校を出てからもプロをめざし、アルバイトで食いつないでどうにかステージにも立っている。まだまだソロをとるにはほど遠く、ジョニイもステージを見たことはないのだが、いつか招待券の届く日を心待ちにしている。

兄貴は兄貴でスポーツどころか健気《けなげ》に父親の跡目を継いでいる。中学のころは成績も上位のほうで大学進学を夢見たが、先立つものがなければとても覚束ない。ジョニイにしても今回の旅費を、はじめは息子の進学費用にあてるつもりだった。ところが、突如としてその必要も遠のいた。息子の前には、ずっと永く待ちかまえてきたかのように軍のリクルーターが姿を現わした。恵まれない高校生に唾をつける巧みな勧誘にのせられて、あっさりと入隊を決めてしまった。大学進学の道も切り開かれるから、という常套句も持ち出されると、母親にもひと言の相談を持ちかけることなく、話を進めた。それでも未成年であるからには両親いずれかの承認が要るわけで、その時点で母親のほうが意を決してひっくり返すこともできただろう。しかし、どうにか翻意させたところで、大学進学の夢がかなうわけでは毛頭ない。むしろ事態はとどまるところを知らず悪化する一方かもしれぬ。戦地からは遥かにかけはなれた本国で、煩悶は繰り返される。

ジョニイには元の妻をなじることなどできない。そんな心積もりも浮かんでこない。とはいえ入隊したからといっても、それが大学進学へとつながる保証もない。それ以前にプロセスというものがつとめて機械的だった。当初は後方勤務の、それも国内にとどまるような話だったというが、そんなものは汗と垢にまみれた作業服でも着替えるように、いともあっさり反古《ほご》にされる。そして新兵の制服に袖を通すや、変身を試みるまでもなく実戦に向けた訓練基地に配属された。来る日も来る日も、砂漠のニガー、砂漠のニガー、と悪罵を復唱する半年ばかりの課程をおえると、息子はかつて父親の赴いたインドシナではなくて、今をときめく中東へと送り込まれた。

要するに大学の正門前には死の淵が待ち受けている。淵の主とされる河童の親子は「テロリスト」などと呼ばれるのだが、通りぬけようとする兵士たちの中でその姿を見かけた者は一人もいない。そのかれらが無事に向こう岸へとたどりつけるかどうかは、文字通りの運次第で、その上どうにか渡りおおせたとしても、それで直ちに大学への門がひらかれているわけではない。兵隊はあくまでも兵隊なのだ。事が終わってみると学生としてではなく患者として、それも大学の教室ではなくて病院のほうに回される者も稀ではない。それとてもよほどに運のいいほうだろう。つまるところ、息子たちにとっても父親と同様、すべては点と線にすぎないのであって、人並みの、面になる要素などどこにも見出されなかった。ましてや、人並みすぐれた立体、などとは夢のまた夢である。それでも自らの分を弁えず、欲深くも三次元を求めるのであれば、かれらの前には見たこともない四次元らしきものが立ちはだかり道をふさいで、いま一つの大きな口を開けてくる。

いよいよ横断歩道を押し渡る。そのまま商店街にさしかかるが、そこからゲート前までの様相が一変している。何よりも遠景が大きく崩されて、ジョニイの思惑もまた打ち砕かれた。彼にとって永年の思い入れは足を掬《すく》われ、三十年前からの大切なものが一息に持ち去られた。基地の威容を誇るばかりのかつての広がりは、もはや余すところもなく失われている。その薄っぺらな塊りの中に取り残されたゲートの手前には、詰所を持たないもうひとつのゲートが設けられていた。その上を高速道が走りぬける。右へも左へも、橋脚ではなくて不透過の土盛りが支えていく。信号付きの大きな十字路から本来のゲート前へとまっすぐに通じる道路だけが、そこに二車線の小さなのぞき窓をくり抜いている。その向こうに、なおも赤い瓦を戴く警備詰所が遠い後ろ姿を見せていた。

それは分離壁である。ベルリンでもベルファストでもパレスチナでもなくて、亜熱帯の木立はおろか金網のフェンスまでもが覆い隠される。かくも視界が遮られ、その向こう側の規模も、ことによると軍事基地であるという現実までもが、どこにも厚みのない雲隠れを決め込んでいる。高速道の壁をはさんで、そちら側からこちら側を見るまなこは敷地全体の奥深く、眠りを忘れた兵站の内懐へと折り畳まれていく。ゲート前のもうひとつのゲートとは、その見えざるまなこの捉えがたくも寄る辺ない二重のメタファーなのだ。

ジョニイは逃れがたくも、立ちすくませるような視線を感じた。すると時宜《じぎ》を得たように三十年前の呼び声がよみがえり、これ以上は立ち寄ることも止めようかと思ったが、訪れるべき炎の現場というのはちょうどあの高架下の辺りかもしれない。そんな見当をつけてみると、何としてもそこまでは時計仕掛けのように足を進めることにする。季節外れのこの長靴の針が、仮に何らかのゼロを指し示したとしても、よもやそこから断続的な爆発が連なることもないだろう。あそこに立ち上るとすれば、今でも孤独なともしび以外の何ものでもありえない。そのことは、何よりも現場が求めて、なおも保持している。

ミッチェル、ミッチェル……

三十年前のあの夜、彼は父親から引き継いだ苗字で呼ばれた。彼ばかりではない。軍隊では誰もが、それぞれの制服に階級とともに縫い込まれた苗字で呼び合って、ファーストネームはむしろ知らないことが普通だった。一兵卒のジョニイ・B・ミッチェルにとっては、そいつがことのほか好都合だった。彼にとって、親から授かったフルネームは中学に入ったころから悩みの種であり続けた。というのも同じこの世には、彼とほとんど同姓同名のような有名人がいて、そのことで友だちからは何かにつけてからかわれたからである。とにかくその有名人というのが白人の、それもブロンドの長い髪をした女性のシンガーで、こちらのジョニイとは似ても似つかぬ御仁であるところをいいように弄《もてあそ》ばれた。この厄介な偶然の一致に足をとられて、彼女の歌と歌声はいつも好意のはるか手前で立ち止まらざるをえなかった。同じ歌なら、せめて『ジョニイ・B・グッド』にでもしてくれたほうが、まだいくらかこなれもよくて、こちらの負担も少なかろうにと、親を恨むでもなく、ひとり学校帰りの夜道で、彼は鼻を鳴らした。だから、苗字で呼びかわすだけの軍隊の規律、個人名がそれぞれの銃後にかくまわれる兵役とは、天国にも楽園にも決してなりえないのだが、少なくともその分だけは気楽だった。二つの名前は切り離され、ひとつが軍事組織に、ひとつが両親や恋人あての手紙の片隅に格納される。ジョニイ、愛するジョニイ、君のジョニイ、ジョニイ・B・ミッチェル、さあ早く、燃えさかるあの火を消さないか……

ゲートへと向かう商店街も姿を変えていた。三十年前にはずいぶんと目立った兵士相手の質屋も、今では一、二軒をのこしてすっかり鳴りをひそめている。為替レートも変わり、同じ紙幣を出しても同じ品物を持ち込んでも、返ってくるこの国の金子《きんす》はあのころの半分、いや、三分の一以下だろうか。それに兵士の持ち込む商品自体の付加価値もひどく落ち込んでいる。同じ品物なら、この国の製品を格安で売りさばくほうがよほど需要があるだろう。そんなMaid in USAとMaid in Japanに挟み込まれて、この島の街路がむずがゆくも打ち震えた。それも休みなく、痛々しいばかりにゆすぶられる。市街地を歩けばすぐにでも、シャッターストリートが見えてくる。

小さな信号の波をひとつまたひとつと遣りすごし、商店街も通りすぎるといよいよゲート前に築かれたもうひとつの新たなゲートが近づいてくる。そのすぐ手前にも信号付きの交差点ができているが、最寄りのインターチェンジと往き来をするための新道が複数横切り走りぬけていく。その中の一本は容赦なく地面を抉って明るい地下をくぐりぬける。そこをまたぐ橋の上では、架空のボクらが骨を拾い、虚空のヤツらが肉を喰らう。その前に地べたにも投げ捨てていく。まったく肉というものは、そもそも腐敗の直前がいちばん旨いといわれるのに。あの炎が立ったのはそんな交差点の向こう側の、やはり高速道のゲート下の辺りか。それが右手であったのか、それとも左手であったのか、ジョニイにはもはや鮮明な記憶の抱きようもない。握りしめるべき記憶そのものが三十年前のあの夜のうちに焼き払われていたのかもしれない。だから、消火剤を体に受けとめて命絶たれたあの男については、ようにいよ最後の信号を押し渡る。その先の橋脚の石壁には、ムカデのような煤《すす》けた落書きが赤黒く貼りついている。血の騒ぐ眩暈のような妖気を感じて、ジョニイはその場に立ち止まる。

そういえば事件のあと、直属の上官からきかされたことがある。死んだ男はアカだ。この島の人間でもない。ハノイ、ピョンヤン、モスクワ、ペキンの回し者で、少なくともそのいずれかの熱烈な支持者だろう。島にやってきた直接の動機は暗殺らしい。前の大戦が終わってからはじめて島を訪れるこの国のプリンスをヤロウとしたが、結局うまくいかなかった……そもそもあの男は、すでに何かの爆破事件で全国に指名手配されていたという……だからといって、それで、なんで燃える、それも自分で自分の体をなぜ焼いたのか……どこにも答えがみつからない。あのころ、アジア人はよく体を焼くものだと思っていた。それも火葬とか、誰かに焼き殺されるのでもなくて（焼き殺すのであれば、ナパーム弾で十分だ）、ヤツらは自らに火をかける。ベトナムでは仏教徒が、何度も街の通りに座って炎に包まれた。抗議の焼身とはきいたが、抗議を受ける現地の独裁者、首相のワイフはこれをとらえて「人間バーベキュー」などと嘲り、蔑んだ……その言葉が今度は世界中の顰蹙《ひんしゆく》を買う。ジョニイもまだ子供心に、世の中には酷いことを言うヤツがいると思った。まさかそんな「バーベキュー」のために、やがて自分が銃を担いで海を渡るとは思わなかった。あの虚空のヤツらは、いつでも肉を仕込んで骨を切り落とす。中毒のようにクーデターをくり返す。挙句の果てに、アジアのまた別の島で、それも自分の目の前で、仏教徒でもないひとりの「アカ」が、今風にいえば何がなんでもテロリストといわれる類いが、またしても燃え上がった。

でもいまなら、それも中東辺りなら、焼身ではなくて、自爆じゃないか。ひとり燃え上がるのじゃなくて、もろとも砕け散るんじゃないか。かつてと同じような部署に同じような距離でついていたとしたら、消火器の止め金ではなくて銃火器の引き金を引くだろう。M14、M16、もしくはウージーを、今時ならばM249をぶっ放すだろう。その「分隊自動小銃（Squad Automatic Weapon）」からは一分間に二千発が連射され、相手は燃え上がる前に粉々に砕け散る。でも自爆狙いなら、結局は同じことか。息子が現地に送られる前にくれた手紙にも、M249の威力については書かれていた。でも実際に二千発も撃ち続けたら、銃身が焼けてたまったもんじゃない。息子らは「のこぎり（saw）」とあだ名をつけて呼んでるそうだ。その「のこぎり」のずっと先っぽには、カラシニコフを握りしめたヤロウが至るところ息をひそめている……だが待てよ、あのバグダッドでもやっぱり体を焼く話を耳にしたことがある。それは女たちで、結婚間近の娘ざかりが自らに火をかけるという。だから、それも抗議だ。肉親とそれを取り巻く社会への抗議だ。それ以外に何がある。ベトナムの仏教僧もバグダッドの娘たちも、おそらくは三十年前のあの男にしても、炎を貫くものはそれぞれの抗議だ。そしてかつてのベトナムと同じくイラクが、いまこの島の中にもある。手をさしのべて、足をふみ入れてくる。ベテランのジョニイ・B・ミッチェルにはまだそのことがわからない。それでもかつて国に戻って退役したときには、ここにもベトナムがある、と何度も思い返したものだった。

この島のどこにも「テロ」はないのだが、そこは確かに今でも「いくさば」で、虫の亡骸ならいくつも転がっている。互いに虫も殺さぬような温厚な面持ちを見せながら、それでもかれらはみな元をただせば凶悪極まりもない一兵卒だった。折りしも飛び立ち舞い降りる戦闘機、輸送機、偵察機の爆音が轟くばかりで、砲撃の音、銃撃の音、ましてや自爆の音などまったく耳にすることがない。ジョニイを引き止めたあの血の騒ぐばかりの妖気の源とは、まさに足下の虫けらだった。腹を見せて転がるだけの、他愛もない、たった二匹の昆虫にすぎなかった。

腹部を大空に向けて横たわるのは、カブトムシとクワガタである。カブトムシのほうは外来種で、この島の原産ではない。それもちょうど若き日のジョニイ・B・ミッチェルたちがこの島の基地と海の向こうの戦地を往き来しているころに入り込んだものとみられるが、だからといってかれらが持ち込んだことにはならない。あの高名なコーカサス、ゾウカブト、ヘラクレスなど、十センチを上回る大型種とは比べるべくもないのだが、それでも体長四センチをこえるものもある。頭部には犀《さい》のような一本の短い角もつけていて（だからサイカブトだ、これは）、体表も一風変わった色をしている。標準的な黒や褐色ではなく、迷彩服を思わせる緑がかった体色に、黄金色をした細かい文様が規則正しく並んでいるのだ。一本の脚がかすかに震え、それが風の悪戯でなければ、奇《く》しくもいま息を引き取ったのかもしれない。それに対してクワガタはといえば、体長はカブトムシの三分の二ほどで、この島ではよくみかける種類である。体は黒く、角といってもいずれもがごく短いものだから、こちらはメスと断じてもさしつかえあるまい。ピクリともしないところをみると、とうに事切れているらしい。いずれにしても、まだ夏の声をきいて間もないこんな時期に白昼からお腹を見せて横たわるのは、自らの不遇を余すところなく解き明かしてくれる。

何を見てますか。信号を渡ってやや小柄なひとりの男が近づいてくる。右手にはなぜかオリーブの小枝を提げて、東アジア人らしい風貌を備えながらも英語で尋ねてくる。言うことはよく聞き取れるのだが、それでも虚をつかれたようにジョニイは言い淀むばかりで、すぐには言葉が出てこない。男はおそらく、日本人だ。そいつがジョニイの足下に転がる二体の異形《いぎょう》を見出した。ほう、虫ですか、ご旅行の目的は……ちなみに私は、弔《とむら》いです。

「弔い?」

ええ、ええ、ちょうど三十年前にこの辺りで知り合いの男が亡くなりましてね。事故じゃないですよ。自分でガソリンをかぶって火をかけたんです。えーっと、どの辺りかなあ。基地のゲートの近くだときいてるが、そのころはまだ、こんな高速道なんてなかったでしょう。

「なかった」

アラ……ということは、そうか、あなたもかつてこの基地におられた退役軍人、ですか、と詰め寄られたジョニイは苦しまぎれのうなずきを戻す。なるほど、そうでしたか……

「私も、ちょっと、捜してました」

捜してって、こんな虫けらをですか。

「いえいえ、あの男が燃えたところをね……あのとき私も消火器で消したんですよ」

いやぁ……そうでしたか。これはこれは、お見逸《そ》れしました。私、オカモトと申します。

「ジョニイ・B……」

いや、けっこう……オカモトはジョニイからの名のりをあっさりと途中で退けてしまう。そこに悪意は嗅ぎとられないが、彼も先を急いでいる。私とその燃えた男とは名前も何となく似ていましてね。それ以上に志も同じくしていたようで、実は私もかつて闘いの中で命を絶とうとしたことがあるんですが、なぜか、なぜか、生きのびましてね……そうだ。ここがいい。ここに置いてやれば、三十年前の彼とともに、いま事切れたこいつらの弔いにもなりますから。そうでしょう。

ま、考えたら哀れなもんです。こちらのオス、カブトを被ったこのオスはおそらくスナイパーにやられたんだ。急所は少し外れたものの、出血がひどい。とてももたなかったんでしょう。おまけにこの猛暑じゃ、結局のところひとたまりもない。それとクワガタ。こいつはカブトムシにやられたんだ。まず間違いない。至近距離から眉間を撃ち抜かれてますから、無論即死です。怪しいヤツらを見かけたらまず撃て、尋問はそのあとでいいと、カブトムシのほうはこれまで繰り返し教え込まれたでしょうから。ただ、この二匹のうちどちらが先にやられたのかはよくわかりません。でも、先に旅立ったのはクワガタです。負傷の部位からみても間違いない。ただし、クワガタはメスだ。カブトムシはそのことわかってたのかなあ……オカモトはここでようやくしゃがみ込んで、二匹の傍らにオリーブの一枝を手向《たむ》けると、静かに掌を合わせて目ぶたを閉じた。

「君たちは、オレたちの敵なのか」

ジョニイ・B・ミッチェルはさほどの敵意も感じないのだが、悪戯半分からかい半分に尋ねてみた。オカモトはおとなしくぶっきらぼうに、それはまあ、敵になることもありますがね……合掌をといて、やはりしゃがみ込んだまま、なおも昆虫二体の亡骸を凝視する。まことにお気の毒ですが、カブトムシはね、あなたのご子息ですよ。というか、縮尺を変えると一台の戦車でもあるのです。それに対してクワガタのほうは民兵でしょうか。女の民兵というのも珍しいとは思いますが、自爆した女なら何人もいますからね。こう見えても体には、ずいぶんな爆薬を巻きつけている……

「おい、変なこと言うな」と、ジョニイが色をなしたその時だった。橋脚の陰から赤褐色に体を染めぬいたノコギリクワガタのオスが一匹まっしぐらに近づいてくる。そのまま息絶えた仲間のクワガタに駆けよると、ためらいもなくその亡骸に被いかぶさった。「危ない！」という誰かの声がした。まさか交尾でもあるまいが、オカモトはゆっくりと立ち上がった。起爆装置が引かれて、大音響とともに地面も砕け散る。風がゆれて皮膚がめくれあがる。虫どもはすでに跡形もないのか。これで目標到達。天地神明に誓うまでもなく、すべては化学的に進行する。サイレンでもなく、爆発の直後から誰かがクラクションを鳴らし続ける。

大音響の現場とは二人の佇むゲート付近ではなくて、商店街のあの大きい交差点だった。一台の乗用車がタクシーの横腹、それも運転手の側に突っ込んでいる。運転手の不注意で急に右折したのか、それとも信号無視の乗用車が突っ込んだのか。信号付きの交差点なら向きからみても前者のケースは少々考えにくい。反対の助手席側に対向車が突っ込んだというのなら、よくあるケースだろうが。いずれにしても、鳴り止まぬクラクションはそのタクシーから発している……どうしますか。私はもう戻ります。またレバノンかヨルダンあたりに帰ります。このまま往くと、やがてその先、その奥は少し高くて平らになっているのですが……この世の中、たとえどこへ行っても人の命は格安だな……今はただ、ご冥福をお祈りするばかりですよ……それでは。

気がつくと、オカモトの姿が消えている。あとにのこされたオリーブの小枝だけがその実在を証しているのだが、ジョニイはご冥福など祈りたくはなかった。信じたくもなかったし、天国なら何よりもこの地上にもたらしてほしかった。足下の虫けらたちは砕け散ることもなく、三匹目のノコギリクワガタともども天を仰いで横たわっていた。上を走る高速道路からはサイレンを鳴らしてパトカーが下りてくる。ジョニイの目の前で左折をすると、そのまま事故の現場へと向かう。別の方角からは救急車の音もきこえる。さらには続々と、現場に向かって駆けつける地域の住民に通行人。たちまちジョニイには、あの夜の光景ばかりがよみがえってくる。よみがえる光景は、さして鋭くもない靴べらのように記憶の踵へと差し込まれて忘れられた痛みを掘り起こし、いまふたたび三十年前のあの若き日の軍靴《ぐんか》をはかせようとする。

ミッチェル、ミッチェル……

ゲート最寄りの信号を渡って少し戻ってみると、突っ込んだのは基地の軍関係者の車とみてほぼ間違いがない。私服のひとりが外に出て、中のツレとやり合っている。Shit! Shit! Fucking! などと、それこそがいかにもこのあたりではかまびすしい。今でもこの島では、たとえ犯罪に手を染めても、うまく基地に逃げ込んだら警察もおいそれとは手出しもならず、まんまと切りぬけられることも多いのだが、ここまでゲートに近くて白昼堂々ではさすがにやりにくいかもしれない。だからヤツらは、お互いや瀕死のタクシードライバーでもなくて、何よりも自分たちの置かれた現状に向かって悪態をついてやがる。そのタクシードライバーの生死もわからず、遠見の野次馬に加わるのもいやで、ジョニイはあの雑貨店脇の路地に逃げ込んだ。
そこはすでに数年前から空き家になっている。加えて三十年前のあの夜、間近に燃え上がり、自らの手で消しとめた焼身の男が、この路地から濡れた体を差し出してきたとは思いも寄らなかった。とうに退役をした一介の旅行者には、銃火器もなければ消火器も手に入らない。いまタクシーから漏れ出すガソリンに何かの火が移ればひとたまりもないだろう。それでも事故現場の十字路では、運転していたヤツも、もうひとりも、どちらも絶対逃がすなよ、と駆けつけた市民の誰かが叫んだ。いや、見ている住民の誰もがそう思った。信号が変わるたびに音色を転じながら、甲高いハトのような声は鳴き続けている。ジョニイの逃げ込んだ薄暗い路地の奥にまで、何ひとつとして変わることのないあからさまな占領が横たわっていた。

カブトムシがカブトムシに嚙みついた。
クワガタもまた別のクワガタを引き裂いた。
その挙句にかれらは声をそろえてホモ・サピエンスをあざ笑い、
かけがえのない食料がまたひとつ持ち去られた。

交通事故の翌日、ジョニイは島を発って帰路についた。途中ハワイに立ち寄って、翌七月の初めには帰郷する。さらにその翌月の八月下旬、ニューオーリンズは南方からすさまじい嵐に見舞われた。大量の雨風はハリケーン・カトリーナと名づけられ、ジョニイ・B・ミッチェルの暮らすロウワー・ナインス・ワード（Lower Ninth Ward）では浸水にとどまらず、多くの家屋が土台を壊されて押し流された。大きな艀《はしけ》が漂着して、別の家屋を下敷きにした。ミッチェルの安否はいまもわからない。何もかもが遅れ滞る中で、長男戦死の公報もゆうにひと月は遅れた。それを受け取るべき彼の母親、同じ市内の別の地区に住むジョニイの別れた妻もその後安否が摑めない。おびただしいばかりの濁流がその秘密を握り、彼の妹ただひとりが州の外部で生きのびている。おそらくは彼女だけがさらに遅れて兄の死を確認するだろう。

思えば人々の生まれ出ずる悩みが大河を下り、名もない叫びの渦が大海をこえて、砂嵐の大地が燃え上がる。戦災と天災の区別もつかない徒野《あだしの》にこの世の真相が眠るとき、われとわが身に刺々《とげとげ》しいばかりの仮面を縫いつけて、ひとつの言葉が笑うと、それに耐えかねたもうひとつの言葉が無数の物体を打ち壊していく。そのいきさつの中にただならぬ人影を見かけた者が、とどのつまり唇をこわばらせてその同じ人影の中へと身をかくす。天災は忘れたころにやってきて、戦災は忘れるいとまもなく繰り返されていく。立ち回るものすべてを苛《さい》んで、ひとつの時代が立ち止まる。

アラタナルシ 10

ドロメアデスの妻

●

La femme de Dromeadès

●

Dromeades no Tsuma

1

ドロメアデスの妻は女児を分娩し、すべて正常に経過したが、二日目に悪寒、高熱を発した。第一日は季肋部に痛みを感じはじめ、吐き気、戦慄、不穏。その翌日以後は不眠をきたした。呼吸はまれで深く、すぐあえぐように中断した。

悪寒戦慄から二日目には、排便は順調であった。尿は濃厚で、白く混濁し、一度沈澱していたものが長時間放置されて再び振盪された尿のようであった。沈澱しなかった。夜間は不眠。

第三日には、真昼ころに悪寒戦慄があり、高熱。尿は同様で、季肋部の疼痛、吐き気。夜間は耐えがたく、不眠。全身に冷汗があったが、またすみやかに体温を回復した。

第四日には季肋部の周囲の疼痛はいささか軽快した。痛みを伴う頭重感。軽い朦朧状態。少量の鼻出血があり、舌は乾燥し、口渇、少量の希薄で油状の排尿。わずかに眠った。

第五日には、口渇、吐き気、尿は同様、便通はなく、真昼には激しい譫妄があり、またすぐに意識を回復した。起き上がったが、いささか朦朧状態となった。やや悪寒があり、夜は眠った。譫妄が生じた。

第六日には早朝に悪寒戦慄があり、すぐに体温を回復、全身に発汗、四肢は冷却し、譫妄。呼吸は深く、まれであった。やがて、頭部から痙攣がはじまり、急に死亡した。

暑くはない。寒くもない。エーゲ海には風もなく、波おだやかにしてまるで初夏のような輝きをとりもどしている。

弟子たちに与える講義のために、このところヒポクラテスは自らの記した流行病の症例群に隈なく目を通していた。一種の覚え書きはいま手元にあるだけですでに四十にも及ぶが、このドロメアデスの妻の症例は七、八年も前にさかのぼる。

彼女はとても眼の美しい女性だった。それ以外のものはすべてが死とともに持ち去られてしまった。その結末は呆気なくもなおさらに読み返す者の沈黙を持ち運び引きのばす。どこまでも静寂のとりこにして、ただひとり遺された女児のまなこばかりがヒポクラテス自身のその後の歩みまでも縦横無尽に押し進めた。いつしか成長をとげる遺児のしなやかなる四肢の佇まいが、こわばる亡母の伝える七色の遺骸にもすりかわっていく。

生まれ故郷コスの島の、町の広場にそびえ立つ一本のスズカケの大樹。その好天の木陰にも迎え入れられて、ヒポクラテス先生はいともたおやかなる教鞭を振りかざしてきた。例年秋口には弟子たちも相応に入れ替わり、一部は巡診にも旅立ち、数名の新人を受け入れる。そこからの一年の講義は「誓い《ホルコス》」と名づけられた医師の心得の伝授から始めるのを習わしとしている。ところで今期の第一日にもその一言一句を段落ごとに丁寧に板書しながら解説を加えていったのだが、途中、新弟子の中で、海原を大きく隔てた遠方の、それこそアテナイあたりからやってきたといういささかの変わり者が、妙に手強い問いを差し向けてきた。

「先生」

「何かな」

「少しお尋ねをしてもよろしいですか」

「ああ、よろしいとも」

「いま先生は、医師の心得のひとつとして、医療のめざすものは患者、すなわち病や怪我に苦しむ者の救済にあるとおっしゃいました」

「いかにも」

「そしてそれに背く行ないの一例として、たとえ本人に求められても、その者の死を招くような毒薬を与えてはならないのだと」

「そうだね」

「それはその死が、あるいは死のみが患者を病から救い出すのだとしてもですね」

「その心づもりだが」

「いずれにしましてもその場合、病や怪我に苦しむ者とは死すべき人間です」

「では、不死なる者についてはどうなるのでしょうか」

「その通り」

不死なる者、という一語を耳にして、講義を囲む人の輪に遠慮のない失笑が広がった。ヒポクラテス自身もこの者が私の門を叩くよりも、それこそ自らの出生地にもほど近いアテナイにプラトンという学究が開いたとかいう、かの学園アカデメイアへの転学を勧めようかと思った。だがそのかたわら、不誠実な、とも受け取られる無対応を示すことだけは厳に慎もうと考えた。

「あなたの問いかけにも興味深いものが見出されるのだが、このスズカケの木陰ではほぼ意味をなさない。なぜならこれまでも、またこれからも、私たちのめざす医療が取り組む相手とはこれすべて死すべき者たちだからね。不死なる者はわれらが医療の対象外だ。そんな私たちの対象外に、それでも一体それらは存在するのかといえば、ここはあえて存在するとでも言っておこうか。しかし、繰り返しになるがそこはすでに医術の圏外だ」

「それは先生、不死なることが神なることではなくて、ひとつの病であったとしてもですか」

コスの広場の木陰に広がった失笑も、もはやここまでは保たれてこなかった。教授者側の誠実な対応ぶりがそれらを回収したとも言えるのだが、かくもたらされた静けさの中ではなおさらのこと、すべての聴講者の耳がそばだてられていく。とはいえ、「不死なる病」なるものに差し向けられる医術にまでは、当のヒポクラテスもこれまで思いが及ばなかった。そんな病が仮にあるとして、患者の治癒はどうみてもただ死によってのみもたらされるのだが、彼の手向ける毎年恒例の「誓い」はどうやらそのことを予め禁じているからである。

だが、よく考えてみると話の次元はまるで大きく異なっているようにも思われてきた。彼の唱える「誓い」が禁じるのは、たとえば懇願を受けて「死を招くような毒薬」を患者に用いることだった。具体的には、懇願するのが患者自身である場合も含めて、死後にもたらされる何らかの利益を、それも現世の財物をめぐるような利益を当て込んでいる場合が考えられるだろう。だがそうではなくて、当人ないしその家族・友人が、患者の直面する耐えがたい、見るに忍びない苦しみからの解放を何よりも願って、安楽のための死を求めることもまた含まれるのだろう。いずれにしても、そのとき選ばれる死は何らかの〈手段〉となる。

しかし、ここで新弟子の一人が持ち出した「不死なる病」はどうなるのだろう。たとえば「不妊」について……その治療は妊娠をもって成就されるとしても、妊娠が治療の手立てとなるわけではない。「不死なる病」もこれと同じではないのか。その治癒は死をもって証されるのだが、死をもって講じられるのではない。死はこの際手段にはなりえないのであって、いわば唯一無比の〈目標〉である。ではその上で、死なない者、死ねない者を、何とか死なせるための手段とは……

バカバカしい、とヒポクラテスはわずかにひきつったような苦笑いを浮かべた。それとともに、ふと見つけ出された死をめぐるささやかな相違にも少なからぬ興味は抱かされた。なるほどわが「誓い」が禁じるのは医療の手段として死を用いることだが、そのとき用いられた同じ死はひとつの目的、もしくは営みの終着点をも構成せざるをえない。でも、ここに不死なる患者がいるとして、それも不死という病に取りつかれた者がいるとして、死を治療の目的とみなすことはできても、それを手立てとして医術を施すことはそもそも不可能だ。だからこの病は、そしてその患者はわが積年の「誓い」

を、あるいははじめからふみこえている。
ヒポクラテスはあらためて新弟子の顔をながめた。そこには繰り出された問いからの無表情ばかりがみなぎっている。なおもとどこおる、辺りの深い沈黙を振り払うかのように、海からの、この日ははじめてとなる微風《そよかぜ》が吹き流された。

2

アラ、起きてたの？　アラ起きてた　いつから？　もうだいぶ前　ひょっとして徹夜？　ウウン、でもないけど、ねられなくて　どうして？　ちょっとね……
夜勤でしょ？　うん、そう　事故？　うん、そう　若い子？　うん、そう　ひとり？　バイクいくつ？　19
時刻は午後二時を回っている。
午前、二時ごろよ
夜勤明けのヤマジは二日間の休暇をもらっている。だから、このまま夜まで眠ることだってできるのだが、そうは問屋が下ろさない。夢の買い手はどこにも見つからず、売り手はひとり、値段のつけようもない無形の品物ひとつをあとにのこして家を出た。旅に出た。
頭いたい
ユキジはユキジで、このあと三時から入って自らが夜勤を迎える。

寝たら
同じ病院でも、それぞれの所属はちがっていた。

……

ヤマジは救急救命センターで、ユキジは老人病棟、などと別称もされる内科中心の総合フロア。共に独身、看護師、23、そんなに滅茶苦茶、スピードを出してたわけでもないけれど、中央分離帯にぶつかって、すぐに横転して、自分は飛ばされて、風もないのに吹き飛ばされて、道路照明灯の鉄柱にぶつけて、お腹ぶつけて、深々と食い込んで……スリップ跡がない、ハンドル操作の単純なミス……そのまま反対側の車線にまで投げ出されて、というかゴロンと落ちて、そのまま二、三分……

「誰も来なかった」模様……それもくっきりと縞模様、黒と白、もしくは赤と黒……それから螺旋《らせん》模様の描き出す焦点に、事故そのものがやおら呑み込まれて消え失せていく……すぐに動けなくなって、路上に転がるところに、ようやくタクシーが来た、めずらしく素面《しらふ》のお客を乗せて、危うく轢《ひ》きそうになるのを何とか避けて、後続車もまもなく二、三台、そのうちのトラック一台は通り過ぎた。野次馬は、強いて言えばタクシーの客だけど、辺りの歩道にはいまだ皆無。コレガ、深夜の特性……ほかの運転手も下りてくる、タクシーの初老の彼が一一九番、別のひとりが一一〇番、大通り、目撃者は皆無。コレモ、深夜の特性……それからあとの展開は、スムーズといえばスムーズで、救急車もすぐに到着。渋滞もなく、点滅信号も多く、「うちの病院」も受け入れ可能で、スタッフを招集、私もかけつける。およそ十分で搬送。

「ア、それなら聞こえた。まだ本読んでたから」

私が貸したやつ？

「いや、別の」

だけど、心肺停止の状態、とくに内臓が、数ヵ所にわたって損傷がひどく、出血多量。ヘルメットで頭部は守られたけど、腹部が、手の施しようがない。電気ショックも試みず、搬入から二十分後に死亡確認。無免許でも不携帯でもないから、身元もすぐに確認。

「肉親は？」

それが、自宅の電話がつながらない。住所はアパートじゃなく一戸建て、遺族には携帯がつながる、死者ののこしたジャンパーの内ポケットに、無傷のまま、没後も着信はつづき、アドレス帳に「ママ」の番号を見つける、そこへ男の事務がかけると、すぐにつながった。Xさんですか……こちらY病院のQQQ命センターです……Zさんが事故に遭われて、こちらに搬送されています……

どんな状態でしょうか……とにかくすぐ来てください。

「ママ」は声が出せない。すぐに行動をとる。まだ仕事中だったXさん、Y病院へ、ご子息のZくんが……QQQ命センターに……「ママ」はそのまま仕事先からタクシー飛ばして、地に翼でも植えつけるがごとく、およそ十数分で駆けつける……お釣りいりません……どうも……出迎える男性職員、二名、制服警官、こちらも二名……お気の毒ですが……その場に泣き崩れる「ママ」……「ママ」とは誰も呼びかける者がない、取り立てて季節もないばかりに、深夜のこと、同じ深夜、シンヤのこと……制服が簡単に身元確認、再確認、状況説明、もしくは事情聴取、その間に安置室に運ばれた深夜、シンヤ……職員に支えられて、その安置室までいざなわれる「ママ」……といいながら、一方でひきたてるしかない事務職員、医療機関、いったんは見送る制服、おまわりさん、敬礼もなく……それからようやくドアの前、とうに足が竦《すく》んで、入ることができない……

いや……

なかなか無理強いもできない。さりとて確認も取らねば。

いやぁ……

母子家庭ということだから、ここは何としてもこの人から……

いやあ……

私たちとはちがう職種で、おなじ夜勤で……だから、

シンくん……と、

あの世の入口に、

シンくん……シンくん……と、

この世の入口求めて、くりかえす「ママ」

シンくん……と、

自らに追い討ちもかける「ママ」

深夜、事故のシンヤはアルコール抜きで、勤め先の「ママ」からはほのかにアルコールが上気する。

はりつめた一帯の空気を溶かし込みながら、いよいよ地下へと流れ込む。

その先の出口のない地下水道が、やむなき人生の出口にも折り重なると、

シンくん、

新君、いや、震君、辛君……
いや、親君、神君、心君……
「ココロの……キミ?」

3

世に言うおZ《ゼット》さんは、いまもいつも、ずっとひとりで、そこに横たわっている。かつて何事もなかったかのようにして、ずっとひとりで横たわっている。自分がこれまで女としてやってきたことについては、まだどうにか確信が持てるのだが、その上でいま何歳《いくつ》かと問われれば、もはや自他のいずれに向かって尋ねたところでおよそ詳《つまび》らかにはならない。ただ曖昧なる数値をめぐって増減やまない不明の余白がアブラハム的高齢をもって埋めつくされていくのみである。

かたわらには見ごたえのある古風な暖炉が横たわる。木片だの炭だのを焼《く》べる本来の営みから安直な電熱型へと、方式はとうに改められているようだが、天井の高さから見てもここが旧い洋館の炉部屋であることに疑いの余地はない。それも地上の階らしく、そちらの窓外には雁首をそろえたチューリップの花壇が見える。それも含めた外界《げかい》の眺望事象など、おZさんにとってはもはやことごとく「雲の上の出来事」にもすぎない。そして彼女を横たえる寝台そのものは、チューリップの群れとは反対側の一段と広い窓辺からせいぜい一メートルばかりのところに整えられている。部屋の窓という窓は、やはり白衣のレースのカーテンで被われて、光は通すものの、それに伴うべき物体の輪郭はといえば、到底鮮明になどうかがわれようもないのだ。だから彼女としてはただひたすらに、雲の上のソナタにも魅入られた、雲の上のかなたばかりを思いやる。

見たところ確かにおZさんはこのだだ広い炉部屋の寝台に横たわっているのだが、単なる寝たきりというよりも大きく数歩は先を行って、そこに〈根づいている〉というのが真相には近いのかもしれない。これをとらえてまことしやかに生物学上の植物化を唱える者まで一部にはあるようだが、たとえそんな規定を受け入れたとしても、進行中の事態が同じひとつの生命体をめぐる長寿であることにはまだ変わりがない。だけどそれが長寿にはとどまらず、死からも見放された取り返しのつかない不死だということになれば、医療関係者から下される規定はすべからく病になる。それもかつて仙人などと憧憬のまなざしも向けられた〈不老不死〉にはあらず、場合によっては老化以上の変質も想定される未聞の不死である。そうなるともはや情容赦もない破壊をおいてほかにこの病を抜け出す方途はなく、さりとてその勇気を見せる者もない。何よりもそれは億劫《おっくう》なことであり、すでに人並み外れて何人分も積み重なりながら、いまだにただひとりの半生という法外な年数の重みがそんな想いを募らせる。というよりも、ここはむしろ尽きせぬ医学上の好奇心こそがすべての破壊衝動にも先んじて、その芽をことごとく摘み取ってきたというべきかもしれない。こうしていまもおZさんは安らかに横たわる。彼女をめぐる生と死の方程式はつねにひとつの極限値へと導かれ、与えられるただひとつの変数Zは生から死へと限りのない近接ばかりを描き出していく。そのとき求められるべき解は、負の常数としての不死である。〈犬死〉ではなく〈不死〉である。たとえば同じ黒板の片側には、何も共有する集合を持たない別の数式が殺人の方程式として書き加えられていくのだが、その左辺と右辺を結ぶ肝心要の等号こそは、瞬く間に反転をくり返す不等号へと姿を改める。そのメカニズムを解き明かせる者は、まだこの世のどこにも見当たらない。

ここまで追い詰められても、彼女の生命維持は心臓の鼓動とともにくり返される自発呼吸によって営まれてきた。たとえ一時ではあっても、人工の呼吸装置に頼ることなどここ久しくないのだという。むしろまだ若いころのほうが、必要とされるほどの生命の危機に一度ならず見舞われたとも伝えられる。今ではことのほか日当たりのよい大きな窓辺に横たわるものの、光合成にも似た栄養分の自力産出は体のどこからも確認はされない。では、すべてが点滴による栄養補給なのかといえば、これが驚くべきことに一日一回の経口摂食を頑ななまでに維持している。もちろんそれは流動食状のものに限られるのだが、風味への感応も保たれているようで、どうみても好みによって食のすすむものとそうでないものとが認められる。ただし、各消化器官をくぐりぬけたのちの排泄の局面では、小用ともども全面的な介助に頼らざるをえない。水分は一日二時間程度の点滴でも補われるが、食事に際して長年愛用の吸いのみで摂ることも欠かさない。

これら飲食以外の運動はほとんど失われているのだが、肉体は死に向かって劣化を深めるというよりも、くり返しになるが、どこまでも不死に向かって日夜刻々の変質をとげている。その変質の本質が医学的には全くの未知数をはじき出すのだが、その一方でこの擬似植物人間おZさんにはもう一つ、付きまとって離れない噂話がある。かつて彼女はれっきとした死刑囚だったというのである。この流言の真偽を司法的に確証する手立てもまた、すでにはるかに見失われていた。

部屋の出入口は重々しい両開きの木扉で固められており、かつてはそこに閂がかけられていたような形跡もうかがえる。白壁に立つ焦げ茶色の木柱には、天井から一メートルほどのところに一個ずつ、都合六個の照明灯が突き出して、その分天井にはともしびが見られない。直下のおZさんの目には時折、かつてそこに吊るされていた二台の大きな扇風機の翼がものの見事にゆっくりと回るのが見えてくる。つまり彼女はいつも雲上にあって、頭上には二機のプロペラが回転をしながら、あてどない飛行を続けるのだった……

死刑宣告の流言飛語をさしはさまれて、おZさんの永い人生の後先には、ただひたすらに夢が広がりを見せてくる。何もない夢こそが今では睡眠と覚醒という生理上の区分をのりこえて、広大なる単一の領域をますます拡大しつつある。だから彼女における不死とは、ひとえに夢を生き続けるばかりの病、なのかもしれぬ……その中で彼女はまず罪を犯す。それも必ずや、冷酷な犯罪に手を染める。それによって必ずや、複数の犠牲者を出すことになる。そしてかれらは都市ではなくて必ずや、人里はなれた山野に埋葬される、というか半ば遺棄されるのだ……血の色はどこにも見えない。一切はモノクロに貫かれていく……しかしながら〈必ずや〉がくり返されるのは、決まってこの三回までである。ただし、この〈決まって〉を次元は違えても新たに〈必ずや〉のうちに数え入れることが可能であるならば、意味の上で〈必ずや〉は四回くり返されることになる。いずれにしても、ここからあとの変転にはいつも定まりがない。

たとえばあるときは、痛ましくも同じ山野に点在する犠牲者の亡骸が次から次へと彼女にすりかわり、何かを物語り、そのことが下手人である彼女を著《いちじる》しく責め苛《さいな》んでやまない。またあるときは、何よりも凶器の発見をおそれて彼女は、それを投げ捨てることもできず、どこまでも肌身離さず携えていく。ところが、ナイフかアイスピックだと思っていたものがいつの間にか数を増して、すべて軍用ピストルに変わっていることにはさすがに肝を潰《つぶ》すものの、これはさらにこのさき積み重ねられる悪事への魁《さきがけ》と冷静に受けとめた上で、自らの生まれた本当の町を求めて日夜さまざまに旅を試みる。すると、探し求める町はどんなところにも転がっていて、そこにはすでに新たな犠牲者も生み出されている。かれらはみな一様に、同じ三角巾でおおわれた何者かの片腕のような仏頂面を惜しげもなくさらしている……さらにまた別のあるときは、事件後すぐに自首をしたものか、彼女はもう相当に長い間、警察署の取調べ室に座らされている。彼女はいつも落ち着いた微笑みをみせるのだが、何ひとつとしてこたえようとはしない。そこで思い余った担当の刑事が卓上のボタンを押す。すると、まるで銀行の貸し金庫か何かが地下から上がってくるような機械仕掛けの響きと震動を伴って、やがて足下の床が大きく左右に口を開く。そこには丁重に犠牲者を納めた棺の扉が開き、それをともに見下ろしながら刑事と彼女は妙に落ち着いたやりとりの中で事件の経緯を改めて吟味する。やがてそれらを克明に記したメモの右下に彼女の拇印Zが押されると、刑事はそれをヒラヒラと棺の中に放り込む。そうなると扉はふたたび閉ざされて、またも同じ響きと震動が湧きおこるのだが、今度は棺のみならず、部屋の全体がはてしのない移動を続けるという感覚がどうにも拭われない……これらいずれの夢も終わることなく、そのとき夢は決まっていつも若い時の犯罪とそれらの犠牲をめぐってめまぐるしい変転をとげていくのだ。

かと思えば、同じ過去をめぐる夢の中にあっても、執拗な繰り返しばかりを見せつけてくるものがある。彼女はいつも、何の本番かは結局よくわからないのだが、最後にはどのみち同じ舞台へと導かれるのだ。そこはたとえば法廷のようでいて、その実やはり演劇の舞台なのかもしれない。なぜなら単なる法廷にしては、人々の化粧や衣装へのこだわり、言葉づかいや身ぶり手ぶりへの指定が込み入っており、何よりもそこでは裁判官のみならず、原告、被告、証人の誰もがみな傍聴席に向き合っているからだ。傍聴人は単なるただ見の観客かもしれないし、その中にあって裁判官席直下の書記たちだけが堅牢な机をはさんで互いに向き合っている。よく見るとかれらは速記タイプを打ち込むのではなくて、何かの操作を続けているようにも見えるから、照明音響関係のオペレーターかもしれない。するとみるみる照明がしぼられて、雷鳴ばかりが轟く。彼女はかれこれ長い時間を費やして準備を整えてきたのだが、その舞台もいよいよこれで本番を迎えようとする。聞き慣れないチャイムが四時を知らせる。それが午前か午後かはわからない。そこで、もはやよく顔の見えない満員の観客を前にして自らが最初に語るべき言葉をたぐっていくと、何度も練習を積み重ねて頭に叩き込んだはずの台詞という台詞がまだどれひとつとして頭に入っていないことに気づかされて呆然とする。とりとめもない焦燥にもかられる。すでに舞台の幕は切って落とされているというのに……また、あるとき彼女は三十年来の旧友を見舞うために、生まれ故郷の大きな市民病院を訪ねた。その旧友が同じ女性であることもとうに忘れていたのだが、持参したカーネーションの花束は今は亡き母のような満面の笑みをもって受けとめられる。その一方で旧友は、医学的に原因が特定されない難病に苦しんでいるのだが、意外にも見たところはとても元気で、何やら芝居の台本のような冊子を手に黙々と読み上げていく。そこで生業《なりわい》を尋ねると、俳優だという。その上で読み上げられていく台詞らしきものに耳を傾けてみると、どうみてもそれらはギリシア悲劇のオイディプスかアンティゴネの一節らしい。そこで上演はいつかとさらに問いを重ねると、もう二時間後だという。驚いて上演の場所についても質《ただ》すと、この病院の手術室だと答えるではないか。でも大丈夫なの？　ときくまでもなく友のほうから「何せこの様《ざま》だからさ、アンタ代わりにこの舞台、つとめてくれない」などと持ちかけてくる……おZさんは快く引き受けて、台本も受け取り直ちに手術室に向かう。道すがら本を開くと、思った通りよく知っているギリシア悲劇の名作だったので、ホッと胸を撫で下ろす。エレベーターも階段も通らずに、ひたすら歩いてたどり着いた部屋の前では、「手術中」のランプが消えるまでかなりの時間を待たされるが、その間にも彼女は台本読みに余念がない。ようやく明かりが消えて拍手が沸きおこると、入口の扉が開いてひとりの年老いた看護師がライターの火を点しながら彼女を招き入れる。一目みて彼女はこのナースに対し、自分の分身ではあるまいかとの疑惑の目も向けるのだが、本当は目の前の手術台の上にこそ彼女の異物が横たわって自らの出番を待っていた。そこに、聞き覚えのないチャイムが四時を知らせる。それが午前か午後かはわからない。すでに手術台の向こうのいまだ無定形の舞台では序幕が演じられており、彼女は手術台の上の自らの異物と最後の台詞合わせをしようとするのだが、またしても叩き込まれたはずの言葉がどれひとつとして記憶にはとどめられていないことに気づいて呆然とする。そして異物ともども自らも同じ手術台に横たわるのだ……こうしていずれの夢も終わることなく、すべては同じ記憶の欠如に向かって執拗なまでに繰り返されていく。

しかしながらおZさんの生きる夢というものは、開かれても閉じられても、過ぎ去りし時刻にのみ埋没を続けるものではなかった。そこには、永遠にたどりつけないばかりの未来もまた積み重なる。誰にも一様にその行く末はつかみとられない。それでもまもなく彼女は一羽のカラスとなって、夕日の方角に向かって飛び立たなければならないのだ……ホラね、そんなことを申し上げている間にも、私の声はもうカアカアと、妙にしゃがれた趣きを増していく。そうだ、どこかで翼の特売でもあったら何とかそれを見つけて、来たるべき長旅にそなえて少なくとも三組くらいは揃えないと……デモね、所帯道具はどうやって持っていったらいいんでしょう。この二本の腕《かいな》が翼に転じたが最後、確かに飛ぶことはできるようになっても、もはや自転車に乗ることも、車を運転することもできないのだから。そもそも免許も剝奪かしら。あんなに苦労して取ったというのに。誰かに頼むしかないか。でも誰に？　どうやって？　それとも……でもまあ、それはまだ来月のことだからね、まだいいわ。それよりもまず来週中に最寄りの区役所に行って、葬儀の段取りを決めてもらわないといけないな。私の弔いよ、私の……でも待ってよ。死亡証明書はどうするの？　だいいちその日付はおろか、死因もまだ何も特定されていないんだから。それよりもいま生きているかどうかだって、あくまでも不確定にとどまるっていうんだからね……だけどよく考えてみたら、お葬式と結婚式とでは、そもそもどちらが先になるのかしら。それぁ、結婚式さと、ここで聞き慣れない何者かの声がこだまする。葬儀は来週だよ、いや来年でもいいんだけど、結婚式はとにかく早くしないと、婚期をのがすともう取り返しがつかない、遅くとも来月中には、って……だけどね、まだ相手がいないのよ。相手の、たぶん男。まずはそのお相手を見つけるまでに、一体どのくらいかかるのか見当もつかない。それでもせめて目標くらいは決めないと……ヨシ、二週間……イヤ、やっぱり半年は……そうなると結婚式は来年以降、死亡届についてはさらに二、三年は待つことになる……でも待ってちょうだい。入院の手続きをそろそろ考えておかないとね、下手をするとすべてが遅れてしまう。だから翼を手に入れるのはその前でも別にかまわないんだけど、実際にそれを使うのは、この私が病室で臨終を迎えて、生まれ故郷の寺院でちゃんと葬儀を済ませてからよ……などと、決して過去になることのない来たるべきもののピラミッドタワーが一棟、どこまでも高々と積み上がっていくことになる……ホントよ……もはや砂漠にもならない、新たなる平原のとても乾いた、事の良し悪しも忘れ果てた歴史的建造物……その目まぐるしい過去に、その執拗なる過去に、あるいは、かくとめどもない未来へと、おZさんは三つの次元にまたがる夢のはざまに絶えず身を置きながら、死を除く第四の次元へと自ら結び合わされていく。そこからさらにはるかなるn次元をもめざして、いまもいつも、同じ窓辺に彼女は横たわる。

4

ホラ、運命の扉が近づいてくる。いともたやすく、足音もたてず、ノックも求めず朝な夕な、辺りもかまわず押し寄せてくる。

町なかの、狭苦しい共同住宅の中の、よくある共同でもないもうひとつの共同。共有部分をまぬかれはみ出した、新たなひとつきりの共有。

このマンションの廊下には、東西の突き当たりひとつずつの窓から光が射し込んでくる。お彼岸のころには、朝日も夕日も真正面から存分に感じ取ることができる。

出勤前の遅い昼食をすませたユキジは五〇二から五〇一へと舞い戻る。廊下伝いに隣り合う、ひとつの扉を閉めてもうひとつを開けると、中にはすぐに自室が待ち受けている。だけどその奥には、またひとつの共同が、共有が、眠っている。

五〇一は角部屋で、南向きのほかに西向きの窓もあるのだが、ユキジは台所兼食堂の部分をもらっている。本来の台所は隣の五〇二をヤマジと共同にしているので、こちらはコーヒー好きのユキジがそのためのお湯をわかすくらいだ。ここでは食事は摂らないことにしている。そして、襖《ふすま》で仕切られた南側の部分をヤマジともども寝室に用いる。

いっぽう五〇二の奥の部屋はというと、そこは階段とエレベーターに隣接しているので、音楽好きのヤマジがいただいた。イヤホン、ヘッドホンを外しても、上下を除いて近隣への気遣いがいくらかでも軽減するだろう。何しろ南を向いてはベランダ、西には二人の寝室、北にも二人の台所、食堂、洗濯場、そして東に階段が、並んでエレベーターが上下する。

マンションは廊下を挟んで、南北二列の扉が向き合っている。五〇一の向かいには五〇六、二階から七階までワンフロアに十一室が詰まっている。隣り合った五階の二室を同時に借りて二年が経つ。看護師歴も等しいかれらのうち、五〇一をユキジの、五〇二をヤマジの名義で借りてきた。下の名前だけを見れば双子の姉妹かと勘違いもされようが、ゆめの（夢野）ユキジとあまの（天野）ヤマジ、これでもれっきとした赤の他人が二室にまたがる共鳴の生《いのち》を紡ぎ出す。

さて出勤を前に、せめてセーターぐらいは着替えようかと、ユキジは衣裳ケースの扉をひらく。というか、積み重なる引き出しの下から二段目を引いて中をみる。出身地、北国の祖母が、紺の手編みはいまいずこ、とそのとき、奥の寝室から襖の開き間をぬけて、何やら唄声が流れてくる……ゆめのはるかに、あまのをこえて、ゆきじかがやく、やまじのかなた、あなたにゆらめき、こなたにかよひ……

そなたもとめて、どなたもしらず……どなたもとどめず……と思わずユキジも口ずさむ。そして、

「アラ、起きてたの?」

夜勤明けでヤマジはまだ寝ぼけているのかと思ったが、徹夜でもしたのか、ずっと起きたままらしい。ユキジお目当てのセーターはといえば、ひとつ上の段に詰め込まれていた。そいつを引き出しごと抜き出して、いちばんの底から紺の一着を取り出して、また元の鞘に収める。ヤマジからの語りはやっぱり寝言ではなく、ユキジからの問いにも答えるのだが、いかにも辛そうに間を空ける。配属先の救急救命センターでは深夜に、若者ひとりの搬送があった模様……バイクで交通事故の……時刻は早くも午後二時をかなり回る。ユキジの勤務は三時からで、さして余裕も見出されない。ヤマジはヤマジで頭痛を訴えてくる。

「寝たら」

ひとこと残してユキジは小用に立つ。かれらのバスとトイレは、五〇一も五〇二も共にアクティヴ。二ヵ所あると互いに重宝なことも多い。

ユキジがあえなく用件を済ませると、ヤマジは横になったまま問わず語りに未明の事故のことを語り始めた。ユキジは一応耳をかたむけながら、セーターを替える。無闇な静電気とたたかい、袖先もととのえる。病院までの二人の通《かよ》い路《じ》はごくわずかなので、この身支度も往々面倒臭くなる。とくに服装は職場に着くとすぐに制服に着替えるからだ。それならばこの自室からユニフォームで出かければいいようなものだが、それはやめてくれと、契約時に家主からうるさいことを言われている。病院

の寮のようにみえることを避けたいのかもしれないが、家賃の割引きもあり、ほかには好条件が揃ったのでこの釘刺しにも折れてきた。極端にいえば、すぐ近くのもう一軒の自宅に行くのに、わざわざその間のためだけに着替えるようなもので、無精者のヤマジのほうは二、三種類のスポーツウェアだけですべての自宅衣をまかなっている。ユキジはそこにもいま少し気を回すほうだから、そのぶん面倒臭さも増しやすい。

未明の事故は十九歳の若者の自損で、今からちょうど半日前の、人も車の通りも少なくなった午前二時ごろのことらしい。

「じゃ、すぐには誰も来なかったの?」

その後、第一発見者のタクシーが来るまで、正確にどのくらいかかったかはよくわからない。ユキジは五〇一号西つ方の窓辺に向かって、これよりお化粧にとりかかる。そこの台所には姿見もかねて、少し大きな鏡もかけられている。若者が見つかってからの搬送はスムーズだったようで、通報から十分少々で着くことができた。ということは、午前二時二十分からせいぜい三十分くらい?「ああ、それなら聞こえた……私、まだ本読んでたから」。すると、そのことを再現するように今しも遠くから、病院に向かうようなサイレンもひとつ聞こえる……

運び込まれた当の若者はといえば、もう手の施しようがなかったらしい。しばし路上に投げ出され見逃されたこともその成り行きをあと押ししたものか、搬入後、時も移さずに亡くなった。午前三時前には担当のドクターからそのことが告げられた。運転免許証もすぐに見つかって、本人の身元も確認される。窓辺で口紅を塗りかけていたユキジにしても、そこは思わず尋ねてしまう。

「家族は？」

　すると、いまだ遠くのサイレンに加えてまたひとつ、今度は汽笛が流される。ということは、陸からと海からと、市街地からと港湾からと、町の外べりからと港の入口からと。ちょうど毎日決まってこのあたりで港に入る、フェリーの上げるうなりか、ひとばらいの、せきばらいか。そもそもヤマジユキジが通うリンショウカイは港町の病院である。港湾、海運、漁業関係の患者も多い。あえなくも不帰の旅に出たバイク青年が生きてきたのは、同じ町の一角の母子家庭だった。そして彼のただひとりの肉親、彼の「ママ」は、免許証ではなくて、それと折り重なるようにして見つけ出された、まるで無傷の携帯電話の記憶を通じて探り出された。

「ママ」その人は、深夜にも店を切り盛りしていたらしい。知らせを受けた彼女は店をとにかく常連にあずけて、キリキリ舞いなどするまでもない、まっしぐらにタクシーに飛び乗った。病院へ駆けつけたときにはまだどうにか気丈に見えた彼女も、事の顚末をきかされてその場にくずおれた。耳をかたむけてきたユキジは、思わずそこにも口紅を引いてしまう。そのことすべてを打ち消すかのように、少し西向きの窓も開けた。真正面には、勤め先のリンショウカイを望む。話すヤマジは、何やら「シンヤ」と繰り返していく。「深夜？……」と問い返すようで、半ば聞き流しながら、ユキジは靴下も替えてやろうかと、今度はいちばん上の引き出しを開ける。あの制服の白には程遠いものをと思いつつも、地味な山吹色の一足を選び出し、引き出しを元に収めればいつしかヤマジのほうは「シンくん」と繰り返している。

「シンくんって、その人の名前？」

「そう……ココロ」

「ココロの、キミ？」

「うん、名前は、ココロにナリで、シンヤ（心也）」

「そのときまさか、アンタひとりじゃなかったでしょ」

「うん……キヨタさんがね、その『ママ』のこと、ずいぶんとケアしてたから」

「ア、キヨタさんか……じゃ、心強いよね」

「だから私なんか、見てるだけ。何もできなかった」

「でも逃げなかった」

「だけど逃げたかった」

まさか、そんなことできないし……

「もちろん、そばにもいたかったし……」

ユキジはまたすぐに窓を閉めて病院の姿を眠らせると、あらためてそこに錠をかけた。二人が患者の生死を気遣うリンショウカイとは、漢字で「倫正会」と正書される。

「寝る？」

「たぶん無理。さっきちょっと寝たし」

「そいじゃ、いっしょに来る？」

「どこ？」

「今日はじめてのローテでね。記念病棟の患者さんとこ、入るの」

「記念病棟って？　あの花壇の向こうの、レンガ造りの？」

「うん、まあ……」

「へえ、あそこに患者さんいるの」

「いる。一階の奥に、ひとりだけ」

「どんな人？」

「お年寄り」

「どんな病気？」

「……アンタも来る？」

この二度目のお誘いにいたっては、天のあさっての方角からも同然に舞い降りてきた。

「行こうか……いい？」

「いいよ。まさか気晴らし、でもないけど」

5

いつしか私は、ここにながながと横たわるこの人の、ことさらに出入口を守り固めるようになってきた。それは何もこの部屋の出入口ということではない。如実にこの人自体の出入口を守り固めるということである。その辺り、くれぐれもお見込みちがいのないように。ただしそれが一体いつからか、私の記憶に定かではない。いや、そもそもそれ以前に、私が本来の行き場をなくして、というよりもおそらく奪われて、こんなところに宿るようになったご時世についても、今となっては横たわるこの人を除いて、誰も正確に知りようがないのだ。

それにしてもこのところ、それまでは厳しく結わえられてきたものが所かまわずひと息に引き裂かれはじめた。こんな古ぼけた記念病棟とやらのとくべつ室の中、音もなく、ワレらが拠り所たるべき幸福の起源は、いつ果てるとも知れない夢路を隔てて誰もが想いの海原を、こののちも悠然とさかのぼっていくのだろうか。その限られた波間波間に、安穏として漂い浮かばされるばかりの、箱船のようなこの寝台ひとつ。そこに横たわる不死身の肉体の内海にひしひしと打ち寄せる、もうひとつの誰にも見ることのできない波頭。その不朽の一点に目を凝らし、このおZさんの分身を装いながらも宿りつづけるこの私……

「おY《ワイ》」

えっ

「おY、ってばよ」

誰ですか、あなた、ひょっとして、おZさん？……見たところ、ただひとつの肉体を共有するような、私たち別々の人格、私とそのはるかなる誕生の源、発生源？ わたしおYと、あなたおZさん……それぞれの発する言葉は、これまで一度たりとも交わるようでいて交わるところがない。というよりもむしろ、交わるべきところでこそ、どうにも交わりようがなかった……

出入口というものはひとつとは限らない。それにあらゆる出口が入口を、また入口が出口をかねるものとも言いがたい。ヒトの場合も然り、お望みとあらば、私ら女子の場合もまた。抑えがたい誰もが欲望は、往々そこのところを突き破る。俗世の医療は医療で何よりも、そこを貫き押し通そうと試みる。そのために生まれ出ずる不快と苦痛に、幼児は声を限りに泣き叫び、成人も堪え切れずに呻《うめ》きをもらす。

どうやら私、おYは、ここに横たわるおZさんからの直系の血筋を引く者にして、いまだ彼女の肉体の内部にとどまることを余儀なくされているようだ。もはや途絶えることもない血統の澱《おり》のようなものかもしれないナ。私はそのことを、ほかでもない彼女の出入口から徐々に学び取ってきた。のみならずそれらすべての矢面にも立たされてきたのだが、そこで外部からの侵入に備えるといった緊迫感に苛まれたことなど、これまで一度たりともなかった。むしろ外部に接すれば接するほどに私の思いは、この人の内へ内へと転がってゆくのです。出入口をめぐる生理的なうごめきがたとえ外向きの場合でも、それにただ流されるようなことはなかった。

私、おYは、〈穴の外〉にはあえて背中を向けてきたのです。（アンタの背中が、一体どこにあるのかって？　さあ、どこだろうか。）

というのもね、このおZさんの内側を究めればいつも必ず、ありきたりの街路（この病棟の外側にも広がる！）とは明らかに異なるもうひとつの裏道へと通じていくからです。私はこの住み慣れた身内にいながらにして、日も月もさすことのない、それでいてずいぶんと垢抜けた、星夜の街道筋をたどる長旅に出かけたものです。Yの旅路は、死を奪われたZの内奥から発して、もはや誰にも見えざるはるか山間海沿いのあたりまで、縦横にゆきわたる……だからね、あなたがたより場面によってはよほど世情に通じているところもあるわけで、いつ果てるとも知れない閉じこもり、それも不治の病を得た女体への幽閉者だからといって、その辺り、くれぐれもお見くびりのないように。

さて、さて、守り固める出入口のひとつひとつをたどっていけば、頭《かしら》を取りまく三つの穴に、遠くはなれた三つの穴が同じく虫食《むしば》まれていくのです。その頭にはおくち（奥地、にあらず）、おはな（お花、にあらず）、おみみ（お美味、にあらず）の三者、また隔地には小さな捌け口、大きな捌け口、それからいのちの門口。こちら遠方の三者から見返せば、頭の三者こそが隔地のムジナにもほかならない。

そこで私、このおYは、いつでも戸締まり怠らず、ただ内からの求めに応じてのみ、その場その場でそれぞれの扉をゆるめる。

「おYや、おなかへった」

「おYや、のどかわいた」

間髪入れずにおくちを開けると、今しも食欲の奥地めざして、即座に食べ物飲み物が流し込まれる。私は思わず一歩下がって喉元あたりの肉壁にへばりつき、ゆくゆくそれらの行く末をたどることにもなるのです。そうなるとにおいも味もあったものじゃなくて、ただもみくちゃにされながらも、与えられた自分の形だけは何とか見失わないように気を配りながら、それでもいつしかあの同じ長旅に出かけていくのです。かく、おくちというものは何かと手間もかかり、煩わしくもなるものですが、ではすぐ上のおはなはどうかといえば、実は開けっ放しもいいところで、おまけに下手に鍵をさしこむと矢庭にものすごい突風が吹きぬけて、危うく出たくもない外界へとひと息に運び去られかけたことも一度ならずです。たまにねばねばした液状のものが圧力かけて絞り出されることもあるのですが、このときも同じく要注意ですね。でも、それ以外の時はといえばおおむね居心地もよく、居眠りも織りまぜて風が静かに出入《ではい》りを繰り返すばかりです。私の心が何といってもなごみいやされるのは、そんなおだやかなおはなの守りについている時ではないでしょうか。風の出入りはいつしか寄せては返す軽快なさざ波となって、この私を沖合いの島々へと運び去る。そこから海辺の戯れに身を任せる私は、途切れもなく舞い降りる海鳥の群れにこの世の行く末を問い尋ねてしまうのです……

それでは、おみみも開かれたままだという者がいるのだろうか。でも、それはまたちがうのです。いいですか、なるほどおはなにおくちが二つともふさがれた日には、にべもなくまことのいのちが失われることになるでしょう。そうなれば、私はどこに住めばよいのでしょうか。そのまま心中するのでなければね……ところが、おみみはちがうのですよ。おみみには、おはなおくちほどに差し迫ったいのちの危険が見当たらない分だけ、はるかに気ままな遮断が許されてもいるのですよ。ねえ、そう思われませんか。そしてそこを絶え間もない音の波がおそうのです。中でも、何やら激烈にして醜悪な人伝の音波が投げつけられるとき、たとえば、ホラ

クタバレ、ババア!……ってね

そうなると、ひたむきに老いをきわめるおZさんではなくて、いつまでも若くて未熟なこの私が、おYが、何よりの守り手としておみみを閉ざすのです。文字通り体をはって前に立ちはだかるのですよ。そのとき振り向くと、一枚の薄いベールの向こうにはおZさんのかわいたあたまの中が見透かさ

れてくる。そこは何やら冷え冷えと寝静まっており、この私以前に時計じかけのような信号また信号によって予め守りぬかれている。それを見ながら、しかもそうやってなおもこの人のかしらを守り固めながら、私にはまだどうにも捉えきれないものがある。それはいつもヒトのおくちから吐き出されて、おみみへとのみ込まれ、あるいは流し込まれていくのだが、正直なところ私にはそれらを、およそわが事として受けとめることも差し出すこともままならない。見ることもかなわず、それでも往き来するそのものを、ヒトはただコトバと呼びつけている……そのコトバ、呼び捨てにもされ、なおも口ごもる宝石、生み出されたものの、すぐに身ごもる宝石、やりとりにおいては、じつに見事な宝石、ひとつひとつをみれば、いついつまでも磨かれざる原石……生まれる前の私には、そんなコトバというものが皆目わかりません。

さあ、ここいらで遠くへの旅に出向きましょうか。もちろんそこにも私に与えられたささやかなる任地があるのですから。おZさんの体内の見えざる抜け道とやらを下がり下がってゆきつく先の、まず「小さな捌け口」というのは、あなたがたが昼となく夜となくあの小さな用を足されるところ、「大きな捌け口」というのはもっと大きな、もしくは大袈裟な用を足されて、しばしば風も吹きぬけるところですよ。私は嫌悪感などこれっぽっちも抱かされることなく、それらの任地へも喜々として赴くのです。しかもそこいらからはモノがもっぱら出ていくばかりなんで（少なくとも私はそう思うんで）かえってなおさらのこと、それぞれの内奥には一筋縄ではいかず推し量りがたいものが伴ってまいります。ですから各々にそこへの旅路は、ずきずきと思わぬ栄誉にも満たされてくるのです。それにも増して飲み物食べ物は、ともにただ一つの入口であるあのおくちを経由するのに、出口に至ってはあくまでも異なるのですから。それらの分岐点なるものを執拗に問いたずねる深夜の探査行を、私はいまこのときも続けてまいります。

そんな試みの一切が拒まれてくるのが、のこされた六つ目の出入口である「いのちの門口」でしょう。その名の通り、この門口を抜けていのちが、そのかけらにもあたるものが、その細粒が、ときにそのれっきとしたひと塊りが、それ相応の魂をもなびかせて出入りをくり返すのです。ただしこの私には、その起源をたずねてさかのぼることなどかなわない。どうみてもそこにはおZさんその人を思わせる強靭なる意志が働き、悲喜こもごもの出生の謎にもあたるものが日夜培われていく。ですから重ねて私には、せいぜい夢を見るくらいが関の山……いえ、より正確には、おZさんの見る夢らしきものをですね、体内にとどまってひとつひとつ見きわめていく、とでも言い直すべきでしょうか。ほかならぬ「いのちの門口」では、事ほど左様に夢は未来を紡ぐのです。来たるべき時間はどこまでも増殖をつづけます。それも単に継ぎ足されていくというものではなくて、それこそ赤子に子孫もよろしく次から次へと生み出されていくんですよ。そんないのちにも比すべき時の連なりによって、ふと気づくと、嗚呼、この私の出生こそが永久に先のばしをこうむっていくようです。

だけどね、この話を耳にし、目にもされるというすべてのお方、おZさんの中にあってこの私が見届ける夢のまた夢、いや、それればかりじゃない、夢をひとかどのうつつとしてもながめていけるのは、何もこの「いのちの門口」ばかりではないのです。その他いずれの守りに着こうとそれぞれの成り立ちからして、おZさんの夢という夢に私は立ち会わざるをえないのですから。たとえば、ホラ、まずはあのおくち。そこでは絶え間ない食欲飲欲に押し流されても、若き日の口づけの想いがほろ苦い追憶の夢模様をいくたびも織り直し、つぶさに点描もスル。あたかもチュッ、チュッと音を立てて、何ものかがあとかたもなく崩れていく。それを受けとめるのもまた夢、新たなるまた夢……

そこで私が立ち会うのは、決まって重苦しい死に至るばかりの凶行です。その下手人も犠牲者も手段も現場も変転きわまりなく、変わりがないのはただ三つだけ、ひとりがひとりを殺めるということ、その殺めるほうはどう見ても女子であり、殺められるのはどうやら男子だということ、そしてその成り行きを生み出し見届けるのはおZさんだという、夢をめぐる当然の前置きですね。

私が、おYが、さすがに息苦しさも感じてすっかりへし折れていると、唾液をさらに温めながら私を慰めるでもなく、おくちそのものがふと囁きかけるのでした……おYや、おまえさんは、曲がりなりにも、この世に生をうけたその時からこん中にいるのだから、そろそろ夢の捌け口でもみつけたらどうなんだい……私はハッと目覚めました。そうか、夢の捌け口か、それは気がつかなかった。うまいこと言うもんだ。ひょっとしてこれは、「おくち」とあの二つの「捌け口」がこの体の中のどこかしらでつながっているからこそ描き出されてくる、稀代の着想なのか。いやそれにしても、そんな夢の捌け口って、一体どこにあるんだろうか。

いまだ解かれぬこの問いを一手に引き受けて、私はまたおはなの守りに赴きました。仕切りひとつをのりこえて、いや、見えざる通気孔をくぐりぬけて、さらにおくちも閉めて、残るおはなには静かなる風の出入りのみ往き交います。そんな吹き抜けの波間にゆったりと身を任せて、私は心もおだやかにお花の夢をみる。その花びらの散りゆくところ、とうに蕾を忘れた花束といまだ花束を知らない蕾、両者が交わることはない。たとえ果実として結ばれていくものが、その中の少なくともひとつがこの私だとしても、今なお種子のありかは杳《よう》としてつかめない。

　おはなに吹き込まれる風はいたるところ満たされぬ過去を持ち込む。代わって吹き出される風は装いもあらたに満たされた未来をまきちらす。そうやって眠りの中で、私を包む仄かないにしえも、出生の証しともども同じ未来へと先送りされる。それでも私は、おくちが囁きかけたように生来この中にとどまってきたのだろうか……だとすればおＹ、と思いもかけずそのとき、夢のお花が口元を開いた。数ある花弁をささげて……この中は、このおＺさんとやらは、アンタの母体にして、アンタの産みの母たるべきじゃないのか。

　目覚めるいとまもなく、私は潔く身《み》を移した。いやむしろ、みみを移した。何の歯止めもそこにはなくて、ひとりおみみの守護に転じた。夢はしばし持ち前の容貌を消し去ってしまう。ただ音の流ればかりが夢の残り香を持ち運び、辛うじてその不在だけをもみ消してくれる。私は目にモノいわせて、おみみにはきこえる夢モノがたりにわが耳を傾けたのです。そうなるとまたしてもくり返されるのは犯行からの残響、流れ着く先はのどかな浜辺でも悠久の海原でもなくて、耳をすませばますますほどに変調やむかたなき犠牲者の叫びにもほかなりません。それとてもつまるところは男子《おのこ》の声音です。どうにも耐えかねて思わず耳をふさいだ私に、この不肖おＹの耳元に、聞き慣れたおＺさんからの、そのおみみからの戯言《ざれごと》がおおいかぶさります……このひとがおまえの母ならば、おまえの父にもあたる人はとうの昔に身まかった、とね……

　嗚呼、わが父はいつ、どのようにして、この世を去ったのか……暗澹たる疑念に折り込まれて、私はいつもの見えざる抜け道を下ります。そこでは、誰のものともつかぬ血と汗と涙がたがいに色めく肉感を心ゆくまで洗い清めるのです。そうなると、私こそが下《お》りものとなって約束の捌け口へと向かいます。そこにもいまだ夢の捌け口とやらは見出されない。なおも夢に取り込まれ、それこそ耳朶《みみたぶ》のような、柔弱にしてどこにも悔い改めるところのない音の流れが夜な夜な付きまとってくる。そして大なり小なりを問わず、果てはいずれの出口においても、夢見る過去は同じ結末に至る。過ぎ去りし絵空事は定められた排泄へと導かれて、そこに未来を取り込む余地などはなく、ただ水に流し、あげくは風のごとくに雲散霧消する。しかもプー、プー、とかすかな弔鐘ともども薄笑いもまきおこす。未来は辛うじてその笑声の中に痛みも偽りもない空回りを演じて見せる。

そんな水の流れが表情ひとつ改めるところなく謎めいたことを告げる……おＹ、おＹ、先《せん》だっておくちは何を口走ったか。おはなは何を話したか。その上でおみは何をもたらしたのか……そうか、お前の母はこのおＺさんで、お前の父にもあたる人はとうに亡くなったとな。なるほど、だとしても、そのとき亡くなったのはお前のおじいさんだよ……問い返すいとまも与えずに、今度は風の流れがどよめいた……それにおＺさんは、そもそもお前のお姉さんじゃなかったのか。

私は、おＹは、それからのひと年《とせ》ふた年をまたひとりとぼとぼと歩いて、ようやく「いのちの門口」に舞い戻る。そこには改めてスフィンクスの謎ばかりが掲げられていた。

……とうに亡くなったお前の父はお前の
祖父にして、お前がいまこの時も身を
寄せる母おＺさんはお前の姉であった

……

このときはじめて私はわが出生の秘密、その一端にもゆきあたった。それを守り抜かんがためにおZさんは、わが母は、この私を、このおYをいつまでも体内にとどめおく。彼女がかつて自らの父を手にかけたのは、こうして未来永劫、私の出生以前にさかのぼる。それが正確にいつのことになるのか、私には皆目わからない。

おZさん、
おZさん、ってばヨ、
アンタ、何で産まなかったのサ。

6

西からの風が前へ前へと吹き抜けていた。共同の住まいがひとり置き去りにされ、窓という窓は閉ざされてしまう。ヤマジとユキジはすでにマンションを降り立ち、程近い信号付きの交差点に向かっていた。港を押し包む薄墨色の沖合いでは、カモメの水兵たちが錐揉《きりも》みをくりかえす。戦時下もさながらの浮世離れをした身投げ遊びに打ち興じている。そこに勇躍、喇叭《らっぱ》を吹きかける者は誰か。熱い吐息とともに海面近く、霧雨をもたらす者は。市電通りに県道が交わる病院最寄りの大きな十字路。二人が歩む小路《こみち》は斜めに真東から切り込み、見過ごされがちな五叉路を形作る。そのまま斜めに押し渡るなら、小路は病院東端の四角《よすみ》へと突き当たる。港町には密航者も少なからずなどと陰口をたたかれるものの、いきり立つ海鳥たちを生け捕りにしてまで、苦渋の錨を投じるような酔狂はいない。市電通りというのは病院敷地の南西辺から交差点をこえて、丑寅《うしとら》の鬼門の方位へと走りぬける。そこには二人から見て手前に自動車道、その向こうに電車の軌道という棲み分けが守り抜かれてきた。いまや、午後二時四十五分、同じ五叉路をはさんでやはり斜め向かいには、軌道の両岸に「倫正会病院前」の電停が待ち受け、朝とは違っていずれにも人影はすっかり疎らになっている。

沖合いのシングン喇叭は消え失せた。音もなく姿を暗ました。電停の端っこにひとりがしゃがみこんでいる。およそ見たことのない、天使のような顔立ちの明るい獣人が口笛を吹き鳴らしている。時に肩口を揺らしている。二人の看護師はなおも手前側で、県道を渡る青信号を待つことに。口火はユキジが切った。「毛ジラミ、知ってる?」毛ジラミって、内科の? 「そう、あの人またやったのよ」え、またー! よくやる……相手は? 「ABC」アラー、なんでそうなるのかな。ABCって、あの子、独身? 「ま、一応」一応、って? 「彼氏いたと思うんだけどね」そんなことしてたら、そのうち酷い目にあうよ。「それは、みんな言ってる」だいいち、よくそんなヒマあるね。QQなんか、無理。みんな、目真っ赤、心ボロボロ……「内科だって、たいがいキツイんだけどね、このところますます……まあ、話は別ですか、アチラの方面は」

信号が変わる。二人そろって押し渡る。

「ねえ、どうする」私は、立ち読みしていくわ、いつもの本屋で。「そう……そしたら、三時十分から十五分くらいに、記念病棟の横のチューリップのところにいてくれる? ベンチもあったから。天気もいいしね」ＯＫ、そいじゃ……

ヤマジは横断歩道を渡るとすぐ左に折れて、病院には背中を向けていく。ユキジはそのまま、次の市電通り側の信号を待った。すると目の前に電車が到着をして、信号をやや長引かせ、鬼門めざして走り去ると、残された停留所からはすでに人影が消えている。それでもあの口笛からの余韻ばかりがどこか心地もよい歪《ゆが》みを増しながら、あたかも金管と木管のはざまをぬうような微細な音曲をなおも末長く棚引かせた。

ユキジはiPodを耳に当てることもなく、舞い降りてきた架空の鳥の歌に耳を傾けた。それを選び抜かれたわが事のようにとらえ返しながら、颯爽《さっそう》と次の信号を差し渡る。電車道の白い軋みにもいそいそとその身をあずける。温度差をこえて対流はくりかえす。義理固くも線路が語り伝える、立ち去った鉄輪からの微動細動。口笛喇叭の獣人はといえば、停留所からは誰もいなくなったはずが、驚いたことになおも同じところに立ちつくしていた。世界でいまはユキジだけがそんな有様を何気なく読みとることができた。獣人は彼女にささやかな感謝を捧げた上で、独自の〈けものみち〉を押したてる。道はたちまち一本の絹糸に転じ、油にまみれた七色の光沢を祈り示しながら、いたずらに旋回をくりかえし、その先の県道にそつなくも病院を縫い合わせる。

誰も知らない、何もわからない、院外の手術がヒトとケモノの境い目で営まれていく。有名無名を問わず執刀医は、Ｚという切れ味するどいメス、Ｙという突き刺さったが最後かぶら矢のごとく抜けることを知らない注射針、そしてＸというケモノとヒトの識別を予めなきものにした超人、この三者に限定される。元をただせばどれもが単細胞である。このただひとつの共通項を固く共有もすることで、キリスト教の教義奥義をはるかに凌駕するばかりの強靭な〈三位一体〉を形作った。こうして見事に縫い合わされた手術痕がその後、間髪入れずに盛り上がり、今では病院敷地東北辺の外塀へと姿をあらためた。はるか冥王界から見下ろしでもしない限り、誰もそこに手術のあとを認める者はないのだろう。

信号を渡り終えたユキジは、獣人の足音を背後に感じ取りながらさらに県道を進んだ。交差点から間近に開く車専用の入口、つづく車専用の出口を経て三つめの入口を左に入って、ようやく彼女は職域へと足を踏み入れた。ありがたいことに獣人の足音らしきものはそこで途絶えたのである。そうなると同僚はともかく、私服のときに顔見知りの患者に会うことを好まないユキジは、そのまま中には入らないで、目の前の別館（新館）病棟の外壁を時計とは反対回りにたどった。そして市電通りとはちょうど反対側の駐車場に面した、スタッフ専用の扉を開いてロッカールームにかけこんだ。自分のロッカーを開けると靴を脱いで、まだ穿いて間もない山吹色の靴下にも手をかける。考えてみれば、ヤマジと待ち合わせたチューリップの園庭は、そこから一枚壁を隔てただけのもうひとつの外側にある。ということは、同じ園庭に面した記念病棟とやらはすでに目と鼻の先に佇んでいた。

ヤマジはヤマジで、足を向けた行きつけの書店で立ち読みをするまでもなく、ウィンドウ越しの店内に佇むひとりの若者によって、すぐに目線を奪われていた。いまの彼女にとって、それは別離を象る恋人でもなければ、破局を先取る恋敵でもない。いかなる恋路の闇もことごとく持ち去られた声なき叫びからの生き写しにほかならない。

若者は書棚に向かって首をねじまげていた。目線は胸元辺りに開かれた文庫本へと注がれ、おのが身の丈を収めたほんの数十センチ四方に、時がたつのも忘れている。そこは狭くもなければ広くもなくて、絶えず生きながらにしてもはや息絶えている。のこされた横顔の一部だけをのぞかせて、そこからこの世の営利を嗅ぎ分けようとする。あとは母親の号泣ばかりが、どんよりとした無傷の背中へとおおいかぶさり、手元の冷たさは胸を撫で下ろしながらも、見下ろす頁の一コマ一コマに魔性の死の影を刻みつけていくのだ。

そこへ不意にオートバイがやってきて、ヤマジのすぐ後ろをかけぬけた。それを追いかけるように若者は目線を上げる。さらに追いすがるように店の外を見る。その顔にも表情はなくて、今は亡き友からの別れの言葉ばかりが埋め込まれていく。彼が読むものはもはや書物ではなくて、書物の体裁を整えた野性の弔辞にほかならない。

ヤマジは弾かれるようにしてその場を離れ、元来た道をたどりはじめた。ケーキセットの看板押し立てる喫茶店に、大手メーカー奉じる傘下の電器店もすぎると、水鉢を並べたフラワーショップが近づいてくる。一面に切り花が活けられ、『結華《ゆいばな》』というその店名は勤め先でもよく見かける。見舞い客の花束の包みにこよなく写しとられているのだ。かれらがいちばんに買い求めるのはこちらにちがいない。黒髪を後ろに引きつめた中年の女性が前に出て、中では若いおかっぱの娘が切り盛りをしている。ここ『結華』から、非番のヤマジは花束を携えることにした。その秘められたこころざしはやはり弔いであり、表向きは名もなき見舞いを装いながら、そこに看護師としての自らの生き様を忍ばせた。

スイマセン……

「ハイ、いらっしゃいませ……何になさいますか」花束、お願いします「どうされますか……お見舞いですか」ええ、まあ……「ご希望ございましたら、どうぞ」そうね……チューリップもらおうか「いま盛りですものね……お色とかは？」……そしたらオレンジと、そこの桃色……「よろしいですね。きっとお見舞い先のお部屋が明るくなりますし……」そうね……チューリップって、花言葉何だっけ「愛、ですよ、確か」愛、か……「大切なお方ですね」

店の女はあえて微笑みもしなければ、客に目線も送らず、三本、四本と選りすぐる。

「あわせてかすみ草なんか、いかがですか……周りにやわらかくアレンジして」いいですね……そっちの花言葉は？

「花言葉？……えっと、何だっけ」店の女は中のオカッパ娘に声をかける。「ねえ、かすみ草って、花言葉、何だっけか」

「夢見心地に……清らかな心、です」

「アンタ、よく知ってるわね」

「さっき、宣伝のチラシで見たんです」

オカッパは店先の女になりかわって微笑みを返してくる。

夢見心地に、清らかな心にも育まれる、オレンジの愛、ピンクの恋、そこにおさめられた祈りと願い……じゃ、それでお願いします。

女はものの一分余りで手早くまとめ上げた。

「一五〇〇円ちょうだいします」

もう少しかかるものかと思っていたが、このあたりヤマジには相場への弁えにとんと持ち合わせがなかった。

「また、よかったらどうぞ。お見舞いじゃなくてもですね……お好きな方のためにも」

好きな人はいま病院にいるけどね、と思った。それも入院患者ではなく職員として、私と同じナースとして。そういえば、今度の誕生日にここで彼女のために花束を買って贈るのも悪くはない。思いつくあいだにも花屋のほうは、徐々に背後へと遠ざかる。ヤマジはまだ手に入れたばかりのそこからの分身をまるで赤子のように抱えていく。そして病院最寄りの交差点へと立ち戻った。先刻ユキジが遭遇した、おそらくはその次の次あたりの市街電車が、やはり鬼門めざして目の前を横切っていく。なおも口笛がきこえるのだが、どこにも獣人の姿はない。そのとき花屋をこえてはるかなる後方では、何も買わずに本屋を出ていく若者の背中がよろめいた。いまは誰もが生きながらにして亡くなっていく。信号が変わるまでのあとわずかの時間、ヤマジは仕入れたばかりの花言葉をくりかえす……愛……夢見心地……その清らかな想い、と。


「今日がはじめてよね、このローテ」三階内科の師長は作業カルテをつかみとりながら、半ばつぶやいた……ハイ、今までやってません……ユキジが着替えを済ませてエレベーターに乗り、このナースステーションに現われてからものの一分もたっていない。いま二人のほかにはもうひとりの看護師が背中を見せて腰かけて、夜勤担当者への申し送り事項か何かを懸命に書き込んでいる。大きな窓には全面にブラインドが下ろされて、およそ外界は計り知れない。この師長がいるときは季節も時刻も天候も問わずに一事が万事、ほとんどの場合がこんな按配だ。たまたま上がっているときは、誰かに下ろさせるのではなく、自らの手で遮断する。それによって医療現場は一定の隔絶を手に入れる。その隔絶とやらを背景に、行きかう白衣も際立ちをみせる。であるから、彼女が姿をみせないとわかっている時には、ブラインドは必ずや開けっ放しの野放しにされる。すでに師長とユキジ、二人の間には、このローテ専用のワゴンもひかえていた。

「大体のこと、聞いてもらってる?」……ええ、コーダさんから……「ア、ソウ……あの人もう長いから、大丈夫ね」と言いながら、相手方の心許なさを見透かすようにして師長はコトバを紡いだ。「一応、私のほうからも説明しておくわね。あなたもこれで、このローテに入ったらいよいよこのフロアでも、一人前の第一歩だから」

ありがとうございます。

「お礼言わなくていいわよ、まだこれからなんだから、何事もね……それで、まずこの患者、おZさんについては一切が口外無用、この病院の中でもこのフロア、それもこのローテ以外にはね」

ハイ、と応えながら、ユキジはつい今しがた、すでに自宅でこの掟を破っていた……あのお……「なに?」……おZさんっていうのは、それがお名前じゃないんでしょう……「おZさんは、おZさん……いいわね」……わかりました。

書類を書き終えたもう一人の看護師が軽い会釈を残して立ち去っていく。彼女もこのローテの一員とみて間違いがないだろう。

「この作業カルテを見てちょうだい」……わかりました……「その中の星印のついているものが基本

的な作業項目だから。今日は初めてだし、とりあえずそれだけやってくれればいいから」……わかりました……「んー、もちろん個別にチェックとか、記録のいるものは前例にならって書き込んでちょうだい」……わかりました……「何か、質問ある？」……医療措置と介護の両面にわたるんですね「そりゃ、あなた、お年がお年だから……といっても正確にはわからないんだけど……でもそれって、このフロアでもしばしばやってることじゃない」……そうでした……検温、血圧……ア、この投薬というのは……「あ、それね……この人もこの人なりに不整脈とか、いろいろあるからワルファリンのんでもらってるの。それで、食事のあとに、水でもお茶でもいいから、少し砕いて溶かしてのませてあげて」……のめるんですか……「のめるのめる。だって食べるんだから……ア、食事はもうできてるから、一階の厨房で受け取って行って。この下の段に入れて行けばいいわ」……採血と点滴は……「ア、いけない……採血はいらないわ。おとといだか、やったばかりだし。栄養補給の点滴だけやってさしあげて……それと、導尿のカテーテル入れてるから、余りたまってなくてもサックの交換。たぶん今日は検尿だったと思うから」……えーっと、検尿日になってます「でしょう……それと、おむつの交換ね」……口内清掃……「そうね、そんなところか」……ええ……ア、アノ、寝がえりとか、してあげなくてもいいんですか……床擦れ防止……「いい、というか、もう無理。ベッドに根が生えてる、というか、病そのものに根が生えてるから。それを切り取ることはできないし、こちらにもその意志が、そこまでする覚悟がないからね」

師長その人の表情は曇るというよりも、むしろ生き生きとして冴えわたってても見えてくる。

「おZさんは女性……それはきいてるでしょ」……はい、コーダさんから……「さっきもちょっと言ったけど、百歳ははるかにこえてる、それは確か。でも正確なところはまるでわからない……まあ、とにかくそんなこと、男にはどだい無理よね……妊娠の痕跡もね、あるらしいけど、それが出産か死産かも、今となってはわからないわ」……本人はご記憶じゃないんですね……「フフ、あなたぜひ確かめてみて……若いんだから」……だいいち、たとえ無事生まれて、その方が大きくなっていても、生きてる可能性はなきに等しいんじゃ……「そうよね、皆無だわ……あの世でお母さん待ってるんだけど、お母さんったら、いつまで待ってもちっとも来ない……これから先もおそらくずっと……って感じかしら」……あの、体を拭いてあげる、とかよろしいんでしょうか……「そうね……今日はいいわ……またおいおいと、ね……まだ先は長いから……じゃ、よろしく。何かあったら内線入れて。私、六時まではここにいるから……というか、あなたが戻るまで」……わかりました……

　おZさんの病の中味については、二人の間でまだひとことも交わされてはいなかった。ローテの作業カルテにはあえて記すまでもないことだろう。病を知らずして治癒もまたありえないが、治癒なき病については弁えるまでもない。ほんのひと握りの、その道の専門医をのぞいて。

　ユキジは専用のワゴンを押してエレベーターに向かう。師長から託された、「口内清掃」ならぬ「口外無用」のひとことが力なくそのあとを追った。

　同じころヤマジは、文字通りの旧館、別名記念病棟を前にしてただただ唖然とするばかりだった。それは建物にというよりは、自身の思い違い、ないし思い込みに対してである。マンションの五〇一でユキジの口からこの建物の名が出されたとき、ヤマジの口からは「レンガ造り」なる形容が返された。相手のユキジもそれをあからさまに退けはしなかったが、いざ目前に控えてみるとどうだろう。その姿はレンガ造りというには程遠い。あまりにも深々と旧趣を携えた木造の佇まいに包まれている。レンガ造りと呼べるのは、ヤマジから見て右手にあり、この旧館とは丁字をなすように垂直にのびる建物のほうである。そこにはかつて病院の食堂があり、それが新館に移された今では、セミナー室や長時間にわたる家族のための控え室、宿泊施設もかねていた。いつしかヤマジの中で記念病棟は、かたわらにあるこの建物の総レンガ造りにのみこまれていたようだ。それに旧館の、ヤマジから見て右側、ちょうどチューリップ園の前にはクスノキか何かの大木が一本、緑生い茂る枝ぶりをみなぎらせており、このしつらいがますます建物をめぐる彼女の倒錯を押し進めてきたのかもしれない。その一方で実際の旧館が木造の一点張りかというと、それもまた当たらない。むしろ記念病棟としての栄誉を何か一手に引き受けて象徴するかのように、煤《すす》けた赤レンガの冠を押し戴いている。それは二階建ての青光る屋根の瓦葺《かわらぶ》きの左側に突き上げる、四角い、一本の、煙突であった。

そんなレンガの冠の真下からはアヤメの花園が取り仕切られて、蕾《つぼみ》もまだ固い青の静謐《せいひつ》を貫いている。その右手の境界は通り抜けることもできる砂利道になっていて、こちらにチューリップの園がひらかれる。すでに花々は咲きそろい、ヤマジから眺めて手前から黄、紫、そして赤と段を重ねて旧館へ連なる。対する向かいの新館の側には、二台のベンチが並んでいる分だけ、チューリップの花壇は身をちぢめている。ヤマジは二台のうちのアヤメの園に近いほうに腰かけていた。もう一台のさらに向こうには、新館裏の出入口が横顔をみせている。『結華』で買ったばかりのチューリップの花束はといえば、相変わらずヤマジの右かたわらに寝そべっている、というよりも何気なくのんびりとくつろいで、切りそろえられたままの端正な物腰を下ろしていた。新館の裏出入口というのは疑いもなく自動式である……今日はまあ、こんなところに腰を下ろしてもやたらと冷えないんだ、とヤマジは思いもかけない慰めを見出していく。すると音もなく新館の扉がひらいてワゴンが姿をみせた。

「アラ、もう来てたの」

ワゴンの二段目には、受け取ったばかりの食事のセットがラップにくるまれて光っている。いま来たとこよ。今日は外に座っててもちっとも寒くないね。

「陽もあって、風もないしね」

もう行けるの？

「うん、このまま……来る？」

もちろん。

「え、花束買ったの」

まあね、いろいろあって。

「イロイロ……」

うん、イロイロ……

「でもうまいこと選んだね」

何が？

「だってさ、この花壇のと、みんな色が違うじゃない」

そうか……それって、全然気がつかなかった……アタシさあ……

「ナニ？」

この旧館っていうの、全部レンガだと思ってた。

「え、どうして？　あまり見たことなかった？」

んー、そうでもないけどさ……こっちの、むかし食堂があったとかいうのと、どっかでくっついたのかなあ。

「ハハ、ヤマジらしいな」

どうぞ、バカにしてください。

「別にそうじゃないけど……行くよ」

ワゴン同行のユキジは砂利道を避けて、出口から真っすぐに館へと向かい、左に折れて大木の前を行く。ヤマジは花束を抱いたまま、あえて砂利道を抜ける。何しろそちらの突き当たりには館の入口が待ちかまえているからだ。

「開けて」

自動化の魔手も旧館の大きな木の扉にまでは及んでいなかった。ヤマジが把手《とつて》をつかんでいざ引いてみると、何の軋みもみせずに開かれる。ワゴンは段差の取り除かれた玄関をくぐりぬけた。

「すぐに閉めて」

ヤマジが言われた通りにすると、ユキジはなぜか声をひそめて、瞳を近づけた。

「あのね……このローテはね、口外無用なんだって。要するに、担当者以外には、極秘」

え……なんで？

「はっきりわからない……患者さんが、あまりに特別だから？」

でも、アタシ……いいの？

「よくないよ……でも、いまさっき師長さんからそのことを聞かされる前に、もうアンタに言ってたから……そういえばコーダさんは、そんなことなんにも言ってなかったな」

コーダさんって？

「内科の大先輩……知らない？」

知らない。会ってはいるだろうけど……

「でも、とにかく聞いてからでも、もうやめとけば、それでいいのかもしれないけど……こうして一緒に入っちゃったからね」

はあ？……じゃ、入る前に言えばいいのに。

じゃ、帰るわよ。

「罪は二重に重いわ……だからその罰は二重の、さらに二重かも」

「いいよ、いい……いま師長さんが見てたら仕方ないけど、あの人、有名な〈ブラインド下ろし〉だからね……さっきからアンタもかなり落ち込んでたし、せっかく花束も買ったんだから……それに……」

それに？

「ほんというと、私もちょっとコワイ……だから、今日の一回限りよ」

なんか、逢引きみたいだね。

「とにかく、誰にも言わないで」

わかった。

「でも、考えてみたら同じ病院の中の、それも一部だけでこんなこと、ずっと秘密になんかできるのかな……だって、毎日これだよ。目にもつくだろうし」

それはそうね。

「といって、アンタ知ってた？」

いいや。

「同じ内科の私だって知らなかったもん……だから、いいこと？　この先いい加減なつもりでは来ないでね……帰る？」

ううん。

「来るね」

うん、うん……死なばもろともの類いではないものの二人の間には、おいそれと蔑ろにされることのない宿命の共有がまたひとつ新たに積み重なる。歪みも偏りも生じることのない行く手には、館の外観からは思いもよらないばかりの遠景を携え、一本の廊下がのびていた。その行きつく果てには、おZさんの病室が待ち受けている。木製の両開きの扉がヤマジによって、ここは引かれるのではなく、重々しくも二十四時間ぶりに押し開かれるのを、いまは静かに待ちわびていた。

7

おんX《エックス》は絶え間もなく歯ぎしりをくりかえす。かつてもいまも、同じ歯ぎしりは雲の棚引きを経て、正確この上もない秒刻みを伴うと、そのまま雨もりのない下界へともたらされた。同じ秒刻みは使い古された暖炉を経ておZさんの病室にまで舞い降りると、あとはアルカイックな木製柱時計の振り子と一体をなして識別を失う。見渡す限り終末への秒読みばかりがあてもなく、行き場をなくして取りのこされる。

おんXは、旧館の青屋根にそびえ立つ赤レンガの冠、かの煙突永年の主《ぬし》である。いや、煙突はおろか、この記念病棟全体の主《ぬし》とみなしても何ら過不足はない。見えざるそのまなざしは天上の憧れにもしばしばたどりつくのだが、たったひとつの病室の主《あるじ》おZさんのいまの想いが、この館の主《ぬし》おんXのことをしかと見定めているかどうかは誰にもわからない。そもそもそのことを見究めるすべがない。むしろ、おZさんがこの病室にたどりつくはるか以前より、その体内にとどまることを余儀なくされてきた、文字通りの身内の女、未産の女子、あのおYが、ひたすら外部に感じ取られる何ものかの影に怯えてきた。それこそがおんXの見えざる冷酷なまなざしである。それでもおんXは怨霊ではなくて、ほんの一人分の物静かな心象にほかならぬ。

そのほんのひとにぎりの心象が、ときにおZさんの母を思わせてならない。だとしても、それはおZさんの母に限られる。まかりまちがってもおYの母をかねることなどありえない。

おYの母はひとりおZさんである。そのおZさんは同時におYの姉をかねるのだが、それでもそのおZさんの母が、妹であるおYの母、おYの実の母をかねることはありえない。

おYの母にして姉であるおZさん、彼女たちには共通の父がひとりあった。そんな父たる男の妻であると同時におZさんの母でもあるおんX、だけどおYにとっての彼女は、実の父の妻でありながら、自らの実の母にはなりえない。あえて義理の母とは呼びうるものの、それとはまたべつの血縁をたどることができる。おんXがおYの母であるおZさんの産みの母である限りは、おYの祖母ととらえることもできるからだ。さらにこれによっておYの父はおYの祖父をかねそなえることにもなる。Z、Y、Xを何重にも取り込んで、家系の神秘がここにきわまる。

おんXは、ときにおZさんが産みの母にして、おYの祖母にあたる。

おんXは、ときにおZさんおY共通の父、それも実の父の妻にして、おYの義母にあたる。

下界の寝台に横たわったままの不治の病者、おZさんの体内より、いよいよ白の大天井をおおいつくしたかに思われる見えざるまなざしおんXに対して、おYがつぶやく。

「私とこの人、いつまでも死ぬことがないこの人おZさんとは、あねいもうとであり、同じ父さんの娘でもあるのに、この人の母親は私の母親ではない。私の母はこの人、おZさんで、この人の母は私のお祖母《ばあ》になるのだけれど、フフ、その私のお祖母は私の父の妻……でもね、父には複数のヨメがいたようで、私の姉さんもその中のひとり……ハハ……だからね、私の姉は私の母……ハハハ……」

なおも寝台を見下ろすまなざしこそはおんX。怨霊ならぬおんX。同じ白亜の天井に痕跡をのこす左右一対、二台の扇風機こそはその眼球《めのたま》にもほかならず。

そのとき遠くで扉が打ち開かれた。そこからはこのおZさんの病室と明らかに地つづきの匂いがする。二人の若い女がすみやかに入館を果たす。地ひびきもなく、ひとりは台車を押している。下の段には慎ましくも、出来立ての病院食がほんの一プレートばかり奉られていた。そこからは湯気も立たず、館内には所を選ばず白骨の臭いが立ちこめる。それを紛らわすように廊下には、次々と骨ばったコトバが紡がれ落ちこぼれても交わされていく。

すぐ閉めて……鍵をかけて、のみこんで……

……罪は二重に重いわ……罰は何重にも下されるわ……

……だから会うことができるのは、今日が最初で最後よ……

……いい?……うん、わかった……

思わず寄り添うふたりの目と目ときたら妙に落ちくぼんで、どう見ても一方は本来の制服、もう一方は好みの私服に身を固めている。その好みの私服のほうのガイコツが、何やら終《つい》の墓石《ぼせき》に花でも活けようというのか、市販のブーケを携えていた。

目の前にのびる廊下の突き当たり、都合二つ目の扉の向こう、病室Zの内側では見えざるまなざしが身をちぢめる。それも天井一面をおおう拡がりから、単なる幾何学上の一点へと瞬く間に転身をはかると、白壁を伝っておZさんの枕元に身を寄せる。外ではガイコツのコトバも鳴りをひそめた。それらの語り部、妙麗の二体がいよいよ同じ扉をめざす。廊下を歩み寄る気配も伝わると、中ではまなざしが一段と身をかがめた。館がゆれて煙霧も際立ち、ウォールナットの床板をかけぬけると元の暖炉へと身を引いた。

　こうしてまなざしがただの一点にきわまると、おんXは否応もなくおのがふくらみを増していく。おZさんの産みの母にとどまらず、おYの祖母にもとどまらず、かれらの先祖ばかりかとうに途絶えたはずの子孫をものみこんで、タテにヨコに、前に後ろに、果ては血縁を凌駕してどこまでも拡がっていく。取り込まれた家系の神秘とやらを打ちこわし、そこには書きとめられないあらゆる物事の背後をついてものの見事にとらえかえす。

　Zはなおも横たわり、YはXを捜し求める。

「おかあさん、おばあさん、いまどこ」

わずかな沈黙が早くも扉の向こうから打ち開かれる。

おんXはなおもZの中のYを見守っていた。

8

「しつれいします」

ユキジの声に先立つ二度のノックは、同行する私服のヤマジが務めた。一度目は無躾《ぶしつけ》に、二度目は無遠慮に、花束も崩れ去らんばかりに、室内から許諾の応答はなく、なおも先行するヤマジによって背丈のある両開きの扉が開かれると、車輪を少しずつおだやかに持ち上げながらユキジのワゴンが押し入った。前輪はあえて無機的に、後輪はどこまでも有機的に、見知らぬ病の園へと、誰もがさかまく思いを巡らせながら。中ではたゆまぬ生命《いのち》のにおいがたゆみない死からの囁きを押しとどめていく。そして事柄ののちに至ってすべてを包み込み、とりとめもなく物静かに食い散らしてしまう。あとには何も残らず、ただ新しく同様の一日がまたひとつ積み重ねられる。

打ち開かれた右側の扉を背中に受けとめながら、ヤマジは室内を見晴らす。そのとき瞬時に病の絡繰りをも読み解いた、かに思われたが、犯しがたいばかりの隔たりの空気に押し包まれ、白くおおいかぶさる六面体の病室内部に向かって、見慣れぬ魂を奪われていくばかりだった。ただ、入口からすぐ左手に進んだ突き当たり、いまの彼女から見て真正面の壁には、半ば溶け込むような形で洗面所が待ち受けている。蛇口の上の鏡に映し出された自分の姿、その一部を遮るいたいけな花瓶の実像を、彼女の目はすでにとらえていたはずである。それは紛れもなく、虚実入り交じるオアシスの木陰花群《はなむら》のただ中にあった。けれども、彼女の想いがようやく自覚をしてそこまで立ち至るのは、これより初見の病室を経巡る千里の道のりをたどったあとのお話である。

へーえ、広いんだ……ヤマジはなおもブーケを携えている。おZさんはといえば、今まさにかれらの対極にあった。例の洗面所からそのまま壁沿いをさらに奥へと、幾許かの藪模様が隠れのぞく大窓ものりこえて、まっすぐに進んだいわば最後の四隅。頭《かしら》を遠くに向けて、たそがれることも忘れ果てたかに思われるそのヒトは、何よりも時の流れを虫食むように安置されていた。かけがえのない肉体が横臥《おうが》するのはじつに簡素な柩《ひつぎ》、でもなければ、使い古された手術台でもない。ちょうど一人分の入院患者専用の寝台であり、俗にいうところのベッドにもすぎない。それもあわよくばとこしえの簡易ベッド……

制服のユキジは早々職務へと邁進する。部屋を斜めに横切りながら、とにもかくにもおZさんご本人の臥所《ふしど》へ直進する。その前置きの発車ベル代わりにも、まずはひと言、「お加減、いかがですか」と音の名刺を差し出しながら、「ユメノユキジ」の本名はまだ伏せておく。滅菌手袋も着用して、あらためてワゴンの手すりを握りしめる。国道三車線分くらいの横断歩道をひと息に渡り切るペースで大幅に歩み寄ると、そこではじめてこの日の看護師は名のりをあげた。

「初めまして、ユメノです、ユメノ、ユキジ、です……今度、担当ローテに入りました。よろしく
……アラー、よく寝てる……まるでスヤスヤ」

女の人?

「そう」

いくつ?

「わからない」

なんで?

「わからないから」

お年なんでしょう?

「それはもう……ア、いけない、段取りが逆」と、ユキジはワゴン一台をのこして洗面所に向かった。

そこには花瓶の陰にかくれるように、控えめに消毒用のエタノール一本が置かれている。「ヤマジ
……アンタも、手洗いね」

ユキジはさすがに入念な手洗いをくれている。おZさんは不死の病とやらにとらわれているというが、だからといってほかの病にかからないという保証はどこにもない。ただ、それが元で亡くならないというだけである。下手をすると病のもたらす苦しみは永続しかねない。病の終焉が死の回避につながるのでもなく、生き残りは初めから前提されており、決して死が訪れないことがあらゆる病からその最後の出口さえも奪い去ってしまう。否応もなくおZさんはこの記念病棟において特段の隔離を強いられていた。

「アンタ、手袋は?」

持ってる。

「手回しいいのね」

さっき、ワゴンからくすねちゃった。

「いいのよ、ひとつはアンタのよ……嵌《は》めてね」

ウン、花束おいたら、すぐね……すでに閉ざされている入口の扉になおもヤマジはもたれかかっていた。彼女にとっての真正面の壁も、戸閉まりに応じて移動した。あらためて見直すと、おZさんの寝台を左隅に見ながら、その右手に大きく広がる壁面には蛇口も鏡面もなく、高くて、くすみなく、晴れ晴れとして、大きな絵が掲げられている。

アレ……解剖してる……

「解剖?……何が?」

あの絵……知ってる? ユキって、結構くわしいじゃない……

「どれどれ」

手洗い、消毒も終えて、また手袋をつけると、ユキジは相方が求める方角を仰ぎみた。

「うん、有名な絵、確か……だから、本物のはずないけど」

どこの絵?……

「オランダ、かなあ……」

鼻の辺りから太腿にかけて、白く照らし出されて横たわる男の遺体。すぐかたわらに立ち、つば広の漆黒の帽子を被り、白襟と黒の正装に身を固めた男。それがドクター（医学博士）であることはすぐに読みとれる。並外れた生と死をそれぞれに受け持たんばかりに描き出された縦横二個の人体。左手からは七人の男たちが押し寄せ取り囲んでいる。これまでに解剖されたのは亡骸の左の腕《かいな》。医師の右手がハサミか何かを用いてその肉を、切られたその肉をさらに奥へと押し開いていく。すると言葉にもならない亡者からの声がきこえる。この病室の患者はといえば、なおも眠りに満ちた沈黙を守っている。ヤマジは虚実いずれをもあるがままに受けとめようとする。絵にある医学博士の左手は、いかなる動揺をもしずめるようにして軽く胸元に持ち上げられていた。そこに差し込み持たせるべきものがあるとすれば、祭祀の十字架をおいてほかには考えられない。

そんな見えざるクルスを見限るようにして、ヤマジの背中が入口の扉をはなれる。献花台にでも向かうようにして、見舞いの花束を抱き寄せる。そそり立つ誓いの屏風にでもこたえるがごとく、まっすぐに絵画の壁、解剖の断面をめざしていく。おZさんの病床も左手前方から近づいてくる。本来花を捧げるべきはその枕辺か、ひるがえってその足もと中ほど、左手、右かたわら……

あの、うしろのふたりって、こっち見てるよね、ひとりは絶対、私のこと見てる……

行く手の壁にも、解剖画の左下には小さな窓が開いている。窓の上には大きめの木製柱時計もかけられて、午後三時三十分を告げていた。

「さてさて」

ユキジは職場復帰に余念がない。

「失礼します」と早速に検温、なおも応答はない。そこへピピッとお告げが下ると、35度8分を確認。「6度ないか、私と同じくらい」などとデータ表にも記入。脈拍は65。さすがにこれは遅い。少ない……

「新生児の半分ね」

呼吸は10回。

「過呼吸よりましか……このさきまだ長いんだから」

おZさんの病について、すでにユキジはベテランのコーダさんから、もっとも肝心なところはぼんやりと承っている。看護師長との直前の打ち合わせでは、触れること自体がタブーであるかのように取り上げられることがなかった。めいめいがそこに思いを致せど、病の講釈に身近な現場は誰ひとり片時も立ち入らない。そのことが師長の場合には一段と徹底されている。それがこの旧館におZさんを隔離することの隠された本質というか、言葉にできない本音なのかもしれない。そしておそらくは非番のヤマジもまた同じ類いのタブーを、彼女なりに別の角度から遠ざけるようになおのこと落ち着いて、壁沿いを進みはじめた。

この部屋って、絵が多いんだね、あっちこっちにかけられて、患者さんがいなかったらそれこそ……

「王侯貴族の寝室」

え……でも確かに、というか天井も高くて、古い美術館の展示室……ユキジは制服をなびかせて、血圧測定の準備にとりかかっている。患者さんのしなびた左側の腕がさらに、と取り出されていく……だってさ、その人の枕元にもあるじゃない……と言われても今のところユキジは見向きもしない……どれどれ、とヤマジが足をのばす……そいつはどうやら少女の肖像画であった。ヤマジには何かしら同性の誼《よし》みでも加わったのか、強くそちらへと引き寄せられて、やはり壁沿いに柱時計をふみこえていく。

「低い低い、さすがに低い」

それは何も、読みとられた血圧のことばかりではない。加えて、枕辺の小さな少女の絵がかけられた、その高さをも暗示していた。そこでもしも枕の位置を逆さにするなり、絵そのものを上下反対にでもかけようものなら、両者は壁と床との接線を軸に折りたたまれることになる。壁におさまる少女の画像と病床に横たわる老婆の実像。彼女たちはあらわにされた年の差をはるかにこえながら、何やらぴたりと重なり合わんばかりの適格さにもみちあふれている。

さらに近づいてよく見ると、画像の少女は小鳥を、それもたった一羽の死んだ小鳥を手にしていた。少女自身はそんな手元に向かって一瞥もくれることがない。だから両手は貴重な獲物を包み込むように、ではなくて、何やら豆か吹出物のふくらみを一粒、また一粒とつぶしていくように、小鳥の翼の付け根あたりで頑なにつなぎ合わされていた。その指先こそがとどめの下手人であるかのように、小鳥はお腹を空に向け、くちばしも開いたまま事切れているのだ……この娘《こ》が、描かれたこの少女が、この人（おZさん）の幼いころだなんて、まさか、まさかね……少女の顔はなおも哀しみをあらわには示さない。その表情は申し分もなく、予期せぬ鳥の死のもたらした尽きせぬ衝撃を、限りなく内面へと葬り去るかのようにして凍りついている。ゆるぎなくも凍てついている。彼女の目は、おのが感情の漏出を多年にわたって見張りつづけてきたのか。

なるほど絵の中の少女が、眼下に横たわるおZさんのいにしえの姿であろう道理もない。それほどまでに永く、彼女は少女としての年代ばかりを積み重ね、おまけに異国の風習にもみちあふれている。おZさんといえども、枕辺の少女の知られざる出生にまでさかのぼることはできない。だから二人の女の間に見出された適格さとは、虚実おりなす巧みの技にもほかなるまい。とはいえ、時間をなきものにするばかりのその本当の作者は、夢判断の担い手は、まだどこにも見出すことができない。しかし、少女ではなく、その手のつかむ死せる小鳥こそが、老婆のとうに迎えて然るべき臨終をこの先も永久に封じ込めていく当のものだとすればどうだろうか。そのとき小鳥は、老婆を魅入る不死の病の、枕元に描き出された病原体以外の何ものでもないことになるだろう。そのうえ少女も、自らの手にする小鳥の死からは彼女なりに追放されている。くりかえしとめどもなく突き放されていく。彼女の頭には取って付けたような布頭巾があとからお座なりに描き込まれており、背景は真っ黒く塗りつぶされて、顔立ちときたらなおも静かに浮き足立ってくる。

ヤマジは先の解剖図絵にも増して見込まれた小さな画面をようやく手放した。そこから反転するのでもなく、病床の患者さんに一瞥をくれる。制服のユキジはといえば、導尿サックの交換のためひざまずいたところだった。それほどの量が排出されているわけではないのだが、事前の打ち合わせどおり検尿もあるので取り換える。病床をおおうのは純白のシーツではなく、上下ともに枕辺の少女の衣裳から、時のもたらすくすみを根こそぎ抜き去ったようなごく淡い黄緑によって貫かれていた。掛け布団はなおも顎《あご》の真下へと迫り、先刻ユキジが所定の検査にとりかかるまでは、両手両腕もまたその分厚い内懐にしまわれてきたことだろう。いまも右腕側の峰はなだらかに盛り上がっている。それでも呼吸に伴う胸倉自体の浮き沈みはほとんど見られないから、その回数の測定にあたっては指先で鼻先からの呼気に触れるとか、より親密な手立てが講じられたにちがいない。

「ハイ、交換終了……さて」とユキジは立ち上がる。

おZさんは頭に枕辺の少女さながらの布を巻きつけていたのだが、色合いはシーツのものと寸分たがわない。そんな頭巾にも守られてなおも閉ざされたままの目、か細くも巌のようにそびえ立つ鼻柱、急速に落下していずれも断崖つらぬく頬、頭巾内部のいまは見えざる耳、そしてここだけは、絵の中の死せる小鳥とは対照的に、金輪際開けることも忘れ果てたかのように閉ざされたままのくちびる、肉のくちばし……

「ねえ、花束どうするの」

いけない、どうしようか、まさかこのままどこかに置くわけにもいかないし……

「え……だって花瓶あるでしょ、そこの洗面所に」

え……アラ、イヤだ……さっき見たとき全然わからなかった。じゃ、とにかくあれに入れるね……

「どうぞ」

ヤマジはベッドと壁のすきまを抜けて洗面所へ向かう。ユキジはこの部屋に常置されている点滴専用の台に本日分のセットをはじめている。

でもどうしようか。その人の回りって、コレ置くところ全然ないでしょう……

おっしゃるとおり……この個室にあって座るものはなく、置かれるべき棚もなければ張り出しの窓もなく、横たわる者ひとりを除けばあとは佇み、もしくはひざまずく者ばかりナリ、という有様だった。

「そしたら、あそこは……暖炉の上」

あ、イイねえ……このお部屋のサイズに相応しいばかりの仰々しさで……そうしよう。

ユキジがふたたび患者の左腕をとると、その肘の関節の内側に前置きの消毒をくれながら、針を射し込む個所を見定める。

ヤマジは花束をさしこんだ花瓶から余分な水を捨てている。

ユキジはようやく見定まった射し込み口に、もう一度丹念に消毒をかける。

ヤマジは両手で青白いガラスの花瓶を持ち上げると、そのまままっすぐに部屋を横切り暖炉へ向かった。

時刻は午後四時に近づいていく。

ユキジは右手の先に静脈針のキャップをとって身構える。

ヤマジはたどりついた暖炉の上のやや奥まった辺りに、花瓶の在所を見出した。

ひとこともなく、ユキジがいきなり静脈針を突き立てる。

ただちに、声もなく、おZさんの目が見開いた。

「アラ、ごめんなさい、何も言わなくて、痛かったですか」

おZさんの左の目尻から先触れもなく一粒の涙がこぼれ落ちた。身じろぎもなく、彼女はひとこともこたえない。

暖炉の上に飾られた花々は少しずつ、おのおのに託されたお見舞いのつぼみを押し開いていく。

そこにくりかえし迎えるものが春でなければ、過ぎゆくものも断じて秋ではない。

広大な病室は展示室とともに、横たわる彼女のいま開かれたばかりの目の中へと、瞳の奥へと、ただちに裏返された。

9

同じ目の中では、予期せぬコトバも飛び交っていた。おZさんをめぐって外のおんXから内のおYへと、なおもみえざるまなざしが注がれても、それを受けとめる視界はどこにも開かれてこない。

コトバが通い合うのもこの両者のみ。動き回る二体のガイコツには何ひとつとしてききとられない。

「ナア、お前もうすうす勘づいていたように、お前の母親にして姉御もつとめるその人、おZ……その子はね、私の娘だった」

やっぱり。

「だからね、私はお前のお祖母《ばあ》さんにも、お義母《かあ》さんにもなってやれる……だけど、その子は人殺しだ」

人殺し？……

「自分の父親を手にかけた」

命絶たれたその人、殺されたそいつって、私の父親だよね。何よりもその前にこの姉さんの父親で、そいつがこの人に私を、私のことを、身ごもらせたんだ。

「その通り。妻の私じゃなくて、ほかの誰かいい人でもなくて、私の娘、お前の姉さんにもあたるべき、その人、おZにだ」

ということは、父が、実の娘を、身ごもらせた……

だけどあなた、そんなこと知らなかったの？

「キチク（鬼畜）だよ」

「ああ、知らない……もし知ってたら、その前に私がアイツを手にかけたから」

それはいつ？

「もちろんお前が生まれる前に」

私、生まれてないよ……

「あのころ親殺しは、もうそれだけで死罪とされたから、おZはね、私の目の前でしょっぴかれた。確かに証拠はあった。ナイフからはその子の指紋も上がった。何と言ってもいち早く自供もとれた。それでも私には何が起こったのか、しばらくは見当もつかなかった。何でおZが自分のててごを殺めたのかなんて……だから、お腹にこさえた児が、要するにアンタがね、そのあとどうなったかなんてなおさらのこと考えも及ばない……だいいち面会にも入れない。やがて、何とか傍聴にだけは入ることのできた裁判でも、その子は本当のことは何も話さない。以前から父親に恨みを抱いていた、などと曖昧な供述に終始して、それでも自分が父親を手にかけたことだけは認めていく。その事実確認については一点の曇り、一片のゆらぎも見られない。弁護人もおざなりで熱心というにはほど遠く、おかげで裁判はすぐに結審を迎えた。判決はいうまでもなく死罪だ。控訴もなくそのまま確定……もう面会にも入れない……だけどね、私は数少ない法廷ですべてを読みとった。あるときその子、おZのお腹がふくらんでいることに気づいた。身ごもっている……私は自責の念にかられ、大いに錯乱をきたしたものの、何とか、何とか心落ち着かせて、あらためて面会を申し込んだが、やっぱり聞き届けられない。父を手にかけたような娘に、たとえ母親といえども会わせることはできない。お前にしても、よくもまあそんな娘に会いたいなんて言えたもんだ。そんな母親だから、こんな娘ができてんだって……さらに判決の日、私は次の変化に気づいていた。その子のお腹が元通り、へこんでいる……えっ、どうしたの？　流産、死産、それとも中絶……どれかが起こり、どれかが行なわれたと、私は確信した。そのむごい成り行きの結末には、ますますうちのめされた……ところが」

私は生まれなかった。この通り、いまもまだこの人の中にいる。

「そうなんだね。それは私にもとうにわかっていた……それはお前の意志？　それともその子の、その人の願い？」

そのどちらでもあって、そのどちらでもない。私からは終りという終りが奪い去られて、単なる始まりばかりが残されたから。

ねえ、その花束、どうするの？

おZさんのかたわらに就いたガイコツが不意に問いかけた。尋ねられたもう一体のガイコツはいつの間にか枕元のほうに佇んでいる。

どうしようか……このままじゃね……

あそこに花瓶あるから。
ア、ホントだ……洗面所のほうに、水晶のような円筒形が輝きをあげる。そこに誰からのものとも見定めがたい命が下ると、花束を持ったガイコツは枕辺をはなれていく。
おんXはといえば、しばらくはコトバも送らず、そんな眼下の成り行きを見すえている。

おYはおYで、自らを収める母にして姉の体の内側から、降り注ぐ声の主おんXを何とかまなざしに収めたいと願ってきた……ネエ、そいで……もうこの人、おZさんとあなたは、それっきり？……

「それっきり、もうそれっきりで、私は旅立ち、その子を二度と目にすることもかなわず、それがめぐりめぐって、いまでは再びこうして昼となく夜となく見守っているのだから……諸行無常といおうか、因果応報といわれようか……ただしその子は今でも、ホラ、生きてるんだけど」

何十年……何百年……

「イヤもっと、イヤもっと、って思いばかりが横たわる……思えばその子が収監されてますます面会の余地はなくなり、それでもしばらくはどこに入っているのかくらいは把握していた……少なくとも、知っているつもりだった……それがあるとき、もはやその子は所在不明、などと公けにされる。同じ内容の通達が広くゆきわたる。いくら何でも刑の執行があれば、せめてその事実ぐらいはそれこそ公けにされるだろうが、そもそも死罪を言い渡された者に仮釈放などありえない。ただし、恩赦などという特例なら起こりうるのだが、その子に限ってそんな話はどこからも伝わってこなかった。だから、転地先不明、というか、ごく秘匿の移監と考えるしかない。これでいよいよ親子の縁《えにし》はきびしくも断ちきられた。それでも諦めるに諦めきれない私のもとに『重病』の噂が届いたのは、私がこの世をあとにする直前であったと記憶する」

その重病って、いまの、この病ですか？

「いや、それとはまた別物らしい。そんなものではなく、並の人間にも十分に見込まれる重篤な病で、おZは別の医療施設に移された、という記録だけが残されていた。私もか細いこの手を尽くして、さらに調べあたったものの、やはりそれ以上のことは出てこなかった。病のくわしい内容も、具体的な移監先についても……初めはね、同じ収容施設内の医療部門だろうが、そののち全く別の医療施設に移されたことは想像に難くない。そして完治した場合は、ふたたび元の収容施設に戻されたはずなのだが、いったいどのように処遇されたものか。結局のところ今日に至るまで、彼女に対する刑の執行はなかったわけだし、しかも本人についての公けの記録もそれ以上には何も残されていないというのでは、親の私にしても手の施しようがないのだよ。つまるところ私だって、他界してようやく身軽になったのちはじめて、この病院のこの旧棟に寝かされたその子にたまたまめぐり合えたのだからね。齢《よわい》つみ重ねたその子の記憶も今となってはたどりようがないのだし、おまえはおまえでまだ生まれてもいないのだから。それでも、おかげで、はっきりしたことがたくさんある」

それはあなたのご主人があなたの娘さんに身ごもらせた、もうひとりの女の子であるこの私が、まだ生まれもしないでここにいるということ……

「だけどその子が、おZが生きているのは、並外れた健康のおかげではさらさらなくて、むしろどうにも死ぬことのできない病、だから不死という病に見込まれているせいだということ」

どうやら部屋の中ほどでは、花束を水晶瓶に収めたガイコツが華やかな重みを耐え忍びながらゆらめいていた。

おYは永らくおZさんの内部にとどまり、守りを固めてきたのに、いまはじめて気がついたどエライ手抜かりに半ばうろたえ、半ば浮き足立っていた。それはほかでもない、おZさんの両の目である。口、鼻、耳と、近隣の各所には絶えず気を配り、くり返し足を運びながらも、目の玉にはとんと思いが至ることさえなかった。あるいはおZさんによって強く拒まれてきたのかもしれないが、いまのおYには、憧れの声の主《あるじ》おんXの姿をそのおZさんの目を通して何とかとらえてみたいという強い願いが湧き立っていた。

そこで彼女は目の中の水晶体というものに、はじめて内側から足をふみ入れる。外部へと通じる瞳はいまだに閉ざされていた。

「そしてもうひとつ、いまも治る見込みのないその病は、かつて移監の背景となった重病とは全くの別物なんだが、実はその子自身、その病にはずっと以前から見込まれてきた。少なくともおY、おまえがその子の中に宿って以来、おまえとその子は何よりもその病によって結び合わされてきた……だから、あえて言うならばおまえこそが、まだ生まれることのない、おそらくはこの先も生まれることのないおまえこそが、このおZのいまの病の原点、あからさまに言い換えると病原体なんだよ。外部の誰かに感染することはないものの、おまえがとどまる限り、幸か不幸か、その子おZの命が断たれる気づかいはない……」

おかあさん……おばあさん……

おYはなおも声の主をとらえようとして、何とか、おZさんの両目を見開こうとする。そのとき、体のどこかを刺し貫く鋭い痛みを感じた。おYも等しくそれを受けとめた。細長い銀色の針が雫を垂らして食い込んでくる。たちまち両の目が開いた。見たこともない光の渦に巻き込まれて、しりぞくおYはもとの暗闇の血潮に身をゆだねるしかない。おんXの像も何もかも、彼女はそこで永久に見逃してしまう。

アラ、ごめんなさい、痛かった?……

刺し込む針の根元からは、あからさまにガイコツの声も伝わってくる。水晶体は三色の花束をのみこんで暖炉の上にのりうつっていた。ようやくひとつの物語をすませると、まなざしとしての遍歴を終えたおんXは自ずから体を丸め、たったひとつの眼球を経て、永遠の卵へと回帰していく。まるでナマズのような性衝動にも打ちひしがれて、万里の塔たるレンガの煙突をめざす。吹き上がるものもいまはなく、なおもおYはおZさんの中にとどまる。母よ、娘よ、病原体が……

10

ひとくちで病原体といっても、感染症の場合は口腔《くち》も経由する。したがって自力不能のお年寄りについては、とくに介護者による口腔ケア、口内清掃が求められる。いまや点滴の設置調整も終わり、この日の職務も看護から介護へとシフトする中、いささかの人手不足も感じ始めた制服のユキジは、このあたりで私服の同僚ヤマジの手を借りようかと思っている。

そのころヤマジはといえば、入室以来の絵画展示も三枚目を遠望していた。それはおZさん枕辺の少女画とは対極に位置して、描かれた少女からおZさんをつらぬいてのびる延長線上の向かいの壁面に、いくぶん大きめに掲げられている。絵のすぐ右下には洗面所の涼しげな横顔ものぞくのだが、そこに描かれているのはまたしても解剖の現場であった。

ナンダ、アレも解剖か……「エ、ナニが?」……ホラ、あそこ……新しい交換用オムツを取り出したばかりのユキジがひょいとそちらを見やる……あっちはさ、腹部と、頭部?……

「ああ、あれね。あれもけっこう有名な作品……同じ画家……だから模写……もしゃもしゃ……」

少女画とはちがってその二つ目の解剖図は、長い隔たりの中ほどにうまく筋道の立つ鏡を置けば、画像の献体と病床の実像がもうそのままで映し合わんばかりの位置関係を作り上げる。食事に際して、おZさんの上半身が寝床もろとも起き上がるときにはなおさらのことである。絵の中の亡骸というのは、両足の裏側を大きくこちらに投げ出して寝かされていた。上半身はやや起こされており、さらに頭部は、光をなくした両の目が自らの爪先を見つめるくらいにまで立てられている。その上におおいかぶさるひとりの医学者の両手は、やはりハサミかメスを操っているのだが、首から上が途切れている。顔がなくて、だから表情も失われている。いっぽう同じ画面の左手には、遺体に向かってもうひとりの医師が佇む。切り開かれたお腹のあたりを見つめる目が、横顔の肩まで垂らした髪に織り込まれていた。右手の甲を腰に当て、左手は粗末な給食でも盛りつけるような楕円形の深皿一枚を支えている。斜め向かいの壁にかかる、あの最初の解剖図から差し引かれた一抹の神々《こうごう》しさが、部屋を横切ったあちらでは地味ながらも尽きることのない生々《なまなま》しさとなってよみがえってくる。それでも絵の中の亡骸はコトバを交わさず、いかなるコトバにも属さない。おんXかけるおYの内なるつぶやきにも、ヤマジかけるユキジの外なるやりとりにも……

「ねえ、ねえ、ちょっと、やってくれない？」

え、なにを……とヤマジはここでようやく、第二の解剖図に背中を向ける。すでにユキジはおZさんの左手から足元へと潜り込み、その辺りの掛け布団を遠慮気味にめくり上げていた。何よりも冷やさないように、できる限り苦しめないように。ヤマジにしてもそんな同僚の段取りには、十分に弁えがついている……ああ、それね……

「ううん、こっちはひとりで大丈夫……それよりも、あとで食後にまた清掃はするんだけど、その前にちょっと口の中、みてくれない……スパーテルとか、ワゴンにあるから使って……」

もう滅菌の手袋は嵌めている。医師でも当番でもなく、用具を手にしてヤマジはおZさんのすぐかたわらに立つ。ユキジは排泄物の処理とオムツの交換に余念がない……何かおっしゃった？

「え……なんにも」

いや、この人……

「ああ……ううん、まだひとことも」

当のおZさんはじっと天井を見上げている。

スミマセン……ちょっと、お口の中、見せてもらっていいですか……スミマセン……

おZさんはピクリともしない。いや、時折まばたきらしきものは散見されるのだが。

駄目ねえ……聞こえてるのかなあ……アノ、スイマセン……ねえ、反応なしよ。これって、患者さんの協力がないとやりにくいんでねえ。

おZさんの目には、あの一筋の涙もとうにかわいていた。目は口ほどに物を言う、などとされるが、天井を見上げたまま、なるほど彼女のまなざしは口元の沈黙だけを物語っていく。それを聞き届ける耳が制服私服いずれの看護師にも、いまなお形成される余地がない。空気はいかにもとどこおっている。そのただ中でひとつの命が回り、なおも紡がれていくというのに。

「じゃ、いいわ。もうすぐ終わるから待ってて。食事の前にまたできるでしょう……食事は毎日食べてるみたいだから」

そんなに量はないんでしょ?……ヤマジは食事について尋ねたのだが、ユキジは排泄についてこたえた。

「うん、ほんの少しばかり……でも、ちゃんとケアしてあげないと」

そして局所を念入りにぬぐい、消毒を施し、新たな一枚をあてがい、作法通りにあとは布団をやさしく掛け戻した。

「さあ、気持ちよくなったでしょ……ねえ、おZさん」

そのときゆっくりと彼女の口がひらいた。自ら声を出すことはないのだが、ひょっとすると入室以来のかれら二人の言動はすべてききとられていたのかもしれない。だとしてもその理解度は、数値で表わすのも難しいが、往年の十分の一にも満たないだろう。それでも「口を開けて」という若い私服の女からの要請は、始めからしっかりと受けとめられていた。だからここまでの拒絶には、確固たる裏付けが伴うことになる。それは何も、指示をするのが制服の職員ではなかったということだけにとどまるのではない。何といってもその核心を握るのは、ヒトの消化器官の入口と出口を同時に、それも複数の他人の手によって強制的に操作されることに対して、せめて最後の一線を引くための沈黙の意志であった。ヤマジとユキジは共に等しくそれだけの非礼をつくしたのである。そのことを、患者の目はすでに口ほどに物語ってきたのだが、いまようやく開かれたその口がなおも無口のまま、長く閉ざされてきた同じ口の思いを新たに代弁し、ひと息に成就した。

青年看護師はそれぞれに内省する。物腰もあらためて一段と職務に従事する。公私ものりこえ、ユキジは食事の支度にとりかかり、ヤマジはいま一度入院患者の口元に目を向ける。

ごめんなさい、おZさん……もう見せてもらっていいですか、お口の中……すぐに食事にしますので、その前に……はい、アーン……いやぁ、きれいですねぇ……

おZさんはさすがに力なく唇をひらいたのだが、スパーテルで舌を押さえて中ほどを見回したヤマジは、年齢不詳の老人のものとは思われない歯列のすこやかさと歯勢のたくましさに驚き、他人《ひと》事とも思われないばかりの感銘すら覚えた。

「あ、大丈夫?……お口のこと、さっきそんなにきかなかったから」

うん、スゴイよ……ぜんぶ自分の歯みたいだから……生まれつきよほど頑丈なところに、日頃のケアもよかったんでしょうね……それについての明白なこたえはいまどこからもきかれない。

「そしたら食事にするから、ベッドを上げてくれる？　もちろん電動式」

どのくらい？

「ん……四十五度くらい」

スパーテルが抜かれると切り花が萎《しお》れるように、おZさんはなおも自力で唇を閉ざした。ヤマジは枕元の左手に寝台操作のスイッチを見つけると、「上」と記されたボタンを押し続ける。おZさんの見開かれた目が不動のまま、その視線は起き上がる上半身ともども天井から壁を伝って等しく回転し、流れ落ちた。ちょうど行く手には第二の解剖図が姿をみせる。彼女の肩はといえば、背後にかかる絵の中の少女を受けとめている。背中はピクリとも動かない。胸元はややはだけて、何かの痕跡がほのみえていた。


在室予定の時間がすでに半分をすぎるころ、ベッドには左右さしわたしで簡素な食卓が備え付けられていた。木造りの長方形の盆にのせられた食事は、毎回担当看護師の介助によって進められる。とはいえ、吸いのみによる食後の投薬も含めて食べ物飲み物を口の中に受けとめ、胃袋におさめるのは患者自身である。危険な誤嚥《ごえん》防止のため、体を寝台ごと四十五度にまで持ち上げ、メニューについてもあらかじめ十分に冷ましてある。誤嚥の「適温」は摂氏三十度から五十度あたりというが、どれもがゼリー状なので、そもそも冷却が不可欠である。それでも献立は識別がついたし、ものによっては形も本来のものに似せてある。〈ブリの照り焼〉は皮の焦げ目や身の中の色濃い部分まで適確に描き出されたし、〈ホウレンソウのお浸し〉も色ばかりか盛り付けにも心配りがみられる。もうひとつの〈大根おろしとシラス干し〉を含めて惣菜には遠慮気味に唐がらし粉がふられているが、そこにも誤嚥防止の効果が期待される。みそ汁もゼリーで、ただひとつ原状をとどめているのが白粥《しらかゆ》であろうか。ユキジは「アーン」などと、幼子の相手をするような間投詞はさしはさまない。「よろしいですか」「はい、どうぞ」などと規則正しく、半ば儀礼的に繰り返していく。これに対するおZさんからの要求というものはまず見られない。口に運ぶ献立の指定も皆無で、どこまでも看護師のアレンジに従っていく。そうなると、正面に見えるはずの例の二つ目の解剖図を一心に鑑賞しているかのごとくである。どうしても自分で決めることになるのは食べるペースぐらいで、その意向は咀嚼嚥下《そしやくえんげ》と口の開閉によって具体的に示される。食欲は思ったより十分、とはいえ、献立の盛り加減は働き盛りの成人女性の半分にも満たないのだが……

ヤマジは患者の右手に戻り、ちょうど食卓をはさんでユキジの正面辺りへと居所を移していた。右手上からは照明灯がさしかかり、すぐ後ろからは洗面所へと連なる小藪側の壁が迫っている。次第に暮れゆく西日はこの日もそちらの藪模様にさえぎられ、少し前からこの旧棟一階の室内は屋外にひと足もふた足も先がけて、明かりを落とし始めた。だから主役の食事がはじまると、ヤマジはひとり入口横に出向いてスイッチをオンにして、壁際を守る六個の電灯すべてに光を入れた。するとまだ十分に自然光ものこる外景が窓をさかいにひと息に遠ざけられた。代わって吊り下がる絵画はどれもが力を増して浮かび上がってくる。暖炉の電熱は朝から入れっ放しのようで、操作仕様もわからないが、おかげで足元がひどく冷えるということもない。おZさんの右手側に戻ったヤマジは、転落防止用というよりも食卓設置のためにこそ付けられたような横柵に軽く両手をのせて、入院患者による一日一度きりの食事模様を眺めてきた。

「ねえ、お茶あげてくれる？……固形物のほうは全部わたしがみるから」

いいよ……どれ？

「これ、吸いのみ」

薄茶色の液体が入った吸いのみを受け取ると、ヤマジは好機を待つ。そしてユキジの進める食事介助が一段落したところを見計らい、本人が噛みつぶし飲み下すのも待ちながら、さりげなく持ちかけた……お茶いかがですか……

おZさんはすぐにまた、不動の目の下を守りぬくただひとつの口元を押し開いた。

「流し入れない角度でね……ある程度自分で吸い上げてもらうようにして」

わかってる……のみ口をさし向けると、患者は軽やかなくらいひと口ふた口とのみほして、また元のメニューに回帰する……アレ。

「どうしたの」

このヒト、大きな手術してるな、だいぶ前だけど……痕跡《あと》が見える。

「どんな」

んー、何かなあ……でも怪我じゃない。

「左だから、心臓？」

んー、ちがうと思うな……何かきいてる？

「ぜんぜん」

カードには？……ユキジは白粥をすくいながら、首を横に一度だけ往復させる。

そうか……ひょっとしたら、乳ガンかも……ひょっとしたら、だよ。

でも、さらにそれ以上、胸を開いて確かめるようなことはしない。

「そういえば……またちがうことだけど、さっき交換したときね……オムツ……布団めくったでしょ。そのとき、妙なことあって」

どんな？……それでもユキジは入院患者の食事ペースを最優先に考え、長い沈黙を守った。そしてヤマジの持つ吸いのみが再びおZさんの口元に近づくのを待って、先刻ひそかに目にした真実を、新事実を、少なくともそこへの端緒を、押し開いた。あくまでも小さく、悪びれず、なおも隠されて……

「浴衣《ゆかた》、着てらっしゃるでしょ」

そうね……ヤマジはこのとき二回目のお茶をさし上げる。

「それがつながってないの」

つながってないって？

「だからね、背中をくるんでないようにみえるわけ……右も左も脇のところで終わってるというか……いや、たぶんそうなんだけど……たぶんつながってる」

え、つながってないんでしょ？

「いや、そう、着てるものは、つながってない……でも、そうじゃなくて、背中とベッドがね……」

そのとき、ふた口目のお茶をのみほしたおZさんがあっさりと目を閉じた。口の開閉とは異なるこの別種のサインによって、食事の終焉が告げられていた。

「じゃ、これで終わりにしましょう……もう八割がた召し上がったから……いつものお薬さし上げて、今日のお世話もひとまずピリオド」

点滴は？

「それは、あと一時間ほどして終わるころに、また別の人が来るって」

でも、お薬って、また起きるかな？

「寝てると思う？」

ヤマジは何も答えずに、おZさんの顔をしげしげとみつめた。背中をめぐるユキジの目撃談は、植物が根をはるように肉そのものが樹木化して真下の寝床に食い込んでいくという荒唐無稽な想定とともに、本人の閉ざされたまなこの奥底へと消え去るのが感じとられた。そのユキジは師長からの指示通り、コップの水に薬剤を溶かし込んでいた。

「これは私が飲ませるわ……吸いのみ」

ユキジはヤマジから吸いのみを受けとると、すぐに洗面所に赴き、残りのお茶を流し、二度三度と水洗いも加え、薬効伴うコップの液体を余さず流し込んだ。中味の改まった吸いのみが再び近づくと、その引力にでも衝き動かされるようにして、おZさんの目蓋はしっかりと花開いた。まなざす前方ではなおも絵の中の解剖がえんえんと繰り広げられていく。と、いよいよ吸い口が唇にはさまれるや、液体は苦もなく吸い上げられていく。一回、二回……そのときやにわに、ヤマジの両手が掛け布団の中に潜り込んだ。

「ナニ……やめて……背中みるの?」

いえ……あ、あたたかい……やわらかい……どうやらヤマジはおZさんの右手を包み込んでいる。

「そんな、モノみたいに言わないで……」

イキモノ……

「イキモノって、ヒトだから」

であるなら、お話がききたい……するとおZさんが、ここまでずっと無言のおZさんがはじめて、やや咳込みかけた。あわててユキジは吸い口を抜き取り、ヤマジも両の手を抜き去った。

「見守ってあげて……今日はアンタ、お見舞いでしょ」

ヤマジは黙り込むと、今度は吸いのみに向かって両の手を差し出した。ユキジは何も拒むところなく、吸いのみを差し出す。受け取ったヤマジがやがて最後まで飲ませるのを確かめると、ユキジはワゴンから取り上げた一枚のコットンに消毒用のエタノールを適量ふりかけて、おZさんの口まわりと歯列をことのほか丁寧にぬぐった。

「じゃ、行きましょうか」

ベッドは?　このまま?

「ア、そうそう、もうちょっと下げて、二十度くらいでよかったのかな。あとで点滴が終わったら、また水平に戻すみたい」

その角度調整も私服のヤマジが引き受けた。おZさんはまだ目をつむろうとはしない。「それじゃ行きます。また今度」

お元気で……

帰りの扉を開けるのも同じくヤマジの役回りだが、その真上に掲げられた一枚の肖像画にもはじめての目は配られた……だれかな？

正装にアゴひげをたくわえた老紳士の胸像画である。その目がなぜか斜め向かいの病床を眺めているようにも思われてくる。

「この病院の人……」

ひょっとして創立者……

「ありうる……かもしれない」

そのとき、ウーン……というかすかな響きがおZさんの方角からもたらされた。二人は思わず振り向くのだが、視線の行く手には何の変化も感じ取られない。

「大丈夫でしょ？」

うんうん、といううなずきだけが、ヤマジからは返ってくる。枕辺の絵の中の少女はあらぬ方角をみつめる。ドアが開き、外に出されたワゴンを背にして、ユキジが職務上の一礼をくれる。最初の解剖図に見送られ、扉を閉める直前に電灯を消すと、ヤマジもまた一礼をのこした。

「ねえ、帰りは突きあたりから行って」

見られないほうがいいもんね。

「まあね」

ありがとう。

「何が？」

あのヒト、すごいから……

「そう思った？」

いろんなこと思い出されて、いろんなこと忘れられる……

そのときユキジは二枚の解剖図の原作者の名前を思い出した。ヤマジには告げず、一足先に脇腹の同じ扉をぬけて中庭の元来た経路を引き返していく。

ヤマジの向かう突きあたりの真上には、あの煙突がそびえている。おZさんをめぐるすべての出来事は、来る日も来る日もあの暖炉をぬけて、その煙突から上空へと解き放たれる。果ては読み手のない日録となって、雲ひとつない青の天井にさしはさまれてきた。

もはや立ち止まることもなく、ヤマジも突きあたりの向こうに出る。ふたたび旧棟には、持ち込まれた花束とともにおZさんひとりがのこされた。

あのチューリップの中庭へはもはや届きようもないのだが、その時間、世間一般にはまだまだ陽射しがのこっている。西向き建造物の四、五階より上であれば、なおのこと照らし出されている。とはいえ、ユキジが戻る新館三階のナースステーションは例のブラインドによって、外景から執拗に切り離されてきた。

「お疲れさま、どうでしたか」

ユキジをのせたエレベーターの扉が開くと、体温計を指先にさげた看護師長が前を通りかかるところだった。それはさしずめ人手不足もあって、入院患者から呼び出しを受けた彼女が自ら出向いた帰りかもしれなかった。

「ハイ、はじめてなんでわからないことも多いのですが、おおむね良好じゃないかと……食事も」

「イエ」と、そこで師長は行く手をさえぎる。「私は、あなたの相棒からの反応についてきいてるんだけど」

そこに露骨な皮肉は込められておらず、口調ときたらいかにも淡々としたものだった。ユキジはそこで悪びれることもなく、自ら望んでそんな口ぶりにのりかかってしまう。

「ア……ハイ、感謝してました……べつの患者さんのことで、かなりまいってたので……」

二人は並んでステーションをめざす。師長は苦笑いもこぼしながら「それぁよかった……彼女も看護師？」

「救急です……友だちで」

「ここの人？」

「ハイ……同い年です」

「そうか……たぶん見間違えたな」

指先の体温計はとりあえず胸のポケットにしまわれる。二人の若き無法者、掟破りのナースが二名のこれからの運命については、当の看護師長にもまだわからない。

ユキジはユキジで相棒とともに、この先どんな処分が下されても受け入れる覚悟はできているのだが、もう二度と再び、あの入院患者、おZさんに会えなくなることだけは、とても口惜しい気がしてならなかった……あの人はまだまだ生きるというのに、もはや私たちは繰り返しお目にかかることもないのか……やがて私たちは早かれ遅かれこの世を去るのだが、そののちもあの人は生きるというのに……いつの日かあの人の不死の病が癒やされるその時まで、生命《いのち》のブラインドも下ろされることはないのだから。

11

こうしていつも通り部屋には、不治の不死ひとつが取り残された。この世に同類は見当たらず、永久不滅のひとりを生きぬいていく。悲喜こもごもをのりこえて、真空の恐怖にも苛まれながら、不治なる病の不死の病が、不死なる病を研ぎすませていく。

おZさんはなおも目を見開いている。先刻ベッドが二十度にまで降ろされたので、二つ目の解剖図は足元に沈み、その上の壁面と天井の境目が海と空のようにのべ広がっていずれも遠ざかるが、決して彼女を包み込むようなことはない。部屋を横切り、対角線を描いて相対する二枚の解剖図は、亡骸を照らし出す画面持ち前の明かりの中へと退いていく。枕辺を飾る小さな少女画は、すぐ下に横たわる病の老婆を見守ることもなく、折り重なる厖大な過去をやすやすと切り上げて、来たるべき未来をまんまと出し抜いてしまう。

室内は一段と逃れがたいばかりの暗がりを増していく。中庭側の窓辺にのぞく、手前から赤、紫、そして黄色のチューリップばかりがいよいよ際立ってみえる。出入口の扉上にかかる老紳士の鏡像画ときたら、早くも輪郭を失いかけていた。

そんな部屋の中にも、時を表わすものなら複数見出された。そのうちの二つはおZさんのすぐ左手、後ろの壁にも連なって望まれる。遠方には、枕辺の少女画と一つ目の解剖図にはさまれた小さな窓の上にかかる大きな柱時計。その言わずもがなの長い振り子が無限の時をあしらう。すぐ近くには、まもなくピリオドを迎える栄養補給の点滴が、こちらはどうあっても有限の時を知らしめる。ゆれる金棒にしたたり落ちる流水。いずれも同じことの繰り返しが時間であるという誑《たぶら》かしをあえて見せしめに用いる。それらに加えて、それに対して、もうひとつの時間を体現するものは病に伏せるおZさん自身だった。横たわる彼女を日々《にちにち》養うのは同じことの、同じ作法の繰り返しだとしても、彼女自身は絶え間のない自らの変貌にさらされる。積み重なる老化といわず、樹木植物化といわず、彼女という稀代の病者、たったひとつの病体が、それ自身でいかようにでも移りゆくとこしえの時間を担わされていく。

大きな柱時計と小さな点滴は自らの反復をじっと嚙み殺しながら、病室という名の人間のカゴに、おZさんという老いた一羽のトリを封じ込めた。カゴのトリは、カゴの中にありながらも、そのカゴとは全く異なる次元を見出しながら、ひとり自らに課せられた病としての不死を貫かざるをえない。たとえばカゴの表わす永遠がつねに生死の境目をさ迷いながらも、その都度よみがえってくるものであるならば、カゴの中のトリが貫くもうひとつの永遠は金輪際、死の影からは見放されていた。

そのうえになおおZさんには、来る日も来る日も夕べにかけてなにがしかの食感が付きまとっていた。それが、やがて死にゆく健常者が抱くものからは、いかにかけはなれたものであろうと、たとえば満足と不満足についても弁えは保たれている。ワタシはコレがスキだ、ワタシはコレはキライだ、ワタシはたくさん食べた、いや、もっと食べたい、いや、何かモノたりない……お腹が収まり、いずれ去りゆくその日一度きりの食感とともに静かに目蓋を閉じる。ただし、この日は初めての看護師が、それも制服私服の二人がやって来たことで多少なりとも神経が高ぶったのか、安らかな眠りに落ちるまでには、天国から地獄へと落ちて再び地上に舞い戻るくらいの時を要した。夕暮れは部屋の内外ともにさらに深まり、表通りの車の音や遠く港の汽笛までもが切実な透明感を増して一段とよく伝わるようにも思われた。

かくしておZさんは原状に復帰する。あるいは、表面上の波立ちをよそに不死のおもりにもつながれて、ずっと原状を、それも移りゆく原状を守ってきたのかもしれない。だからいまのおZさんにとってあのおYとは、なお内なるものでありながらも切除不可能な異物以外の何物でもない。同じくおんXはといえば、暖炉から煙突へと吹きぬける立てつけの悪い気まぐれな透き間風にほかならなかった。

おZさんの背中が樹木化をとげているのであれば、彼女を支えるベッドの脚は四方に広がる気根であり、目をつむった不動のかしらはこのさき開かれることのない蕾のようにも見えてくる。いつの日にか梢の葉群が光合成を営むのであれば、食事での不足分を補うための点滴など不要になるのだろうか。暖炉の上では、一体のガイコツの残したチューリップが競って冷ややかになおも花弁を押し開く。やがておZさんにも程近い窓辺の小藪には、複数の小鳥が群がり、囀《さえず》り、室内の沈黙をくつがえすと、別の新たな、それも何やら巨大なガイコツ一体の入場を、けたたましくも告げ知らせた。

いつでもノックは省かれてきた。先に訪れた新任に対して、事前の指導はそこまで徹底されなかった。いまの時間帯、部屋の主役は必ずや食後の深い眠りに身をまかせている。万が一目覚めていたとしても、明確な返答をもたらす持ち前の肉声はとうに失われている。逆に来訪者があからさまなノックをくれて、いまだ大きく損なわれてはいないと思われる彼女の耳元にとってとらえられ、眠りを無闇に妨げるようなことがあってはならない。

この新たなガイコツも先の二体と同じく、やはり中庭をぬけてここまでたどりついた。その巨きさとは体重でも体格でもなくて、年輪を示している。年輪重なるベテランのガイコツは先触れもなく直ちに扉を開けた。すでにそのころ二枚の絵の中の解剖は何の落ち度もなくとどこおり、あの枕辺の少女は何かに怯えたように目をつむることを忘れている。おZさんからは取り立てて寝息もきかれない。入口扉のすぐ上にかかる胸像の老人画からは、新たに別の輪郭がはみ出して壁から天井へとのび上がり、入室まもないガイコツ自身にもおおいかぶさろうとしていた。光をくれればそんなものはすぐに立ち消えになるのだが、ガイコツは扉横のスイッチには触れようとしない。照明灯を消したままで薄暗がりの中、まっすぐ斜めにおZさんをめざす……

それからおZさんの左手に、ガイコツは佇んだ。左肋骨の透き間には白い布切れがたたみ込まれている。とくに医療用でもないごく普通のハンカチがおZさんの顔の上で広げられ、苦もなく被いかぶせられた。こちらのガイコツは看護的な措置を施すあいだ、こうやって現実には来たるべくもない臨終と死の模擬演習を毎回くりかえしてきた。それは同時にまたおZさんのゆるやかな吐息がじかに感じ取れる機会でもあった。もしも呼吸が途絶えていたら、むしろ布切れは取り除けられるだろう。終わりのない病者をめぐる根拠なき幸いと行く末知れない不幸が、つねにないまぜの状態で音もなくもたらされる。そこで息をするものは病人というより、病そのものだといっても過言ではない。

点滴はすでに終わっている。ひょっとしてあの新米のガイコツはペースをいくぶん早めに設定したのかもしれない。指定通りであれば、まだ五分ほど続いてもおかしくはないからだ。その間にいつも通りほかのチェックも済ませようかと思っていたが、もうそれほどの余裕はなかった。それに取り立ててての支障も見られないようだ。新任もおおむねそつなくこなしている。とりあえずガイコツはなるべく布団をめくらないようにして、中へと左の手をもぐらせた。最小限のポイントポイントを押さえながら、触診というのでもなく、この日の患者の生活状態を確かめていく。おしめや導尿カテーテルの状態、さらに背中と寝床の間の接続および接触にも。自ずから硬化した患者の皮膚とガイコツの節々の出っぱりがゴツゴツとごく控えめな音を立ててぶつかりあう。それから患者の左腕を取り出して抜針に取りかかる。点滴のあいだ腕はふつう外に出しておくものだが、おZさんの場合は刺された針の安定性がとても高く、また動かされるという気づかいもないので、常日頃なかに収められている。それでも毎日の刺針は内出血などの避けがたい負担を伴うので、週ごとに左右を交代する。もっとも少々の変色が生じたとしても、皮膚が身につけた一、二世紀をゆうに上回る歴史の堆積にうずもれて、ほとんど目立つところはなかった。

そもそも彼女おZさんにとって、痛みはどのくらい感じ取られているのだろうか。少々の傷によって彼女自身の命が奪われることなどないのだが、同じ命を終わらせてやろうとする強硬な意志が、善意であろうと悪意であろうと、そんな意志が現実のものとなって実行に移されたなら、おZさんの生涯にだって終止符が打たれないとは考えにくい。しかし、そうではなく、医療的な看護・介護の両面にわたる組織的な補助が続けられる限り、彼女はそれを受け入れ、それに応え、これから先も生き続けることだろう。自発呼吸も経口摂食もこのさき途絶えることはないようだ。大気はいつも用意されている。食事はつねに施設によって準備されなければならない。排泄にもとどこおりなく、点滴も必要とされる限りは日々くりかえし、不死の病は健全な医療とともに存続する。少なくともいまの彼女を取り巻く医療の現場には、存続への意志が保たれ貫かれていた。

ガイコツはすぐに針を抜き去った。ハンカチの下で、おZさんはしっかりと目をつむっている。あとには簡単な消毒を施し、四角い小さな絆創膏を貼りつける。その人工的な肉色《にくしょく》がまわりの変色に対してあまりにも生々しい。患者の左腕を布団の中に戻すと、ガイコツは抜き去ったばかりの注射針をあらためて自らの右の肋骨の合間に収めた。そして患者の顔の上から取り除かれたあの一時しのぎの白い布切れは、ふたたび丁寧に折りたたまれて元の左の肋骨にはさまれる。ちょうどそのころ、外では小藪に群がる例の小鳥たちが思い起こしたようにまたしても囀り、騒がしい。ガイコツは布団を整え、黄緑の頭巾によって半ば包まれたおZさんの額に軽く手をのせてから、点滴用のセット一式を少女画の右下辺りに片づけた。そして、フックのひとつにかけられた小さなリモコンを手にとると、暖炉に向けて〈ＯＦＦ〉のボタンを押さえた。よほど寒くならない限り、夜間の暖房はこうして停止される。翌朝の七時に運転を再開するための予約もあわせてセットする。

それからガイコツは枕元を離れると、病室の窓をおおうすべてのブラインドを下ろして、夜に向かう外景からの隔離にとりかかった。まずはベッドにも近い小藪側の大窓、つぎに少女画の向こう、柱時計の下の小窓、それから熱気いまだ冷めやらぬ電熱の暖炉を左右両側から見下ろし見守る中庭側の窓、窓……室内は見事、暗がりの中へと沈み、描かれた二つの解剖情景も枕辺の少女も、出入口の老紳士は言わずもがな、どれもが区別なくのみこまれていく。その老人画からはみ出したもうひとつの輪郭もまた虚しく消失の憂き目をみる。

いよいよガイコツが扉を開けようとすると、訪れたばかりの闇をついてまたしてもおZさんの方角から、ウーン……というかすかな響きが伝わった。それはうなり、うめき、ためいきのようであって、肉声ではなく、単なる物音にすぎない。仮にうなりか何かだとしても、それはこの個室の中で不死を患うおZさんに取りついた、あの切除不能な異物が発したものだろう。なぜなら不死とはもはや肉声を奪われた存在である。肉声とは死に対する呼びかけであるから、それに対する応答もつまるところ、死によってのみもたらされる。

ついにガイコツが扉を開けると、暖炉から煙突に向かって音のない一陣の透き間風が吹き抜けた。すぐに扉が閉まると、ようやく病室は本物の闇に押しつつまれた。

こうしてこの日もおZさんは夜の入口にたどりつくと、永遠のひとりを手に入れた。それは自らが望むものでもなければ、忌み嫌うものでもない。もはや彼女はいかなるカゴからも切り離された翼のないカゴの鳥である。永く取りついてきた病を明日からもまたヒトの手が守りぬいていく。こんな暗闇の中の病室では、建物を出て遠い港の、さらに沖合い辺りとの区別さえもつきかねる。その中に、なおもひとり横たわるおZさんは、すでにこの世の港という港に、それも一度ならず錨を下ろしてきたようにもみえてくる。孤独の中で、それでもおZさんは、どこかでおZさんではない元の名前を捜し求めていた。

12

同じ日の夜、ヒポクラテスはあのドロメアデスの妻の夢をみた。いやそうではなく、それは先年彼が看取って他界した彼女と瓜二つの別の女で、今宵は医者を志してはるばる海の彼方から彼のもとを訪ねたのだった。それでも女子の医師は考えられないと、彼は直ちに断りを入れたが、女は夢であることを幸いに全くのところ引き下がるという気配がない。そのうちに改めてヒポクラテスは女の顔をみて、はからずも総身から血の引くような思いがした。それは産後まもなく、流行り病を得て六日目の早朝、病状が急変、この世を去るドロメアデスの妻がみせた直前の表情もそのままで、まさに生き写しと言ってもよかった。とがった鼻にうつろな眼、窪んだこめかみ。すると鼻先はみるみると萎れ、眼はいちだんと勢いをなくして、こめかみには最後の明かりが点された。耳は熱を失いこちらも収縮、耳朶は反りかえって、およそ沈黙と騒音との区別もつきかねる。それでいてすべての音が何かの声にきこえてしまう。顔面は硬く乾燥して緊張もくり返し、顔色は黄色《おうしょく》から暗澹とした黒色《こくしょく》、さらに息づかいが荒くなると急速に色を失って蒼白となり、何とかひと息つくと鉛色のこわばりにおおいつくされる……

ヒポクラテスは手に汗をにじませながら目覚めた。まだまだ夜が明けるまでには時間がある。まさか起き上がろうとも思わないし、起き上がる気力もすぐには取り戻せない。外には古代の静寂が打ち寄せ満ちあふれているが、中では自らの息の音《ね》ばかりがくりかえす。寝床の反対側の窓からは間近にエーゲ海を望むこともできた。南東の方角にはスポラデスの島々の向こうにロドスの島影も浮かぶ。そのままさらに横切っていけば、やがてはエジプトの沿岸辺りにまでたどり着くはずだ。その窓も夜間は閉じられている。かつては仕事部屋もかねていたのだが、いまは独立してさまざまに専用の別室を構えたので、ひとりでは持て余すくらいの広さになっている。

彼の寝床は出入口の扉からはいちばん遠い対角線のすみに置かれている。そして出入口のすぐ脇には、さほど大きくもない細身の少女像《コレー》が守護神のようにたてまつられていた。扉に平行に佇む像の左の手のひらは胸に当てがわれ、右手はまっすぐ体に沿って下ろされている。高くはないといっても、台座と合わせると扉と同じくらいの背丈があった。今しがた彼の夢にまで姿を現わしたのは、かつてのドロメアデスの妻の生き写しでもなくて、この立像の分身かもしれない。

そこでヒポクラテスはゆっくりと上半身だけを起こして、なおも寝台の上に居座るとその少女をながめた。両者の目線が交わるということはない。吹き出される息の音《ね》ばかりが胸元といわず首筋といわず、立像の全身いたるところにも吹き寄せる。高名な医学者の心の扉には、いまも新弟子のひとりから昼間に投じられた問いかけが妙に鋭く吊り下がっていた。不死なる病、不死という病に対して、私たちはどう立ち向かえばよいのか、と……

ヒポクラテスはふと、臨終ではなく不死の顔立ちとやらを思い浮かべてみる。それは円みを帯びながら巧みに筋道ものがたる鼻、ただ一点を見つめて不動を誇る目、膨らみを保ちながら表情の輝き全体に代謝をもたらすこめかみ。するると彼には、生まれるはるか以前から自分が夢のただなかにいることがよくわかった。さらには音もなく、それでも明るくどこまでものびやかな耳、その左右をそれぞれくるみ込まんばかりの豊かな耳朶が文字通りの不死をこだまする。

そうなると現実というものは、夢を映し出すための鏡にほかならない。

もはや生死を忘れて、みずみずしくも波立つ顔面の皮膚に、夜となく昼となく絶え間のない陽ざしがこぼれ落ちる。あとには満月のような冷たい艶《あで》やかさを彩《いろど》りながら。

やがて鏡面と顔面の区別も消え失せて、病はもはや死をのりこえ、死はことごとく病の根元深くに消え去るのだった。

＊冒頭の引用は、ヒポクラテス『流行病一』所収の『十四症例』より、症例一一全文（大橋博司訳、『世界の名著9　ギリシアの科学』中央公論社、一九八〇）。

アラタナルシ 11

夏

●

L’été

●

Natsu

テントウムシはいつも指先へと立ち上る。誰もが手に取ればそれが宿痾《しゅくあ》のごとく、小さな虫はなりふりかまわず飛び立ち天道をめざす。やがては雨垂れとなって落ちてくる。

傘を持たない芸大の敷地は雨期に閉ざされていく。立ちこめる憂さは晴らせず若葉も曇る。梅に雨と記してつゆと詠み慣わす、宿世《すくせ》宿世の長雨《ながめ》にのまれ、そぼ濡れた創作への意欲は無味無臭の乾期乾燥にも耳かたぶける。かつては偉才と目され、いまだ名もなき作家の仄かな遺髪にも泣きぬれる。

南門にも程近く、伝統音楽棟の一角からは琴の調べが流れる。並木を抜けたすぐ左手より、気だるい爪弾きは行きつ戻りつしながら持ち前の、春の海を思わせる大らかなうねりに身をまかせていく。ケヤキはすでにずっしりと新緑をたくわえ、葉こぼれするような旋律のひと齣ひと齣が折柄の雨粒携えて消え失せる。やがて弾き手が矛を収めると雨足も見事に途絶えて、とり残された湿度ばかりが夜の静寂をみたすと、そこにはあたかも梅雨寒の蒸気が立ちのぼる。湯気はたちまち靄《もや》に身をやつして滞《とどこお》り、にべもなく泣きぬれた地表《ちのおもて》を攻めたてる。あの円形劇場の頂き、すでに薙ぎ倒された『入植』のパネル、その界隈はとくにぬかるんでどこにも立つ瀬がない。突き立てられた無数の工具が余すところなく赤錆を吹いて、パネルは元の焼けただれた砂漠へ立ち戻ろうとしている。それでも、同じ砂漠に長雨《ながめ》が落ちる。降れども降れども灌漑の望みは空しく、うらぶれた影武者の隊商ばかりが往き交うところ、秋、冬、春と、通り過ぎた季節からの忘れ形見を密輸する。

テントウムシはようやく樹木の指先にたどりついた。生まれながらに北の七星《ナナホシ》を背負っている。クスノキの拓《ひら》く新緑の指先はといえば鬱蒼《うっそう》として、数も知られず潤《うるお》いをきわめる。そこからおそるおそる触角をのばして見下ろすと、一面に海原が広がる。落葉の浮き島も今はなく、ナナホシは恨めしげに夜空を仰ぐ。星もなく、月も姿を暗ましてもくもくと、足下の古沼からは水煙もさながらに禍唄《まがうた》が立ち上る。

〽テントウムシ　テントウムシ
背中に七つの　星ぶらさげて
お家《うち》に帰れよ　飛んでいけ
お家が火事だよ　身投げしろ
あっちの水は　かーらいぞ
戦火は遠いが　お家は燃える
身捨つるほどに　浮かぶ瀬もなく春の海
こっちの水は　あーまいぞ
雨期さえ知らぬ　沼の底

人魚の館が　天女をかたる
燃える水底　火の車
テントウムシ　テントウムシ
背中に七つの　星ぶらさげて
お家に帰れよ　飛んでゆけ
花群《はなむら》さきに　身を投げよ

そのナナホシは、唄が焚きつけた見えざる炎をおそれて死を装う。進退きわまり、一目散に降下する。待ち受ける春の海は顔色も変えずに鏡《かがみ》こんだ。覚悟を定めたナナホシは後先もなく、善し悪しも忘れて輝きわたる。そのまま眩い黄金色の雫となってこぼれ落ちた。音もなく、ひと思いに身を沈めた。古池の唄の主は二匹の老蛙《おいがえる》であり、かれらこそはあの冬の亡霊から春の詩聖をくぐりぬけてきた格段のなれの果てであった。

ところが黄金色の雫はその一滴にはとどまらなかった。ナナホシが飛び込むと、水面に広がる同心円の波紋を受けつぐように、古池の堤に沿ってひと息に同じ色合いの明かりが点されていく。どうやら土の中から這い出してきたそれらのともしびは、ぎっしりと生い茂る草木の足元につかまって地表の有様をうかがい、雨露をすすり、成し終えたばかりの羽化の疲れを癒やしている。数あるともしびは、すでに土中にあっても静かにそれぞれの光を保っていた。のみならずひとりひとりの変態をさかのぼる玉子（卵）の時節より、母御のお腹の中でも照り輝いてきた。そののち玉子に別れを告げた幼子は、あろうことか自分以外の光を忌み嫌い、何よりも夜を好んで速やかに、苔の上から身を投げる。間近の水面下に体を預けた……

クスノキのナナホシはこの幼子に瓜二つだった。地中に安らいその身を閉じ込めてきた蛹《さなぎ》の少年少女は、成り行きの一部始終にことのほか驚いた。今しも光の雫となって身を投げた、季節外れの幼子を、小さなテントウムシを、行き場をなくした救い主かと見とがめて、なおのこと強く自分たちの青春《はる》を思う。体は火照り光を放ち、交わりの春を求めてなおも羽を休める者たちこそは、群なすホタルであった。芸大の夜に、かくもひそやかに身悶え分かち合うホタルの群生、それもホタルゲンジのオノコたちがひとたび気を取り直して夜目を凝らすと、ナナホシの消え去ったクスノキの葉先にふたたび黄金色の明かりが点された。明かりはそれにとどまらず、あたかもそこからの指図でも下されたかのように、さらに下界へと新たな拡がりをみせる。連なるともしびは瞬く間に池を取り囲み、オノコたちが今しも羽を休める草木の葉ぎれにも等しく配分されていく。その甘酸っぱい光の中にオノコたちは疑いの余地もない同族からの匂いを嗅ぎつけていた。それぞれの葉先を照らすのは、どれもがゲンジのメノコたちであった。心湧き立つオノコたちは異性の到来を知らせ合うかのようにしばし点滅を繰り返していたが、やがて足並みを揃えてほとんど同じ周期の明け暮れを共にするようになった。

こうなると、生まれながらにして光を持たない二匹の老蛙にはなすすべもなかった。すでに池のほとりには雌雄のホタルが群がり萌えたち、そこに今さら、ホ、ホ、ホタル来い、などと歌いかけることも空しく、あとは詩聖としてのかつての名声をかなぐり捨てて、本来の単調な啼き声を繰り返すしかなくなった。それこそが世にも名高い〈カエルのうた〉である。カエルのうたが、きこえてくるよと、ひとしきり彼らは泣いた。ゲロ、ゲロ、ゲロ、ゲロと続けざまに吐いては、クァッ、クァッ、クァッとくぐもる笑い声も鈍く鋭く、あの秋の『Singer』もさながらに唄い上げた。それでも六月の今宵、かつて『Singer』の展示された円形劇場の舞台に人影はなく、たとえカエルの鳴き声はきかれても二人の歌声はきかれない。もはやききとられる道理もあるまいと、さしもの老蛙も堪え切れずに身を投げる。相ついで同じ古池の中へと、水を求めてそれぞれに姿を消した。それこそが冬の遺した亡霊の結末であった。

ところがこのカエルの入水、とめどない心中もどきの、老い先短い身投げを受け入れた沼のおもてが今度はぼんやりと光り始めた。それは、すでに飛び交うゲンジボタルの黄金色ではなくてほんのりと青白く、込み上げる源をたどればウミボタルだった。冬の彼方の幻視の海原から、亡霊たちの生身に取りついて押し寄せたものか、潮風のにおいなどもはやどこからも嗅ぎとられない。ウミボタルの火は、カエルの遺影を押し包んで瞬く間に燃え広がり、寄る辺なき芸大の水がめをおおいかくした。青地に黄色く、ゲンジボタルもまた燃え上がり、オノコがメノコに誘いかけ、メノコも想ふがままに受けとめてたち、気ぜわしくもそれぞれの明かりがほのぼのと舞い上がる。あわれふつふつと、夜目にも際立つ群舞に輪舞、果ては乱舞にうちまみれ、そうなると水面を騒がすさざなみのブルーはウミボタルではなく、金色《こんじき》に舞い狂うゲンジボタルからの照り返しにも見えてしまう。

だがそのころ、同じ古池の別の片すみで小さな異変が生じた。春にはユキヤナギが一面に白い花を芽吹かせる辺りで、やはりひそかに、しかも相ついで、二匹のヘイケが、それもヘイケボタルが羽化をとげた。離れ離れに成虫したかれらもオノコにメノコで、まもなく二人は選ばれた者としての春の契りを結び、羽に羽をうちふるわせると、いずれからも十字に交わらせた。されど幸多からずして、池のほとりの愛の巣にも長く安住することは許されない。いまやゲンジの権勢に並ぶものなく、平らけきウミボタルの燭光も攻め滅ぼされんばかりに、もののふどもは頭数を揃える。番いのヘイケなど早々に気圧されて、抗《あらが》うすべもなく亡命を余儀なくされる。されば微塵も気取られぬうちにと、生来の明かりも隠して身を守る。平身低頭一目散に飛び出して、人気のない円形劇場の方角に立つ二体の桜樹《さくら》の葉群に身をゆだねる。そこで人心地がつくとさらに当てもなく、大学会館の左手をぬけて正門の方へと舞い下りていくが、さすがに生まれ故郷ともいうべきこのキャンパスだけは離れるに忍びない。夜更けの門は開け放たれたまま、守衛氏の影も見当たらず、ゲンジからの追手の気配もまだうかがわれない。羽を休めることなく上へ下へのゆらめきを繰り返していると、正門から見返して右手にあたるグラウンドの方にかすかに緑色の光がのぞいた。地表のホタルとも古池の水面を浮かび上がらせるウミボタルとも異なる色合いにひかれて、番いのヘイケは羽をのばしてみることにした。

雨期を迎えてもシロガネは、相も変わらずもう一本のクスノキの幹に背中をもたせかけるのだが、そのままうなだれることもなくただ真っすぐに見知らぬ前方をみつめている。その体をおおう緑の薄明かりこそは、発光バクテリアだった。こうして、つねは水銀灯を随所に浮かべるだけの芸大の夜が、黄、青、緑と雨にもぬれて、今宵は三色に点描される。うら若き番いのヘイケを招き寄せたのは、シロガネの発する緑火《みどりび》ばかりではない。魅惑においてそれにも立ちまさるのは、同じく緑の物陰より縷々《るる》流されてくる一節《ひとふし》の唄のような呟きだった。その夜想曲は、ホモ・サピエンスにはどうにも聞き取られない周波数でひそかにくり返した。ホ、ホ、ホタル来い、あっちの水は、かーらいぞ、こっちの水は、あーまいぞ……これを耳にすると矢も楯もたまらず、ヘイケはシロガネのかたわらに植わるミツバツツジの葉蔭にいとも心地よさげに体を滑り込ませた。

　唄はなおもくり返される。こっちの水は、あーまいぞ……するとヘイケのオノコが口火を切って、羽をムズムズさせながらシロガネに尋ねた。

「水はどこにあるんだい」

「落ちていったさ、いまここから、雨となって……」

　要領を得ないオノコに代わって、今度はメノコが脚を小刻みに震わせながら尋ね返した。

「じゃ、緑の光に包まれたここは、雲の上ですか」

「それを言うならまだ雲の中だよ。それも晴れない霧のような分厚い雲が、ここでは生死を分けている」

「どなたですか」

「私?……ホタル狩りの頭領です。それも自分がこんな光に包まれて……といっても私は、浮かび漂う数ある黄金の明かりの中に、自分の魂を捜してるだけですがね」

「で、その雨は、そのあなたの言う甘い水の雨は、どこに落ちてゆきましたか」

「アア、あの池の中、すぐ近くの、ホラとても古い」

「え……私たちどちらもね、その池のほとりから来たんですよ」

「ナンダ……道理でどこかで見たことがあると思った。私もここに落ち着く前、あの池のほとりのべンチに腰を下ろして、いっとき思案に暮れたことがあるんだ。甘さと辛さの食い違いをめぐって、それはもうさんざんにね」

「でも、そんな甘い水なんて、落ちてきたかな」

「何を言ってる。君らはその甘い水から生まれてきたんじゃないか……なるほど、君らは見通しが甘い。だからゲンジに追われている。このままでは、とても歯が立たないな」

それでも番いのヘイケはおのが身の安寧のため、何としても善後策を講じようとシロガネの死せる眼の玉に目をつけた。いくら発光バクテリアの緑火に包まれても、そこには何かをまなざす兆しもうかがわれない。イエ、心配ご無用、私たちはいいんですよと、ココはメノコが口火をつけた。どうせ先行き短いことはわかっておりますし、ただ玉子が、どこの玉子でもない、純粋に私たちのものである小さな玉子を遺せたら、それでいいんです……

「やこうがゆでようが、そんなの知ったこっちゃない」

そうだわ、ねえ、目にもの見せてさし上げましょうよ、このお方に。そうすれば、そうよ、私たちさえ力を傾ければきっとね、このお方がこれまでここで見続けたものではない、何か全く別の、予想もしなかったものが今さらながらに見えてくるはずです……ねえ、ちょっと、そこのいかした、緑の聖《ひじり》さんってば。さしずめアンタは、セント・バクテリアの名もなき自殺体ってとこなの……じゃ、その体に残された栄養分のすべてを私たちの子孫繁栄の営みのために、どうぞお恵み下さいませんか。

「ああ、それはいい」

どうかお願いします……

言うが早いか番いのヘイケボタルは、まっしぐらにシロガネの頭《かしら》めがけて飛びかかり、ためらい持たせる暇《いとま》も与えず、オノコが右の、メノコが左の眼窩《がんか》に身を預けた。そして黄色に輝く夜の両眼《がん》になりすますと、思い余ったシロガネは、おそらく没後はじめて首をわずかにうなだれた。眼は本来の光を失いつつも、新たな輝き、緑の体軀に宿る黄金のまなざしを手に入れた。今しもその前方に浮かぶものは、ウミボタルに守られた古池とはおよそ性《さが》を異にする青一色の固体、それも不定形な、折りしも忍び合う、とある信念の塊りにもすぎなかった。それでも浮かび来る有様はといえば、老蛙の眠る想いが淵の泡沫《うたかた》もさながらであって、それも休みなく次から次へと立ち現われては濡れまどい、目にも青葉の時節《とき》の暗がりへと打ちとけていった。

そのとき、正門の方からカタコトと足音がした。番いのヘイケが事の成り行きを見計らっていると、何やら大柄な男がこちらに向かってのし上がってくる。男はペリオドという名の留学生の彫刻家で、その手になる作品もさながら肩口はしなやかにこわばり、背筋はすみやかにのさばって見えた。おまけに目に青葉、でもなくて、片手に一枚のプレートをぶらさげている。そこには癖のある右肩下がりの丸文字で黒々とただの四文字「葉体樹体」と記されていた。季節に伴うそれこそが、今は亡きシロガネを新たに持ち上げ、あわよくば終りなき侮辱をも加えるべき次なるタイトルにほかならない。

彫刻家は雨の止み間に立ちどまる。下草の合間に半ばうずもれた春の掲示板「花体葉体」を素手で掘り起こすと、その跡地に、より垂直に、夏のプレートを立てかけた。シロガネの本体には一瞥もくれることなく、すぐさま野外展示をあとに講堂を回って古池をめざす。その姿を、もはやシロガネではなく番いのヘイケの目が追うのだが、いきおい群がる緑色の塊りの中へとすぐに埋め戻されてしまった。かれらとて見事に玉子を授かるには、少なくとももう一昼夜は雨にも負けず片時も絶やさずに、目明かりを点さなければならない。

まもなく、サファイヤブルーの水面見下ろす高台にさしかかったペリオドは、ベンチにのり上げるやすぐに「花体葉体」の腐れ木を投げ込んだ。蛙はあわただしくも鳴きわめき、ウミボタルがなおも報われぬ片想いの波紋を押し広げていく。ホタルゲンジのもののふどもはますます群舞して、仁王立ちする空手の彫刻家を包んだ。するとペリオドはズボンの右ポケットより、くしゃくしゃに突っ込まれたままの半透明のレジ袋を取り出してみせる。目一杯に息を吹き込み膨らますと、目にも止まらぬ早業で手近をわたる十数匹のゲンジを掬いとる。間髪入れずに二本の輪ゴムで、重ねてその口元を結わえた。

ペリオドは袋づめした十数個の黄金の小玉を手に提げて、一路根城の彫刻棟に向かった。虜囚のゲンジはなおも自らの意志でそれぞれに光り輝く。点滅を渡しあう。建物に戻り、見慣れた廊下をわたり、作業場のある元の大部屋に押し入ると、ペリオドは卓上に横たわる使い古された彫刻刀を手に取って、仄かなる雪洞《ぼんぼり》のレジ袋をひと息に切り裂いた。ホタルはいっせいに飛び出すが、見慣れぬ室内にも戸惑い、恐れの輝きばかりがいや増した。

彫刻家は笑う。キャンパスはなおのこと静まり返る。金色《こんじき》の明かりという明かりは、鬼神のごとき男のご面相ではなく、荒削りなヒトガタの塊りを照らし出す。その塊りに色はなく、いまだ語るべき表情も持たないことが、来るべき作品の持つ後ろ暗さをつぶさにしたためていた。

月が明けると、水煙る梅雨空の窓はひと思いに開け放たれる。陽ざしはよみがえり、ホタルが姿を消して夏の休暇に入ると、あるいは帰省し、あるいは異境へと旅立つ学生も多くて、キャンパスは閑散としてくる。あとには、みやま織りなす酷暑の蒼穹《そうきゅう》が照り輝いた。

その実、見慣れたこれまでの日輪は影をひそめる。言伝《ことづて》もなく、偽りの陽光をつかわす。公けに語るものはなく、早くもツクツク法師が声明《しょうみょう》を唱える。遣り場をなくしたその独唱、ツクツク、かの単唱、ホーシ……ヒイラギの梢《こずえ》を抜けて、ひと声ひと声がカエデの葉先を焦がす。すると、いずこよりかクラリネットと思しき涼しげな珠玉の木管が一本、口応えをした。それも、タカタカタータと、およそ理不尽な競演まで試みて、さらに独唱、ツクツクホーシ、重ねて独奏、トカトカトータと、たとえその止み間に入っても、アブラゼミやミンミンゼミの影法師はどこからも聞かれないのだ。木管金管弦楽を問わず、一途《いちず》な楽奏の邪魔立てせしものと、それらはかつてひと息にこのキャンパスから駆除でもされたものか、啼きわたる真夏の王者はともに鳴りをひそめて、晩夏の楽師のみが事をかまえて早々読経を繰り返す。ツクツクホーシにタカタカタータと、怖いもの知らずに交響する。その合間をぬって時折、バッタのような物音もかすめるのだが、建物脇の所々に置かれた空調の大型室外機については、いずれもつとめて抑制がきいている。

夕暮れを待つことなく、ヒグラシもまた姿を暗ましている。カナカナカナと、あとにはいたずらな幻奏ばかりが木霊をひいて、何もない夜の星の目玉を喰らわせる。そこから水晶の涼気が舞い降りてかすかに山際《やまぎわ》をかすめると、寝静まるものとてもない、とうに忘れ去られた学内の一角より鑿《のみ》の音《ね》が湧き上がる。もう梅雨時以来、彫刻棟の片隅に留学生ペリオドは陣取って新作ひと筋に打ち込んでいる。夏に入ってからは、程近い学外の自室にもほとんど戻らず、蒸し暑い作業場の老いさらばえたソファの上でいつしか朝を迎えているような毎日である。シャワーだってほんのそこそこに、なるほど辺りは一様に汗臭くて、今しも夏爛漫を横溢《おうか》する。食事も自室ではなく、学食も事切れて、近在のコンビニで買い揃えた好みの飲食物を、春のうちに持ち込んでおいた単身者用の冷蔵庫に貯め込んでどうにか賄っている。さほどに腹は空かぬが、季節がら喉ばかりはしょっちゅう渇いてどうにも堪《こら》え性がきかない。それにしても、ペリオド勤しむこの一角だけが、無惨といってよいばかりに至るところ荒れ果ててみえる。どこにも手入れのあとがなく、およそ築三十年におよぶ平屋の学び舎《や》に取り囲まれて、そこにはゆうに一世紀をこえるばかりの疲労感が夜に昼にと積み重ねられていく。じっと目をつむっても、ペリオドのふるう鑿以外の音は洩れ出すところがない。何よりもこの彫刻家の男は、選び取った自らの専攻に身を委ねてとうに音曲をあきらめていたのか。あのツクツク、タカタカの二重唱にしたところでここまで届くことはめったにない。その耳は早くも一千年紀を閉ざしているのだ。それも未来に向かって。

元はといえば、二メートルを十分に上回るという恰幅《かっぷく》のよさだった。静逸の巨漢にして密儀の怪童。ペリオドではない。木彫《もくちょう》用の有り余る材である。梅雨の止み間の夜更けに彼自らが持ち込んだホタル、そのホタルの仄明かりによってにわかに炙《あぶ》り出されたヒトガタ、それこそがなかなかの偉丈夫であった。そんな持ち前の体格がこのところ、鑿をふるえばふるうほどに見たところ、みるみると夏瘦せをとげる。それでも、ただ先行きもないままに時間を浪費するのではない。いたずらに、削り屑ばかりを撒きちらすのでもない。確かに作品の支える容量は日々減じていくのだが、作品を支える密度のほうはそれに反比例をして、日数《ひかず》を重ねるほどにむしろ増していくことを心がけていた。そればかりではなく、ペリオドは彫像自身の背中を消し去ろうとしている。それも背面という背面を丸ごと余さず作品そのものの、表側ではなくて内側に包み込むことで、ひいては限りのない容量を醸し出そうかと目論んできた。

だから彼において鑿というものは、まず木材の背中へと突き立てられる。そして完成作が背面なき立像となるからには、いずれどの角度から見られたとしても、そこはそこなりの正面像でなければならない。そのためには何よりも顔こそが、比重や重力をなきものにせんばかりの全面化をとげなくてはなるまい。すると、折からの夕立模様が涼風を強くなびかせて、おごそかに語り伝えた。その通りだよ。そこまでしてもアンタが、彫りぬかれたいっぱしの人物像である限りは、必ずや胸から下というものが未来永劫つきまとってくるのだから、と。

アンタって誰なのかと、ペリオドは何をおいても自らに尋ねた。

かくまでも気の要する仕事を導いてきた、あらかじめ明確な、究極の目標。それこそは、昨年秋の「屋外展示」からまもなく一年を迎えようとするシロガネとの送別葬送にほかならない。雨風に打たれてもなお特有の痩身を究める「葉体樹体」、その終焉の地に屹立すべきもう一体を同じこの世に生み出しておくことだった。それもようやく完成の域に近づきつつあるとはいえ、一定の角度からのアプローチに幾分行き詰まってくると、とりあえずその地点にはその時点での鑿を突き立てたままにしておくという、彼一流の作法があった。こうして、八月も半ば近く、彫像の身の丈は当初の半分をはるかに下回っていたのだが、深化する密度にも伴って作品の前面／全面に突き刺さる鑿の数は、ゆうに十五本を、いや三十本を上回っていた。

コレハコレハ、ハリネズミ、ならぬ、ノミネズミ、じゃないか、どう見ても、かゆいかゆい……

珍しくもこの夏場に姿を見せたひとりの学生が、南側の窓からペリオドの作業場をのぞき込んでいる。そこから作者と作品をはさんで、部屋の北側はいちめん壁におおわれてどこにも窓がない。すぐ裏側には廊下が走る。その窓からようやく草地が見える。

彫刻棟というのは、二〜三メートルを隔てて平行する細長い二軒の平屋学舎の合体物であった。といっても、並んで相対《あいたい》するところはほんの一部で、より北にある西側の棟の東端と、より南にある東側の棟の西端が重なり合う。しかも棟続きで、それぞれの棟の廊下よりも広さのある一本の専用通路がつないでいる。

見方を変えると彫刻棟というのは二つのL字型で、広い渡り廊下を含む短い辺を共有している。西側のLは北からかぶさり、東側のLは健気にも身を挺して南よりこれを受けとめる。

西棟の、通りを挟んでさらに西側には、もうすぐそこに大学会館がそびえるのだが、ペリオドの作業場は正反対の東棟の、それも東の端に位置していた。

同じ西棟の南側には、整列をする例の写生用飼育箱に阻まれて誰も近づくことができなかった。それに対して東棟の外窓には、南北いずれからも近づくことができる。今しも南側からひとつの窓に近づいた学生はトオボエと名のり、これが音楽系ならばオオボエとまぎれて明日にでも埋没しかねない。そうでなくても、彼は一年卒業をくりのべていた。

それも初めから諦めていたのではない。四年生になった時は彼も次の三月末に卒業する心づもりで、ほかの同級幾人かとともに、やはりこのペリオドに助言を仰ぎながら、少なくとも昨年の秋口までは順調に製作を続けていた。しかも選んだタイトルはその自称と同じく『遠吠え』（トオボエ）、それも何かを吠えるもの、というはるか以前に、何よりもまず吠える声そのものを形作ろうと目論んだ。ところが、やがて秋冷も深まるにつれて、みるみる創作の手は行き詰まり、かのシロガネもすでにこのキャンパスの片隅に姿をみせていた十二月のうちには、卒業の見送りを決めている。

以来、足も自ずと遠のいたものか、少なくともペリオドとはそれ以来である。ペリオドは自らのアドバイスなり手伝いもどきがかえって「自由な創作」の邪魔立てをしたのではあるまいかと、少なからず気に病んできたのだが、それを文字であれ音声であれ、言葉に出して相手に伝えることはしていない。トオボエはトオボエで、ペリオドからの助言をいちいち至極妥当とは思いながらも、それを結実あるものとして受けとめることのできない自らに対して何よりも苛立っていた。

かくして両人の間には、半年以上にわたる言動の空白が横たわる。

おまけに今では一見したところ、ペリオドのほうが立派に行き詰まっていた。ここのところ作品には手をつけようともせず、長椅子に腰を下ろしたままでただ眺め暮らしている。

長椅子の背中は窓辺に接しており、そこにも沈黙は十分に行き届く。

その沈黙をも静かに引き裂いて、迫りくる日照には身を焦がされながらも、悠々のぞき込んでくるトオボエ。

いまは、〈無数〉の鑿の突き立った〈作品〉に魅入られている。

ハイオクの作業場がどこにもかけがえのない孤独の砦を守りぬく。

後輩の登場には、ペリオドもうすうす気づいていた。

作者なら、妨害者の闖入には端から心を砕いている。

「そんなところで鑑賞なさらず、もっと中に入ってきたらどうですか」

無闇に干渉したくはないいんだけど、と独りごちながらもトオボエは、目の前の作者ではなくて奥の作品にこそ語りかけようとした……アナタはむしろ僧侶だ、それも無名の修行僧で、いつ壊れてもおかしくはない館の中で、緑の刃のように身構えている。

館はいよいよ崩壊をめぐる第一級の展示物となりはて、日増しに完成度を高めていく。それに伴っていずこからともなく、失われることのないエネルギーのサンカが押し寄せる。不滅の讃歌にして増幅の惨禍……繰り返されるひとりびとりの創作を外部から包み込むのは、非情の技能である。のみ込まれていくのは、あるがままの本能である。何事にも関心を払わない、その意味で一点の曇りもないまなざしからじっと見下ろせば、この館の内心にして遠心にも鎮座するペリオドの造作こそはもはや削りつくされて、今では虫食いだらけの廃材にもすぎなかった。

トオボエは入口から廊下を回って、ようやく姿をみせる……オバンです。

「どうしてた」いろいろ「大学は？」やめてないけど、今年になってまだこれで二度目です「ほう」この前、わざわざ会いに来たとき……「わざわざ……？」ハイ、わざわざ、でもあなた、いなかったから。

「まさか。この夏、ほとんどここにいるんだよ」オヤまあ……

トオボエが足を踏み入れて一見したところ、作業場の床はやはりハイオクで、一面が木材の削り屑で埋めつくされている。だが、近づいてもっとよく目を配ってみると、降り積もる木屑の中にはさらに数多《あまた》の塵芥《ちりあくた》が入り混じりながらも、つとめて単調に息づいているのだ。トオボエは余すところなくそれらを枚挙する、紙屑、糸屑、縄屑はいうに及ばず、布屑、金屑、皮屑もしくは革屑に、魚《さかな》屑から虫屑、蛙《かわず》屑、果ては獣《けもの》屑に至るまで、幅広に見渡されるゾ。そのくせそこいらは至って無臭だ。ただひとつ、ペリオドの体臭をのぞいて。というか、多彩な無味無臭の真っ只中に、彼持ち前の汗臭さこそが際立つ、とでもいうべきか。で、ホタルは?

「何のこと?」そののち多少とも豊かにはなりましたか。たとえあのままに消え失せたとしても。

「そんなの、気持ちの問題だろ」このまえ来たとき、おそらく最後の一匹はね、この僕が見ましたよ。

「まだいたのかい。それはいつごろ?」確か、先月下旬の蒸し暑い夕暮れ、ヤツはこの彫刻棟の入口辺りをそれこそ幽鬼のように漂っていた。

「それで、直ちに引導を渡したのか、握り潰して、いや、お菜箸で摘み上げて」まさか、こちらがヤツの淡い光に取り込まれまして、次の朝まで無残に裏返ったままでしたよ。そいつはもう、実に凄かったナ……

　天井と壁面は至るところ染みだらけだが、数ある彫り道具を取り沙汰する前に当のペリオド、彼の思惑、彼の作品こそがとうに廃品解体も同然なのである。それに〈染み〉とはいっても、何かの液体なり粉末なりがかかって、あるいは故意にかけられて生成したものではなかった。それはあたかも人肌が雨風に晒され、いたずらに齢を重ねることで皮下は強《こわ》ばり、そこに内臓各部分の衰えも相まってまさに内奥から沁み出し浮き出してきたような変色部分である。永い目で見渡せば、一切は分解と崩壊の目まぐるしい佇まいの中に置かれ、さればこそ何ものかが悠然として、ここよりひとかたならぬ裂開を遂げようとしている。

ところがペリオドは、何よりもそのことに戸惑っていた。そんな裂け目の彼方から夢遊する、国籍不明の人々が見透かされてくる。そのだれもが、正体知られぬ裂開のほんの一瞬の凝り固まりこそがペリオド作品の実相であり、あるべき姿ではないのかと、身の程を弁えることもなく思い過ごしてしまうのだから。

へーえ……コレハコレハ、木彫のキュビスムでしたか。

「何だって?……ハ、仰々しい……こんなもの、せいぜいのところが〈ルービック・キュービック〉……投げ捨てられたあの聖六面体からの、満ち足りることも知らない、凹凸だらけの余剰にすぎない。このさき永遠にだ、面ごとの色が打ち揃うこともない。その前に、色という色は組み合わせを重ねるごとにみるみる識別をなくしていく。そうやって新しい、不揃いな色調が産み出される。乱暴なばかりに瑞々《みずみず》しい組み合わせが、数限りもない同じ顔立ちを露わにしてみせる。そこに託された同じ感情を描き出すばかりかもしれない。だから希望にあらず……キュビスム?……それを言うなら、カーヴィズム（curvism）とでも言い改めておこうか……そこでは一切があるがままに偏曲して歪曲されていく。価値が再び転覆されて、複数同種の中心体が消失をくりかえす。それでも直線的な生だけがうずたかく堆積をして、なおも来たるべき死をこの上もなく貶《おとし》めてしまう。その中程に転がるものだけを何としても救い上げんがために……私自身はね、もう何も望まない……」

カーヴィズム……捻じ曲げられるしかなかった正当性の自己崩壊、昼夜を問わず徘徊するオレンジ色の他者、その黄色い感情、その緑の渦巻……その……その……灰色の夏……そこにも忍び寄る、漆黒の朝から、色なす夜明けに、色あせた白昼、色失せた夕刻までも……

「どうだ、邪《よこしま》、だろ」

見るまでもなく。

「殺意を感じさせるだろ」

まるで、そのままだからね……

「生き写しの死」

というわけだ。それにしても、全身に鬣を逆立てたこのヒトカゲは似ている。何やら、前の秋から円形劇場をじっと見下ろしてきた屋外展示の作品に、今のところはよく似てるから。

「アレか」

入植地。

「アレとは一緒にするな。雨風をじっと耐え忍ぶような姿には、私だってさして短くもない敬意を表わすところだが、それでもアイツときたらよく見ると、猥雑なまでに、闇雲にいきり立っては所かまわず、それも同じ表面にだぞ、およそヒトカゲをものともせずに何本も、人殺しの道具ばかりを突き立てている。あくまでも入植地への、そのこだわりが偶《たま》さか見るべき表現の衣をまとうこともあるのだが、いま目の前にいるこちらのヒトカゲには端からまとうものもないままに、これぞ剝き出しの、あるがままなんだ。それにこちらの鬣は、いいかな、どれひとつとして〈突き立つ〉のでもなければ、

〈突き出す〉のでもない。鑿は鑿として文字通りに、何かをノミ込んでいくのだが、傍目にはむしろ冷たくて、この暑さをものともせずにえぐり込んでいくんだ。それも外から内へではなくて、中から外へと密度を高めながら彫りぬこうとしている。その道のりにはいかなる文字もなければ、作業の拠り所となるべき概念も成り立たない。鑿という鑿は、いわば白紙《しろがみ》の恩情をもって赤紙《あかがみ》の敵意を煽り立てる。

こうしてようやく彫りぬかれた、どこにも重なり合うところのない空間。その挟間にこそ、虐げられた人たちすべての生活が身をひそめる。しかもそこへと宿ることもできないがままに、なけなしの賃金などは一様に奪い取られて、片時の休息までもが苦渋を噛みしめていく。だから、行くぞ、ホラ、私たちはそんなヒトカゲを通して、外部ではなくて、やはり内部に住みつこうとしている。そこに待ち受けるものは、発酵であるか、腐敗であるか。そこへとおびき寄せるものは、建設であるか、破壊であるか。実像というのはそのいずれでもなく、虚像というのはそのいずれにも満たされて、見捨てられた外部のことは、ようやく彫り込まれた私たち内面の景色にでも置き換えて、いつの日にか眺め直してやれる時代が訪れるのだろうか。ヒトカゲは作品を騙《かた》り、何者かからの怨嗟によってそれが無惨に踏みしだかれる直前までに……」

ハリネズミ。

「ハリモグラはその直後に他界する」

雨風を耐え忍ぶ〈入植地〉の作者が、この私だとしたら？

「何の殺意も覚えない……私からのアドバイスを受け入れる、ずっと前にさかのぼるころの話だからね」

〈入植地〉をふたたび回収して、さらに鞭を入れて、私の新たな卒業製作に仕上げたら？

「……」

もちろん、そこに居住する入植者は、先住者ともどもきれいさっぱりお払い箱になるんだけど……

ペリオドは何も答えるところなく、手近にあった鋭利な鑿を投げつける。鑿は音もなく、トオボエの佇むすぐかたわらの壁面に突き立つ。正確この上もなく、危険この上もなく、しかも鮮やかに、トオボエがかつて手を染めた母なる大地を象っていた。〈入植地〉からはいま、遥かに遠ざけられているというのに、なお……

後輩は足音だけを残して逃げ去った。あとにはキャンパスの静寂がよみがえる。

「せっかくこちらからも突き立ててやったのに」と、取り残されたペリオドが独りごちる。これ以上に突き立てるものなんかどこにも見つからないだろう。一年にも及ぶ雨風をないがしろに、作品に手を加えようとした者の卑しさこそが、作品そのものをないがしろにする。卒業を取り沙汰する以前に、生存のはるか手前のところで、作品としての成立そのものが覚束なくなるのだろう……

トオボエはもはや回帰しない。何もきかされない。こだまもしなければ、季節の回帰《めぐり》とともにすべてが見捨てられてしまう。

ペリオドの孤独な留学もまた、この夏の終りに極まろうとしていた。

あの裂け目から夢遊する、おそるべき敵からの僥倖《めぐみ》こそが満たされていく。トオボエをめがけて、最後の鑿の突き立った壁面の一角。製作の空間を取り仕切る磁場がそこからめくるめく変転を見せつけるや、ペリオドの営みはどちらに転んでもはかどるのだった。ヒトカゲに突き通す鑿という鑿が一本一本、引き抜かれるというよりもむしろ、ヒトカゲの内側へと溶け入るようにして消えていく。作品自体の容量はさらに減じていくのだが、来たるべき豊かな表層が背面を消し去り、投げかけられる視線に応じてあらゆる顔立ちを整えるまでに、さほど長くはかからなかった。およそ測定される以前の時間そのものが、すでにどこかしら、慎ましくも委縮してうかがわれた。

ついにヒトカゲは、片手でブラ提げられる身の丈にまで縮減される。そこにはヒトの骨格を偲ばせる縦横無尽の角《かど》ばりが見えた。それらはケモノの筋肉を思わせる、イトケない歪曲によってひとつにつなぎとめられるや、増殖するばかりの機械仕掛けの生命体を、いまここにぞ、紡ぎ出していく。作品の密度がいくら高まりをみせても、作品を携えていく表現の容量にはもはや増減が認められない。

創作の時計は天地の中程辺りに吊り下げられた。選びぬかれた殺意の時間が響めくと、忘れ去られた死者たちの言葉が素知らぬ顔をしてそれに応える。

いかなる作品といえども、最後には手足を縛りつけて口をつぐむ。

作者はそうなると、たかだか片側の耳だけをのこして目隠しをする。

何者かの遠吠えばかりが無残にもくりぬかれていく。

それから夕立がやってきて、そのまま夜へと向かった。ハイオクの作業場《ば》を秋から冬の稲光が貫くと、同じハイオクの処理場《じょう》に春から夏の雷鳴が轟いた。ほんの瞬く間の重いひととせを通して、ようやく仕上がりを見せたペリオドの新作は、理想の亡骸へと姿を転じ、今ではズボンの前ポケットにでも収まる程度、それを利き腕の手のひらにそっと握りしめて、彼は住み慣れし彫刻棟をあとにした。辺りは黙して語らず、深夜にさしかかる。二枚の小さな木製プレートをぴたりと積み重ねて、こちらは左手に携えている。ヒトカゲを掌握する右腕だけが歩みにともなって前後に揺らめきを繰り返す。手に包まれた幼いヒトカゲは、積み重なる男の歩幅を確かめながら、かけがえのない見知らぬ友人からの息吹きを解き放った。ペリオドはペリオドでとうに作者の衣は脱ぎ捨てたはずなのに、手の中に横たわるものが自らの分身であるとするこだわりからは、まだひと足も抜け出せてはいなかった。

L字型の彫刻棟二棟の繋ぎ目から出ると、いつも目の前にはムクノキの、あの大きな枝振りが出迎える。そこにもペリオドの作品が安置され、手中には収まりようのない原初のスケールを保っている。だがそれも今宵限りのことだった。人頭鳥類を象ったキススキが満を持して飛び立とうとしている。その目は一心に、樹下を通り過ぎていく作者の肩口に注がれていた。そのかつての作者は一年前の旧作になど一瞥もくれることなく、自らにこそ口をつぐんでいる。そうなると掌中のヒトカゲはただ横たわるのではなくて、誕生の秋《とき》を待つ胎児のように思われてならなかった。

愛児ともどもペリオドはムクノキの門構えをくぐりぬけ、大きな学内通路にさしかかる。そこをたちまち左へと、右の正門方面ではなくてあの古池の方角に舵《かじ》をきる。それを見届けたキススキはすぐに翼を広げた。啼き声ひとつ発することなく、大樹の枝葉をあとにした。ペリオドは相変わらず気づかうところがない。旧作との夜の別離に心を痛めるようすがもなかった。かまわずキススキは一定の高度に達すると、急上昇を保ちながら宇宙ロケットの切り離しもよろしくまず両脚が、続いて胴体部分が呆気なく外れて、ただ真っしぐらに墜ちていく。そこには燃えつきるものなど何もない。あとには二枚の翼と漆黒の人頭が、風になびく細密な巻き毛のなかに取り残される。それぞれが青白い炎を放ち、青白い光にもおおわれて、また誑《たぶら》かされて、早くも気持ちは遠雷をめざすのだろう。あとは虚空へと突きぬけて、憧れの真空にも包まれていく……

するど、今宵はじめての歌声がきこえた。のみならず風を伴い、迎える秋を目前に、往き過ぎたもうひとつの秋からの展示物が煙幕を張りながらもくもくと、仮初めの夜覚《よざ》めを迎える。そこにも汗は流されず、むしろ神無月を先取りするような寒露さえこぼれ落ちていく。その源もたどられず、行き着く果てには島がある。その名も変わらずに、やはりゲイダイと呼ばれた。

キススキからの決別のまなざしは肩で受け流したペリオドも、時ならぬ独唱からの響めきには目を配る。その声たるやどう見ても、右手に広がる円形劇場から湧き上がるのだから、今しも唄うのはマイクを象った『Singer』をおいてほかにはありえない。あの類い稀な人頭マイクこそが再現をして、重いひととせを温めるばかりに、取っておきの黒人霊歌集を調べ上げた。朗々たる吟声がペリオドには、いまだ馴染みの薄い仏門からのお経交じりにもきかれてしまう。客席はといえばあの『常連』たちによって埋めつくされ、『1』『2』『3』などという端数には収まるべくもない聴衆が総員総立ち、和紙作りの細い肩を揺らせて歌声に応える。その場限りに喝采を丸めて、阿漕《あこぎ》な賞賛まで打ち固める。ところがよく耳を澄ますと、舞台の『Singer』とは対極のいまひとつの奥底あたりから、もはや恭順も求めず病み疲れた通奏低音が一本見え隠れする。それこそが、劇場を見下ろす『入植』地からの遠吠えであり、逃げ去ったあの自称作者に成り代わる十八番《おはこ》の唸りにもほかならない。

コロニー越しに舞台までも見通せるというそんな高台にさしかかると、行く手には深々と古池が口を開けている。背もたれのない裸のベンチに上るまでもなく、進行方向を右手に見下ろすと、あの梅雨時の源平ボタルや老蛙の喧騒がそもそも嘘に包まれて沼底に横たわってきたかのような静けさに被われている。しかし、形状とは絶えず変貌をとげるもの、恥ずかしさを堪えながら、宿命もまた全面解除へと導かれる。眼下の水たまりには人間の足跡がない。そしてここにも前年秋からの屋外展示『二つの表面』が再現する。ただし、作業を担うのは番いのクモだった。夏の最中から産み落とされたクモの巣が沼原《ばら》を被いつくす。すると水面は顔を赤らめ、見知らぬ鼓動へと報われぬ想いを打ち明けた。何かに呼応するように池は、時折憂いに包まれながらもゆくりなく、触れ太鼓を思わせるばかりの振動を描き出す。くり返す波動は慎重に言葉を選びながら、頭上のクモの巣にも押しかける。あえて応えるものは見当たらず、鼓動といっても撥《ばち》の叩き手などとうに消え失せている。ただ野心を持たないこの世の大気が、持ち前の英気に養われ、音のない信号を送り出しては意味のない波風を立てようとするばかり。そのとき、音楽棟の区画からは久しぶりにクラリネットがよみがえったが、相まみえるべきツクツク法師などいずこにもきかれない。だからこそ、木管の独奏《ソロ》はバロック風の夜想曲《ノクターン》をなぞるのだが、それとても眼下に湧き上がる沼地からの鼓笛に与するかのように、いつしかジャズモードのハイパーインプロヴィゼーションに転じる。ひいては、オルゴールの衣をかぶせたような同じメロディの塊りに身を預けるばかりとなった。

その音塊《おんかい》に股がって、なおもペリオドの行く手には新たなヒトカゲが浮かび上がる。老いたる二体が講堂前から、過ぎ去りし日々の『秋末《しゅうまつ》』ならぬ、この夏の終末を彩るべき夜更けのパフォーマンスを演じてみせる。通りぬけていく年配の留学生には一顧だに与えず、両人は背後に並び立つユズリハの緑に納涼の舞いを捧げる。長髪はことごとく肌色に染め抜いて、白衣を羽織り氷点に憧れ、裸の足首には荒縄を巻いている。時には競演、時には独演をまじえ、石畳に及び腰を下ろしては、楽しげなまでに忌憚のない批評を交わす。空を見上げると、今では遠いキススキの飛び散る雄姿も目に飛び込んでくる。音楽棟の木管はそんな老いたる舞踏手をも誑かすのだから堪《たま》らない。かれらは尽きせぬ愛欲を取り交わす。口づけは踊るステップとなってとびはねる。両者はいつまでも自愛のときを満喫する。そんなオルゴールの晩夏、かくもインプロヴィゼーションの秋の訪れを前に、なおも踊ると口をつぐみ、さらに舞い上がると残された呟きは見えざるヒグラシにでも奏でてもらう。

講堂と音楽棟の挟間をくぐりぬけて、まもなくペリオドは右へと折れるが、半ば踵を返してイチョウ並木にのみこまれそうになる。そのとき、うずたかく繁茂する緑葉がその奥行きのわだかまりの向こうから、強烈な明かりをもって照らし出された。目はくらみ、右手の中の小さなヒトカゲを、コトサラに、と握りしめる。車のライトかと思われたが、照らし出されたイチョウの葉群が危うい「赤化」にもさらされる。黄化ではなく、自らの源流をたどるように鋭利な〈赤ギレ〉を見せつけてくる。毎年くり返す黄葉の元をただせば、あまねく赤化からの支流にすぎないとでも言い募るように。光はそのまま左へと旋回をして急速に力をなくしていくのだが、それに呼応するような車両の動きなどここにも見当たらない。失われゆく〈赤ギレ〉の光の行く手に、この日もシロガネが吊り下がってきた。なおもわずかに痕跡をとどめながら、こちらの〈展示〉もまた、飛び去ったキススキの人頭さながら漆黒にまで熟している。それは忘れ去られたゲイダイの果実そのものである。いよいよ摘果の季節が訪れたとでもいわんばかりに。その前にペリオドは、シロガネの「最終地点」を何としても見定めておきたかった。それだけである……

シロガネも力なくうなだれているのではなかった。深く頭《こうべ》を垂れて、至上崇高なる物影に祈る風でもない。それをいうのなら、ロダンの「考える人」もさながらさりげなくも前に傾《かし》げている。直向きに、体勢を支えるだけのまなざしもつながっていたのだが、顎をのせるための黒い手は無力に垂れ下がり、それでも少しは肘を曲げている。腰を下ろした夢幻のような枝元から、キスキに続いてこちらもまたどこかへと飛び立つのか、そうでなくてもいずれ闇雲に飛び下りようとしているかのようだ。

首に巻かれていたはずの死出のロープかエプロンは、昨年秋の「展示」が始まって早々に消え失せていた。ここは手回しよく、シロガネでもないほかの何者かによって持ち去られたとしか思われない。とはいえ、現場にのこされたシロガネ自身の面差しから怨嗟の翳《かげ》りはよみとられない。唇はやや開かれて微笑みの余地をたくわえており、わずかに突き出すばかりの舌先の残骸が色艶を保って、健やかな上下の歯列に挟まれている。

両眼は閉じることを忘れ、光を失ってもう久しい……といわれるよりも、最低限度のまなざしを保つため、絶えず新たな輝きをとりこんで、それを反射する余地もなくたちまちのみ下していくようだ。耳はひたすら大学会館の裏側へと傾いていく。古池の『二つの表面』が叩き出す太鼓の響きを幽《かす》かに受けとめている。足はどこにも見られない。枝木の皮との区別をほとんどなくしている。その指先だけが辛うじて目いっぱいに開かれたまま、木の瘤にはなりえないことを自らに訴えて、最期の識別をくり広げていく。

死者であることの喪失こそが作品としての完成を裏づけるものであるかのように、シロガネには季節ごとのタイトルが折り重なった。自らは言葉を発するすべを持たず、季節ごとに授けられる表題とともに、あるがままの自然の中でもなにがしかの進化をとげた。その作為は絶えず自らの無為によって育まれ、有為転変によってもてあそばれることもなく、あるまじき没後の人為を一途に貫き通した。誰に見咎められることもない、長き隧道《トンネル》をくぐりぬけた先の、生前の天地にいまようやく新たなる死が舞い下りてくる。瓜二つの作品ヒトカゲにも伴われて、いとも静かに葬り去られていく。夕立からの名残りの雫に雨露が、ありもしない何者かの目蓋をとらえて瞳の奥を湿らそうとする。そうなると、シロガネにはもはや埋葬の意味がつかめない。めざすところがわからない。ただ、見かけ倒しの遠来の謂ればかりがわが事のように覚られてくる。

それは何も梢のシロガネばかりに湧き上がるものではなくて、すでに同じ木の麓に佇んで見上げるペリオドにもまた等しく降り注いできた。今や両者の違いとは生か死かではなく、葬るか葬られるかの一点に尽くされていた。そしてペリオドはこの相違についてもよく心得ていたが、それでも自分がこれからどちらを担うのかについては、確実なことなど何ひとつとして見えてこなかった。ただし、そのいずれにも属することのない単なる傍観者の立場に身をおくことだけはありえない、というこの信念、という前にこの端的な事実ばかりが、作業場から処理場をへてこの埋葬地へと至るペリオドを支えていた。

この旅路に黙々と付き添ってきた小さな鉢植え用のスコップが一本。銀白色の舳先《へさき》を片側の臀部に突き入れ、生身をさらした朱色の柄のほうは引き出される時を今か今かと待ちかまえている。ポケットの容量はあまりにも限られているのに、いつ抜け落ちても不思議のない余裕のなさをもかいくぐる強靭な意欲が、ひたすら背後に向かってかけがえのない睨みをきかせてきた。当のペリオドにも、樹上のシロガネを見上げているようなゆとりはうかがわれない。ミツバツツジとイチョウに挟まれたシロガネの木、翠群がるクスノキの根元に二枚のプレートを伏せたまま立てかけると、いよいよスコップを抜き出し、持参した小さなヒトカゲはなおも左手にと握りしめたまま埋葬の作業にとりかかる。いそしむペリオドの手元をじっと見定めていくようなか細い糸引《いとびき》が、干からびたシロガネの目元よりくり出されてくる。糸の求めるところにも従って、ほどなくペリオドは墓穴のありかを探り当てた。それはシロガネの木を背中に見ながら前の通りを見下ろす小さな斜面の一週で、そこには咲き誇る花一輪も見当たらず、丈のない雑草ばかりが襟足を整えて、みな一様に小首を傾げているか、当てどない思案にでもくれるようにうかがえた。

ペリオドは花弁なき草花を限られた範囲で一本一本丁寧に抜きとると、利き手の親指をスコップのいちばん柄元にあてて、小指が切先の側にくるように握りしめると、自ずから垂直に突き下ろして一種の地ならしを始めた。土面が十分にほぐれてくると、今度は指を反対の順序に持ちかえて、何やら人を突き刺すような按配で軟らかくなった土手をかき出していく。この作業を三度ばかりもくり返すと深さはゆうに一尺をこえ、左手中のヒトカゲには十分なゆとりもある墓穴に仕上がった。

ヒトカゲは直立するのでもなければ、穴の底に力なく横たわるのでもなく、どちらかというと表情を曇らせて〈頭〉を壁にもたせかけ、やや傾斜しながらシロガネを見上げるようにして埋葬された。とはいえ、背中という背中を消失したヒトカゲであるからには、穴の中での置き所と傾き具合を定めたあとは、表情のない木偶《でく》の坊を立てかけておくのと何の変わりもなかった。棺などは初めから思案の外であり、副葬品もなければ衣をかぶせるといった手間もかけられない。埋め戻されてのち、ものの半月も経てばまた同じ草花でおおわれてくるだろうし、何の標も残さなければヒトカゲはたちまち忘却の淵へと沈み込む。そこでようやく、例の二枚の木製プレートに目が向けられた。そのうちの一枚は「葉体遺体」と記されて、シロガネのクスノキの根元に佇み、それに対してもう一枚は『樹体死体」と記されたまま、ヒトカゲの埋葬地のちょうど真上に静かに横たえられた。

まもなく「樹体死体」と銘打たれたほうは新たな草原に埋没し、「草体死体」と呼び改めるのと選ぶところがなくなった。あとは樹上に及ぶ「葉体遺体」ばかりがこれまでの変奏を受け継ぎながら、なおもシロガネを展示する。

姿なき「樹体死体」は並みいる「草体死体」を唯一の隠れ蓑に、その実、埋葬に携わった当のペリオドからの分身にして、二度と再びよみがえることのない本体だったのかもしれない。

忘れ去られし何かの物影のようなペリオドは、もはや何の重みも感じさせない生まれついての空手をぶら下げて、北側の正門ではなく、キャンパスの南側をめざした。ゆるやかな斜面をまた上り、高いケヤキの並木道を抜けると、ひとり年配の留学者は芸大をあとにした。冬にはオオカミが姿を見せたあの同じ南向きの門構えから、何事もなく姿を暗ましていた。

「キャンパス全体が傾斜地なんですね。新しく造成したんですか」

「らしいよ。もともとは、竹林か何かじゃなかったのかな」

ヒトカゲの埋葬とペリオドの失踪から月をまたいで十日余りがたった九月の上旬、往き過ぎた夏を懐かしむばかりの好天の昼下がり、民間の建築事務所に属する二人の技師がはじめて芸大を訪れた。

「耐震といっても建物だけじゃなくて、そもそも地盤の問題があるでしょう」

「そうだけど、今回はまあ考慮に入れるくらい」

年明け早々にはとりかかる全学の耐震補強工事。その最初の現地下見で正門から入った二人は、大学当局の担当者に会う前に予め左回りにキャンパスを一巡りすることにした。

「芸大にもやっぱり、テニスコートとか、グラウンドもあるんですね」

「そりゃ、あるだろ。教育機関だから」

「空っぽですが」

「それに、ホラ、今時は広域避難場所としての用途も求められるから」

工事主任のジョーシは全体を統括し、まだ三〇をこえたばかりのサブロクがはじめての現場監督を担うことになる。

「そういえば……」

「ハイ」

「このまえ、例の耐震偽装であげられたところ、君にも縁のあるところなんだって?……」

「え……まいったな。誰が言ってました、そんなこと」

「誰がって……みんな言ってるよ。君に言わないだけで……ま、僕は詳しく知らないんだけど」

「いや実は……私の姉の嫁ぎ先なんです、あすこのトップは……大学出たとき、だから私も誘われたんです、ウチに来ないかって」

「よく行かなかったな……虫が知らせたわけ？　普通そんなコネがあったら喰らいつくもんだろ」

「いえ、私の場合、姉、というか身内とは、とにかく一線を画したかったんで」

「その自立心が大いに功を奏したな」

「まあ、そうとも言えますけどね……アレ」

サブロクの目線の先には、なおもシロガネの像が浮かんだ。くっきりと、下から見上げるに同じそいつが、何だか吊り下がっても見えてくる。

「どうした？」

「いえ、これって……作品ですか」

「ん……だろ。何かタイトルみたいなものもそこにあるぞ」

「葉体……遺体……二〇〇一……スゴイな」

「芸大だから」

「屋外展示、ですか、要するに……でもね、あまりにリアルで、気味悪くないですか」

「まあ……じっと見てたら……でも、真っ黒だろ……だとしたらやっぱり、そっから作り物の光が射すゾ」

「死んでるんじゃないですか」

「まさか……もう長くになるんだ」

「ずっとこうやって、放ったらかし、ですか」

「放ったらかしって、展示だ。それも屋外なら、晒しもの以外の何もんでもない……考えてみたら建てもんだって、同じく放ったらかしだ。晒しもんだ……まあ、オレたちみたく、たまに手を入れにくる仕事もあるけどな……アレ」

「どうしました？」

「腕時計、してるな、あれ」

「リアルですよ、やっぱり」

「あの時計、まだ現役かな」

「やめて下さい、主任、行きましょう……いずれにしても、趣味悪いですよ、こいつ……」

二人の会話と関与はここで一旦途切れたが、その途切れたままをそれぞれに携えてなおも経巡ると、正門から見上げて真正面にそびえる中央棟、その二階にある芸大の事務室をそろって訪れた。担当の施設課長はオオムラと名のり、互いに名刺を交換して早速本題に入る。主任のジョーシは部下のサブロクともども、夏休みの前か、あるいは入って早々に来るつもりが、かくも大幅に遅れたことをまずは丁重に詫びたうえで、関連業者から回されてきた耐震強度に関する調査報告書をもとに、工事プランのあらましを改めて説明する。さらに今日からの実地検分をふまえて、今月中に詳細な工程を提出する旨、約束がなされた。これに対してオオムラのほうはといえば、示された内容はともかく、予算執行の期限もあるからとにかく急いでくれの一点張りである。それを受けてジョーシは、いくらか前倒しをして年内の着工も考えてみると応じる。より現場に近いサブロクから見ると、いささかの安請け合いと言わざるをえない。オオムラからの打診はさらにつづく。いや、そうしてもらえるとありがたいが、ただしね、卒業や入試に向けて何ぶん微妙な時期にもさしかかるから、音に敏感な音楽棟は外して下さい。最初はできるだけ離れたところから。

「どこから行きましょうか」

まあ、ここからでも、いいですよ。

「わかりました」

二人は出されたお茶には手もつけずに、せいぜい小一時間ほどの、それでも後から思い返すと結構綿密な打ち合わせを終えて辞去しようとする。ところがそこでようやくあのとき途切れたままだったものが、いきおい痺《しび》れを切らせて顔をのぞかせる。アノ、オオムラさん……さっきこちらにうかがう前に、主任と二人で正門からキャンパスの中、ひと回りしましてね。

「あー、ハイハイ」

それで、ちょうど正門から右手に上ってった、この建物の裏手というか正門側の道端なんですけど……

「サブロク、きみいいよ、そんなこと」

はい……でも、やっぱりスゴイと思って。

「何がですか」

そこの木の上にね、何かヒトの体みたいなものが、展示してあるんですね。

「アア……それね……展示です、展示…本学では秋に毎年、学生の希望者が申請出して、まあ大体思い思いのところに、屋外でも作品展示してるんですよ。それで……中に何作か、次の秋まで展示させてるものもあります……ヒトの体みたいなもの、ね……ハハ、それって確か、彫刻科の留学生がやったんでしょ。よくあんな重いもの上げるよな、って……いや、まあ、私ら事務方から見て、その熱意に打たれることも一度ならずですよ」

そう答えるオオムラ課長の脳裏には場所もたがえて、八月の終りに「撤去」されたばかりのペリオドの前作、キススキがなおも漠然と浮かんでいる。

そうですか……ちょっと安心した……

「いえね、オオムラさん。さっき見かけたときこの子が……失礼、このサブロクくんが、死体じゃないのかって、全く場所柄も弁えずに縁起でもないことを言うもんで……」

「ハハハ……中にはリアルなのもありますからね……いや、私たちだって、ドキッとしたことあります、あります」

やっぱり……リアル、ですか……

「課長さん、どうも、お時間をとらせました。施工プランのほう、今日のお話をふまえてできるだけ早く作成してお送りした上で、改めてご連絡さし上げておうかがいしますので」

「そうですか。まあ、九月の最後の週なら今のところ、水曜日の午前をのぞいて大体ＯＫです」

「わかりました。ではとにかくその週ということで」

よろしくお願いいたします。

「ハイ、こちらこそ」

二人はもう二度と再びあのシロガネの下には足を運ぶこともなく、三〇度をゆうにこえる残暑のなか芸大の正門をあとにした。

「こんな事務方との打ち合わせの時ぐらい、きみもこんもりと何かスカートでもはいてきたら……紹介するとき、向こうがどんな顔するか見てみたいしな、ハハハ」

「主任」

「なんだ」

「大きなお世話です」

「そうかな」

応酬する二人の頭にはそれぞれに、なおも木の上に置き去りにされてきたあの黒い亡骸がのしかかる。それも日付をのりこえて横たわっていく。


施設課長のオオムラは何となく心に引っかかるものを見出したので、施工業者の男女二人が帰ってまもなく、屋外展示の直接の管理担当者に念のため問い合わせてみた。そこからいきおい堰《せき》も切られて、生死の境い目と目されるものが妙に色めき出した。確認の結果、その場所で先ほどの話に該当するような展示の申請は、昨年のみならず、ここ数年来も久しく行われていないというではないか。そこでオオムラともうひとりの事務方が、いきなり事を荒立てることのないようにと、夕方の帰り際に連れ立って現場に立ち寄ってみることにした。意外に私ら、あのへんは通りませんからね……と、あとは一方の口ごもりがもう一方のだんまりの代弁をすることで辻褄を合わせながら足を向けてみると、一つの事実だけは直ちに明らかとなった。そこではなるほど展示らしき物影がひとつ、もののけを思わせるばかりに樹の上で安置され、麓には手製のタイトル・プレートらしきものまで立てられている。さらに見えてくる事態についてはあえて不問に付すことが、その夕刻に彼らが持ち合わせた勇気二人分の限界点だった。

それでも彼らの間には、すでに暗黙の了解が複数とられた。何よりも樹上の「異物」がどうやら「人体」であること、しかも「遺体」ないし「変死体」かもしれないという想定が真剣に、いや深刻なまでに共有されていく……その夜の帰宅後、さらに彼らはパソコンのメールを通じて、翌日出勤したらすぐに事務方のトップのところに出向き、確認された事実を伝えることについても意志一致をみていた。ただし、それが「ヒトの亡骸かもしれない」ことは封じこめ、あくまでも申請外の勝手な展示が行なわれたという内容に限定すること。それがいまもなお堂々とつづけられている。自分たちはそんなあからさまな違法展示の摘発者なのであって、何者かの遺体の第一発見者には間違ってもなりえない……

ところが、日付が変わって次の日の朝から、解明への動きは慌ただしくもおのが勢いを増して、もういずれにも引き下がるところがない。ことの推移は二人の予想をもはるかに上回り、大学の内外を貫いて公けの展開をとげていく。まずは同じ前夜のうちに、最寄りの警察署に「匿名」の通報が入っていた。それによると、芸大の構内に、明らかにヒトの変死体らしきものがあるので調べてほしいという。それも長期にわたって放置されてきた可能性があるのだと。大学当局としては「放置」ではなく、せめて「見過ごされてきた」とでも改めてほしいところだろう。のちにこの通報のことを耳にしたオオムラ施設課長は、ひそかにそのような告発をしたのはあの施工業者の技師、それも女のほうに違いないと断じている。自分たちの手間取りをごまかし、着工を遅らせるためのじつに姑息で卑劣な算段ではないか、そんな疑いまで入れていく。警察のほうは、どこまでもこの「匿名」にこだわった。というのも通報したのは「学内関係者」で、事後の摩擦や混乱を避けるためにと、「匿名」は特に本人が要請したものであり、警察としてはこれを尊重したいとのこと。実際に遺棄されたものが死体であれば、伝えられる状況からみて自殺体の可能性が高く、その場合は公判に回されることもないので余計に申し出を受け入れやすかったのかもしれない。

この連絡を受けたとき警察側は、さすがに深夜だったので直ちに大学側に連絡をとることは手控えたが、それでも〈芸術大学に変死体〉という目下の組み合わせに、内部ではケンケイの本部長にまで情報を上げて裁定を仰いだ。無論のこと、かかる情報は看過できないとして、翌朝にはもう早い段階で本部長から芸大の学長へと、いわばトップ間交渉の連絡が入った。そして警察による学内への立入調査に大学側からの同意を求め、これを受けて学長のほうでも即刻事務方の長と諮《はか》り、パトカーのサイレンなどを伴う一連の仰々しい立ち入りはこれを極力控える、という形で捜査に承認を与えた。

季節柄すでに七時前の段階でとうに夜は明けていたのだが、パトカーが一台と覆面の自家用車に分乗した刑事や鑑識課の担当が北の正門ではなく南の裏門側へとのりつけて待機し、そののち全員が徒歩で入構している。それからほんの十分そこそこで検分の結果、樹の上のヒトガタが人工の作品ではなくて、天然の遺体であるとの結論に達した。刑事のひとりからは改めて収容のための人員と救急車の出動要請が発せられ、まもなく一台が今度もサイレンを鳴らすことなく、ただしより現場に近い正門から入って、周辺からは目にとまりにくい辺りにまで難なく滑り込んだ。

ヒトガタをしたシロガネの亡骸は、こうして絶命から数えておよそ十ヵ月ぶりに公権力の手によって収容され、そのまま救急車にのせられてやはりサイレンもなく、しずしずとまた北の正門から走り去った。救急車がサイレンを鳴らしていれば、病に襲われるとか、何らかの怪我を負った者がのせられて、そうでなくても迎えの途上にあることを誰もが想定するだろう。それに対して、サイレンのない救急車が回送車もよろしく通り過ぎるのを目にしたとき、何も語らない永久《とわ》に無言《むげん》の主人公が運ばれていくことに思いを致す者はわずかである。なるほどその時は、急を要するべき運搬の仕掛けそのものが世情の門外を駆けぬけていく。

この日の「主人公」の死因をめぐっては、現場の段階で自殺の線が濃厚とされたが、無論のこと検死のための司法解剖に回された。その結果、性別や年代、血液型などの基本事項のほかに、頸部圧迫による環状の内出血痕も確認されている。しかしながら、それ以上はなにぶん時間が経過しているので、いくら手を尽くしても推定自死の域を出ることがない。「主人公」の首回りからはすべて剝落したのだろうが、件の木の下では荷造り用のヒモらしきものの断片がごく微量ながら見つかっている。それに対して、同じクスノキの枝にそれらをかけて、人体を吊るした痕跡となると、あるようでいて、もはやないようでもある。さらに現場からは、何やら作品の題名らしきものが記された二枚二種類のプレートが捜査資料として、その日のうちに押収されている。それらを手書きして、おそらくは現場に立てた人物についても、なお特定されていない。二枚のうち、「主人公」のすぐ足下に立つ「葉体遺体」ではなく、もうひとつの「樹体死体」にも目を向けた警察は念のためにその辺りの地面を掘り返してみたが、何も見つけることはできなかった。

何よりも「主人公」自身の身元が容易につかめない。少なくとも現場となった大学の学生や教職員でないことは造作もなく明らかとなった。該当しそうな失踪者が見当たらないからである。行方を暗ませている彫刻科の留学生が一人いるのだが、彼がこの舞台の「主人公」を演じ切るためには、芸術作品として設置されつづけるどころではない、さらに巧緻《こうち》な幻術を用いなければならない。というのも、「主人公」の展示が始まったと思われる昨秋以来、その留学生の生きているとしか思われない姿がたびたび目撃されており、とくに六月の雨期のころからは彫刻棟内の作業場で自らの製作にいそしむところがくり返し確認されている。ただ彼は、「主人公」が遺体として確認される直前の夏の終りごろから姿を消しており、本人から大学への連絡ないし届出はなく、公式の出国記録も確認されていない。仮に国内にいるものとして、その所在のみならず生死についても今のところ不明であり、あるいは他人になりすましてすでに出国済みということも考えられなくはないのだが、男がそのまま祖国に帰ることには相当に深刻な政治上の障壁が横たわることを、内外複数の知人が証言している。

そんな五里霧中を抜けてようやく「主人公」の生前が、国内といえどもかなり遠方の別の美術大学の、シロガネという現役学生だったことが明らかにされるのは、遺体発見から早くも一年近くがたった次の夏の盛りである。休暇中、研究会か学会でたまたまこの地を訪れたその美大からの大学院生が夜の交流会で、禁じられたこの屋外展示のエピソードに小声で接し、その中にふと思い当たるものがあって照会したのがきっかけだとされる。何しろこちらの芸大は外部にこの情報が出ることを、あの二人の事務方の尽力かどうかはわからないが極力抑えたので、同じ「業界」といえども話はなかなか伝わらなかったものらしい。

それでも、少なくとも遺体が発見された年の年度末くらいまでは、「展示会場」あとにささやかであっても献花の絶えることがなかった。それも年度が改まるとさすがに途絶えてきたのだが、そののちもう一度花が手向けられたのは、身元が確認されて遺族も現場を訪れた翌年の秋、思い思いの場所を選んで学生たちの新たな作品がまた屋外の展示に供されるころだった。そしてその年からは正式に、何よりも鎮魂の意味合いをこめて、かつてのシロガネの祭壇にも必ずひとつの作品が飾られていくことになる。

「発見」の当日、シロガネの遺体からは折りたたみ式の錆びたナイフが一本、ことさらにやつれた刃を懐ろに収めた形で見つかり、その場で押収されている。しかもそこにはシロガネ本人のものではない人血からの反応があった。まもなくそれが失踪したあのペリオドのものだというもっぱらの噂が立つようになる。その噂にあと押しされて行なわれたものか、それとも反対にその噂の源になったのかいずれも判然とはしないのだが、警察が行なったＤＮＡ鑑定の結果、付着していた血液はペリオドのものであることが最終的に断定されたという。だが、シロガネの死因があくまでも自殺であり、実際のところその体には鋭利な刃物などによる外傷性の痕跡も皆無に等しかったことから、ペリオドの失踪に関しても取り立てて事件性を疑うような積極的な捜査はこれまでのところ取り組まれていない。また祖国の肉親からの問い合わせもなければ、逆に肉親への照会も行なわれてこなかった。それ以前の事柄としてまずはかれらの所在、否、存在そのものが不明だというのだが、こののちシロガネとペリオドをめぐる学内のさまざまな憶測も徐々に水脈を絶たれていく中で、ペリオド自体がゆるやかに解体されていく。今ではその実像などどこにも見当たらない。

それら憶測の基軸を担っていったのも、見渡す限りは人血のナイフだった。このシロガネとペリオドからの「遺品」を介して、まずは両者の間に何らかの事件の発生が想定される。仮にもシロガネがこのナイフでペリオドを殺めていたとしたら、少なくとも語り始めたあの秋の終りあたりから、総じて私たちはペリオドの亡霊を見てきたことになる。季節ごとにシロガネの看板をさしかえたのも、ひと夏をかけてヒトカゲを彫りぬいていったのも、同じ亡霊の仕業である。そこまでは行かなくても、やはりそのナイフでシロガネはペリオドを傷つけていたとしようか。そうなるとペリオドはもはや亡霊ではなく、あの秋冬から春夏にかけてのひととせを傷を負いながらも立派に生き抜いたことになる。その上でシロガネの「自死」が実は巧妙に仕組まれた見せかけであり、ペリオドこそがその偽装の主《あるじ》だったとすれば、その非道な振舞いは自らが傷を受けたことに対する報復の殺人ととらえ返すこともできる。そうではなく、シロガネの樹の上の「自死」が何ら誤認ではなく事実であったとしても、ペリオド最後の作品となるあのヒトカゲは、つまるところ加害者としてのシロガネに対する復讐の形象化なのかもしれない。いずれにしてもシロガネによるペリオドの殺害ないしは傷害を想うとき、その背景に何があったかについては一切が謎である。土の中に姿を消したヒトカゲのごとく、こればかりはどこまで行っても摑みようがない。

シロガネとペリオドの間に事件などなかったとしたら、シロガネはすでにペリオドの血がついたそのナイフを何らかのルートを通じて手に入れたことになる。そこには必然的に、彼がペリオドから直接に入手した場合、ペリオド以外の第三者を介して入手した場合、もしくは人を介さずに、ナイフだけが放置されていたところにたまたま出くわしたという三つの場合が想定される。そして今度はそれぞれについて、ペリオドの血がナイフに付いたケースとしてまたしても次の三つが考えられる。ひとつに、ペリオドによる自傷、もちろん意識的な自損の営みばかりではなく、何らかの作業中の事故から自殺の企てまでも想定の範囲に含まれよう。次に、ペリオドに対する他傷、すなわち何者かがペリオドに傷を負わせたというケースで、その何者かにシロガネは含まれない。さらに、より複雑なケースとしてペリオドによる他傷がある。その場合ペリオドは、やはりシロガネ以外の何者かを襲ったものの、その際おそらくは誤って同じそのナイフで自分自身を傷つけている。広い意味ではこれも自傷の範囲に含まれるのだが、ここでは他者への意識や意志のあり方の違いにこだわってあえて分別しておく。なお、押収されたナイフからペリオド以外のものとみられる血痕が検出されているのかどうかについてはよくわからない。（それ以前に、そもそも行なわれた鑑定そのものに全き信頼が置けるものかどうか）

たとえば、ペリオドが自らを傷つけていたナイフを、シロガネはそうとは知らされずによくあらためることもなく、本人から直接に手渡された。いや、あるときシロガネが大学のキャンパスで拾ったナイフこそが実はペリオドのものであって、それはすでにペリオドが同じそのナイフで怪我をしたあとのことだった。あるいはそのナイフで自殺未遂を図っていた。そうではなくペリオドは何者かXによってナイフで切りつけられたが、格闘の末にそのナイフを奪いとり、その何者かXを撃退した。そののちいやになって道端にでも投げ捨てたナイフを、たまたま死の直前になってシロガネが拾っていた。もしくは、同じそのナイフをペリオドは、やはりいきさつは告げずに何者かXに貸与し、その何者かXこそがあるとき、すでに息絶えて展示されていくシロガネの懐ろにそっと差し入れた。それよりもっと単純に、ペリオドを傷つけた下手人である何者かXが、事後その処置に困って、やはり屋外展示中の没後シロガネに伴わせた……ただし、ナイフから指紋は一切検出されていない。

これらそれぞれの場合において、それをはるかに上回る数でひとかどの物語は紡がれていく。しかしながらその繰り返しがまたしても、秋冬から春夏への移り行きにすりかえられてしまう。遠くからみると今でも山間《やまあい》の芸大のキャンパスは、ひとつの変わり果てた身元不明死体とその展示人《びと》をかたるもうひとりの失踪者の影によって、小さく縛られていくようだ。やがてはその色合いを、今は亡きあの「樹体死体」こそが余すところなくのみこんで、あとは自らを消し去っていくばかり。そのみえざる指先がおのが絵筆を握る。光のカンバスの上になおも残された作品だけが、どこにもタイトルのない季節のあり方を弁えている。折りしも語りかけるものは忘れ去られた夢にほかならず、そこで語られたものこそはいかにも忘れがたい幻となることをまぬかれない。そののち音楽棟のあたりから一陣の風を伴ってかすかに四重奏、それも類い稀な弦楽クワルテットの調べが吹き流されると、夏を生きのびた番いのホタルが仄かに受けとめて大いなる天の明かりへと導いた。

(秋冬春夏四連作了)

アラタナルシ 12

血骨

●

Un sang-os

●

Chihone

●

Chibone

●

Ketsukotsu

●

Keckotsu

●

Chikotsu

私ははるばる海を渡って、自己確認のためにやってきた、送り届けられた、とも言われている。だけどその真偽のほどは何もわからない。とにかくどこへ行っても、私の身元らしきものはものの見事に裏切られ、即座に打ち消されてしまう。そうなるともはや二度と取り返しがきかない。だからいつも私は、この私の無名だけを頼りにして、そこから無名であることをいつくしむようにして、それでも諦めることなく、なおも名のりを上げることだけはやめようともしないのだ……たとえば無骨、露骨、気骨、遺骨……そう、私が遺骨、それも誰かの人骨、ヒトの骨であることだけは間違いがないらしい……そう、遺骨が私、だから何かに打ち砕かれたような、一部分の、一断片の、骨の切れはしだから痛い……どこまでも自分の欠けらが痛むようにして。

少年はよくこのプールに来るらしい。屋内で、半ば公営で、年末年始を除いて一年中開いている。お盆のころも休みどころか、仕事柄もっとも忙しい稼ぎどき以外の何ものでもない。

少年はもう長らく母親との二人暮らしのようで、小さな国産のバイクに乗っているのだが、さすがに当初から中古車だろう。今日もここまでそいつでやってきた。学校に行かなくなって、いや、行けなくなってもう一年、いや、それ以上になる。ぶらぶらしているばかりでもいけないので、週に三、四日は自宅近くのコンビニかどこかでアルバイトをしている。私自身は一体いつごろからこの少年のもとにいたものか、何も身に覚えがない。思いあたるふしもないのだが、まだ彼が学校に通っていたころからのような気もしてくる。いつもは彼の部屋の使い古された木製勉強机の引き出しに、使いさしで不揃いな消しゴム数個とともにおざなりに放置されている。

それでも今朝は、思いもよらず早いうちに引き出された。バイクに相乗りまでして、このプールにやってきたのは私にとって今日がはじめてだ。少年の厚手のジャンパーの内ポケットに収納されて、ごくごく秘密裡に入場を果たした。更衣室はまだ人影もまばらで、私と少年が入ったら入れ替わりに小柄な初老の男がさっぱりとした出で立ちを整えて、いそいそとプールのほうに出ていった。少年は小銭入れから百円玉を一つ取り出すと、目の前のロッカーの扉の口に押し込んだ。この一枚は使用後に必ず回復する。鍵を開くと戻ってくる。入口で脱いできたスニーカーをロッカーの底に並べると、備えつけのハンガーにジャンパーを吊るす。そのうえで内ポケットから私を取り出すと、靴の左足の中に横たえた。脱いだばかりの生あたたかさで何も冷えるところはない。そこに寝そべって何気なく成り行きをながめていると、少年はいかにもてきぱきと身づくろいを整える。濃紺の競泳用パンツにコバルトブルーの帽子、すっかり黒縁のゴーグル、ゴーグル、そのひもに結ばれた耳栓が二個。こうして扉が閉まり、あえなく鍵もかけられて、あとは薄暗闇の中程に置き去りにされるのかと思いきや、私はふたたび取り出されて、それも左の手のひらに握られたままま隠されて、一段と奥向きへと忍び込んだ。

シャワー室とトイレの前を通りすぎ、そこからUターンをするように壁沿いを進むと、ようやくプールが見えてくる。入口手前の天井に仕掛けられた自動式のシャワーがこぼれ落ちると、私のつとめて小柄な図体にも抜け目なく、ほんとうに何年ぶりかで数々の水滴が降りかかった。まだ開場してまもない午前九時すぎだから、少人数の来場者の中にもやっぱりお年寄りの姿が目立つ。もっとも、齢《よわい》ということでいえば、かくつづる私こそが何ひとつとして定かにはならない。いまでは起きぬけの明るい闇にも包まれている。左手には二十五メートルの遊泳用プールに適度なコースどりが施され、歩く人に泳ぐ人、中には付き添いに伴われて障害をかかえる青少年もひとりふたりと足を進める。監視員は男女を問わず、プールの両サイドに常時ひとりずつが立って、ときに無線のインターフォンで必要な連絡も取りあっている。水は命の源を名のりながら、その一方でアッという間に命をさらってしまう。だから緊張を怠ってはならない。高齢者が多いのならなおのこと副次的な要素も加わるわけだから。

ところが私の少年はこの朝、私を握りしめたまままいつもの左手ではなくて、なぜか右手へと足を運んだ。そちらに待ち受けるキッズプール、子ども専用の二枚の浅瀬ときたら、左手に比べてやや高台にある。全面にわたる横長の段違いを、まずは二つばかり上らなければならない。それから少年は手近な一枚の岸辺に佇むと、いま少し、澄みわたる水底を眺めた。足元間近の表示では水深二十数センチとある。そこにいよいよ足を踏み入れると、少年はごくなだらかに腰を下ろした。水面ではなくて岸辺に。私はまだ手のひらの中にいる。後ろの二十五メートルプールの手前にも男性監視員が一人立っている。彼は、キッズプールに向かう見慣れた少年に不審を抱くどころか、にこやかに見送って、すぐにまた緊張のまなざしを元の水面に差し向けた。

少年の安らぐキッズプールを上から眺めると、おそらくはそら豆というか、むしろヒトの腎臓に肺臓というか、いっそのことまだ育ち始めたばかりの胎児を思わせる形状の、ゆるやかなくびれに縁取られている。その先にはすぐ隣り合ってもう一面がおおむね楕円形に広がる。片端に、螺旋をたどって流れ込んでくるウォータースライダーの先っぽを受けとめ、のみ込んでいる。そこからは水の流ればかりか、流れにはしゃぐ子どもたちも滑り込んでくるはずだから、深さは安全のバランスを何よりも推し測り、またつねに読み解いて、五十数センチに設定されていた。いつものプールに背中を向けた少年の行く手には透明ガラスの窓が縦横に何枚も、天井まで積み重なって新たな大窓を開いている。その向こうに人が立つことはなく、建物持ち前のコンクリートばかりがたゆまぬ朝日を受けとめていた。

それから少年の、私を握る右手の力が何の先触れもなく一瞬ゆるんだかと思うと、すぐにもう片方の手のひらの中へと移し換えられた。それは文字通り、私の水浴に向けた最初にして最後の準備であった。確かに私の少年は右利きで、私はそのまま、どこにも冷酷なところの見られない人工の水の中に浸《ひた》された。目も鼻もきかない、想いひとかけらの私は、それでもみなぎるものを全身で受け止めた。かつて一夜にして投げ込まれたような気もする、天然の波立つ水に比べてみると、そこはあまりにもおだやかであり、表情のない安らぎにもみちあふれていた。

やがて、時の小さな一区画が何の分け隔てもないままに行きすぎると、私は相も変わらず同じ明るさに包まれたままで水の中から引き上げられた。すぐに少年が語りかける。私の声はだれにもきこえない。だから少年の声もまた、私以外にはだれにもきかれない。

「むかし、船に乗って連れていかれたって、ほんとうの話?」

船につながれて。

「そのころも、やっぱし骨?」

肉もついてた。

「じゃ、息もして?」

手錠もして、目隠しもされて。

「そもそもが、どこの骨?」

海の骨……塩辛くて、何よりも保存がきくから。

「こちらから向こうへと?」

向こうからこちらへも。

アッ……そのとき少年は、この私の身に生じる小さな異変に気づいた。


初老の男はありあわせの重ね着の上に、代々伝わるフロックコートをはおっていた。その内ポケットにも、今朝の少年と同じように一本の骨片を忍ばせて。

同じ初老の男が、いまも少年とその母親が住まう少し町外れの長屋に移り住んできたのは、もう半世紀以上もさかのぼる以前のことだ。そのころといえば、まだ平屋ばかりの中にたまに二階建てがそびえ立つくらいのもので、マンションどころか、公営のアパートに舗装の道路すらどこにも見当たらなかった。梅雨時には晴雨を問わず見渡す限り、路上のいたるところ小さな池がばらまかれた。

　確かなことはその初老の男が、鉄道でここまでやってくる以前に、まずは海を渡ってきたということぐらいだ。いまとなっては生死も不明だが、男はどこかで工面してきたなけなしの金をはたいてあの狭い平屋の一軒家を借りると、もうその日のうちから取るものもとりあえず仕事探しに明け暮れた。すぐにそちらの渡りはついたのだが、それでも初めのうちは実入りの低い日雇いの片付け仕事ばかりで、そのうち少し慣れてくると、少しはましな現場に入ることもできるようになった。

　感心なのは男が一滴のアルコールも口にしないことで、それも体が受けつけないというよりは、強く意を決するものを内に秘めている様子だった。例の骨片というのは彼にとって、そのかけがえのない謂れを握る大切な一物かもしれなかった。

　それから二、三年も過ぎたあるとき、男はいつの間にか自分と同居していたもうひとりの中年の男に、貴重な骨片を託したままどこかに出かけた。本人によると、なかなかに稼ぎのよい長期の仕事で遠方に出るから留守をよろしく、とのことだったが、それからもう二度と再び彼が戻ってくることはなかった。それにしてもその中年の男が一体いつから同居を始めたものか、正確なところを知る者はひとりもいないのだが、ご近所では年頃から言って息子ではないのかとひとり合点をする者も多かった。だがそういうわけでもない、赤の他人というのが事の真相のようだが、それでいて初老の男は同居中、フロックコートを着ているときも脱いでいるときも、しょっちゅう彼に対して、いいか、この骨はおまえの亡くなった母親のものだ、と言いくるめてきた。中年男のほうでも徐々にそれを真に受けて、いつしか骨片をいまは亡き実母のものだと思い定めていった。

　こうして中年男は永遠の留守をあずかるような破目にも陥ったわけだが、現実にはその彼が、はるばる海をこえて骨を持ち込んだというあの初老の男と別人であるという保証は、どこにも見出されなかった。


　さて、長くひとり住まいの中年男から少年が大切な骨をあずかったのは、男がようやくどこかへと引っ越して、そのあとにかれら母子が入居するという、まさに当日のことであった。だが骨の前に何よりもまず少年は、所用で出かけた母親に代わって男から直接家の鍵をあずかったのだが、そのとき二本の鍵とともに一本の骨片を託されたのである。いや、実際は鍵を収めたカナリア色の皮袋の中に骨がまじっていた。少年がそのことに気づいたのは、先住者の男が袋ひとつをのこしてどこかへ姿を暗ましたあとの祭りだった。そして母親が戻る前に、少年はそいつをこっそりと抜き出しておいた。

　だから中年の男はその骨が、亡くなった自分の母のものであるとは言わなかったし、またいくら不在とはいえ健在なご当人をさしおいて、少年の母親のものだと言いくるめることもできなかった。いまに至る一本の骨をめぐる、実に絶え間のない無名であることの起源は、こんなわずかばかりのズレの中に生じては消え去り、また生じてはすぐに再び消え去るのだった。それにたとえ名もない骨のかけらが少年の実の母のものであったとしても、ひそかにそれをのこし、それを託していった中年の男が父親であったという保証はどこにもなかったのである。父親は死んだのだと、母はかねがね少年に言いくるめてきた。少年は少年でそれがウソであることをすでに見破っている。ほかならぬ彼女自身をめぐっていまも往き来する謎のやりとりが、何よりもそのことを如実に物語っていた。

それでもこのところ少年は、手元にとりのこされた骨片をくり返しどこかであの中年男の母のものと思い定めながら、なおのこと男が自分に託していった真意とやらをはかりかねている。その答えを何とか遠くから探りあてるためにも、いつか目の前の母親をも出し抜いて父親捜しの旅に出ようかと考えている。もちろんそのときは意を決して、同じ骨をもたらした初老の男がはじめに渡ってきた、あのまるで他人事のような荒波の海をこえて。

だから、少年はいま体のどこかに初老の男と、彼と識別がつかない限りでの中年の男を、なん人もなん人も隠し持っているのだ。


こちらから向こうへと、また向こうからこちらへも、連行はつづく。おそらくはこなたもかなたもともに消え去るところまで。いかなる遠近法も意味をなさなくなる、とても大きな日常まで。

先刻来、キッズプールの私の少年は、手元の洗骨に余念がない。洗われているのは無論この私だ。少年はこの手持ちの骨と、声にもならない言葉を交わしてきた。その中で、たしかに血がにじむのを見届けた。私を握りしめる自分の指先にではなくて、骨の切れはしそのものの小さなくぼみの中に。赤い液体はわずかながらも絶え間なく、私自身の奥底から湧き出している。だから、声なき言葉にも加えてその分だけ、骨は、私は、見事に生きているのである……

そのことを多少なりとも訝しげに見下ろす一本のまなざしがあった。それはすぐ真上の空中廊下を、プールへの入口とは反対の方向から渡ってくるポニーテールの女性監視員だった。彼女も普段はそんなところから来場者の安全を見守るのではない。たまたま忘れ物捜しを依頼する利用者からの電話を受けて、まさかとは思いながらそこまで上って隈なく目を配っている最中だった。彼女にしても少年の顔はよく知っているし、入ってくるときに目線が合えばいつだって挨拶ぐらいは交わせる間柄だった。でも、今朝の彼はといえば、所在も所作もいつもとはまるでちがっている。泳げるはずもない浅瀬のキッズプールにいることはともかくとしても、すぐ手元で何ものかをくり返し洗っている様子なのだ。ゴーグルの曇りを水面下でぬぐうようなことは誰でもすることだが、少年はいまゴーグルを頭にはめているし、そうなると何か持ち込まれた異物を洗っていると思えなくもない。

そこで彼女はさほど急ぎ足でもなく、忘れ物捜しをひとまず中断して空中廊下をわたった。それから螺旋階段を下っていくと、少年はもうゆっくりと立ち上がっていた。私という、名もなき伝来の骨片は競泳パンツの中程に忍ばせて、そのまま二十五メートルのプールへと向かう。女性監視員がめぐりめぐって地上に降り立つと、飛び込み禁止のプールの片端に少年はおとなしく体を沈めていつものように泳ぎ始めた。すぐに水の中では、股間にはさまれたようなこの私が、骨のかけらが、泳ぐ少年に呼びかける……血骨……李血骨……と。

声は誰にもきかれない。

泳ぎ出した少年をあえて呼び止めるまでもないかと、ポニーテールの女性監視員は彼が立ち去ったあとのキッズプールに向かった。近づいてみると床面に、血痕のような赤い水滴がひとつふたつと浮かんでいる。やや青ざめて彼女は、あらためて二十五メートルのほうに振り向いた。おどろいたことに、なおも水面《みなも》に漂うべき少年の姿が、彼女のまだ知らない、ひそかに持ち込まれた骨片とともにどこかに消え失せている。しかも同じ水面下では、プールと海との区別を取り払うものが、ひとりの少年とひとつの骨の間にこの上もなく固く結び合わされていた。

水面から水面へと、海よりもなおかれらは遠ざかる。

こちらからあちらへと、あちらからこちらへと、いまも渡りぬく、李血骨とははたして何者か。

その国籍も何もかも、一切が謎につつまれている。

いまなお行方不明のままである。

ただ少年の行く手には、新たなる死が待ち受けていた。

蜷川泰司（にながわ・やすし）

1954年京都市に生まれる。大学院修了後、出版社勤務をへて、海外をふくむ各地で日本語の教育と関連の研究にたずさわる。

2003年に最初の長篇『空の瞳』（現代企画室）でデビュー。死刑囚との面会に出かける主人公の一夜を、空に浮かぶ町、地上の市街地、そして地下を加えたメトロポリスの、叙事詩的な空間の中に余すところなく紡ぎ出していく。

2008年には、年少者向け入門シリーズの一点として、対話的文芸論『子どもと話す 文学ってなに？』（現代企画室）を上梓。

世紀をまたいで2000年以降は、第二の長篇『ユウラシヤ』に取り組んでいる。哲学者スピノザからの謎めいた影に付きまとわれながら、作品は架空の大陸に層をなして織りなす黙示録的な時間をたどり、絶え間のない浮き沈みのドラマを克明に描き続けている（２篇のプロローグと本篇全４部のうち、現在は第３部が進行中）。

『新たなる死』をひきつぐ作品としては、〈群章的〉な中篇となる『ヒトビトのモリ』を構想中。

新たなる死

2013年 8 月 20 日　初版印刷
2013年 8 月 30 日　初版発行

著　者　蜷川泰司
装　幀　中島　浩
発行者　小野寺優
発行所　株式会社河出書房新社
　　　　東京都渋谷区千駄ヶ谷 2-32-2　郵便番号 151-0051
　　　　電話（03）3404-8611（編集）（03）3404-1201（営業）
　　　　http://www.kawade.co.jp/
組　版　株式会社キャップス
印　刷　モリモト印刷株式会社
製　本　小泉製本株式会社

ISBN978-4-309-90994-3
Printed in Japan